« Salut, moi, c'est **Anneliese**. Je suis née en Allemagne, mais je vis désormais à Bristol, en Angleterre, avec mon mari, Socrate Adams, et nos chats: Cosmo, Nutmeg et Goulash. J'ai aussi habité à Cornwall, Manchester, Glasgow, Nottingham, Washington DC, Berlin et San Francisco. Parfois les gens hésitent sur la prononciation de mon prénom. Ça se prononce "Annaliseur". Mais si vous vous trompez, je ne vous en tiendrai pas rigueur. J'aime collectionner les prénoms. J'aime aussi collectionner les nouveaux tatouages, les routines d'entraînement bizarre et les pulls à motifs kitsch. Mes sujets de prédilection sont: le deuil, la sexualité, le féminisme, la santé mentale, les femmes, la dépression, le bonheur, la vie, les blagues qui commencent par être marrantes et finissent par vous faire pleurer, le cancer, l'espace, les loups, les fesses et les maladies embarrassantes. »

De la même autrice :

*Le putain d'énorme livre du bonheur qui va tout déchirer*
*Les femmes ne viennent pas de Mars, mais elles y vont*

CE LIVRE EST ÉGALEMENT DISPONIBLE
AU FORMAT NUMÉRIQUE

www.editions-hauteville.fr

Anneliese Mackintosh

# Le Putain d'énorme livre du bonheur qui va tout déchirer

Traduit de l'anglais (Grande-Bretagne)
par Aurélie Montaut-Pernaudet

Hauteville

Hauteville est un label des éditions Bragelonne

Titre original : *So Happy it Hurts*


ISBN : 978-2-38122-016-1

Adaptation française de la maquette intérieure :
Marie Vaugrenard – e-Dantès

Bragelonne – Hauteville
60-62, rue d'Hauteville – 75010 Paris

E-mail : info@editions-hauteville.fr
Site Internet : www.editions-hauteville.fr

# UN

Le bonheur est
le sens et le but
de la vie, le but
ultime et la finalité
de l'existence
humaine.

Aristote

## SMS à André

**Mar 31 déc 22 h 41**
Tu es marié et moi, JE SUIS À BOUT.
Pas la peine de me rappeler, jamais.
Sauf quand on se croisera au boulot bordel de merrrde !

## SMS à Mina

**Mer 1 jan 00 h 41**
Ptain de medddre Andrje, jte kiffe toujrs,
SEXMOJIS ! 👙👙👙

## SMS à Mina

**Mer 1 jan 00 h 48**
Ouppppss ! Désolée, sœurette,, ce msg était pr mon boss.
Boooonne annéééééé ! J'espr que tt ira mieux pr toi en 2014. La vodka n'est pas mon amie. Bisous

## Annonce sur le panneau d'affichage du service des chimiothérapies ambulatoires

Partout dans le monde, sur une période d'un mois, des hommes et des femmes arrêtent l'alcool.

Aux États Unis, cela s'appelle *Dryuary*, en Finlande, *Tipaton tammikuu,* et au Royaume-Uni, on parle du « mois sans alcool », de la janvipause, du sobrathlon, ou encore de la janviabstinence. Qu'importe le nom, l'objectif reste identique : en arrêtant de boire durant les trente et un premiers jours de l'année, vous vous métamorphoserez en une personne plus saine, plus heureuse.

Que votre motivation soit de perdre du poids, réduire votre taux de cholestérol, recouvrer un sommeil réparateur ou amorcer des changements bénéfiques dans votre vie, vous y trouverez forcément votre compte[1] !

De plus, saviez-vous que la diminution de la consommation d'alcool aide à réduire les nausées et les complications buccodentaires en cours de chimiothérapie et de radiothérapie ?

Parlez-en à Linda à la réception, et découvrez comment vous inscrire dès aujourd'hui !

---

1. Si vous pensez être dépendant à l'alcool, NE RELEVEZ PAS CE DÉFI sans avis médical. Un sevrage brutal peut avoir des conséquences graves sur votre santé.

## Transcription, séance de thérapie

**Patiente** : Je m'appelle Ottila. Alors, « O », deux « T », « I »… Voilà, c'est ça. C'est pas courant, hein ? Mon père m'appelait « Ottila, reine des Huns », vu que mon prénom ressemble à celui du guerrier barbare.

**Thérapeute** : Pouvez-vous me parler de ce qui vous a conduite dans ce cabinet aujourd'hui, Ottila ?

**Patiente** : Je vais essayer. Je ne sais pas par où commencer.

**Thérapeute** : Par où vous voulez. Prenez votre temps.

**Patiente** : D'accord. C'est un truc qui s'est passé il y a une semaine et demie. Juste après le nouvel an. J'ai plus ou moins, je sais pas trop… j'ai plus ou moins une liaison avec mon patron. Je travaille à la Maison de Maggie de l'hôpital de Christie.

**Thérapeute** : C'est gratifiant comme métier, non ?

**Patiente** : En effet. La Maison de Maggie, c'est super. On n'est pas obligé d'avoir le cancer pour y être accueilli. N'importe quelle personne affectée de près ou de loin peut y aller : les amis, la famille. À l'origine, j'ai découvert la Maison de Maggie en cherchant de l'aide après que mon… Juste quelques semaines, le temps de me remettre les idées en place. Aujourd'hui, deux ans plus tard, j'y suis employée. En tant que chargée du marketing et de la communication.

**Thérapeute** : Et donc, votre patron ?

**Patiente** : Il a fait partie de ceux qui ont assuré mon suivi quand j'ai commencé à fréquenter la Maison. Et puis, j'ai été embauchée en octobre dernier, et il y a deux mois, on a… j'ai tellement essayé de m'interdire de faire ça. Probablement parce qu'il est marié. J'en sais rien. J'ai toujours été attirée par le chaos.

Juste avant Noël, sans aucun signe avant-coureur, il a quitté sa femme. Alors toute cette excitation, tous les risques se sont évaporés. Mais chaque fois que je romps avec lui, je bois comme un trou et il se passe encore des choses. Fréquenter André, c'est mal, à tous les niveaux. Pas seulement parce que c'est mon boss. Et pas seulement parce que avant ça, il était mon thérapeute de deuil. Il a aussi quarante-quatre ans, et c'est un Tory encarté. Il fait des séjours où il pratique ce sport extrême qu'est le *zorbing*. Disons simplement que nos univers sont entrés en collision et que maintenant je me retrouve coincée avec lui.

**Thérapeute** : À vous écouter, on dirait que vous comme André traversez une période vulnérable. Mais dans la mesure où il est votre patron…

**Patiente** : Il m'a transmis une maladie.

**Thérapeute** : Une « maladie » ?

**Patiente** : Disons, une infection, ce genre de truc. Vaginose bactérienne. Un homme peut transmettre cette saleté à une femme ? Eh bien, moi, je l'ai chopée, et c'est bien crade, et tout ça à cause de lui.

**Thérapeute** : Avez-vous consulté votre médecin ?

**Patiente** : Oui, bien sûr. Je n'avais pas le choix. Je vous raconte pas l'odeur… Bref, c'est là que les soucis ont commencé. Elle m'a prescrit ce médicament. Le Métro-machin-zole. Et elle m'a dit – le médecin – elle m'a dit que je ne pourrais pas boire durant le traitement, « sous aucun prétexte », pendant au moins un mois.

**Thérapeute** : Vous a-t-elle expliqué pourquoi ?

**Patiente** : Elle m'a raconté que c'était comme l'Espéral, le médicament que prennent les alcooliques pour faciliter le sevrage. En gros, si on avale une seule goutte d'alcool, ou si on se fait tomber une larme de parfum sur la peau, c'est *game over*.

**Thérapeute** : Je ne serais peut-être pas aussi…

**Patiente** : Bref, j'ai essayé – et j'ai lamentablement échoué – de me lancer dans ce truc, là, la janvipause. J'ai vu une annonce sur un panneau d'affichage au boulot, et j'ai trouvé l'idée sympa. J'ai trente ans maintenant. Je ne peux pas continuer comme ça éternellement : jouer avec ma santé, sortir avec les pires types et envoyer par erreur des sextos à ma sœur. C'est ridicule. Mais le problème, c'est que je n'ai dit à personne ce que j'essayais de faire, surtout pas à Grace, qui…

**Thérapeute** : Grace ?

**Patiente** : C'est ma meilleure amie. Je lui cède chaque fois, en retournant boire des coups avec elle. Enfin, si je suis honnête, il m'arrive aussi de rentrer chez moi et de picoler sans elle. Quand le docteur m'a annoncé que je ne pourrais pas consommer d'alcool pendant le traitement, je me suis dit : « Ça y est, nous y voilà. » Je vais rester dix jours sans toucher une goutte, que ça me plaise ou non.

**Thérapeute** : Comment ça s'est passé ?

**Patiente** : Le premier jour, j'avais les paumes moites et des palpitations, mais je me suis clouée au lit toute la soirée, à attendre que ça passe. Je me suis cachée sous les couvertures à regarder des dessins animés de quand j'étais petite : *Comte Mordicus* et *Capitaine Planète*. Une des pires soirées de ma vie. Le lendemain, je suis allée au travail. Ça n'a pas été facile de passer la journée à bosser avec André, et j'avais toujours la haine à cause de cette saleté d'infection, alors quand je suis rentrée le soir et que j'ai vu qu'il restait une bouteille de vin dans le frigo… Elle appartenait à Laurie. Mon colocataire. Il était sorti.

J'ai vomi à m'en décrocher les côtes. J'ai appelé une ambulance, mais j'étais incapable de me souvenir de mon adresse.

Au final les secours m'ont trouvée, et m'ont placée à l'arrière du fourgon, avec plein d'aiguilles et de tuyaux, et beaucoup de questions. Laurie est arrivé juste au moment où ils m'embarquaient. Il m'a fait un petit signe de tête, m'a lancé un « Remets-toi vite », puis il est rentré à l'appart. Après ça, je me suis évanouie. Quand je me suis réveillée, j'étais dans une chambre d'hôpital, accrochée à une perfusion, avec la gueule de bois. Je me suis détestée.

**Thérapeute** : Ça a l'air affreux comme expérience.

**Patiente** : Le lendemain, j'ai appelé au boulot pour dire que j'étais malade. J'ai annoncé à André que j'avais une MST. Il est aussitôt allé se faire tester, et je suis presque fâchée que lui, il n'ait rien. *(Pause.)* Excusez-moi, ça vous dérange si je prends un verre d'eau ? *(Bruit sourd. L'enregistrement cesse, puis reprend. Petit frottement.)*

**Thérapeute** : Tenez.

**Patiente** : Merci. Excusez-moi.

**Thérapeute** : Je vous en prie. Donc, c'est votre mésaventure avec l'antibiotique qui vous a conduite ici ? Qui vous a donné envie d'arrêter de boire pour de bon ?

**Patiente** : Ça a débuté comme ça, oui, mais c'est un ensemble de choses. Ce sont aussi les entailles que je me suis faites aux mollets pour me punir d'avoir descendu la bouteille de Laurie, et qui commencent à peine à cicatriser. C'est le fait de m'être aperçue, pendant que j'étais allongée sur mon lit d'hôpital, que mes amis étaient trop occupés à se cuiter pour venir me voir. C'est le fait qu'en réalité, au fond de moi, je sais que la janvipause ne me suffira pas. Il faut que j'aille beaucoup plus loin. Je dois me mettre en pause pour toujours.

**Thérapeute** : Vous avez envie de prendre les commandes de votre vie, plutôt que de laisser l'alcool vous commander ?

**Patiente** : J'ai envie de me souvenir de qui je suis. Tous les matins, je me force à faire quelque chose qui m'aidera à me sentir mieux. Manger une banane, faire de la méditation, regarder des photos de cirrhose du foie. Parfois je hurle dans mon oreiller.

**Thérapeute** : Est-ce que ça vous aide ?

**Patiente** : Je n'en sais rien. Si j'arrivais à rompre pour de bon avec André, alors… Peut-être que j'essaie juste de saboter mon propre bonheur.

**Thérapeute** : Vous serrez les poings. Pouvez-vous me décrire ce que vous ressentez ?

**Patiente** : Depuis quelques jours, je repense à un truc qui m'était arrivé quand j'étais étudiante. Ça va probablement vous paraître anodin, et peut-être que je vais passer pour une gamine gâtée…

**Thérapeute** : Poursuivez.

**Patiente** : À la fin de leur première année, les étudiants doivent déménager du campus. On est censés quitter le nid et apprendre à gérer notre quotidien comme des adultes responsables. Eh bien, ma bande de potes et moi, on a repoussé jusqu'au dernier moment la recherche d'un nouveau logement. On avait d'autres urgences à régler, comme quel night-club choisir le jeudi soir : celui à l'ambiance indie, ou le gothique ? Alors on s'est retrouvés à devoir louer un appart dans un quartier vraiment malfamé. On entendait des coups de feu en pleine nuit et, un matin, quand Beth est partie, elle a trouvé du sang sur notre pas de porte.

Il nous fallait deux heures pour rejoindre le campus à pied. De toute l'année, je ne crois pas avoir réussi à assister à un seul cours à 9 heures. Il y avait bien un bus, mais il ne circulait presque jamais, et je ne voulais pas payer mon ticket de toute façon. Je vivais sur ma conserve de raviolis à 7 pence par jour, et j'économisais tout mon argent pour mes bières Foster's et mes vodkas-cocas. *(Soupir à peine audible.)* Je détestais chaque seconde de ce trajet à pied en direction du campus. Je n'aimais pas mes études non plus, et je m'en voulais. Je savais que c'était un privilège d'être là, à l'université. Maman et papa étaient fiers de moi, ma sœur allait de plus en plus mal, et moi, je devais être celle qui allait bien. Alors je tenais le coup.

**Thérapeute :** Vous aviez en tête un incident en particulier ?

**Patiente :** Ce matin-là ressemblait à tous les autres. La pluie, le ciel gris. Mais alors que je démarrais ma longue marche vers le campus, avec la pire gueule de bois qui soit, je suis passée devant une rue qui avait été bouclée au ruban par la police, et je me suis dit : « Il faut que tu prennes une décision, Ottila. Décide-toi à ne plus détester ce trajet à pied. Décide-toi à l'accepter tel qu'il est. » Et à partir de ce moment là, c'est ce que j'ai fait. Ne me demandez pas comment ça a fonctionné, mais ce chemin ne m'a plus jamais pesé. J'ai même appris à l'apprécier.

Alors je pensais que je pouvais faire la même chose avec ma nouvelle vie sans alcool : décréter que ça me conviendrait bien. Car vivre à cent à l'heure, repousser toujours les limites, multiplier les infidélités, tout ça, c'est fini… Je décrète juste que ça va aller. Donc, c'est pour ça que je suis là, à vous parler aujourd'hui. Parce que je ne toucherai plus jamais le moindre verre, parce que je passe à une sexualité monogamique. Finies les coucheries, à partir de ce jour et pour toujours. Je veux devenir une fille bien. Et je veux être heureuse. Heureuse à en avoir mal.

Alors je vais avoir besoin de votre aide pour y arriver.

Pour être heureux, soyez votre propre soleil.

---

Charles Edward Jerningham

## *Le Petit Livre du bonheur*

Cher *Petit Livre de merde*,

D'abord, qui a bien pu te baptiser *Petit Livre du Bonheur*? Quelle idée! Tu sais aussi bien que moi que s'il existait un mode d'emploi pour être heureux, ça se saurait. Dès que j'ai repéré ta tranche prétentieuse sur la bibliothèque, je t'ai détesté.

*Petit Livre du bonheur*. Comme si tout ce qu'il y aurait à dire au sujet du « bonheur » pouvait se condenser dans un « petit livre ». Et pourtant, je n'ai pas pu m'empêcher de te récupérer ce matin et de parcourir tes pages, saturées d'espaces blancs et d'aphorismes débiles. Tout comme je n'ai pas pu m'empêcher de te glisser dans mon sac à main, et de te dérober au travail. Pense donc à tous ces patients cancéreux qui ne connaîtront jamais les secrets menant au nirvana à cause de moi.

J'avoue que je ne regrette pas tant que ça de t'avoir subtilisé. Enfin, je suis un peu désolée d'avoir commencé à arracher tes pages. Mais bon, je ne fais pas cela sans raison : c'est un truc qu'on m'a appris à la Maison de Maggie, à l'époque où j'y allais en tant que patiente. Je vais composer un album de deuil. Sauf que personne n'est mort. Pas récemment, du moins. Cela dit, j'expérimente le deuil de l'alcool, ça justifie bien un album, non?

Il me faudra plus qu'un bouquin merdique sur le bonheur pour me sortir du trou, alors je vais te faire monter en gamme. Je vais t'ajouter de jolies pages neuves et te faire raconter l'histoire de ma vie pendant quelque temps. Quand j'en aurai terminé avec toi, tu seras devenu le *Putain d'énorme livre du bonheur qui va tout déchirer*!

Et je n'aurai pas touché un verre d'alcool pendant toute une année. Tu vas voir ce que tu vas voir, mon petit gars. Tu vas voir ce que tu vas voir.

Ottila McGregor, qui s'apprête à faire sa révolution.

## Vingt choses à faire plutôt que se servir un verre

1- ~~Lire un livre~~ / *Pas moyen de me concentrer*

2- ~~Faire un tour en voiture~~ / *Illégal*

3- ~~Faire du sport~~ / *Non*

4- ~~Danser comme si personne ne vous regardait~~ / *Me donne envie de boire*

5- ~~Caresser votre chat~~ / *Mort*

6- ~~Téléphoner à votre mère~~ / *Ça sonne occupé*

7- ~~Lire une histoire à un enfant~~ / *Flippant*

8- ~~Rendre visite à une personne en maison de retraite~~ / *Encore plus flippant*

9- ~~Parler en rimes et en couplets pendant une heure~~ / *Plus flippant que ça tu meurs*

10- ~~Récurer le calcaire dans votre salle de bains~~ / *Hein ?*

11- ~~Faire des confitures~~ / *Allez vous faire voir !*

12- ~~Partir en randonnée~~ / *Sans moi*

13- ~~Quand j'écoute de la musique, j'ai envie de…~~ / *De boire*

14- ~~Prendre un bain bien moussant~~ / *Incompatible avec vaginose*

15- ~~Préparer des pickles~~/*Mais vous êtes qui ?*

16- ~~Rendre visite à un ami~~/*Envie de boire*

17- ~~Vous faire les ongles~~/*Envie de boire*

18- ~~Rédiger un poème~~/*Envie de boire*

19- ~~Faire une lessive~~/*LÀ, VOUS ME DONNEZ ENVIE DE BOIRE COMME JAMAIS !*

20- Se trouver un nouvel amoureux

## Badge nominatif

## La Maison de Maggie

À quatre-vingts ans, Maude est atteinte de polyarthrite rhumatoïde et d'une tumeur au cerveau de grade 3. Elle entre dans la pièce comme si rien de tout cela ne l'affectait.

—Bonjour, *ulubieńcami*, lance-t-elle en branchant la bouilloire.

Maude n'est pas polonaise, mais son époux l'était. Il est mort depuis des années, j'ignore dans quelles circonstances, mais Maude a quitté la Pologne pour revenir au Royaume-Uni au milieu des années 1990. Je ne l'ai entendue évoquer son mari qu'une fois, mais elle en parle dans ses *pierniki toruńskie* et dans ses expressions occasionnelles d'Europe de l'Est. Bien que sa mémoire se soit dégradée avec la tumeur, ce sont les termes polonais qui semblent toujours lui venir le plus spontanément. Parfois, je me dis qu'elle s'en sert pour dissimuler le fait qu'elle a oublié leurs équivalents anglais.

Aujourd'hui, Maude n'a pas apporté de pain d'épices. À la vérité, ce doit être la première fois depuis des mois que je la vois débarquer sans son Tupperware rempli de gâteaux. En attendant que l'eau arrive à ébullition, elle se penche, dézippe son chariot, et en sort un petit paquet enveloppé de papier de soie blanc.

—Vous pensez que c'est quoi, hein ?

Elle plante ses mains sur ses hanches, se délectant d'être au centre de l'attention. Même s'il n'y a que deux personnes dans la pièce. C'est ma pause du matin, et un nouveau qui s'appelle Rajesh traîne sur un canapé en lisant une brochure. Mais bon, je l'ai vu pleurer il y a une demi-heure, et j'ai le sentiment qu'il n'est pas d'humeur à se joindre à nos facéties.

Ce qu'il y a de super avec la Maison de Maggie, c'est la façon dont elle est conçue. Beaucoup de fenêtres, des bois naturels et, surtout, des espaces ouverts. Des recoins privatifs sont à votre disposition si besoin, mais pour le reste, les cloisons sont un tabou. Autrement dit, on ne se sent jamais seul, même si la seule autre personne présente se trouve à l'autre bout du bâtiment. Dans mes anciens boulots, je m'empressais toujours de m'éloigner le plus possible du bureau pendant mes pauses. Ici, je me sens souvent mieux à mon poste de travail qu'en dehors. Du moins, c'était le cas jusqu'à ce qu'André me tombe dessus.

—Je n'ai pas la moindre idée de ce que ça peut être, réponds-je en ramassant le paquet que je palpe doucement entre mes mains.

Maude fait la grimace.

—Ouh, je ne ferais pas ça à ta place! Une tasse de thé?

Je pose le paquet sur la table.

—Avec grand plaisir.

J'ai l'impression que ce devrait être à moi de proposer de préparer le thé, mais si je m'y risquais, Maude me rétorquerait de reposer mes petits petons, alors je ne bronche pas.

Maude lâche les sachets de thé dans les tasses, puis ôte son manteau pour le poser sur le dossier d'une chaise, caressant ses faux plis avec un soupir de contentement. Elle se dirige vers Rajesh, puis s'assied sur le canapé à côté de lui.

—Moi, c'est Maude, dit-elle. Heureuse de te rencontrer.

Rajesh lève les yeux de son dépliant sur le cancer du côlon.

—Une tasse de thé, *przyjaciel*?

Il secoue la tête.

Maude lui prend la main entre ses paumes et la tapote.

— Eh bien, si tu as besoin de moi, je suis là, mon poulet.

Il est facile d'oublier que Maude ne fait pas partie du personnel. Elle est notre plus ancienne patiente ; elle fréquente la Maison depuis sept ans. Elle a eu un cancer du sein en 2007, et s'en est sortie grâce à une double mastectomie, mais elle a continué de venir au centre, apportant son soutien et ses encouragements aux autres. Et puis, il y a deux ans, on lui a diagnostiqué une tumeur au cerveau. Ce n'est pas juste, la misère que certaines personnes se traînent. Même si je suppose qu'il n'existe pas vraiment de justice. Tout le monde en bave.

Maude retourne vers la cuisine, en se frottant les tempes.

— Et maintenant, dis-moi, Ottila, reprend-elle en finissant de préparer les tasses pour venir s'attabler avec moi. Est-ce que tu as pu parler avec le gars, là-bas ? Celui du bâtiment principal, à la cafétéria ?

Je regarde autour de nous, m'assurant qu'André n'est pas dans les parages. Les messes basses sont compliquées dans un open space, alors je laisse le rouge qui me monte aux joues et mon hochement de tête répondre à ma place.

— Bravo, ma belle ! Alors, est-ce que tu sais s'il a une *dziewczyna* ?

— Je lui ai acheté quatre sandwichs cette semaine, pour essayer d'en apprendre le plus possible.

J'ai réussi à dégotter une somme étonnante d'infos sur mon nouveau coup de cœur lors de nos rares et brefs échanges. Thalès écrit des films pendant son temps libre. Je lui ai expliqué que j'ai écrit des histoires et des pièces de théâtre, et il m'a confié que son auteur préféré est Pessoa. Je ne sais même pas qui c'est, ce que je trouve fascinant. Hier, j'ai réussi à faire coïncider ma pause du matin avec la sienne, et on s'est assis au soleil emmitouflés dans nos duffle-coats, à bavarder comme de vieux amis. Je lui ai mentionné mon problème avec l'alcool, et il a réagi à mon aveu de façon vraiment adorable. Il a fait en sorte que ça ait l'air normal et pas du tout embarrassant. Ah, et de manière tout à fait naturelle, j'ai appris où il habitait, et c'est vraiment tout près de chez moi. Non pas que ce genre de détail soit important, évidemment, parce que si jamais on sortait ensemble – et je sais que je vais vite en besogne – mais si jamais on sortait ensemble, je traverserais tout Manchester et sa banlieue pour le voir. Or il se trouve qu'il habite à Chorlton, à trois rues de chez moi. Ce qui signifie que quand je regarde par la fenêtre de mon séjour les jours de beau temps, je peux presque voir le toit de son immeuble. Et mieux encore, il y a une allée qui part de ma rue, qui dessert Chandos Road, puis Ellesmere Road, pour déboucher directement sur Egerton Road North, juste en face de chez lui. J'ai testé le trajet hier soir, et ça m'a pris exactement quatre minutes. J'explique à Maude qu'il est fraîchement séparé de sa copine. J'ai passé des jours et des jours à chercher la bonne façon de lui demander « Est-ce que tu as quelqu'un ? » sans paraître trop lourdingue. Au final, il m'en a parlé sans que je pose la question. Sa copine a quitté son appartement récemment en emportant la moitié de ses affaires à lui.

— Oh, eh bien, on dirait que la concurrence ne sera pas trop rude. Maintenant, tu peux l'inviter à un rencard.

— J'en sais rien, il a peut-être besoin d'un peu de temps.

En fait, je pense à André. C'est peut-être moi, qui ai besoin de temps. Je n'ai toujours pas officiellement rompu avec lui, même si cela fait près d'une semaine que j'ignore ses SMS avec beaucoup de maturité. Alors je sais que ce n'est pas très féministe, de me trouver un gentil garçon pour résoudre tous mes problèmes. Mais d'une certaine manière, c'est différent cette fois. C'est peut-être parce que je me suis mise à parler avec lui depuis que j'ai décroché de l'alcool, mais nos conversations sont carrément fun. En plus, ce rapprochement avec Thalès, c'est bien plus qu'une diversion pour ne plus penser à l'alcool. Signe que je suis sous le charme : ça fait plusieurs jours que je répète son prénom entre mes dents. Ses parents sont grecs. J'ai toujours eu un faible pour les Grecs. Thalès tient son prénom d'un philosophe, un des Sept Sages de la Grèce antique. Le nom de ce penseur se prononce « Thalys » en anglais, mais Thalès dit qu'il en a marre d'être confondu avec un train, alors pour lui, il prononce à la grecque, « Tha-lès ». *Trop sexy.*

— Pfiou, nom d'un chien ! Tu retournes à la cafétéria et tu fonces ! La vie est bien trop courte, aussi regrettable que ce soit, affirme Maude en regardant du côté de Rajesh.

Il a posé sa brochure sur le côté, et à présent, il a son visage entre ses mains. Une des thérapeutes de soutien, Mairi, va bientôt descendre pour discuter avec lui. Elle est très douée pour réconforter les gens ; pourvu que les choses s'arrangent pour lui.

— Je vais peut-être l'inviter de vive voix. À moins que je ne lui écrive un petit mot. Je sais pas trop. Une invitation à sortir quelque part mais, genre, sous la forme d'un rébus ou quelque chose comme ça.

— Ça ressemble à une méthode de poule mouillée, fait remarquer Maude en soufflant sur son thé avant d'en boire une gorgée.

Je me demande comment elle réagirait si elle était au courant de mon problème d'alcool. Si elle savait que tous les soirs, quand je rentre chez moi, je me mords les mains jusqu'au sang, en m'efforçant de combler ce vide qui ne peut en vérité être comblé que par du whisky ou du vin.

Mes yeux se posent sur la main de Maude qui agrippe son mug, et je m'aperçois que son alliance a l'air toute serrée. Son doigt a gonflé autour ; la bague est en passe d'être ensevelie entre des replis de chair. Puis je baisse le regard vers la table et je revois le paquet.

—Alors, qu'est-ce qu'il y a là-dedans, Maude ?

—Quoi donc ? Ah, oui ! Bien sûr, dit-elle en récupérant l'objet qu'elle berce affectueusement dans ses bras. Est-ce que quelqu'un aurait vu *Seul au monde*, sur Discovery Channel, hier soir ?

Je ne suis pas certaine que Rajesh nous écoute, mais je secoue la tête.

—C'est une émission de survie, qui se passe sur une *Pustynna Wyspa*… comment vous dites, déjà ? Une île déserte. Ce jeune homme se fait déposer sur une île, à poil, et doit y subsister pendant soixante jours, explique-t-elle en défaisant le papier de soie qui enveloppe le paquet avant de brandir une petite boîte en carton. Savez-vous de quoi il s'est nourri pendant son séjour sur cette île ?

—De noix de coco ? me hasardé-je à répondre.

—D'un gecko ! s'esclaffe Maude en sortant un lézard de la boîte avant de me le lancer sur les genoux.

Je repousse ma chaise vers l'arrière, ses pieds crissent sur le parquet. La créature tombe à mes pieds.

Aussitôt, Maude est prise d'un fou rire démoniaque.

—Je t'ai bien eue !

Bien entendu, le lézard n'est qu'un jouet.

—J'ai fait le même tour à ma petite-fille ce matin, et elle était dans le même état que toi !

Je jette un coup d'œil du côté de Rajesh, en espérant qu'il se soit montré aussi crédule que moi, mais je constate une chose bien plus merveilleuse : il rit comme un bossu, lui aussi.

# La nuit du haggis

*Thalès, mon héros sexy.* Je sais que nous ne nous sommes parlé que six fois, ou six fois et demie, si on compte le « Salut ! » que je t'avais lancé devant le service Mélanome, mais tu as accepté mon invitation à aller manger une glace ce soir, et il me semble correct de jouer franc-jeu avec toi : j'ai de grands projets pour toi, Cafétéria-Boy.

Ce samedi, toi et moi, on fête la nuit du haggis. J'ai fait des recherches de malade pour l'occasion, alors voilà le plan. D'abord, nous dessinerons un drapeau écossais au crayon bleu, que nous scotcherons au mur en cachant le trou que ton ex – qui, je présume, n'a pas du tout compté dans ta vie – a creusé dans le plâtre, sous cette affiche – représentant un chien ? une pieuvre ? Pas moyen de me souvenir ! – que tu m'as raconté avoir gagnée à un concours, et sur laquelle est inscrit : « La journée s'annonce belle ! »

Ensuite, je dégotterai la musique de cornemuse la plus lascive qui soit sur Spotify, et nous l'écouterons tout en préparant le dîner. De temps à autre, nous arrêterons de découper les rutabagas pour nous embrasser, et nos baisers seront tellement exquis que nous en aurons des picotements aux lèvres. Dès que le repas sera au four, nous ferons une descente dans ta garde-robe, et revêtirons les habits qui se rapprochent le plus d'un tartan, c'est-à-dire des bas de pyjamas à carreaux, puis nous défilerons dans le salon tel un duo de clowns.

Malheureusement, il n'y a pas de table à laquelle s'asseoir, parce que ta très indélicate ex-petite amie l'a emportée avec elle, de même que les chaises, le lit et la TV, lesquels objets, selon les informations dont je dispose, t'appartenaient officiellement, mais nous nous installerons sur ton canapé, avec nos couverts sur un cageot, et on s'éclaircira la voix.

Tout se déroulera selon cet ordre.

Nous commencerons par le discours du maître de cérémonie. Comme nous nous trouverons dans ton appartement – pour éviter de partager notre petite soirée avec mon coloc lourdingue –, cela fera de toi le conférencier d'ouverture. Je m'attends à un truc épique, quelque chose au sujet de nos ancêtres, des hommes qu'ils ont exterminés, et des jeunes filles qu'ils ont engrossées, sans qui nous ne serions pas là aujourd'hui. Quelque chose à propos de l'ardent désir que tu ressens pour moi au creux de ton « ventre », de tes « tripes », de cette crispation de ton « séant », de ce bouillonnement qui te consume au plus profond de tes « entrailles ». Quelque chose à propos de cet incommensurable désir charnel, animal, que tu ressens pour moi, du centre frémissant de la Terre jusqu'au sommet de la scintillante voûte céleste. Un « merci de ta présence ce soir » suffira également.

Nous ne réciterons pas la *Selkirk Grace* de Robert Burns parce que nous ne sommes pas croyants – à moins que tu ne le sois ? Ce n'est pas forcément rédhibitoire –, mais nous chanterons les louanges du mot « Selkirk », et je te dirai que ça me fait penser à de doux fils de toile d'araignée, ce qui fait un peu prétentieux mais c'est comme ça. Ensuite nous prendrons un bol de la fameuse soupe traditionnelle écossaise *cock-a-leekie*. Il s'agit de notre deuxième rendez-vous galant, cette nuit du haggis, notre deuxième et délicieux rendez-vous, et le *cock-a-leekie* sera un régal. Nous ne ferons des allusions à la vigueur sexuelle du coq qu'une petite demi-dizaine de fois ; nous resterons raisonnables. Nous nous délecterons de ce potage au coq, et nous resterons raisonnables.

Quand tu rapporteras les plats vides, je t'entendrai affûter la dague de cérémonie – le couteau le plus mal taillé que tu trouveras dans ton tiroir à couverts –, et puis tu l'apporteras vers la table, le visage crispé par la concentration, avec un plat à rôtir rempli de morceaux bruns, de morceaux blancs et de morceaux jaunes, que tu déposeras sur un « plateau qui gémit », à savoir le cageot.

Au son du *Best Ever Rabbie Burns Medley* à la cornemuse, je me lèverai en applaudissant et pousserai de petits cris un peu trop stridents. Quand je te donnerai l'accolade, je remarquerai brièvement combien ta peau est chaude sous ton pull, et je me demanderai si c'est à cause de cette toison virile qui, j'en suis sûre à quatre-vingt-dix pour cent, couvre ton torse.

Nous nous assiérons pour contempler le plat. Les morceaux marron seront le *haggis*, les jaunes, les patates et les blancs le rutabaga. Cela n'aura pas l'air appétissant. Cela ressemblera bien à de la panse de brebis farcie. Les abats, cela demeure des abats.

Plus tôt dans la journée, j'aurai imprimé *Discours à un haggis* sur l'imprimante au boulot pendant que mon boss (qui se trouve plus ou moins être mon petit ami – euh, mon autre petit ami, ce qui bien sûr ne te dérange pas du tout parce que là, on est dans mon fantasme, et que tout y est parfait) était occupé ailleurs. Nous déclamerons le discours dans un accent écossais à couper au couteau, vraisemblablement outrancier – je n'arrive jamais à trancher : est-ce qu'imiter des accents est un acte raciste ou pas ? – pendant que les boyaux de la brebis refroidiront dans le plat. Au vers « Un rude homme de labeur essuie sa lame », tu brandiras ton couteau, et quand je hurlerai « Et te tranche d'un coup de main habile », tu découperas le *haggis* de bout en bout. La vapeur chaude s'élèvera des abats vers nos narines. Nous ferons trinquer nos verres, qui contiendront de la bière de gingembre sans alcool, puisque j'en serai à ma seizième journée d'abstinence – et ensuite, place à la dégustation.

Ce sera le meilleur repas de notre vie.

Tout en dînant, nous bavarderons de choses et d'autres. Nous commencerons par parler de notre travail, puis très vite nous changerons de sujet car quand on est employé dans un hôpital pour cancéreux, ça a tendance à donner le cafard. Et puis, le travail, c'est juste un truc absurde que les humains sont obligés de faire pour gagner de l'argent, ce qui est absurde aussi, même si nous en avons besoin pour payer des choses comme un dîner au *haggis*, qui, elles, n'ont rien d'absurde – on en revient toujours à ce bon vieux *haggis*.

On discutera de ce qu'on aura envie de faire le week-end suivant (aller faire un tour au parc qui expose des sculptures à la tronçonneuse, et s'offrir un café à 1,50 livres à la boutique de la station-service pour le trajet), et de ce qu'on a envie de faire pour le restant de nos jours (alors pour toi – et ce n'est qu'une intuition – arrêter de travailler dans un hôpital, décrocher la Palme d'or ; et moi, écrire un recueil de nouvelles qui se révélerait un best-seller, devenir la nouvelle Marina Abramović), avant de brièvement – très brièvement – évoquer tous les gens que nous avons fait souffrir et qu'on a embobinés, puis de parler de ton ex affreusement difforme, et de cet autre type que je vois, mon boss (j'essaie de te parler de lui dans la vraie vie, Thalès, je te le promets, tout comme j'essaie aussi de le quitter), ainsi que de l'importance pour nous de garder cette soirée secrète.

Je déclarerai alors, la bouche pleine d'avoine et d'épices :

— L'heure est venue pour moi de prononcer mon discours. Une allocution censée aborder la vie de Robert Burns, sa poésie, son héritage.

Je te regarderai dans le blanc des yeux en pensant à la première fois où l'on s'est parlé, quand je t'ai commandé un sandwich bacon, laitue, tomate, et un sachet de Doritos Cool Original.

— Un discours connu sous le nom de « Souvenir inoubliable ».

J'aurai effectué quelques recherches sur Wikipédia pour t'épater, alors je commencerai par mentionner la fille dont Burns est tombé amoureux quand il avait seize ans. Il se trouvait dans la cour de l'école, à mesurer la course du soleil quand il l'aperçut. Pendant les six mois qui suivirent, il avait trouvé un nouvel astre sur qui se focaliser… Je ne connaîtrai pas tous les détails, pour être honnête, parce que je fais toujours défiler les pages Wikipédia trop rapidement pour pouvoir lire ce qui s'affiche à l'écran, mais j'inventerai un truc pour toi. Un truc du genre cette fille était fiancée à un autre homme, lequel ne lui enflammait guère le cœur. Il n'y avait que le barde, et seulement le barde, qui puisse la consumer. Avec Robert Burns, son cœur « *brunit* ».

Tu me remercieras pour mon discours, tu te redresseras pour te lever à ton tour, en prenant soin de ne pas trébucher sur le cageot, et en t'efforçant de ne pas insulter ton ex-petite amie flatulente et bossue, puis nous passerons aux toasts.

Tu me déclareras que tu n'avais jamais rencontré une femme comme moi. Tu me confieras que tu as un fort, très fort pressentiment au sujet de nous deux.

Ce à quoi je te répondrai que nous n'en sommes qu'à notre deuxième rendez-vous, mais que tu es en train de changer ma vie. Tu es tellement plus qu'une simple ligne parmi les autres sur ma liste de « Choses à faire plutôt que se servir un verre». Tu es exactement le genre de personnes avec qui j'ai envie d'être quand je suis sobre.

Je me lèverai à côté de toi, prendrai ta main dans la mienne, et nous danserons dans tout le salon, en pyjama, sur les notes de *Ce n'est qu'un au revoir*. Nous n'en serons qu'à notre deuxième rendez-vous et, même si les cornemuses me brouilleront l'esprit, je te dirai, bien sincèrement, que c'est exactement ça dont j'ai envie, maintenant et pour toujours.

Mais aujourd'hui, Thalès, on n'en est qu'à notre Jour 1.

Nous sommes le 23 janvier, et je me dirige vers la cafétéria de l'hôpital pour te demander si tu aimerais faire quelque chose après le boulot. Nos doigts ne se sont pas encore effleurés. Nos haleines ne se sont pas entremêlées.

Aujourd'hui – je l'espère – nous rentrerons à pied chez toi en dégustant de la glace à la fraise, et puis nous regarderons la télé, et bavarderons jusqu'à pas d'heure. Tu prépareras des pâtes, et me montreras ta bibliothèque et tes exemplaires dédicacés de… euh… je ne sais pas, moi, quelque chose de décalé et d'intello comme *La Mezzanine* de Nicholson Baker. Je t'expliquerai que je n'ai lu qu'un livre de cet auteur, et que je n'ai pas accroché. Tu me recommanderas d'en essayer un autre avant de renoncer à lui. Je te demanderai lequel tu penses que je devrais essayer. Tu me répondras. J'acquiescerai. Tu plongeras tes yeux dans les miens, tout sourires. Je plongerai mes yeux dans les tiens, tout sourires. Aujourd'hui, nous sommes dans les starting-blocks.

Ticket de caisse

**FOOD SAVER**
Wilbraham Road
Manchester
M21 0FT
0161 332457
N° de TVA. GB 8224579

---

003867 PATATES VRAC ........................................ 2.25
002458 RUTABAGAS VRAC ....................................1.21
001745 CHIPS GOÛT HAGGIS ................................ 1.29
003875 BIÈRE GINGEMBRE .................................. 0.64
009122 DUREX "SURPRISE ME" PRÉSERVATIFS (paq 20)
......................................................................... 14.99

Articles : 5

TOTAL ........................................................ 20.38

VISA règlement client.................................. 20.38

---

Rendu ......................................................... 00.00
Vous avez été servi par : MARLON.
MERCI de votre visite.

25/01/14
18h02

De toutes
les formes
de prudence,
la prudence
en amour est
peut-être la plus
fatale au véritable
bonheur.

Bertrand Russell

## Message à l'intérieur d'un sandwich thon-mayonnaise sous blister

Surprise!

Si tu es l'heureuse destinataire de ce message, c'est que j'ai réussi à convaincre Naomi de l'apporter jusqu'à la Maison de Maggie et de te le livrer en main propre. Toutes mes excuses si tu n'étais pas d'humeur à manger un thon-mayo. C'était ça ou fromage-oignon cru, mais personne ne peut avaler un truc pareil.

J'avais juste envie de te dire que je te trouve cool, et que j'espère que tu vas bien. Je me suis vraiment bien amusé à notre soirée de samedi. Désolé si je n'avais pas de pantalons de pyjamas à rayures, mais je crois que ça n'a rien enlevé au côté authentique de la soirée. Je n'avais sans aucun doute jamais vu quelqu'un enfourner huit chips à la fois dans sa bouche: ça doit être un record de la nuit du haggis. Et ne t'inquiète pas de n'avoir pas dégotté du vrai haggis: je survivrai sans m'être délecté de ventre de mouton jusqu'à l'année prochaine. Sur une note plus sérieuse, j'ai adoré t'écouter me raconter cette histoire que tu avais écrite à l'université. Je sais que tu es persuadée d'avoir perdu ton étincelle créative, mais moi, je crois qu'elle est toujours là.

On ne se connaît pas encore très bien, mais je tiens à te faire une confidence. Je comptais aborder le sujet ce week-end, mais on se marrait trop et je n'ai jamais trouvé le bon moment, alors voilà... Moi aussi, je suis un ancien camé. Jusqu'à très récemment, j'étais accro à la codéine. Je pouvais arpenter jusqu'à sept pharmacies différentes dans tout Manchester Sud, pour acheter autant de Paramol qu'on voulait bien m'en vendre. Super comme addiction, non ? Certainement pas aussi rock'n roll que l'alcool. En vérité, je m'anesthésiais de ma dépression avec des antidouleurs et de la bouffe. Je suis clean à présent, mais décrocher de la codéine n'a pas été une mince affaire. J'ai pas mal de « problèmes gastriques ».

J'espère que ton sandwich te plaira ?

Thalès

P.-S. : désolé pour mon surpoids.

## SMS d'André

**Lun 27 janv 11h05**

Vraiment le kiff cette jupette en tartan aujourd'hui, jeune fille. Je nous réserve une chambre au Marriott ce soir ? Petite gâterie pour fêter nos 3 mois… Au fait, moins tu me parles, plus ça m'excite.

## Mail à Grace

**De:** **Ottila McGregor**
**À:** **Grace Shotts**
**Date:** **ven 31 janvier 2014 à 19 h 12**
**Objet:** **RE: Meuf, t'es passée où ?**

Shottsinette!

Comment tu vas? J'espère que ça se passe bien pour toi et que tout va pour le mieux à Hallé-land. J'ai vu passer un article dans le *Manchester Evening News* à propos d'une série de concerts de Strauss. Je crois qu'il y en a eu un à Bridgewater. C'était toi, ça?

Je suis trop, trop désolée d'être passée sous les radars depuis quelques semaines. La dernière fois qu'on s'est vues, j'essayais de convaincre un mec au *Funkademia* d'échanger son jean contre le mien, et toi, tu étais allongée sous une pile de manteaux à hurler les paroles de *Pick up the pieces*. Attends, c'était avant ou après le Frenchie polygame au *Walrus*? Quel comportement scandaleux, m'dame! Bref, désolée si je n'ai pas pris de taxi pour rentrer avec toi ce soir-là. J'ai gerbé mes tripes et mes boyaux, et un des videurs m'a virée. Je suis retournée chez moi, j'ai mis six burgers au four et je me suis planté une punaise dans le genou. Laurie a retrouvé les burgers au petit matin, en train de fondre lentement sous le gril, à basse température, et je me suis réveillée, tout habillée, avec une punaise et plein de sang séché sur la jambe. Normalement, je crois que ce genre de choses nous fait marrer. Sauf que la vérité, la vraie vérité, c'est que je ne peux plus continuer comme ça.

Je ne sais pas comment, mais tu as l'air de gérer – toi, tu peux te prendre la cuite du siècle, puis assurer le plus beau, le plus poignant des solos de violon le lendemain, sans que personne ne puisse se douter qu'à 3 heures du mat' le même jour, tu te lançais dans une imitation de hérisson, shoutée jusqu'à la moelle. Alors que moi... Je ne peux pas continuer. J'ai besoin de m'assagir. As-tu seulement remarqué que tous nos vieux potes de beuveries ont arrêté de traîner avec nous maintenant ? Il n'y a plus que toi, moi, Saz et parfois Kameko, même si elle aussi a l'air de lever le pied et de se la jouer raisonnable depuis qu'elle a changé de coupe de cheveux. Bref... Je ne sais pas ce que je tente de te dire. Je crois que je devrais peut-être essayer de moins picoler pendant quelque temps, genre peut-être plus du tout du tout... Qu'est-ce que tu en penses ? Est-ce que tu me détestes ? Tu trouves que je suis une ratée ? On peut continuer à se voir et, par exemple, prendre un chocolat chaud quelque part ? Ou faire du roller ? Un ciné ? Je t'entends ronchonner d'ici.

Ça me ferait du bien qu'on se voie. Il s'est passé tellement de choses récemment. J'ai essayé de rompre avec André – oui, je sais, encore – lundi dernier parce que... bref, parce que c'est destructeur et néfaste pour moi, mais il y a aussi cet autre type qui... Je t'en dis plus sur lui dans quelques lignes. La scène de rupture a complètement foiré. J'ai demandé à André si on pouvait se parler dans l'une des salles de thérapie individuelle, mais dès qu'il a refermé la porte, j'ai compris que me retrouver avec lui dans un espace confiné était une erreur. Ce qui suit n'a rien de glorieux, alors accroche-toi, mais tu vois ces foulards que les gens s'accrochent autour de la tête quand ils ont eu une chimio et qu'ils perdent leurs cheveux? OK, ne rigole pas parce que, en fait, c'était affreux, mais il y avait une boîte de ces foulards-là sous la table – il arrive à Delyth d'animer des ateliers mode, et d'enseigner aux patients des façons cool de porter ces foulards – et... je crois que j'ai toujours pensé que j'aime être attachée. André a vraiment cru qu'il allait me reconquérir en se la jouant dominateur avec moi. Cela dit, c'est difficile de faire un bon dominateur quand on chiale. Sérieux: il avait les larmes aux yeux. Il traverse une période tellement difficile en ce moment. Je compatis pour lui, mais il faut que je commence à me respecter un peu. Je ne sais pas pourquoi je continue à laisser ce genre de situations arriver. Non pas qu'il se soit passé quelque chose. Pas vraiment. Je veux dire, à part quelques caresses. C'est trop compliqué de trouver la force de mettre un terme définitif à une histoire. Je me sens responsable d'André d'une certaine manière. Il a quitté Jennifer pour moi. Pendant une période, ça me faisait du bien d'essayer de le rendre heureux. Surtout après que Ben m'a larguée sous prétexte que je suis « un boulet ». Moi, j'aimais bien pour une fois m'occuper d'un boulet. André est probablement la seule personne au monde qui soit plus pathétique que moi, ce qui est évidemment très excitant. En plus, il est sportif. Mais c'est aussi un connard. Beurk. Je le vois demain soir dans un lieu public, en territoire neutre. Il pense que c'est un rencard, bien sûr, mais je vais rompre avec lui une bonne fois pour toutes.

Je ne sais pas, tu en penses quoi? Est-ce que je suis une pauvre fille? Est-ce que la vie était plus simple quand je me moquais bien de toutes ces choses? Et puis, il y a cet autre type que j'ai rencontré et qui me plaît, vraiment beaucoup. Il est grec, intelligent, et gentil. Il travaille aussi à l'hôpital, à la cafétéria. Je crois que je pourrais peut-être commencer un truc avec lui, tant que je ne me mets pas à me focaliser sur tous ses défauts jusqu'à m'en dégoûter. Peut-être que je ferais juste mieux d'éviter les relations pendant quelque temps.

Je me sens si déprimée, Grace. Honnêtement. C'est comme un mal profond, très profond, à l'intérieur de moi.

Zut, je parie que tu ne t'attendais pas à des nouvelles aussi déprimantes après tout ce temps ! C'est promis, dès qu'on se revoit, je serai gaie comme un pinson, un vrai feu d'artifice !

O-Dog

## Rendez-vous avec André dans un lieu public

—Ottila ! Par ici !

André est déjà attablé, à agiter son bras dans ma direction. Il porte une chemise neuve, ce qui est mauvais signe. Elle est bleu clair, avec des motifs fleuris géométriques. J'espère que scruter sa chemise m'aidera à faire abstraction de la lueur passionnée qui brille dans ses yeux, mais je me trompe. Ça ne fait qu'aggraver mon cas.

Alors qu'on se donne l'accolade, ses lèvres effleurent ma joue. J'écarte mon visage, faisant semblant de balayer du regard le restaurant quasi désert, puis je m'assois.

—Merci d'être venue, déclare-t-il en s'installant face à moi.

Je reconnais son odeur, ce parfum prometteur, dont le nom doit ressembler à quelque chose comme *Eros*, et qui me chatouille les narines en tentant de s'accrocher à la partie de mon cerveau qui régente l'attirance physique, mais ça ne fait que rendre André plus pitoyable à mes yeux.

—André, je… Ce qui s'est passé l'autre jour dans la salle de thérapie individuelle, c'est…, bredouillé-je en m'emparant du menu pour parcourir la liste des viandes grillées. Ça n'aurait pas dû…

—Écoute, Ottila, je sais ce que tu vas dire.

Il a les cils tellement épais, humides… *Il a encore pleuré ? Il est beau quand il a les yeux mouillés. Pourquoi faut-il qu'il ait les yeux mouillés ?*

—On doit arrêter de faire ce genre de trucs, annonce-t-il. C'est pourquoi je t'ai suggéré le *Marriott*, un quatre étoiles, mais on a fini dans la salle de consultation. Ce n'est pas correct. Je suis ton supérieur hiérarchique. Il nous faut instaurer des limites.

Je lève le regard de la carte du jour, et à mon tour je suis dans l'expectative.

— C'est ce que je me disais, moi aussi. Tu es mon patron, et nous ne devrions pas…

— Donc le boulot, c'est le boulot, et notre temps libre, c'est pour le plaisir.

— « Pour le plaisir » ? Tu deviens grossier, André.

Mon affreux et séduisant patron sourit, et je me souviens du jour où ses dents impeccablement blanches m'ont mordu le clitoris et où j'ai crié. C'était sa première fois sous ce qu'il appelle « la MDMA », même si tout le monde dit « ecstasy ». Il voulait qu'on essaie ensemble avant de tenter avec Jennifer pour raviver ce qui leur restait d'amour avant que celui-ci ne s'évanouisse pour toujours. Jennifer et lui ont pris des comprimés blancs incrustés d'éclairs tous les week-ends qui ont suivi. « On ne fait que promener nos mains sur le corps l'un de l'autre, m'a-t-il expliqué plus tard alors qu'il me sautait sur le parking après le boulot. C'est tellement spirituel. Si tu ne veux pas de moi, alors peut-être que Jennifer et moi avons une chance de remonter la pente. »

André hausse les sourcils, et la seule chose à laquelle je pense à cet instant, c'est : *Ton vrai prénom, c'est Brian. Peu importe à quel point tu es sublime quand tu hausses les sourcils comme ça devant moi, parce que, en vrai, tu t'appelles Brian et tu n'es pas français.*

— Écoute, tout ce que je dis, c'est que là, on est loin du boulot, juste toi et moi. On se détend, on prend du bon temps, appelle ça comme tu veux.

Je réprime un frisson malencontreux alors qu'une serveuse dont le badge indique qu'elle se nomme « Peggy » s'avance vers nous et demande si nous sommes prêts à passer commande.

— Je vais prendre le poulet chasseur, déclare rapidement André.

Je parie qu'il choisit toujours le même plat. Je suis presque certaine qu'il dîne ici tous les soirs depuis qu'il a quitté Jennifer pour s'installer au *Premier Inn*. En toute franchise, notre vie sexuelle s'est résumée à des hôtels et à l'hôpital depuis qu'on est ensemble. Heureusement, il s'agit là de notre premier rencard au *Little Chef*.

— Intéressant comme on a zappé le « sauce » dans « poulet chasseur », commenté-je sans que personne ne réagisse. Moi, je vais opter pour la tourte végétarienne.

La viande ne m'inspire pas confiance, ici. Je suis peut-être snob. Même s'il est vrai que je n'ai aucun problème de confiance avec la viande du *KFC* tous les samedis après m'être donnée en spectacle toute la soirée au *Mint Lounge*, alors…

— C'est noté.

Peggy est tellement douée pour ce travail qu'elle ne note même pas nos commandes sur un calepin. Elle a une discrète traînée d'ombre à paupières bleue sur les yeux, qui devient visible tandis qu'elle mémorise nos plats.

— Que désirez-vous boire ?

— Une Pilsner pour moi, répond André. Ottila ? Un vin rouge ?

— Vous servez de vraies boissons ici ? demandé-je en retournant ma carte.

La serveuse se met à rire. Je la déteste, elle et ses paupières peinturlurées en bleu.

— Oui, nous servons des boissons.

— Toutes les enseignes *Little Chef* servent de l'alcool, explique André.

— Je… Je ne souhaite pas…

À la seule lecture des noms sur le menu, je salive. *Carling. Pilsner Urquell. Merlot. Sauvignon blanc. Pourquoi faut-il que l'alcool ait des dénominations aussi alléchantes ?*

— Je prendrai un cocktail de fruits.

André en a la mâchoire qui tombe.

— Quel parfum ? demande Peggy.

— Tropical.

— Tu es malade, mon cœur ? m'interroge André tandis que Peggy s'éloigne.

Je secoue la tête.

— Je crois que j'ai une migraine qui couve. Le vin ne ferait qu'aggraver mon mal de crâne.

Le seul fait de prononcer le mot « vin » me donne envie de vin. Il y a une véritable délectation à cette façon dont on rapproche les dents des lèvres, avant de faire vibrer le son entre les commissures. *Bon sang, comme ça me manque…* Avec le vin, tout paraissait tellement plus facile. Je n'ai pas idée de comment je vais survivre à regarder André poser sa bouche sur une bouteille de Pilsner fraîche, à imaginer les bulles pétiller entre ses lèvres, le liquide ambré et désaltérant glisser le long de sa gorge.

— Tu trembles, Ottila. On devrait peut-être demander un *doggy bag* et remonter dans ma chambre ? Se blottir l'un contre l'autre et allumer la télé ? Je vais te faire couler un bain. Je t'autorise même à choisir une boisson du minibar. Il y a des sachets de M&M's à 100 balles.

Je suis allée une fois ou deux dans la chambre d'André. Il n'y a pas de minibar.

Un homme et une femme à une table non loin de la nôtre se tapent dans la main. Il s'agit d'une table de quatre : mère, père, fils et fille. Ils ont tous un ballon rouge, à l'effigie blanche du *Little Chef* avec son sourire forcé, accroché à leurs dossiers de chaise. Manifestement, ils fêtent un anniversaire. Peut-être même sont-ils nés tous les quatre le même jour : la perfection incarnée. Cette famille idéale, dont chaque membre déguste un burger correspondant à sa personnalité, continue de jouer à « Tope là ! » en riant à l'unisson. *Quel est leur secret ? Comment font-ils pour être ainsi, alors que moi, je suis assise là, comme ça ?* Je ferme les yeux l'espace d'une demi-seconde, et je médite sur mon objectif : un bonheur abrutissant, abêtissant, palpitant, exquis.

— Écoute, André, il faut que je te dise quelque chose.

Il me tend une main, mais je ne la saisis pas. Je repense à la fois où cette main m'a collé deux doigts dans le cul pendant qu'on s'embrassait dans l'ascenseur du *Premier Inn*.

— Toi et moi, déclaré-je de façon résolue, je ne peux plus continuer.

La moquette est de ce rose poussiéreux de la poudre Pripsen que maman nous donnait à Mina et moi quand on avait des vers intestinaux. C'était prétendument saveur framboise. *Tu parles. Le souvenir de ce goût crayeux et alcalin me donne la nausée.*

La serveuse réapparaît avec nos boissons.

— Cocktail tropical, avec son cadeau maison, annonce-t-elle avec enthousiasme en me tendant un bout de papier avec une silhouette de pompier imprimée, assorti d'un sachet de crayons.

André prend une longue gorgée de Pilsner et je contemple de nouveau la moquette. L'action de la poudre Pripsen empêchait les vers de contracter leurs muscles, ce qui les délogeait de vos boyaux pour vous permettre de les évacuer en faisant caca, vivants et paralysés. J'essaie de me figurer que la Pilsner a le même goût que la Pripsen. Ça ne m'aide pas. Je boirais des vers au sirop si celui-ci était alcoolisé.

— Qu'est-ce que ça signifie, Ottila ? Tu m'as dit de quitter Jennifer. Que tu voulais t'envoyer en l'air avec moi quand je serais un vieillard, articule-t-il d'une voix qui ne tarde pas à se briser. Que tu promènerais tes doigts dans mes poils pubiens grisonnants.

Je ferme les yeux. *J'ai dit tellement de choses quand j'étais ivre. Tellement de choses, André.* Je rouvre les paupières et jette un regard du côté de la famille idéale. Tous les quatre ont arrêté de se taper dans les mains, mais ils rient toujours.

— Écoute, André, le fait est que je suis lesbienne.

— Sexy, réplique-t-il comme je l'avais prévu.

— Tu te souviens quand je t'avais raconté cette histoire, le fait que par le passé j'étais sortie avec une femme, Reatha, pendant trois mois, et qu'elle était la personne que j'avais le plus aimée au monde ?

— Je me rappelle, dit-il en souriant. Tu m'as expliqué en détail comment elle et toi vous vous serviez de votre chaise de bureau pour…

— C'est terminé, l'interromps-je sèchement. Je suis désolée que tu aies quitté Jennifer, mais je crois que tu devrais revenir vers elle et t'excuser. J'ai rencontré une femme maintenant, et mon avenir, c'est elle.

Je soulève le couvercle en plastique de mon cocktail de fruits, et aspire le jus tropical par la paille.

— Je te verrai lundi, au bureau, ajouté-je en me levant et en m'apercevant que je n'avais toujours pas enlevé mon manteau.

Je suis une de ces femmes dans les films qui commandent un repas puis quittent le restaurant sans en avoir avalé une bouchée.

André boit une autre gorgée de Pilsner, et toutes ses paroles se noient avec elle.

—Au revoir, André, murmuré-je avant de sortir du *Little Chef.*

Les choix sur cette section particulière de l'A556 sont assez limités, alors je me dirige vers la station British Petroleum, où je m'achèterai un friand – bas de gamme, crade, bourré de viande – et réserverai un taxi pour rentrer chez moi. En marchant devant la pompe, je prononce quatre petits mots entre mes dents, qui s'envolent de mes lèvres telles les étincelles d'une allumette : « Je maîtrise la situation. » Les étincelles deviennent des flammes qui me dévorent, tout mon système musculo-squelettique s'embrase devant cette victoire.

C'est alors que mon téléphone sonne. Je le sors de la poche de mon duffle-coat pour découvrir un message Snapchat. *De la part de ma sœur.*

—Hé, ma jolie, range ton téléphone, me lance une femme costaud devant la station.

Je souris en remettant l'appareil dans ma poche et en décidant de ne pas lui expliquer qu'en fait, ce n'est qu'un mythe : on peut utiliser les mobiles dans les stations-service.

*Je maîtrise la situation,* me répété-je, alors que les flammes transforment tout ce qui est autour de moi en brasier.

## Snapchat de Mina

Mini-Minette

Aujourd'hui

MINI-MINETTE

Je m'inquiète beaucoup pour toi, Tilly.

## Mail de Grace

**De:** **Grace Shotts**
**À:** **Ottila McGregor**
**Date:** **dim 2 fév 2014 à 18 h 28**
**Objet:** **RE: RE: Meuf, t'es passée où?**

salut poupée, putain, mais quelle cuite! j'arrive pas à croire que tu aies raté notre fuckademia d'hier soir. saz a levé deux mecs qui se sont révélés être frères et je me suis fait tej pour les avoir chauffés dans les chiottes. c'était dingue. j'ai le crâne comme une citrouille aujourd'hui. tu te trompes mais grave quand tu dis que je donne le change les lendemains de cuite. moi aussi, la gueule de bois, je connais, jeune fille, crois-moi! j'étais censée composer une musique à la béla bartók pour une pub de chapiteaux de mariage aujourd'hui, mais là, pas moyen d'assurer le truc, meuf! je vais me faire l'intégrale de *red dwarf*, journée pyj' et toasts au fromage sous la couette – dit-elle, bien consciente qu'on est déjà le soir et qu'elle n'est réveillée que depuis deux heures.

aïe, tu me manques, meuf! Il semblerait que tu nous fasses encore une de tes lubies. je comprends ce que tu racontes à propos de l'alcool. de temps en temps, je me dis que je passerais bien une soirée à la maison devant un joli film, et puis, je ne sais pas, genre aller au parc et contempler les perce-neige le matin, ou n'importe, et puis je me dis, allez, je suis jeune. c'est mon heure. avoir trente ans de nos jours, c'est comme en avoir vingt. notre génération, c'est pas comme celles d'avant. et celui qui t'assurera qu'il est plus heureux d'avoir des responsabilités, ou de faire des trucs de vrais adultes, celui-là te ment, je te le jure. allez, sérieux, on a encore le temps pour ces trucs-là. amuse-toi tant que tu le peux encore. à moins bien sûr que tu ne veuilles des enfants, auquel cas, il vaut mieux te sortir de cette merde, même si tes ovaires doivent déjà tremper dans le formol. mais c'est pas trop grave parce que toutes les nanas de notre génération adopteront, c'est la prochaine grande innovation.

oh, mon dieu, à propos de s'amuser, ton tête-à-tête dans la salle de consultation au travail me fait carrément penser à ce truc qui m'est arrivé dans les chiottes du *kro bar* la semaine dernière. il y avait ce type, qui semblait complètement normal du style émotif, mignon, l'air timide, et qui n'a pas décroché ses yeux de moi de toute la soirée, pendant qu'il y avait genre une animation poésie. tu aurais détesté les poèmes. tous ces hipsters qui lisaient sur leur iPhone des histoires sur leboncoin ou sur one direction. en fait j'ai trouvé ça assez drôle, mais tu connais mon sens de l'humour. En gros je rigole à toutes les blagues qui font rire les gamins de dix ans. et je l'assume fièrement! ouais, ce type, en fait, a lu un poème qui parlait d'enfiler des gants pour la première fois et puis les gants se mettent à parler mais ils ont les voix de mr bean. je me pissais dessus. dommage que je ne me souvienne pas mieux, mais je carburais au cidre et tu sais dans quel état ça me met. bref, ce type me suit aux chiottes pendant la pause, et puis il me pousse dans une cabine du côté des hommes, m'arrache mon haut et me met les mains dans le pantalon en me disant qu'il va me buter si je fais le moindre bruit. j'ai l'impression que cette soirée-là m'a plus ou moins remis les idées en place. un peu comme si j'avais recouvré une partie de moi-même. Pendant les deux jours qui sont suivi, tout le monde à l'orchestre me faisait genre mais « qu'est-ce qui t'arrive, bon sang », tellement j'avais le sourire en permanence.

ça m'étonnerait que je le revoie. il est tellement beau que je me rappelle à peine à quoi il ressemble. je lui ai donné mon numéro mais il n'a jamais appelé donc je n'ai aucun moyen de le joindre. de toute façon, ce ne serait sans doute pas pareil si on se revoyait. on ne peut pas ressentir ce choc à la « non, ne me bute pas, baise-moi » qu'une fois, je pense. Après un truc comme ça, tout n'est qu'illusion.

j'ai lu *unmastered: a book on desire* de katherine angel. elle explique qu'on peut être complètement soumise, rester passive et se faire baiser en mille morceaux par des hommes tout en restant une féministe. enfin, je crois que c'est ce qu'elle dit. c'est un peu artistique et difficile à lire. je crois que ça te plairait beaucoup. je peux te le prêter quand on se verra. à propos : il FAUT que tu prennes des billets pour le festival n° 6 le mois prochain. tu devrais carrément essayer de ne pas boire une goutte jusque-là, et puis de te bourrer la gueule avec genre une demi-pinte, économies de malade assurées. lykke li, the national et, et… ET une discothèque silencieuse. allez, meuf, ça va décoiffer. même kameko va venir, avec sa nouvelle coupe de lutin. bon, en même temps, c'est vrai, le trip « sans alcool », ça sonne complètement kitsch. on pourrait aller en boîte habillées comme des collégiennes et boire de la limonade toute la soirée en demandant à des mecs de verser de la vodka dans nos verres. vicieux, hein !

omg, j'ai presque oublié de te dire : je suis tombée sur ben l'autre jour. c'était devant ce *food truck* tibétain qui a l'air génial, mais notre benny boy n'y avait rien commandé, il ne faisait que passer devant. et ce n'est pas pour te gonfler ou quoi, mais il était en putain de forme ! il m'a demandé de tes nouvelles. j'espère que ça ne te dérange pas, mais je lui ai dit où tu bossais. je lui ai présenté les choses de sorte à donner l'impression que tu t'en sortais super bien en ce moment, histoire de bien réfuter toutes ces conneries au sujet du boulet. en tout cas, il semblait super cool, il bosse toujours chez cet assureur. il fait vachement d'escalade, et il a des biceps de rêve, oh ! là, là…

bon, ça fait déjà beaucoup trop de pianotage sur mon clavier pour mon cerveau cramé. c'est l'heure de ma tisane et de ma dose de red dwarf en streaming. ils sont tous morts, dave. non, pas chen ! ils sont tous morts, dave. tous morts, ha ha !

tu me manques, la folle.

shottsinette

Main dans la main, sur la bordure de sable, ils dansaient à la lueur de la lune.

---

Edward Lear

Cher *PLDB*,

Jusqu'à présent, aucun de tes nombreux aphorismes ne suggère que la clé du bonheur puisse être la sobriété. Mais je sais que j'ai fait le bon choix, même si j'ai bel et bien fait une descente hier chez *Marks & Spencer* parce que ces petites canettes de gin tonic se trouvaient dans le même rayon que le saumon en croûte. Quand on parle du déclassement des classes moyenne…

Thalès devait venir chez moi pour la première fois, d'où le dîner de fête. J'ai dressé la table avec des bougies parfumées (citron vert-bergamote : purifiant et tonique) et j'avais cueilli une jonquille en fleur dans l'allée, que j'avais mise dans un vase.

Je venais tout juste de servir nos entrées de viande quand Laurie a débarqué, et s'est vautré sur le canapé en allumant la télé. On a dû déguster notre saumon au son des « slurp » de Laurie qui buvait sa bière devant *The Voice*. Mais Thalès a été adorable. Il s'est efforcé de nourrir la conversation avec Laurie, à qui il a dû faire bonne impression puisque celui-ci lui a offert une bière. Et, roulement de tambour, cher *PLDB* : Thalès a refusé ! Il n'a toujours pas bu une seule goutte d'alcool devant moi. Je me demande comment je vais réagir, quand il le fera. Est-ce que je vais arriver à l'embrasser si ses lèvres ont goût d'alcool ? Est-ce que ça me donnera envie de picoler avec lui ?

Je sais que j'en ai beaucoup rêvé, mais on ne s'est pas encore embrassés. Pas même un smack sur la joue. Je me suis peut-être porté la poisse en achetant toutes ces capotes pour la nuit du haggis? Au début, je pensais que c'était à cause d'André. J'ai craché le morceau la semaine dernière, en glissant ça dans la conversation, vraiment l'air de rien : « Oui-voilà-le-genre-de-galère-que-je-dois-régler-maintenant-que-j'ai-arrêté-de-picoler. » Thalès m'a épatée par sa franchise, en affirmant que je devais mettre de l'ordre dans tout ça avant qu'il ne se passe quoi que ce soit entre nous. Le repas d'hier soir était une sorte de célébration de mon « nouveau célibat », et pourtant, il n'a toujours pas fait le premier pas. Sortir avec un mec sans l'alcool, c'est vraiment chaud. Normalement, je me bourrais la gueule et je me jetais sur le type. Je n'ai pas la moindre idée de ce à quoi le sexe va pouvoir ressembler. Ça fait des lustres que je n'ai pas couché avec un mec à jeun. Le dernier en date, c'était Ben, et ça ne compte pas vraiment parce qu'on est restés ensemble deux ans, et qu'on avait l'habitude l'un de l'autre. Et puis, en général on était quand même soûls quand on faisait l'amour. Je ne crois pas avoir déjà couché avec un mec qui n'ait pas bu. Pas même quand j'avais quinze ans et que Dreadlock Dorian et moi, on s'est mutuellement déflorés. (Euh, est-ce qu'un homme se fait aussi déflorer? Est-ce que ça se dit vraiment d'une femme? Est-ce que l'hymen est censé être une fleur? Beurk.)

Oh, mais je ne vais pas renoncer à tout ça, cher *PLDB*. J'ai commencé à remplir cette espèce de carnet d'exercices « anti-picole » que ma thérapeute m'a refilé, et j'essaie de me dire que c'est comme l'apprentissage d'une langue étrangère. C'est difficile, mais voilà comment je sais que je suis sur la bonne voie: le matin, quand j'ouvre les yeux, je ne me jette pas sur mon téléphone avec un nœud à l'estomac. Ça fait des semaines que je ne me suis pas fait un sandwich aux œufs frits, ou que je n'ai pas tweeté que je voulais mourir. Je me réveille avec cette sensation de grande sérénité, comme si je pouvais presque devenir une fille bien.

Et ça me suffit pour tenir le coup pour l'instant.

OM

## Pardonnez-vous et allez de l'avant

Il est temps d'évacuer toute cette culpabilité qui vous ronge. Se sentir mal peut empêcher de se sentir bien, c'est aussi simple que cela. Vous êtes capable d'initier le changement. Vous le méritez. Désormais, le moment est venu d'y croire.

Expulsons tous ces démons de sorte que vous puissiez vous pardonner, et aller de l'avant. Relatez par écrit des événements passés dont vous avez honte, lâchez-vous une fois pour toutes, puis tournez cette page et commencez à vivre votre vie.

donner un coup de pied à papa / appeler maman à 2 heures du mat' pour lui dire que je suis en train de mourir / avoir appris à fumer à Mina / zapper mes déjeuners avec Saz / manger un animal que j'ai écrasé sur la route / scarifications en forme de papillon sur ma cuisse / verre à la main, me dessiner sur le visage avec un marqueur avant une interview / vomir dans un bus / vomir dans un avion / vomir au travail / manquer ma cérémonie de remise de diplômes / dormir dans les Piccadilly Gardens / fellation au dentifrice / cheville fracturée / drogue mystère / embrasser un gamin de quinze ans / suçon au bureau / manger des trucs dans un cendrier / infection rénale /

chaude-pisse / ROULETTE RUSSE / vomir au supermarché / vomir au bord de la route / placer des chaussures dans la boîte aux lettres d'un inconnu / canular téléphonique / plan à trois avec Grace / vomir dans mon lit / conduire un tracteur-tondeuse / concours de crème chantilly / rides / troubles alimentaires / sacs à main égarés / cellules cérébrales gâchées / temps perdu / dépression

Snapchat à Mina

Mini-Minette

Aujourd'hui

MOI

T'en fais pas pour moi ! Je ne me suis jamais sentie aussi bien ! Voici l'image que je me fais tatouer demain.

# Message agrafé à l'intérieur de la brochure sur le deuil

Oh, oh ! Thalès, on peut être deux à jouer à ce petit jeu. Tu n'es pas le seul à pouvoir envoyer des messages surprises d'un bout à l'autre de l'hôpital, môssieur ! Bon, c'est vrai, j'ai dû raconter à Delyth que ta tante était décédée d'une leucémie lymphoblastique aiguë la semaine dernière et que tu avais du mal à t'en remettre, mais ouais, tant que ça ne te dérange pas de te documenter sur le cancer des cellules sanguines et d'assister aux ateliers bizarres sur le deuil pour les deux prochaines semaines, alors cette méthode de communication vaut vraiment le coup. Je plaisante, tu n'es pas obligé de faire quoi que ce soit. Cela dit, Delyth pense vraiment que tu as récemment été frappé par un deuil. Je lui avouerai la vérité à un moment donné, c'est promis.

Donc… c'est une journée calme au bureau et je pense à toi. André est en congé cette semaine, ce qui fait que tout le monde est mille fois plus détendu. Il y a eu un atelier cuisine tout à l'heure, animé par une de nos patientes, Maude. Une femme vraiment formidable. Nous devons la surveiller quand elle utilise le four car elle a une tumeur de la taille d'un bébé calamar dans le cerveau, dont elle parle avec une grande fierté. Son fils est biologiste marin, et elle se délecte de cette comparaison. Bref j'ai senti les recettes de Paul Hollywood tout l'après-midi. Il fallait que ça arrive le jour où j'ai décidé d'être raisonnable en apportant une salade au travail.

Je suis allée à la cuisine tout à l'heure pour me préparer un thé à la menthe poivrée – un choix d'ascète ! – et j'ai entendu certains patients se raconter leurs plus grands moments de bonheur. Une femme, Lena, dont les sœurs sont mortes d'un cancer des ovaires dans la même année – c'était vraiment triste – disait que son plus beau moment était un jour de Noël : après être rentrée d'une promenade, elle avait découvert qu'elle avait été cambriolée et que tous les présents sous le sapin avaient été volés. Elle expliquait que pour ce Noël-là, sa famille s'était montrée soudée comme jamais. Même s'il y a eu des larmes, que les cambrioleurs n'ont jamais été retrouvés, et qu'elle n'a jamais pu récupérer ses cadeaux, elle n'oubliera jamais ce bonheur doux-amer. Et tu sais ce que j'ai pensé ? Je me suis dit : *Foutaises !* Ce n'est pas ça le bonheur auquel j'aspire ! Un bonheur entaché de tristesse ? Non merci ! Je veux de la barbe à papa, des petits lapins et la perfection. C'est trop demander ? Tu veux bien te joindre à moi dans ma quête ?

Les ateliers de la journée sont terminés à présent, et il reste juste deux patients qui sirotent leur thé dans la cuisine. À part ça, c'est mort ici. « Mort », c'est le genre de mot que je m'efforce de ne pas utiliser devant les patients. Cela dit, la plupart des gens les plus mal lotis ici possèdent le meilleur sens de l'humour qui soit. Meilleur que moi si j'étais malade en phase terminale. Moi, je me roulerais en boule dans une bulle et je geindrais jusqu'à mon dernier souffle.

J'espère que cette lettre romantique te plaît. Désolée. Je crois que j'ai l'esprit un peu embrouillé par ce communiqué de presse que j'essaie de rédiger en vue d'une journée d'animations dédiée aux enfants atteints du cancer. J'ai passé les deux dernières heures à dégotter une image libre de droit qui dirait : « Je suis affligé, mais je m'amuse ! » Au début, quand je travaillais ici, il m'arrivait de pleurer plusieurs fois par jour. Je suppose que la mort de mon père était encore trop récente. Je ne t'ai pas encore vraiment parlé de tout ça. Peut-être un de ces jours.

Changement de sujet : ça te dirait qu'on se retrouve chez toi ce soir ? Je pourrais apporter quelques restes de l'atelier cuisine et on se regarderait un de tes films du studio Ghibli, et… Je ne sais pas… Peut-être que je pourrais t'embrasser ? Si tu en as envie. Si ce n'est pas le cas, *Princesse Mononoké* et une tranche de gâteau au chocolat feront tout autant l'affaire.

Ottila

## SMS de Thalès

**Lun 10 fév 15 h 12**

On vient de me reprocher de passer trop de temps à préparer les cafés. Tout ce que je fais, c'est infuser l'expresso avec une crème parfaite. Est-ce si mal que ça ? Ce sera avec plaisir… Vivent les gâteaux et les embrassades. T

## Motif de tatouage revu et corrigé

## Les lupercales

Laisse-moi te parler de la Saint-Valentin, Thalès. La Saint-Valentin a été inventée par les entreprises de carterie, par les couples heureux en ménage, par les candidats au romantisme, par des ados libidineux, par des nerds inaptes à toute vie sociale et sans imagination, par des blaireaux.

Ma Saint-Valentin entre un et onze ans ? Une carte de papa, une carte de grand-mère Joyce. Ma Saint-Valentin à douze ans ? Grand-mère a laissé tomber, estimant que je n'avais plus l'âge, mais papa est allé plus loin. En plus de la carte, j'ai eu un bracelet de chez *Argos*. Maman était jalouse. Ma Saint-Valentin à treize ans ? Néant. Ma Saint-Valentin à quatorze ans ? Néant. Ma Saint-Valentin à quinze ans ? Une carte compatissante de grand-mère, plus un bon d'achat de 10 livres chez *Tammy Girl*. À l'intérieur de la carte, cette funeste instruction : « ACHÈTE-TOI UNE JOLIE TENUE. » Je choisis un jean, je découpe des trous aux genoux, et couds un patch des Dead Kennedys sur chaque poche arrière. Ma Saint-Valentin de quinze ans à aujourd'hui ? Néant. Réaction ? Une diatribe bien répétée au sujet des effets pervers de la Saint-Valentin et de son idéologie consumériste qui ne trompe personne, surtout pas moi, et pourtant, chaque année, je porte mon bracelet en plumes rhodiées de chez *Argos* et je guette ma boîte aux lettres, des larmes plein les yeux.

Mais nous n'allons pas fêter la Saint-Valentin cette année, Thalès. Si je dis cela, ce n'est pas un test du genre Si-tu-tiens-à-moi-tu-m'ignoreras-et-m'offriras-quand-même-une-carte. Si je le dis, c'est parce que j'ai trouvé mieux. Mieux que s'échanger des morceaux de papier coloré. Et nous allons faire ça ce soir, après le travail.

Il existe une fête pastorale antique qui se tenait entre le 13 et le 15 février, dont on dit qu'il éloignait les mauvais esprits et améliorait la fertilité – ne t'en fais pas, je suis consciente qu'on vient à peine d'échanger notre premier baiser et je te promets que je ne vais pas du tout brûler les étapes. Cette fête s'appelait les lupercales, et se déroulait en l'honneur de Luperca, la louve qui a nourri Romulus et Remus, les orphelins qui ont fondé Rome.

Chaque année, les festivités étaient lancées par une poignée d'hommes vêtus de peaux d'animaux qui sacrifiaient deux boucs et un chien. Deux jeunes garçons étaient ensuite conduits devant un autel, où on les enduisait de sang sacrificiel, le tout suivi d'un festin. J'ignore ce qu'on y mangeait – vraisemblablement du bouc et du chien, vu qu'on les avait juste sous la main – mais ensuite, les hommes en peaux de bête couraient autour des enceintes de la ville, frappant tous ceux qui s'approchaient d'eux. Fillettes et jeunes femmes s'alignaient avec enthousiasme pour recevoir des coups de fouet, lesquels, pensaient-elles, les rendraient extrêmement fécondes et faciliteraient leur accouchement futur. Je suppose que cette bonne séance de coups de fouet n'était qu'un bonus.

Donc, voilà mon plan pour la Saint-Valentin : les lupercales. Ça a l'air plus intéressant qu'une carte « Amis pour la vie » ou qu'un bouquet de fleurs, non ?

Je ne sais pas exactement comment on peut organiser cela, vu certaines contraintes comme le fait qu'on est incapables de tuer des animaux à mains nues, pour des raisons éthiques, légales, etc. Mais je me disais qu'on pourrait improviser. Commander une chèvre au curry chez ce traiteur antillais d'Oldham, une brique de jus à la grenade, pour simuler le sang.

Après ce festin, je te ramènerai chez toi, Thalès, dans ton appartement, parce qu'on n'a pas à s'y soucier d'un éventuel colocataire, et je te ferai patienter dans ta cage d'escalier les yeux fermés, probablement pendant un bon moment car je vais allumer un paquet de cinquante bougies chauffe-plats et qu'il ne te reste que ce vieux briquet depuis que tu as arrêté de fumer (ce dont je me félicite – ne replonge pas juste par envie de récupérer de meilleurs briquets, s'il te plaît), et ensuite je t'embarquerai dans une odyssée autour de ton propre appartement, en te présentant les décorations punaisées au mur : une photo de mon nouveau tatouage rugissant sur ma cuisse tout enflée et sanguinolente après que je me la suis fait tatouer la semaine dernière – j'ai la jambe encore difforme, mais ça valait la peine d'avoir mal, et, ne t'inquiète pas, je n'y ai pas ajouté ton prénom... finalement –, une page déchirée affichant un aphorisme sur le bonheur – un truc socratique au sujet du « plaisir sans repentance » –, et l'image d'une sculpture de Romulus et Remus, celle où ils boivent le lait de la mamelle d'une louve ce qui, je l'avoue, me plonge dans une humeur inexplicablement amoureuse.

Après quoi, je t'entraînerai vers la chambre, t'offrirai un verre de lait, avant de promener ma langue sur tes tétons. Je te demanderai de me taper, doucement pour commencer, puis plus fort, jusqu'à ce que tu me lacères les épaules, le dos, les fesses, et à chaque coup, la douleur de tout ce que j'ai fait avant de te rencontrer s'évanouira. La honte d'avoir couché avec mon patron. L'horreur d'avoir eu un lavage d'estomac il y a cinq semaines. Mes angoisses de ne plus pouvoir faire d'enfants après trois mois de chaude-pisse non soignée. Je m'enverrai en l'air avec toi, et tu me secoueras, et de temps en temps je baisserai les yeux vers le fauve sur ma cuisse, et je te rudoierai en retour, et on se vautrera dans la luxure et on se secouera, on se vautrera dans la luxure et on se rudoiera l'un l'autre, faisant un méli-mélo de nos deux corps au nom du désir, en faisant le vœu de déguster des *macchiatos* sur une piazza, ou de sucer la mamelle d'une louve en bronze géante, et on n'aura que faire de ces putains de cartes de vœux, de ces sonnets déviants, des nuits de beuveries ou de honte, des ex-petits amis dont on a déglingué la vie. On sera comme des bêtes, libres.

## Mail à Thalès

---

**De:** **Ottila McGregor**
**À:** **Thalès Sanna**
**Date:** **ven 14 fév 2014 à 17 h 13**
**Objet:** **RE: Quelqu'un vous a envoyé un Gif!**

André me fait faire des heures sup pour la mise en pages du flyer de la Culture Walk, même si cette animation ne se déroule qu'en septembre. J'ai essayé de faire valoir mon point de vue, mais je crois qu'il est résolu à me gâcher mes projets de Saint-Valentin avec ma petite amie imaginaire.

J'en ai probablement jusqu'à 19 heures environ. Je t'appelle dès que je suis dans le bus. Joyeuse Saint-V. et merci pour ton Gif « Anguille sous roche ».

O

# Transcription séance de thérapie

**Thérapeute** : Et cela a fonctionné ? Votre projet pour la Saint-Valentin ?

**Patiente** : Plus ou moins. On a mangé du poulet séché jamaïcain et je lui ai montré mon nouveau tatouage.

**Thérapeute** : Vous avez réussi à éviter les boissons alcoolisées ?

**Patiente** : On a pris du jus de raisin parce que ça ressemble un peu au vin. Et on a regardé *Les Simpsons.*

**Thérapeute** : Ma foi, cela m'a tout l'air d'une soirée réussie.

**Patiente** : Il s'agissait de l'épisode où un psy suggère à Bart de canaliser sa colère en jouant de la batterie. Lisa se fâche parce que la musique a toujours été son « truc » à elle, alors elle se lance dans autre chose : soigner les animaux malades.

**Thérapeute** : Comment vous sentez-vous aujourd'hui ?

**Patiente** : Bien, je crois. Fatiguée.

**Thérapeute** : Avez-vous vu vos amis récemment, en dehors de Thalès ? Et Grace, alors ?

**Patiente** : Elle m'a dit qu'elle était partante pour faire un truc sans alcool, mais je ne suis pas certaine qu'elle comprenne. Elle s'imagine ça comme une blague, ou comme une expérience sociale. En tout cas, je lui ai envoyé un mail la semaine dernière en lui proposant d'aller boire un chocolat chaud quelque part. Je n'ai pas de nouvelles depuis. La connaissant, je suis sûre qu'elle finirait quand même par se soûler. Je ne crois pas que je tiendrais le coup à la voir parler de sa voix pâteuse, avec du rouge à lèvres partout sur le menton, et les dents tachées de vin rouge. Je ne m'étais jamais rendu compte à quel point les ivrognes sont repoussants tant que je n'avais pas décroché.

**Thérapeute** : Peut-être pouvez-vous vous trouver d'autres amis à présent que vous avez arrêté de boire ?
**Patiente** : Peut-être. Je vais déposer une annonce.
**Thérapeute** : Vous semblez plus épanouie que lors de notre dernier entretien, en tout cas. Et vous paraissez en meilleure forme. Plus lumineuse. Vous avez les joues roses.
**Patiente** : Je suis plus épanouie… je crois. C'est vrai, avec Thalès, ça se passe bien. On s'est enfin embrassés après, genre, une éternité. C'était il y a une semaine à peu près. J'espérais passer à la vitesse supérieure pour la Saint-Valentin, mais j'avais trop le trac pour faire le premier pas, et Thalès est un gentleman. Je fais ces rêves éveillés, ces rêves intenses, dans lesquels je parle avec lui et on… Je sais pas trop… C'est juste que je mets toute mon énergie à construire notre relation étape par étape.
**Thérapeute** : Comment ça marche ?
**Patiente** : J'essaie très fort de ne pas essayer trop fort.
**Thérapeute** : Ça a l'air un peu délicat.
**Patiente** : Quoi donc ?
**Thérapeute** : Prendre son temps, tout en mettant toute son énergie à ne pas aller trop vite.
**Patiente** : Ce n'est pas dans ma nature de prendre mon temps. Je m'emballe.
**Thérapeute** : Assurez-vous juste de ne pas vous brûler les ailes. La période actuelle vous est consacrée, à vous et vous seule. Généralement, je conseille aux personnes récemment sevrées de ne pas s'engager dans une nouvelle relation avant au moins un an. La relation la plus importante, c'est celle que vous entretenez avec vous-même.
**Patiente** : Thalès m'a annoncé le jour de la Saint-Valentin qu'il ne boirait jamais devant moi. Il a dit qu'il pourrait même s'abstenir pour de bon, en tant que soutien moral. Voilà à quel point c'est un chic type. Il tient sincèrement à

moi et se met en quatre pour être sûr que j'aille bien. Les hommes comme lui existent vraiment.

**Thérapeute** : Vous avez certainement plus de possibilités d'affronter la réalité à présent que vous avez décroché.

**Patiente** : Ce soir-là – le soir où on m'a fait le lavage d'estomac – avant que j'appelle une ambulance, je me souviens de m'être accrochée au lavabo entre deux vomissements et d'avoir aperçu mon visage dans le miroir de la salle de bains. J'ai pris conscience que je commençais à avoir la même tête que papa quand il était mourant. J'avais les mêmes cernes noirs sous les yeux. Le même regard creux. Je me suis surprise en train de marmonner ses dernières paroles : « Sois gentille pour moi. »

**Thérapeute** : Ce sont ses derniers mots ?

**Patiente** : En tout cas les derniers qu'il m'ait adressés. Je crois que ses véritables ultimes paroles ont été un truc comme : *« Dø, dere drittseker ! »* En norvégien, ça veut dire : « À mort, bande de connards ! » Mais les dernières paroles qu'il m'ait dites, c'était sur un message vocal : « Sois gentille pour moi. » Quelle expression ridicule ! *(Reniflements.)* Si seulement j'avais décroché mon téléphone, ce jour-là… J'avais vu son nom sur l'écran, mais j'avais trop la gueule de bois pour répondre. Si c'est pas bête, ça ? *(Courte pause.)* Je ne suis pas fière de ce que j'ai raconté à André. C'était un subterfuge facile, de jouer la carte lesbienne comme je l'ai fait. D'autant plus que je suis bisexuelle. Je n'avais pas besoin de mentir. On dirait que c'est plus fort que moi. *(Pause plus marquée.)* Je crois que si je veux trouver le bonheur, je vais devoir commencer à faire preuve d'honnêteté. À cent pour cent.

**Thérapeute** : Ça m'a l'air d'être un bon projet.

**Patiente** : Finies les cachotteries.

**Thérapeute** : Du moment que vous gérez la vérité avec prudence.
**Patiente** : J'y compte bien.
**Thérapeute** : Et vous me promettez que vous trouverez beaucoup de temps pour vous-même avant notre prochain entretien ?
**Patiente** : Promis. Je pourrais même aller rendre visite à maman et à Mina. Je vais être une gentille fille, et une gentille sœur, et une gentille personne.
**Thérapeute** : Ne vous mettez pas trop la pression.
**Patiente** : J'avance à petits pas. Promis.

# Livre d'or du Manchester Museum

*21 février 2014*

Les Égyptiens étaient redoutables.

Aujourd'hui, j'ai appris que les hommes utilisaient déjà l'argent dans l'Antiquité.

L'éponge géante, c'est écœurant.

250 000 fossiles en un seul endroit ? Presque autant qu'on peut en trouver à un concert de Cliff Richard.

Mon frère a vomi et Lucy a dit qu'il ne pouvait pas avoir de biscuit.

Waouh, les mollusques !

Je n'aime pas les mamans, elles font peur.

Ce café est un taudis. Trouvez-vous un panneau « File d'attente » et une corde.

Les pierres sont ennuyeuses, mais les squelettes, ça va.

Je suis venu ici avec la femme la plus épatante qui soit. Merci d'avoir permis à notre relation d'éclore entre les météorites et les figurines ibeji.

Un jeune homme grec m'a dit qu'il m'aimait pour la première fois aujourd'hui. Désolée pour les roulades !

Je me suis fait pipi dessus près du vivier à serpents.

# La seule joie au monde est dans le commencement.

Cesare Pavese

Cher Livre le plus pervers au monde,

Imagine-toi être heureux à en mourir, de rire. J'ai vérifié sur Internet, et cela existe vraiment. Un type en Grèce antique s'est écroulé de rire en regardant un portrait qu'il venait de peindre. Il s'agissait d'une évocation d'Aphrodite, et la vieille dame qui l'avait commandée avait insisté pour servir de modèle. Un autre de ses comparses grecs s'est marré à mort devant son singe domestique. Apparemment, il lui mangeait ses figues. Ils devaient avoir une super retsina à l'époque, chez les Hellènes, non ?

Bref, moi, je n'ai toujours pas bu une goutte, et je m'amuse beaucoup. Entamer une liaison en restant à jeun, c'est vraiment cool. Car, *PLDB*, oui, on est bel et bien en train de se lancer dans une relation ! Thalès m'a officiellement « invitée à sortir » ! Il a enfilé une chemise classe et transpirait à profusion. C'était trop mignon. Ce qu'il y a de mieux quand on sort avec quelqu'un sans se cuiter, c'est qu'on peut se faire des vannes récurrentes dont on se souvient vraiment entre chaque rencard. Et je n'ai pas versé une seule larme devant lui. Mais le plus épatant, c'est que… On a couché ensemble ! Et j'étais lucide !

Ce jour-là, on avait visité le Manchester Museum. On s'est donné la main pendant toute la visite et puis, alors qu'on se trouvait devant les cadavres égyptiens, Thalès m'a dit qu'il avait l'impression qu'il était en train de tomber amoureux de moi. C'était tellement romantique… Je me suis contentée de sourire en hochant la tête parce que je tenais à conserver un certain mystère, mais au fond de moi, c'était un feu d'artifice ! Cinq minutes plus tard, j'ai craqué et je lui ai dit que je ressentais la même chose. On est rentrés chez lui et on a grignoté des chips avec du chili et du fromage, ce que Thalès appelle son « grignotage de réconfort ultime ». Ensuite, on a regardé un peu *Gardeners' World*, puis on a disserté sur la définition du mot « caduc », et là, une fois qu'on n'a plus pu repousser l'inévitable… c'est arrivé ! C'était incroyable : je sentais que je maîtrisais toutes les parties de mon corps. Même si nous avions tous les deux le trac et que Thalès était très pudique – il se trouve gras et poilu, mais pour moi, c'est un grand ourson sexy –, quelle décharge d'adrénaline ça a été !

Je suis tellement heureuse en ce moment que ça me donne l'impression que c'est dangereux. Ça ressemble à une de ces relations sérieuses dont j'ai tellement entendu parler, avec une personne qui me fait vraiment du bien. Je ne sais pas… tout me paraît tellement différent ces temps-ci. La sobriété, c'est comme une drogue. À moins que ce ne soit l'ocytocine ? Il s'agit de cette substance chimique qui favorise l'excitation dans le couple. C'est aussi un antidépresseur. Et si c'était addictif ? Je vais devoir aussi me sevrer de l'amour ? Je suis accro à tout ce qui fait du bien ? Est-ce que tout ce qui fait du bien devient nocif si on ne consomme pas avec modération ? Quelle était cette citation de Julia Child que j'ai arrachée de tes pages, l'autre jour ? « En cuisine comme dans la vie, tout est question de dosage : c'est ça, la réussite. » Un truc du genre. Ça m'a fait du bien en tout cas. Je l'ai accrochée sur l'armoire à pharmacie.

Désolée de te mutiler comme ça. J'espère que ça ne te dérange pas si je remplace des morceaux de toi par des morceaux de moi. Je t'ai peut-être manqué de respect. Je me souviens d'une illustration sur un de mes vieux cahiers d'école : Marie-Antoinette était agenouillée sous la lame d'une guillotine sur la place de la Révolution, sur le point de se faire trancher la tête, et quelqu'un avait ajouté une bulle au niveau de ses reins qui disait « prout ». Enfant, j'étais horrifiée mais aujourd'hui cela me fait rire. Celui qui a dessiné ce pet a simplement fait entrer la petite histoire dans la grande.

Puisqu'on parle d'histoire, le musée était génial. Il est facile d'oublier ses soucis quand on a une amphore romaine qui se dresse devant soi. J'ai passé des lustres à choisir quoi acheter à la boutique de souvenirs ensuite. Au final, j'ai opté pour une bague d'humeur : sa pierre change de couleur, et vous informe que vous êtes d'humeur « songeuse », ou « ragaillardie par le port de la bague d'humeur », ou je ne sais quoi. C'est censé être un bijou pour enfants et elle n'a pas changé de couleur depuis que je l'ai achetée. Je suis bloquée sur « folle amoureuse » depuis des jours et des jours.

À la vérité, cette bague est flippante de précision. Après l'amour, au lieu de nous réchauffer dans la chaleur de nos corps, Thalès et moi, on a fait un truc plus inhabituel. Je vais te montrer à la page suivante. Mes excuses pour avoir arraché les paroles sacrées du dalaï-lama, mais ça en vaut la peine.

Affectueusement, ta petite disciple du bonheur

## Proposition

**Titre du projet**

*Notre amour est né d'une pièce de monnaie touchée par Alexandre le Grand*

**Objectif**

Mettre en place un spectacle interactif, expérimental, multimédia qui se déroulerait au Manchester Museum.

**Méthode**

Au cours de notre spectacle, nous proposerons aux volontaires de participer à la mise en scène de l'histoire de deux amis qui tombent amoureux pendant une heure de visite au musée. L'émerveillement grandissant que nos protagonistes ressentent pour les objets exposés qu'ils découvrent fait écho à leur propre relation, jusqu'à ce qu'ils aient l'occasion de tenir une pièce de monnaie qui a été, à un moment donné, touchée par Alexandre le Grand. Alors qu'ils manipulent cette pièce, leurs doigts s'entremêlent et c'est le début de leur amour. (Nous nous demandons s'il ne serait pas préférable que le couple tombe amoureux en contemplant le T. rex, car tout le monde aime les dinosaures, mais c'est à cela que servent les phases de recherche et développement… Nous apprécions ce sentiment d'avancer à tâtons, et nous considérons cela comme un élément bénéfique.)

Les artefacts issus de la relation naissante entre les deux amis viseront à remplacer certaines pièces présentées au musée, générant ainsi une promenade théâtrale participative, poignante, aussi engageante qu'unique. Par exemple, parmi les fossiles, il pourrait y avoir une tasse en carton évoquant la première fois où le duo est allé boire un verre ensemble dans une station-service. Ou encore, entre les vases prédynastiques on pourrait trouver un petit mot dissimulé dans un blister à sandwichs.

L'œuvre ainsi créée sera constituée de texte lu en voix off, projections vidéo, participations du public, arts visuels et manipulations d'objets. Ce sera drôle et émouvant. Mais surtout drôle. Et transcendentalement émouvant.

**Artistes**

Ce projet envisage une collaboration interdisciplinaire entre deux artistes de Manchester. Ottila McGregor est une scénariste/interprète bénéficiant d'une solide expérience en matière de participation volontariste à des projets à vocation sociale. Thalès Sanna est un cinéaste s'intéressant au questionnement de la relation entre matière sensible et non sensible. Son film en cours de réalisation, *Objets inanimés*, traite de l'impact que les objets peuvent avoir sur nos vies. Il met actuellement en scène un canapé qui parle et une bouilloire atteinte de la maladie d'Alzheimer. Un tel projet s'inscrit parfaitement dans son travail.

**Participants**

Nous avons identifié les groupes cibles suivants :

- visiteurs habituels de musées ;
- visiteurs occasionnels.

Nous capterons l'intérêt des participants de chacun de ces groupes en utilisant le *hashtag* Twitter #notreamour estnedunepiecedemonnaie. Dans les semaines précédant l'événement, nous lancerons une campagne virale en ligne, invitant les participants à nous envoyer des objets évoquant leurs relations : lettres, photographies, vidéos et pièces audio. Plus ce sera intime, mieux ce sera.

**Résultats escomptés**

L'évocation de l'émerveillement et de la joie sera notre objectif constant. Pour ce faire, nous présenterons les expositions du musée d'une manière artistique et inspirante. Non pas qu'elles ne le soient pas. Mais notre scénographie sera nouvellement artistique et inspirante.

Nous espérons que notre activité :

- attirera de nouveaux visiteurs au Manchester Museum ;
- permettra aux habitués d'expérimenter le musée de façon différente ;
- apportera une plus-value à la théâtralisation spécifique du site ;
- nous procurera un exutoire pour exprimer nos sentiments l'un envers l'autre, car nous vivons les premiers frissons de notre histoire, et nous tenons à le crier sur tous les toits partout où nous le pourrons.

## Mail d'André

**De:** **André Marsh**
**À:** **Ottila McGregor**
**Date:** **lun 3 mars 2014 à 22 h 41**
**Objet:** **Bien vu**

Je viens juste de prendre le temps de jeter un coup d'œil sur ton flyer pour la Culture Walk.

J'ai l'impression que tu as tapé dans le mille.

Joli travail.

Comment ça se passe avec ta nouvelle dulcinée ?

## Mantra de la semaine

*Ang Sang Wahe Guru*

Traduction approximative : L'extase dynamique et infinie de l'univers danse avec chaque atome de mon corps. Ma conscience fusionne avec celle de mon enveloppe charnelle et nous vibrons ensemble de façon jubilatoire, nous ne faisons qu'un.

## Mail de maman

**De:** **Alice McGregor**
**À:** **Ottila McGregor**
**Date:** **lun 10 mars 2014 à 17 h 32**
**Objet:** **Ne t'inquiète pas**

Salut ma chérie,

Juste quelques lignes. Mina a eu un petit accident ce matin.

Ne t'inquiète pas. Elle va bien, je vais bien, tout va pour le mieux. On est loin de la catastrophe de la dernière fois. Elle a été hospitalisée, mais elle n'a qu'une entorse à la cheville et des contusions au larynx. Ne t'embête pas à descendre la voir. Les heures de visite sont assez compliquées de toute façon car elle a été internée d'office.

Comme je l'ai dit, pas de quoi s'inquiéter. On va la soigner.

Maman

P.-S. : ne t'inquiète pas!
P.-P.-S. : rapport de l'infirmière en pièce jointe.

# Rapport préliminaire : Mina McGregor

La patiente nous est adressée par l'équipe de crise du centre Simiel pour une admission immédiate. En raison de la nature complexe de son cas, il nous est recommandé de préciser cette information auprès des travailleurs sociaux qui la suivent.

*Diagnostic actuel*

Syndrome d'Asperger, avec troubles obsessionnels compulsifs concomitants, anxiété et troubles dépressifs persistants.

*Diagnostics antérieurs (jugés non pertinents à ce jour)*

Dépression ; dépression grave ; schizophrénie ; insuffisance thyroïdienne ; psychose ; trouble de la personnalité borderline ; trouble anxieux social ; cyclothymie ; hyperthyroïdie.

*Suivi actuel et médication*

Bénéficiaire de l'allocation de subsistance pour invalidité (ASI) ainsi que de l'allocation de soutien à l'emploi (ASE) avec complément pour handicap sévère (CHS). Actuellement, la patiente prend 2 × 300 mg de moclobémide (Moclamine) pour la dépression ; 4 × 150 mg de chlorpromazine (Largactil) pour l'effet antipsychotique ; 5 mg d'aripiprazole (Abilify) pour contrer la lactation générée par la chlorpromazine ; 3 × 2,5 mg de procyclidine (Kemadrin) pour soulager les raideurs ; jusqu'à 4 mg de lorazépam (Temesta) comme tranquillisant ; 7,5 mg de zopiclone (Imovane) pour l'insomnie ; injection d'olanzapine à administrer en cas de recours à la contention.

*Autres médications administrées depuis 1998 (ne plus prescrire)*

Fluoxétine (Prozac) ; citalopram (Seropram) ; escitalopram (Seroplex) ; paroxétine (Deroxat) ; lofépramine (Gamanil) ; sertraline (Zoloft) ; amitriptyline (Elavil) ; doxépine (Quitaxon) ; clomipramine (Anafranil) ; imipramine (Tofranil) ; nitroxazépine (Sintamil) ; noxiptiline (Elronon) ; trimipramine (Surmontil) ; diazépam (Valium) ; témazépam (Normison).

*Effets secondaires les plus courants*

Tremblements ; épuisement ; érythèmes ; prise de poids ; lactation non puerpérale ; nausées ; troubles de la vision ; troubles du sommeil ; palpitations ; photosensibilité ; sécheresse buccale ; ecchymoses ; constipation ; diarrhée ; états confus ; éruptions cutanées ; perte d'appétit ; bâillements fréquents ; perte de libido ; paresthésie ; agitation ; comportement suicidaire ; pensées suicidaires ; dépression.

*Recommandations pendant l'hospitalisation*

Surveillance 24 heures/24 jusqu'à nouvel ordre. La patiente est obsédée par la pendaison et les scarifications. Vigilance concernant les cordes et les lames.

# DEUX

## Réalité parallèle

Il existe quelque part une réalité parallèle, dans laquelle je ne l'ai pas persécutée quand on était petites. Une réalité où je n'ai pas levé ma main sur elle pour lui flanquer trois gifles sur la joue gauche, juste parce qu'elle m'avait dit « bonjour » à l'arrêt de bus après l'école. Où je ne lui ai pas raconté qu'un vieillard malfaisant vivait au bout du jardin, caché dans la vieille caravane délabrée près du foyer à feuilles mortes, et qui attendait de lui trouer la peau. Une réalité où je ne l'ai pas forcée à fumer un joint avec moi dans la maison de vacances. Et où, après avoir bu de l'alcool de contrebande à grandes lampées, je n'ai pas embrassé le garçon qu'elle aimait.

Mais bon, à quoi serviraient les grandes sœurs ?

« Ça te fera grandir plus vite, lui aurais-je dit. Il faut t'endurcir. Devenir solide et assurée, comme moi. Et puis, ça t'aidera à affronter les vraies brutes, le jour où elles se pointeront. Parce que, crois-moi, tu tomberas sur elles un jour ou l'autre. »

Comment étais-je censée deviner que les choses prendraient une telle tournure ?

Je n'ai pas compris les signes avant-coureurs. Pas plus que mes parents. Pas compris pourquoi elle alignait les jouets sur son lit par ordre de grandeur. Préparait un sac tous les soirs au cas où la maison brûlerait et où nous devrions l'évacuer. Mesurait la position de ses pantoufles sur la moquette de sa chambre avec un rapporteur pour s'assurer qu'elles formaient un angle de 90 degrés. Tentait de m'étrangler chaque fois qu'elle prenait peur. J'ignorais ce que tout cela voulait dire. Je ne savais pas qu'il y aurait un lien entre cela et les chiffons rouges puants qui lui enveloppaient les poignets, enfouis sous les manches de son uniforme d'école quand elle rentrait à la maison en pleurant chaque après-midi.

Je n'avais aucun moyen de savoir, non plus, que le diagnostic mettrait des années à tomber. Qu'il existe un truc qui s'appelle la « comorbidité », ce qui rend tout diagnostic encore plus difficile et, dans le cas de ma sœur, presque impossible.

Mais quelque part, dans cet univers parallèle magique, les choses fonctionnent différemment. Ma sœur vient me voir à l'arrêt de bus après l'école et me lance : « Ottila, salut ! »

Et même si je ressens encore ma paume droite qui me démange – cette tension musculaire dans mes petits biceps de quatorze ans, cette bouffée d'adrénaline qui me pousse à assener le coup –, dans cette réalité-là, je ne le fais pas.

Je sens la colère qui monte, mais je la canalise en respirant un grand coup. Je me redis que ce n'est pas parce que ma sœur a décidé de s'inscrire dans ce collège qu'elle me copie ; et que, même si tel est le cas, ce n'est pas grave. Le fait qu'elle veuille me dire « bonjour » après sa première journée dans sa toute nouvelle école est bon signe. Elle doit chercher un peu de soutien et de réconfort auprès de son aînée. Elle ne s'attend certainement pas à se prendre une claque… ni trois. Mon bras demeure donc immobile, le long de mon corps.

— Salut, Mina, réponds-je. Comment s'est passée ta journée ?

— Bien, reprend-elle le regard brillant de soulagement. Il y a sept Sarah dans ma classe.

— « Sept » ? répété-je. Waouh, ça fait beaucoup.

Ma sœur hoche la tête, puis lève les yeux vers moi.

— Tu veux un câlin ? proposé-je.

Je devine à son sourire que c'était la bonne question. Mes bras l'encerclent, et la serrent fort dans sa veste *Marks & Spencer* que maman lui a achetée tout spécialement pour aujourd'hui. Je peux sentir sa chaleur, humer son shampooing, malgré la poussière et les émanations dans l'air. Il s'agit du même shampooing que j'utilise, celui au chèvrefeuille de chez *Organics*, provenant du même flacon que celui dont je me suis servie ce matin, sous la douche que j'ai prise seulement dix minutes après elle.

— Je t'aime, lui chuchoté-je à son oreille. Je suis contente que tu sois là.

— Moi aussi, Ottila, répond-elle. Moi aussi, je suis contente que tu sois là.

On reste ainsi un moment, ma sœur parallèle et moi, à nous enlacer pendant que les bus crissent et vrombissent autour de nous, que les garçons et les filles en uniformes flirtent, rient, se disputent et parlent comme des charretiers, et que tout le monde grandit, juste d'une fraction de temps de vie, se rapprochant à tout petits pas de la découverte ultime de qui nous sommes et pourquoi nous sommes là.

## Snapchat à Mina

☰ Mini-Minette ›

Aujourd'hui

MOI

Désolée d'apprendre que tu te retrouves encore à l'hôpital, Min'. J'espère que le docteur qui jouait au Bananagrams avec toi la dernière fois travaille toujours là.

## Mail à maman

**De:** **Ottila McGregor**
**À:** **Alice McGregor**
**Date:** **lun 10 mars 2014 à 20 h 53**
**Objet:** **RE: Ne t'inquiète pas**

Tu es sûre que tu ne veux pas que je vienne, maman? Je me sens un peu inutile ici, alors que je pourrais être avec vous.

Ottila

# Souvenir d'enfance

Nous sommes à la cuisine, en train de réchauffer des raviolis à la casserole. Des raviolis en conserve. Il y a cette viande caoutchouteuse à l'intérieur. Un régal.

C'est moi qui ai ouvert la boîte de conserve parce que Mina a peur de l'ouvre-boîte. Elle dit que ça lui fait penser à la mort. Maintenant, elle remue les raviolis dans leur casserole sur la cuisinière en fonte de marque *Aga*. Notre Aga est « très classe » comme on dit. Elle est d'un vert foncé – la même couleur qu'un sapin de Noël. En hiver, on s'assoit devant elle et on plaque notre dos contre la fonte jusqu'à se brûler la peau.

Je ne me souviens pas qui a commencé, mais aujourd'hui, tout en cuisinant, nous chantons en duo. La chanson n'est constituée que d'une parole :

*Ravioli !*

Nous lançons ce mot exotique dans des voix haut perchées façon Pavarotti. Nous roulons les « r » et prolongeons les « a » en les arrondissant.

*Raaaa-violi ! Ravioli ! Ravioli !*

On ne sait pas pourquoi, mais ça nous prend, parfois. On devient tellement euphoriques qu'on arrive à peine à respirer. Tellement joyeuses que nous pourrions commettre de terribles crimes contre l'humanité.

*Raaaa-violi !*

La dernière fois que ça nous a pris, nous nous tenions près de la fenêtre du salon, à lever nos jupes et à brandir nos bibelots devant les chauffeurs de camion de l'A363. Maman nous est tombée dessus et nous a envoyées dans deux chambres séparées pour le reste de l'après-midi.

Aujourd'hui, on ne fait que chanter pour une boîte de conserve. Il n'y a aucun mal à cela. En plus, maman et papa ne sont pas à la maison, alors on peut faire ce qu'on veut.

Je virevolte sur le sol de la cuisine, pas aussi élégamment que je le voudrais dans mes chaussons Donald Duck, à la semelle poisseuse qui colle au parquet. Je virevolte devant la corbeille à pain, le four à micro-ondes, les livres de cuisine de Delia Smith et une vieille boîte à biscuits où maman range les lettres d'autres familles, mais seulement après que nous les avons lues ensemble et que nous avons ricané devant les photos d'enfants précoces que nous n'avons jamais rencontrés, qui portent des nœuds papillons, réussissent leurs examens de piano de septième année et fabriquent des sculptures en sable de la cathédrale Saint-Paul de Porthkidney Beach. À titre personnel, je trouve que ça nous rend tous un peu tristes de les lire, en nous demandant si telle famille dont nous nous souvenons à peine, et que nous n'avons probablement rencontrée qu'une fois au barbecue de Surrey, s'est plus amusée que nous cette année. Peut-être que maman garde ces courriers pour nous inciter à faire plus d'efforts à l'avenir.

Ma sœur arrête de remuer un instant, et joint son index et son majeur de chaque main avant de les brandir et de gesticuler sauvagement en chantant *Ravioli* jusqu'à s'époumoner. Si elle était un personnage de dessin animé, je verrais sa luette écarlate vibrer dans la caverne sombre de sa bouche. Les vitres de la maison éclateraient au son de sa voix. Je rayonne de fierté.

À l'instant où la dernière syllabe s'échappe de sa bouche, on entend une porte qui grince au bout du couloir, là où se trouve le bureau de papa.

On se pince les lèvres. On s'accroche l'une à l'autre. Nous habitons dans un cottage au milieu de nulle part.

Papa et maman ne sont pas là, alors qui se trouve dans notre maison ? Et comment cet intrus compte-t-il nous tuer ?

Puis, nous entendons des pas, et alors, dans l'encadrement de la porte, on aperçoit l'employé de papa, qui a vingt et un ans. Costanzo aide papa à réaliser ses drôles de manuels d'histoire pour les écoles primaires et secondaires, intitulés *L'Histoire dans tous ses états !* Il a un mug à la main et nous adresse un sourire gêné – le sourire de quelqu'un qui vient tout juste d'être acquitté de meurtre – puis il pousse le bouton rouge de la bouilloire. Il verse une cuillère de café instantané dans sa tasse, puis attend.

On a les joues qui nous brûlent.

Les restes de notre chanson sont éparpillés dans toute la cuisine. Pas une surface n'est épargnée. Il y a des raviolis partout sur les murs, qui dégoulinent du plafond. La bouilloire qui est en train de chauffer – beaucoup, beaucoup plus lentement que d'habitude – est remplie à ras bord d'une pâte de tomates en bouillie.

J'hésite à dire quelque chose. Je pourrais lui raconter qu'on répétait pour un récital de l'école, ou qu'on était en train de se moquer d'un camarade, mais les mots restent englués dans mon arrière-gorge. Costanzo est italien – *oh, pitié, oui, italien !* Il est parfaitement bilingue, et c'est un as de la correction orthographique. C'est le plus beau membre du sexe opposé que nous ayons jamais reçu chez nous. Je n'ai jamais eu la moindre conversation avec lui ; ce n'est quand même pas aujourd'hui que je vais me lancer ?

Ses lèvres se desserrent.

— Salut.

Je sens le corps de ma sœur se contracter à côté de moi. Ses épaules s'affaissent, et elle se penche au-dessus de la casserole, piquant du nez au-dessus du sujet de notre chanson.

— Salut, réponds-je.

J'ai envie de foncer à l'étage pour me cacher. J'ai le visage couvert de raviolis. J'en ai dans les cheveux, qui me coulent le long du cou, jusque dans les fesses.

J'essaie de sourire sans dévoiler mes bagues, alors je hurle et je me rue hors de la pièce, aussi vite que mes pantoufles collantes me le permettent. Je fonce et m'arrête dans l'escalier, puis je m'assieds sur la septième marche en silence, à écouter mon cœur qui tambourine, et le bruit de ma sœur qui remue sa mixture.

Finalement, la bouilloire se met à siffler.

Costanzo verse l'eau chaude dans son mug, puis quitte la cuisine. Je retiens mon souffle tandis qu'il longe le couloir près de l'escalier sans me voir, puis… il disparaît.

Quand je reviens à la cuisine, ma sœur est assise par terre, son visage entre ses mains, en larmes.

— Tu m'as abandonnée, hoquette-t-elle.

— Désolée. Je ne voulais pas lui parler, dis-je d'une voix sanglotante même si je ne pleure pas, avant de m'installer à côté d'elle. Il est bizarre. Tu crois qu'il nous a entendues ?

Mina lève les yeux, les joues soudain grisâtres, une lueur dans le regard.

— Tu es vilaine, chuchote-t-elle.

— La ferme, ordonné-je en surveillant la porte de la cuisine pour m'assurer que Constanzo est bel et bien parti.

Mina ouvre la bouche, montre les dents tel un lion, puis elle se mord la main. Fort.

— Non, arrête ! m'écrié-je en tentant de lui saisir le poignet.

Quand j'arrive enfin à détourner sa main, elle a la marque des dents sur sa peau, livide et profonde. Elle grogne et me pousse à terre, puis se jette sur moi, genoux sur ma poitrine. Mon pull est relevé, et je sens l'égratignure d'une écharde qui se fraie un chemin dans la peau fine de mon dos.

—Je te déteste! déclare Mina en grinçant des dents.

Ses genoux s'enfoncent dans mon sternum. Elle me lève les bras au-dessus de la tête et me les écrase d'une seule main. De l'autre, elle m'attrape le cou, les doigts enroulés comme des griffes, et elle commence à serrer.

—Tu n'existes même pas pour de vrai!

Les artères de chaque côté de ma gorge se tendent sous son emprise.

—Tu es vilaine, et tu dois mourir!

Je sens des palpitations sous mon front. Mes yeux sortent de leurs orbites. Je parviens à me libérer une main et à empoigner le bras de ma sœur. J'essaie d'appeler au secours, je me moque désormais de savoir si Constanzo est témoin de cette scène embarrassante, mais les pouces de Mina m'écrasent les cordes vocales. Je fais un drôle de gargouillis, comme si je me noyais dans mes propres fluides corporels.

Ce râle fait sourire ma sœur, ses larmes coulent sur mon visage. Ses ongles tranchants s'enfoncent dans mon cou, transperçant lentement ma chair. Ses pouces appuient sur mon derme jusqu'à atteindre le tissu sous-cutané, et elle continue de presser, jusqu'au bout, me perforant la gorge de part en part. Ses ongles m'accrochent la carotide et mon cou se transforme en fontaine de sang. Mais elle ne s'arrête pas là. Ses mains poussent plus loin, et j'entends le cartilage craquer. Elle m'arrache la trachée et la brandit.

La dernière chose que je vois, avant de m'évanouir, c'est que mes organes ressemblent à des raviolis.

## SMS de Thalès

**Lun 10 mars 22 h 30**
Ça te dirait d'être enfermée dans une petite pièce sombre, où tu devras résoudre un meurtre sauvage ? Cet endroit ouvre dans quelques semaines et a l'air d'être fun ! Ou pathétique.
https://breakoutmanchester.com/

## Snapchat de Mina

Mini-Minette

Aujourd'hui

MINI-MINETTE

C'était un infirmier. Pas un docteur. Il s'appelait Pradeep. Il ne travaille plus ici.

## Maison de Maggie

À la Maison de Maggie, la couleur est partout : à l'intérieur, à l'extérieur… Peu importe la saison, le jardin a été paysagé de sorte qu'il soit fleuri tout au long de l'année. Maman connaîtrait le nom de ces fleurs, mais je me contente d'admirer leurs coloris nuancés. En ce moment, le parc est parsemé de jaune et de blanc. À l'aube du printemps, viendra le tour de dégradés de violet, puis l'été sera célébré dans une farandole de rose et de bleu. L'automne est la meilleure période car c'est là que l'orange et le rouge brillent de mille feux et que notre lieu de travail est aussi resplendissant qu'un coucher de soleil.

Aujourd'hui, je rentre de ma visite à Thalès pendant ma pause-déjeuner et je remarque une silhouette sur un banc du jardin, près de mon arbre d'hiver préféré, dont les fleurs jaunes explosent le long des branches tels de minuscules feux d'artifice. La silhouette porte un anorak noir et s'est recroquevillée dans une pose que nous avons l'habitude de voir au centre. En temps normal, je n'interviendrais pas. Comme on nous le rappelle souvent au cours de la formation du personnel, il n'y a rien de mal à ce que nos patients expriment ouvertement leur chagrin. C'est pour cela que je n'éprouve pas de gêne à passer mon chemin devant cette personne, qui qu'elle soit, pour me diriger vers mon bureau pour le restant de l'après-midi. En plus, j'ai passé un drôle de déjeuner avec Thalès. On est allés chez un traiteur à Didsbury, et Thalès m'a paru différent. Vraiment surprotecteur. Depuis qu'il m'a déclaré qu'il m'aimait, j'ai l'impression qu'il veut être mon prince charmant, me sauvant de la tour dans laquelle j'ai été emprisonnée pendant toutes ces années. Ce truc de la demoiselle en détresse me met en rogne. D'abord, je ferais une Raiponce merdique. Avec mes cheveux courts et en pétard. Mais si par le plus grand des hasards, il se trouvait que je possède une longue toison soyeuse, blonde et lumineuse, je me la décollerais immédiatement du crâne pour descendre en rappel toute seule le long du donjon, merci bien. Je n'ai pas besoin d'un homme pour me sauver.

Donc, quand on achetait nos sandwichs et que j'ai pris une boisson gazeuse saveur piña colada dans le frigo à côté de la caisse, je n'ai pas apprécié que Thalès vienne me prendre la bouteille des mains en me demandant :

— Tu es sûre de pouvoir boire ça ?

Ma tête à couper que le jeune type derrière la caisse a pensé qu'il disait ça parce que j'étais enceinte, alors je suis devenue toute rouge. Du coup, j'ai plutôt opté pour une bouteille d'eau pétillante parce que… disons que c'était mieux.

Bref, alors que je passe devant la silhouette prostrée, j'entends mon prénom. Je regarde de plus près le visage sous le capuchon de l'anorak et je reconnais Lena. Elle fréquente la Maison de Maggie depuis environ un an. Pendant les premières semaines, je ne crois pas l'avoir jamais croisée autrement qu'en larmes, mais c'est la première fois depuis des lustres que je la vois bouleversée.

— Bonjour, Lena, dis-je en me plantant maladroitement devant elle.

Je ne sais pas si je dois m'asseoir, ou si cela reviendrait à franchir une limite invisible. Lena se déplace vers le bord du banc, ce que je considère comme une réponse à ma question, et je me laisse tomber à côté d'elle.

— Vous pourriez dire à Delyth que je n'irai pas à l'atelier travaux manuels cet après-midi, s'il vous plaît ?

— Bien sûr, réponds-je. Qu'est-ce qui vous arrive ?

— Rien, à vrai dire, murmure Lena en s'essuyant les yeux. C'est l'anniversaire de ma sœur aujourd'hui.

Les deux sœurs de Lena sont décédées il y a deux ans.

— Je suis navrée, murmuré-je.

Depuis la mort de mon père, je suis relativement à l'aise avec ce genre de conversation. J'ai toujours beaucoup apprécié que les gens puissent me parler librement quand j'étais mal, alors je demande :

— Laquelle ?

— Alix. La petite dernière.

— Celle qui jouait dans un théâtre de marionnettes ?

Lena hoche la tête, puis ravale un rire.

— Oui, celle-là. Elle aurait eu quarante-trois ans aujourd'hui. Friede et moi, on était toujours aux petits soins pour elle pour les grandes occasions. Notre petite sœur.

Je vérifie l'heure en douce pour voir combien de temps il me reste. J'adore cette montre. C'est papa qui l'avait choisie pour moi. Une montre viking. Pas la marque de bijoux de luxe – juste un cadran avec un personnage viking incrusté. Il porte un casque à cornes, et papa a pris soin de m'expliquer quand il me l'a offerte que les Vikings ne portaient pas ce genre de coiffes, que c'est un mythe. Mais elle est rigolote. Les cornes forment les aiguilles. Le moment idéal de la journée, c'est à treize heures cinquante, quand les cornes sont placées sur les cheveux du personnage. Là, il est douze heures quarante-cinq. On dirait que Thalès et moi nous sommes quittés beaucoup plus tôt que d'habitude.

— Qu'aviez-vous l'habitude de faire pour l'anniversaire d'Alix ? questionné-je.

— Oh, toutes sortes de choses. De la montgolfière, des courses de gyropode, un tour dans les coulisses de la comédie musicale *Cats*… Alix était souvent malade quand elle était jeune. Elle a raté plusieurs anniversaires, alors Friede et moi, on trouvait qu'il était de notre devoir de lui faire rattraper le temps perdu, précise Lena en se frottant les mains rougies par le froid. Mais aujourd'hui, Friede n'est plus là, ni mes parents. Je suis à court d'inspiration pour fêter tous ces anniversaires. (Lena prend quelques petites bouffées d'air, puis sort un mouchoir de sa poche avant de se moucher.) Je suis désolée, vous devez retourner au bureau.

—Ce n'est pas grave, ça me fait plaisir d'être avec vous.

Je jette un coup d'œil par-dessus l'épaule de Lena, et je repère André qui quitte le bâtiment. J'ai encore des papillons dans le ventre quand je le vois. Je crois que c'est à cause de l'intimité qu'on a partagée, à une époque. Je n'aurais pas dû lui mentir en prétendant avoir une copine. C'est difficile de défaire un mensonge par la vérité. C'est la chose à faire, mais c'est difficile.

—Écoutez, dis-je à Lena, pourquoi vous priver de l'atelier travaux manuels de Delyth cet après-midi ? Vous pourriez y fabriquer quelque chose en mémoire d'Alix ? Je ne sais pas, moi… Une marionnette à doigt ?

Lena rit de bon cœur comme si je venais de lui suggérer de s'attaquer à l'ascension de l'Everest, mais elle répond :

—Vous savez quoi ? Ce n'est pas une mauvaise idée. Merci, Ottila.

Elle me tapote la main.

—Avec plaisir, conclus-je en sentant une vague de bonheur déferler sur moi.

Snapchat à Mina

Mini-Minette

Aujourd'hui

MOI

Quel dommage. Peut-être que quelqu'un d'autre voudra jouer au Bananagrams avec toi ?

# Lettre à Thalès

*17 mars 2014*

Cher Thalès,

Comme c'est ton jour de congé, et que je suis assise à la cafèt', ta cafèt', à regarder Jim préparer du – mauvais – café à ta place, je me dis que je noircirais bien un peu de papier.

C'est bizarre de travailler dans un hôpital pour cancéreux, tu ne trouves pas ? On passe nos journées au contact de gens qui ont la peau décolorée, à qui on a enlevé des organes, qui souffrent de gale, d'alopécie… Mais la mort a beau rôder par ici, il y a aussi beaucoup de vie. Tous ces gens qui se battent, qui s'aiment, qui rient, qui font un double doigt d'honneur à la Grande Faucheuse, et qui assument. À l'heure où je t'écris, se trouve à deux tables de moi un patient qui a subi une laryngotomie – je dirais qu'il a quarante-cinq ou cinquante ans – en train de boire un bol de soupe, avec un trou dans la gorge, et un tee-shirt qui porte le slogan : « Né pour Faire Face ! »

Si seulement je pouvais être aussi intrépide… Moi, j'aimerais être née pour pouvoir faire face. Pas seulement pour affronter une maladie en phase terminale, bien entendu. Je veux parler de la totale : coups durs, conflits, amour… Tout ça, c'est la même chose. Cela peut détruire une personne si on n'y fait pas attention.

As-tu déjà entendu parler des snekkjas ? Il s'agissait des plus petites embarcations vikings qui servaient pour les batailles. Depuis que mon papa m'en a parlé quand j'étais petite, je me suis imaginé la manœuvre de ce gracieux petit bateau comme une métaphore de notre navigation à travers les eaux tumultueuses de l'existence. Quand je navigue seule, j'arrive à peine à maintenir l'équilibre et le cap. Dès que quelqu'un se joint à moi, la navigation de mon embarcation devient imprévisible. Et si on ne ramait pas de façon synchronisée ? Et si on n'était pas d'accord sur le cap à tenir ? Le bateau pourrait facilement chavirer, ou s'écraser en mille morceaux sur un *skær* rocheux.

Il y a quelque chose dont je ne t'ai pas encore parlé.

Ma sœur a été internée il y a une semaine. Je ne sais pas pourquoi je n'ai pas réussi à te le dire en face. Je crois que j'espérais que toi et moi, on pourrait avoir une relation – désolée, tout d'un coup, ce mot me paraît tellement sérieux – qui ne serait pas régie par les drames familiaux. C'est comme ça que toutes mes histoires précédentes se sont terminées. Ça serait bien si la nôtre faisait mentir les statistiques. Mais voilà, en gros, de quoi il retourne. Je t'ai dit que Mina était malade, mais la vérité, c'est qu'elle a été internée. Je ne sais pas grand-chose de plus. Maman m'épargne toujours les détails gore. Cela dit, je sais pourquoi elle a été placée en psychiatrie : elle a aligné tous ses jouets en haut de l'escalier, a accroché une pelote de laine autour de la rampe et de son cou, et puis elle s'est jetée de la plus haute marche. La rampe s'est cassée, et elle va bien. Une histoire d'entorse à la cheville et de larynx contusionné.

Il est déjà treize heures quarante-cinq. Je vais retourner au boulot. Et je n'en suis pas encore venue au fait. Le fait principal. Le fait important. Le problème, Thalès, c'est que je ne peux pas rester avec toi. La situation est trop précaire pour l'instant, et j'ai besoin de remettre de l'ordre dans tout ça. Je ne suis pas prête à laisser monter quelqu'un à bord de mon petit bateau. Je m'en veux d'être lâche au point de t'annoncer ça dans une lettre, plutôt qu'en personne. Mais en agissant comme ça, je suis sûre de ne pas me dégonfler. J'ai besoin de définir, seule, quelle direction je souhaite prendre. Pour l'instant, je pense que je suis partie pour répandre le bien à travers le monde. Mina a besoin de moi, et maman a besoin de moi, alors je vais aller les aider, de toutes les façons que je pourrai. Avant que toi et moi on ne s'écrase sur les récifs et qu'il ne subsiste plus rien.

Bon, il y a une personne qui attend près de ma table à présent, et elle n'a pas l'air en grande forme. Alors je vais m'arrêter là, et repartir. Je libère la place pour la suivante.

Ton amie fragile – j'espère qu'on peut rester amis ? –,

Ottila

## Mail de maman

**De:** **Alice McGregor**
**À:** **Ottila McGregor**
**Date:** **mar 18 mars 2014 à 7 h 12**
**Objet:** **RE: RE: Ne t'inquiète pas**

Coucou ma jolie,

Tu n'imagines pas tout le temps que ça me prend, d'essayer de résoudre les soucis de Mina, en faisant tous les jours des va-et-vient pour apporter et récupérer ses affaires – elle a de vraies lubies! Hier, elle voulait que je lui porte deux brosses à dents et un sac de glaçons! Je ne devrais sans doute pas lui céder, mais je déteste tellement la savoir là-bas, toute seule, effrayée. Merci de proposer de nous rendre visite, ma chérie, mais honnêtement, il n'y a pas grand-chose que tu puisses faire pour l'instant. Cela ne ferait que contrarier Mina de voir que tout te réussit. Tu sais combien elle devient jalouse dès qu'elle constate que tes bras ne sont pas couverts de cicatrices.

Essaie de ne pas t'inquiéter pour le moment, mais si tu veux rester en alerte orange, tu peux. Et je te préviendrai si la situation s'aggrave.

Prends soin de toi. Et ne te fais pas de bile!

Je t'aime,
Maman

## Page 41 du *Guide Foodsaver des amateurs de vin, 2014*

Le *tempranillo* est un cépage noir originaire du nord de l'Espagne. Le mot *tempranillo* constitue une forme diminutive de *temprano*, qui signifie « précoce ». Il désigne le fait que le fruit mûrit plusieurs semaines plus tôt que la plupart des raisins rouges espagnols. Cette variété est cultivée sur la péninsule Ibérique depuis l'époque des Phéniciens antiques. Le mot « vin » se disait *cherem* en phénicien. Le *cherem* était considéré comme une offrande courante aux dieux et aux rois.

# Plus le plaisir est rare, plus la joie qu'il nous procure est grande.

Épictète

Cher Petit Livre des platitudes,

Je déchire tes pages à un rythme alarmant. Je viens d'en arracher une : une citation de Winnie l'Ourson qui soutient que les ballons ne manquent jamais de remonter le moral. N'importe quoi. Les ballons, c'est le mal. Si tu ne me crois pas, lance une recherche Google Images pour « sculptures en ballons de clowns effrayants » et tu verras de quoi je parle. Ça craint.

Là, je suis en train de flancher.

Pour l'instant, cela signifie que j'ai acheté une bouteille de vin. Un rouge chilien : *casillero del diablo.* Ça veut dire : « Le cellier du diable. » Je suis allée chez Morrisons après avoir lu un truc dans le guide *Foodsaver*, mais ensuite j'ai vu le logo Satanic sur l'autre bouteille, que j'ai prise à la place. En plus, elle était en promo, donc…

Je ne pense pas que je vais boire ce vin. Et le fait de l'acheter n'a rien à voir avec ma rupture d'avec Thalès. Rien du tout.

C'est le rituel qui me manque, tu vois ? Étudier chaque étiquette, m'imaginer partir sac au dos dans chaque pays de production, sélectionner la bouteille idéale – meilleur marché –, la rapporter à la maison comme un nouveau-né, la déposer sur le buffet, sortir le tire-bouchon, s'apercevoir qu'il s'agit d'un bouchon à visser, verser le breuvage dans un mug parce que tous les verres sont sales, boire le reste directement au goulot, sortir acheter un pack de quatre bières parce que ça n'a pas suffi, vomir. Mouais, peut-être que l'intégralité du rituel ne me manque pas. Mais acheter ce vin aujourd'hui m'a fait du bien. J'avais l'impression d'être une ado qui se procure sa première boisson illicite, en me demandant si je n'allais pas me faire pincer.

Tu t'interroges probablement, *PLDB*: pourquoi ai-je rompu avec Thalès ? Moi aussi, je me pose un petit peu la question. Mes histoires les plus longues ont toujours été celles avec des personnes qui me faisaient du mal. Les gentils, les types comme Thalès… je les largue.

J'avais tellement honte ce matin, en me faisant porter pâle au bureau. J'étais incapable d'assumer de le croiser par hasard. Je sais que je lui ai demandé qu'on reste amis, mais il n'a pas encore répondu à ma lettre. Quelle idiote de l'avoir postée au tarif lent. Je ne sais pas combien de temps cela prendra pour qu'elle soit distribuée, et en même temps, j'ignore ses SMS. Quelle mauviette… Mais ça me donne de la force. Je sais à quel point je suis vulnérable. J'ai toujours été si facilement décontenancée par les autres. Il n'y a qu'à voir ce qui se passe avec Grace. Si je ne supporte plus de traîner avec ma meilleure amie, comment ai-je pu croire que je pourrais devenir proche d'un quasi-inconnu ? Je ne veux pas m'effondrer à cause d'une bête histoire de mec. Je dois prendre soin de moi.

Je dois aussi prendre soin de ma sœur. Mina a été internée il y a neuf jours. Je sais qu'on a déjà vécu ça. C'est son troisième séjour en hôpital psychiatrique. La première fois, elle y est restée six jours. La deuxième fois, trois semaines. Et si cette fois, ça durait plus longtemps encore ? Et si ça durait tout un mois ? Je ne supporte pas de l'imaginer là-bas, entourée de folie et de détresse. Quand je suis allée la voir à l'hôpital il y a deux ans, j'étais terrorisée. Une des patientes n'arrêtait pas de venir dans la chambre de Mina pour pisser sur ses affaires. Une autre se tenait à la porte d'entrée, à réciter des noms de *serial killers* à mi-voix. Certains jours, j'ai l'impression que la ligne de démarcation entre ces gens et moi est tellement fine…

Je viens de m'apercevoir que ma bague d'humeur a enfin changé de couleur. Elle est devenue mauve. J'ai perdu le tableau explicatif, donc je ne sais pas ce que ça signifie. Motivée ? Mélancolique ? Débile ?

Dans une ou deux minutes, je vais verser le vin dans l'évier, et je reprendrai le cours de ma vie, comme d'habitude. Le diable ne me tente pas encore avec sa descente en enfer. Pas aujourd'hui, *PLDB*. Demain, peut-être, mais pas aujourd'hui.

De la part de ton Ottila à la cervelle d'oiseau

## Transcription séance de thérapie

**Patiente** : Évidemment que je n'ai rien bu !

**Thérapeute** : Qu'en avez-vous fait ?

**Patiente** : Je l'ai regardée.

**Thérapeute** : Combien de temps ?

**Patiente** : J'en sais rien... Une heure ? Dix minutes ? Deux heures ?

**Thérapeute** : À quoi pensiez-vous en la regardant ?

**Patiente** : Je pensais à cette sensation sur ma langue. Veloutée avec des picotements. La sensation de vin rouge.

**Thérapeute** : Avez-vous essayé de remplir un peu votre carnet de convalescence ? C'est à cela qu'il sert.

**Patiente** : Non.

**Thérapeute** : Alors, qu'avez-vous fait ?

**Patiente** : J'ai vidé la bouteille dans l'évier, puis j'ai astiqué l'évier avec du Cif en spray, puis j'ai lavé la bouteille avec le Cif et j'ai nettoyé le flacon de Cif.

**Thérapeute** : Et ensuite ?

**Patiente** : J'ai placé une bougie dans le goulot de la bouteille. Je me suis dit que ça ferait un objet déco.

**Thérapeute** : Oh. Et ça vous a aidée ?

**Patiente** : Non, je plaisante. J'ai enveloppé la bouteille dans du papier journal, je l'ai mise dans un sac de courses, et j'ai tout jeté à la poubelle.

**Thérapeute** : Et comment vous êtes-vous sentie après ça ?

**Patiente** : Coupable.

**Thérapeute** : « Coupable » ?

**Patiente** : Oui. J'aurais dû la recycler. Je fais toujours le tri sélectif. Vous saviez que pour chaque millier de tonnes de verre recyclé que nous mettons à fondre, on économise plus de trois cents tonnes de dioxyde de carbone ?

**Thérapeute** : Non, je l'ignorais.
**Patiente** : J'ai trouvé ça sur Google.
**Thérapeute** : C'est énorme.
**Patiente** : Il faut jusqu'à un million d'années avant qu'une bouteille de verre se décompose dans un site d'enfouissement.
**Thérapeute** : Vous sentez-vous coupable de n'avoir pas recyclé, ou s'agit-il plutôt du fait d'avoir acheté le vin ?
**Patiente** : *(Pause prolongée.)* De n'avoir pas recyclé.
**Thérapeute** : C'est la seule chose qui vous a fait vous sentir coupable ?
**Patiente** : Je n'ai pas touché au vin.
**Thérapeute** : Non, c'est vrai.
PATIENTE : J'ai toujours eu l'habitude de placer le verre dans ma poubelle marron. Même quand j'étais ivre morte. Tous les matins, sur le chemin du travail… « Cling, cling, cling. » *Et voilà Ottila, qui recycle son verre, sur le chemin du bureau. Pas mal, pour une poivrote.* J'associe le cliquetis des bris de verre avec la nausée de 8 heures du mat'.
**Thérapeute** : Pourquoi vous touchez-vous le ventre comme ça ?
**Patiente** : Je ne m'en étais pas aperçue.
**Thérapeute** : Chaque fois que vous parlez d'alcool, vous posez votre main juste là, au niveau de votre foie. Vous avez eu des douleurs à ce niveau-là, à l'époque ?
**Patiente** : *(Marmonne quelques sons inaudibles, puis sa voix se brise.)* C'est la journée mondiale du bonheur aujourd'hui.
**Thérapeute** : *(Marque une pause, puis avec conviction.)* Je vais suggérer que l'on vous prescrive du Campral.

## Mail de Thalès

**De :** **Thalès Sanna**
**À :** **Ottila McGregor**
**Date :** **ven 21 mars 2014 à 18 h 39**
**Objet :** **Bien reçu ta lettre**

O,

Je suis rentré du boulot il y a une demi-heure et je suis tombé sur ta lettre, qui était déposée sur mon paillasson. Je vais répondre à son contenu dans une petite minute, c'est promis, mais si tu me permets cette petite fantaisie, je vais commencer par un petit retour en arrière.

Ça a été une drôle de journée pour moi. Ce matin, Kerrie m'a donné un nouveau badge. Je ne suis plus stagiaire ; maintenant, je suis officiellement assistant de cafétéria. Je suppose qu'en temps normal, cette nouvelle m'aurait enchanté, mais j'étais préoccupé ; je m'inquiétais que tu n'aies pas répondu de la semaine à mes SMS. Maudit iPhone qui me notifiait que tu avais lu mes messages presque immédiatement après que je te les avais envoyés. J'ai même vu les trois petits points apparaître à un moment donné, m'informant que tu rédigeais une réponse, mais les petits points ont disparu, et avec eux s'est envolé tout espoir de contact avec toi.

Cet après-midi, j'avais toujours ce sentiment de malaise, mais j'y ai un peu moins pensé à cause d'une formation du personnel au cours de laquelle on nous apprend à compléter un tableau d'ARPCF. C'est l'abréviation d'Analyse des risques et points de contrôle fondamentaux, en gros, il s'agit d'un système pour les trucs de base les plus évidents et les plus importants qu'on doit savoir dans l'industrie alimentaire. Histoire d'anticiper tous les dangers possibles qui pourraient survenir sur le lieu de travail, et d'élaborer des mesures pour empêcher que le danger ne devienne, bien sûr, dangereux. Kerrie, ma supérieure hiérarchique, a imprimé un certificat pour chacun d'entre nous sur du papier parchemin faisant des initiales ARPCF un acrostiche : Attention aux détails et Rigueur sanitaire pour un Personnel de Cafétéria sans Faille.

Le tout illustré d'une photo Clipart d'une poignée de main interraciale. Achevez-moi maintenant, qui que vous soyez, pitié ; et laissez-moi passer mes journées à construire un magnifique jardin de rocaille.

Et puis je suis rentré à la maison et tombé sur ta lettre. Depuis que je l'ai lue, j'ai fait plusieurs fois le tour de mon appart au pas de charge, englouti deux sachets de Chipster et un de Pépito. Et maintenant, je suis couché sur mon lit, pelotonné contre mon ordi en guise de protection, en t'écrivant ma réponse.

Tout d'abord, avant de t'exprimer quoi que ce soit d'autre, je tiens à dire ceci : je suis vraiment, vraiment désolé d'apprendre ce qui arrive à ta sœur. J'ai eu des soucis avec ma propre sœur dans le passé – c'est un peu une bombe, et elle est sujette à des crises de colère et autres acrobaties qui nous ont fait des peurs bleues, à mes parents et moi – mais ce que tu traverses avec Mina est extrêmement dur. J'avais espéré pouvoir la rencontrer un jour, mais je comprends tout à fait que tu aies besoin de temps pour toi en ce moment, et que tu aies l'impression qu'une relation – encore ce mot… – n'est peut-être pas ce qu'il te faut ces temps-ci.

Ce qui me mène à mon deuxième point. Franchement, Ottila, je ne t'en veux pas une seconde. Les gens ne se possèdent pas, les uns les autres. Ils n'ont aucun droit les uns sur les autres, et sont libres d'entrer dans une relation ou d'en sortir quand bon leur semble. Fondamentalement, je crois que la propriété, quelle qu'elle soit, favorise le despotisme et la coercition à l'échelle de l'individu et de la société. Peu importe qu'on soit marié ou non, ou combien de décennies on a passées ensemble. Si tu veux reprendre ton chemin, vas-y. Il n'existe pas de tableau ARPCF à remplir pour les relations, tu sais. Il faut laisser les risques se manifester, puis réagir en conséquence.

Je ne dis pas cela en tant que phobique de l'engagement, ni en tant que polyamoureux, car je ne suis à coup sûr ni l'un, ni l'autre. Quand je suis avec la bonne personne, je me montre très loyal. En fait, quand je suis avec la mauvaise personne, je me montre aussi très loyal. Mais ce que je t'explique, O, c'est que si tu veux rompre, je comprends, et si tu veux qu'on reste amis, ça me va. Cela dit, nous devrions probablement arrêter de calculer nos pauses respectives pour qu'elles coïncident, et je ne pense pas que je pourrais supporter qu'on se voie trop souvent en dehors du travail. Mais j'aimerais qu'on garde le contact et qu'on puisse bavarder de temps à autre. J'ai l'impression que tu pourrais avoir besoin d'un ami, et pour être honnête, moi aussi. Ces quelques mois ont été bizarres pour moi, et je vais passer un certain temps à hiberner, à manger des cochonneries, jusqu'à émerger de nouveau, en un homme neuf. Peut-être même le genre d'homme qui va à la salle de sport trois fois par semaine, et qui jette sa malbouffe à la poubelle.

On se voit au travail, lundi, alors, chère amie ? Passe un bon week-end, et déguste autant de piña colada sans alcool que tu le désires, sans l'ingérence de ce vieux rabat-joie que je suis. Je m'en veux toujours de cette maladresse, et je te demande pardon.

T.

# Courrier du Manchester Museum

*Le 21 mars 2014,*

Chers Ottila et Thalès,

Nous vous remercions de votre candidature pour notre exposition Dynamic World Art au sein du Manchester Museum. Nous avons reçu d'innombrables réponses à notre annonce, et nous nous sommes réjouis de la qualité des postulants et de leurs idées.

Nous avons étudié attentivement chaque candidature : malheureusement, la vôtre n'a pas été retenue cette fois. Nous ne sommes pas en mesure de vous fournir d'appréciations détaillées, mais un commentaire sur le carnet du jury en dessous de votre projet disait : « Nous ne comprenons pas ce projet. »

Profitez d'être amoureux, cela dit ! Ça a l'air génial.

Bien cordialement,

Ellen Prickle,
Chef de projet

*Si vous désirez rester informés de nos travaux, je vous invite à vous abonner à notre newsletter, ou à nous suivre sur Twitter via les liens ci-dessous !*

## SMS à Grace

**Ven 21 mar 19 h 51**
Tu fais quoi, Shottsinette ? C'est vendredi et je suis comme un ♫ cavalier solitaire ♫ ce soir.

## SMS de Grace

**Ven 21 mar 20 h 22**
ramène ton cul ici, poupée. je carbure au cidre depuis 16 heures. c'était soirée whisky-coca à volonté au liar's club et puis saz et moi, on s'est incrustées à la table d'un pote au baa bar. cocktails pour tout le monde ! on est cul à cul et wouhouh jusqu'au bout de la nuit, baby.

## Souvenir de Grace

Ce qu'on préférait, Grace et moi, c'était picoler en plein après-midi. « Ça ouvre tellement de possibilités », disait-elle à 15 heures en entamant sa troisième pinte, les paupières roses et lourdes.

Et Grace avait raison, bien sûr. Se bourrer la gueule dans l'après-midi, ça laisse la soirée ouverte à toutes les aventures. Quand arrivaient 19 heures, on dansait des claquettes sur les marches du musée d'Histoire populaire, ou alors on achetait vingt-quatre sachets de gelée à la framboise, quand on n'était pas en train de sniffer de la coke dans le nombril d'un inconnu à Levenshulme. Oui, ces soirées-là étaient imprévisibles et la seule certitude, c'était qu'elles se finissaient au bord du coma éthylique.

Une de nos virées les plus mémorables avait commencé par une séance de beuverie un samedi après-midi.

— Ça va, ma copine ? m'a demandé Grace en se servant un Sex on the beach d'une théière à motifs fleuris.

On squattait un bar miteux du Northern Quarter, et Grace trouvait l'idée de s'offrir un *afternoon tea* – option cocktails – hilarant.

Dire que j'avais passé une semaine difficile relèverait d'un grossier euphémisme. Mon père m'avait téléphoné le mardi matin pour m'annoncer qu'on venait de lui diagnostiquer un cancer du poumon. Je n'étais même pas au courant qu'il devait faire un dépistage.

« Ils m'ont annoncé que j'en étais au stade 4, m'avait-il expliqué d'une voix sifflante. C'est incroyable, parce que je me sens en pleine forme et en bonne santé. Juste un peu fatigué et essoufflé, c'est tout. »

J'avais vraiment voulu dire quelque chose en réponse, mais les mots ne venaient pas.

« Je vais m'en sortir, avait-il affirmé. Je vais me battre. J'ai vu un documentaire hier soir, avait-il ajouté, au sujet d'une femme qui avait eu la même chose que moi, et elle avait réussi à tripler son espérance de vie en mangeant des pépins de pomme. »

Finalement, j'étais parvenue à articuler, mais d'une voix rauque :

« Et quelle était son espérance de vie ?

— Un an, avait-il fini par répondre. Je t'aime, Ottila. »

— Allez, meuf, m'a dit Grace en me tendant une tasse en porcelaine. Ça va s'arranger.

Grace essayait. Elle faisait de son mieux. Mais elle n'avait jamais connu son père. Il avait quitté sa mère avant sa naissance, et Grace ne parlait de lui que sous l'appellation « le Connard ». Je pense qu'il était impossible pour elle d'imaginer le genre de lien que j'entretenais avec mon père. Sa mère et elle cultivaient une relation fonctionnelle, fondée en grande partie sur l'indépendance. Elles ne se voyaient que lors de rares occasions et se parlaient en fanfaronnades, ce qui les faisait passer pour deux sœurs. Grace appelait sa mère par son prénom, Sue, et quand j'avais demandé à Grace ce que Sue faisait dans la vie, elle m'avait répondu : « Elle bosse avec l'Amérique. »

J'ai pris ma tasse de thé, j'ai regardé brièvement les délicates jacinthes qui ornaient sa surface, puis j'ai vidé la moitié de son contenu. Mes dents et ma langue se sont mises à picoter et j'ai compris que je devenais pompette parce que je me mettais à écarquiller les yeux plus que la normale. Un signe indéniable, toujours. J'ignore pourquoi je faisais ça. Pour flirter avec la vie, je suppose. À l'étape suivante, mes paupières commençaient à s'affaisser, mais seulement quand j'étais très, très ivre.

— Hé, regarde ce bâtard, a lancé Grace en désignant un petit chien brun assoupi près du poêle à pétrole à l'autre bout de la salle. Tu me mets au défi d'aller le voir pour le caresser ?

— Non, ai-je dit en riant.

— Je te parie que c'est un griffon bruxellois. Ça se voit à sa gueule bougonne et à sa barbe de hipster.

Grace avait une appli de secours canins sur son téléphone, et flippait chaque fois qu'un cabot était signalé dans les parages. Elle avait menacé d'en adopter plusieurs, bien qu'elle habite dans un appartement de dernier étage à Chinatown dans lequel les animaux n'étaient pas admis. Elle m'envoyait leurs photos, accompagnées de petits mots à la première personne comme « Laisse-moi venir dans ton lit » ou « Je me lèche mon propre trou de balle. » À l'époque, je faisais de l'intérim dans tout Manchester, à jouer les gratte-papier pour des entreprises dont je comprenais à peine le domaine d'activité. J'essayais de pondre des textes pour le chapitre « Qui sommes-nous ? » d'un labo pharmaceutique, et quand mon téléphone se mettait à vibrer, je commençais à ricaner, m'attirant des regards assassins de mes collègues.

— Regarde celui-là, a-telle repris en me montrant une photo d'un épagneul Cavalier King Charles, avec le nom « Mickey » inscrit en dessous.

Mickey était assis sur l'herbe, fixant ses yeux vitreux sur l'objectif. Moi, je préfère les chats, ayant eu un british shorthair noir et blanc baptisé Cloud quand j'étais petite ; mais bon, je me suis redressée sur mon siège, et j'ai laissé Grace se mettre à faire défiler d'innombrables photos de ces petites créatures qui cherchaient un nouveau foyer.

Plus je regardais, plus je me relâchais. J'ai bu encore quelques gorgées de mon cocktail. La vie était belle. Picoler en plein après-midi avec Grace, c'était bien. Mon père allait s'en sortir. En fait, je me sentais tellement bien à dix-huit heures trente que quand Grace m'a suggéré d'aller rejoindre ses horribles camarades de l'orchestre, j'ai dit « oui ». Grace a un talent fou : elle joue comme premier violon dans le Hallé Orchestra, un des plus prestigieux ensembles au monde. Malheureusement, jouer dans un orchestre prestigieux ne dispense pas d'être un con. Et c'est ce que m'ont prouvé les deux copains musiciens de Grace.

On devait se retrouver chez Lee. Lee jouait du violoncelle et je ne l'ai jamais senti, celui-là, même si j'avais couché avec lui un soir, ce qui était entièrement ma faute. L'autre type, Kieran, était contrebassiste, et Grace en pinçait grave pour lui. Ils avaient couché ensemble une ou deux fois après avoir picolé, mais cela n'avait jamais débouché sur quoi que ce soit de sérieux. Or Grace ne voulait pas perdre espoir. Elle ne sortait presque plus avec personne, au cas où Kieran déciderait de tomber amoureux d'elle.

« Bon sang, cette contrebasse, m'avait-elle dit un jour. Ça fait un son tellement profond... Il me fait vibrer, quoi. »

Lee vivait dans une maison à Didsbury. C'est son père qui la lui avait achetée. Nous ne savions pas si Lee payait un loyer à son père pour l'occuper, où s'il habitait dans ce quatre pièces dans le quartier le plus désirable de Manchester gratuitement. Le père de Lee avait à une époque été un des chefs d'orchestre les plus renommés du Royaume-Uni, et il était ami avec sir Simon Rattle. Lee avait une façon de parler qui s'appliquait à vous faire sentir qu'il était le genre de personne dont le père était ami avec sir Simon Rattle.

Le temps qu'on arrive chez Lee, Kieran et lui étaient déjà rétamés.

— On a pris pas mal de speed hier au *Gullivers*, nous a expliqué Lee en nous tendant une canette de cidre à chacune. Pas fermé l'œil de la nuit. Content de vous voir, mesdemoiselles.

Il nous a déposé à chacune un baiser sur la joue gauche.

— Bande de dingues, a dit Grace en souriant à Kieran.

Ce dernier a hoché la tête, les mâchoires crispées, grinçant des dents.

— Kieran a forcé sur les doses, a précisé Lee. Il est resté comme ça toute la journée. Heureusement que vous êtes là, les branleuses.

Grace a ouvert sa canette de cidre, avec ce petit sifflement métallique que j'ai toujours convoité. Elle a avalé plusieurs gorgées, puis a sauté, face la première sur l'énorme pouf en forme de poire dans un recoin du séjour. Elle portait une jupe courte, et je devinais le blanc de sa culotte sous les mailles ajourées de ses gros collants gris. Elle et moi, on n'avait pas encore fait de plan à trois ; ça, c'est arrivé plusieurs mois après la mort de mon père, au plus fort de ma dépression. Avant cette aventure, j'étais vaguement intéressée par Grace sexuellement, même si je ne le lui avais jamais avoué. Ces sentiments surgissaient généralement après que j'avais descendu quelques verres. Elle m'excitait autant qu'elle me dégoûtait, ce qui m'apparaissait alors comme la combinaison idéale. Cela dit, elle n'avait jamais manifesté le moindre intérêt à m'embrasser, et à part cette seule nuit, où on n'a fait ça que pour essayer de choper de la coke gratis, elle ne serait jamais passée à l'acte.

—Et si on faisait un truc rigolo, a soupiré Grace en roulant sur le dos tout en ajustant sa jupe. Je sais pas, moi… un jeu de boisson, ou autre.

Elle a tapoté le fauteuil à côté d'elle, et moi, le fidèle épagneul (« Laisse-moi venir dans ton lit »), je suis allée m'asseoir près d'elle, mon cul absorbé par le fauteuil poire, bien au chaud. Tout de suite, Grace a commencé à me tripoter les cheveux. À l'époque, ils étaient longs et épais, et Grace aimait les démêler avec ses doigts, avant de les coiffer en forme de méduse.

—Bien vu, gente dame. Un truc rigolo, a lancé Lee à la cantonade en se levant avant de s'incliner devant Grace.

Puis il est sorti de la pièce pour aller chercher de quoi nous divertir.

Kieran s'est installé sur le canapé en cuir, et s'est mis à battre la mesure d'un rythme saccadé sur la moquette. Je savais que Grace aurait voulu être assise à côté de lui, au lieu d'être au pied de la poire avec moi, alors j'ai tenté de lui envoyer des signaux psychiques pour lui demander de rester.

—Comment tu vas, Ottila ? a interrogé Kieran dans un accès de lucidité.

Lee et lui étaient au courant pour mon père. Grâce leur avait appris la nouvelle deux ou trois jours plus tôt. Je savais que Lee n'en parlerait pas ce soir-là – ce n'était pas son genre – mais c'était gentil de la part de Kieran d'avoir un mot pour moi.

J'ai souri.

—En fait, ça va. Avoir de bons amis, ça aide.

J'ai penché la tête en arrière et rencontré les doigts de Grace sur ma nuque. Elle les a promenés le long de ma peau. J'ai penché ma tête un peu plus.

Lee est revenu dans la pièce, vêtu d'une vieille veste militaire. Il avait les lèvres sèches, avec des gouttes de salive blanche aux commissures.

— C'est bon, il est chargé ! a-t-il lancé avant de dégainer un flingue de derrière son dos, pour le pointer sur nous.

— Putain, Lee, mais c'est quoi, ce truc ? a hurlé Grace.

— C'est un calibre 36, six coups à percussion. Il te plaît ?

— Mec, je crois que tu devrais arrêter de le pointer sur nous, a repris Grace.

— Si tu veux, a dit Lee en s'approchant de nous pour nous montrer le revolver. Il était à mon grand-père. Je l'ai reçu quand il est mort. (Il s'est tu brusquement et m'a regardée.) Oh, désolé, Ottila.

Je ne savais pas trop pourquoi il s'excusait, mais j'ai eu un haussement d'épaules passablement éméché.

— Une antiquité de la guerre civile. Aucune idée de comment mon grand-père l'a récupérée, il l'a probablement achetée au marché noir, ou un truc du genre. En tout cas, elle est à moi maintenant.

Il a tourné plusieurs fois l'arme entre ses mains. Elle était longue, avec un canon argenté et une poignée en noyer. S'il ne s'était pas agi d'une arme, l'objet aurait possédé un certain charme.

— Alors, qu'est-ce que vous en dites ? a demandé Lee en agitant le revolver autour de lui avant de le pointer de nouveau machinalement, d'abord sur moi, puis vers l'abat-jour et la télé. On se fait une roulette russe ?

— OK, mon pote, tu as déjà eu des idées de merde, mais là, c'est vraiment la plus merdique de toutes, a proclamé Grace en se levant de la poire avant d'arracher l'arme des mains de Lee.

Elle s'est assise alors sur le canapé à côté de Kieran. Il planait, en marmonnant des choses inintelligibles, le regard figé vers la cheminée. Grâce avait l'air bête, collée à lui, un revolver entre les jambes, le canon entre ses cuisses.

Honnêtement, je ne sais pas ce qui m'a pris à ce moment-là.

—Allez, Grace, ai-je lancé d'une voix arrogante en me levant. Fais pas ta chochotte.

Je lui ai pris l'arme des cuisses. Ça m'a fait tout froid dans la main. Puis je l'ai braquée sur ma tempe. J'avais les paupières lourdes.

—C'est moi qui commence.

Grace a poussé un nouveau cri.

J'ai appuyé sur la détente. Encore et encore, aussi fort que je pouvais. Mais elle ne bougeait pas. J'étais là, en pleine crise suicidaire.

—Espèce de malade! s'est écrié Lee en m'arrachant le revolver. Il n'est ni armé, ni chargé. C'était juste une blague. Tu es un vrai danger public, Ottila!

Bouche bée, Grace a fini par exploser de rire, et Lee a rangé l'arme dans un tiroir. Nous avons recommencé à boire du cidre, à broyer l'émail de nos dents et à nous raconter des conneries. Au fil de la soirée, je suis peu à peu revenue à mon état normal. Mais là n'est pas la question.

## SMS à Grace

**Ven 21 mar à 20h40**

Ça a l'air cool, fais la bise à Saz pour moi. Mais on remet ça à une autre fois. J'ai des cartons à trier, vieilles photos à balancer, je dois décider quelles reliques je garde… Soyez sages, les fifilles.

Biz

# Certificat de décès

**Dossier n° S023141TY**

**COPIE INTÉGRALE D'ACTE DE DÉCÈS**

Délivrée par l'Office de l'état civil

**District d'enregistrement:** North Ayrshire
**2011 - DÉCÈS dans le sous-district de:** Largs

**1. Lieu et date du décès:**
27 août 2011
Parc de « Vikingar ! » Ville de Largs

**2. Nom et Prénom:**
Bernhardt McGregor

**3. Sexe:** masculin
**4. Âge:** 52 ans

**5. Profession:**
figurant de reconstitutions historiques

**6. Cause du décès:**
tamponnade péricardique liée à un cancer du poumon métastasé

**7. Signature, qualité et lieu de résidence de la personne référente:**
Ottila McGregor, fille légitime, Manchester

**8. Date d'enregistrement:**
30 août 2011

**9. Signature de l'officier d'état civil**

COPIE CERTIFIÉE CONFORME
à l'inscription au registre des décès du district susmentionné.

Remise à l'Office de l'état civil, sous le sceau dudit Office,
le trentième jour d'août 2011.

AVERTISSEMENT : TOUTE FALSIFICATION OU ALTÉRATION, DE MÊME QUE TOUT USAGE OU TOUTE POSSESSION D'UN FAUX CERTIFICAT CONSTITUE UNE INFRACTION.
« DROITS D'AUTEUR DE LA COURONNE. »

ATTENTION : UN CERTIFICAT DE DÉCÈS NE CONSTITUE PAS UNE PREUVE D'IDENTITÉ.

## Snapchat de Mina

Mini-Minette

Aujourd'hui

MINI-MINETTE

Pas vraiment d'humeur à jouer au Bananagrams. Veux mourir.

## SMS de Grace

**Ven 21 mar 20 h 58**

Ok, meuf, je viens de faire une grosse léchouille à Saz de ta part. si tu changes d'avis, beauté, tu sais où nous trouver !

## Post de blog de TeamEdward247

*Dimanche 28 août 2011*

**RENCARD WTF LE PLUS ZARB DE L'UNIVERS !**

Slt à vous, mes chers blog-fans ! J'ai un truc important à vous raconter, mais avant de me lancer, je me dois de vous prévenir : *âmes sensibles s'abstenir*. Ss déconner. Si vous êtes du genre à tourner de l'œil dès qu'on parle de la mort ou de gens qui passent l'arme à gauche, alors vous attardez pas. Promis, je vous ponds un post gai qui donne la pêche dès dem's, et vous pourrez de nouveau vous joindre à nous. Pour les autres : accrochez-vous. Descente au cœur des ténèbres assurée.

Hier, je suis allée à un festival. Alors, pas un festival cooool de zik genre T in The Park. Disons plutôt un truc pour les férus d'histoire. Ça s'appelle le Largs Viking Festival. Ouais, je sais. Moi, dans une reconstitution historique ? J'ai (presque) quinze ans. Mon truc, c'est plutôt les métamorphes, le paintball et les mecs. Alors qu'est-ce que je fabriquais là-bas ? Écoutez bien, mes chers blog-fans : j'étais à un rencard ! Avec un mec mais grave trop sexy. Sexy genre 5 Seconds of Summer. Ceux d'entre vous qui suivent attentivement mon blog (slt Rachael) savent que ça fait douze semaines que je suis ce type sur Whatsapp. Eh bien, hier, je devais enfin le rencontrer. J'avais vu des photos de lui (à baver) mais ce devait être la première fois qu'on se voyait pour de vrai !

Et, *non*, ce n'est pas moi qui ai choisi le lieu de notre premier rencard. Mais le type en question (qui restera anonyme… je suis superstitieuse sur ces trucs-là) bossait au festival, donc je suis partie le rencontrer là-bas. Mais ce n'est pas tout : j'ai gagné le droit de le voir habillé en Viking, vous y croyez, vous ? Et si vous trouvez tout ça un peu délire, attendez la suite. Au fait, j'insuffle un peu de suspense sur mon blog car cette année, la sélection du Prix du jeune blogueur de l'année était truffée de collègues qui écrivent des trucs du genre « vous ne devinerez jamais ce qui est arrivé ensuite... » Oui, tu peux te sentir visée, LittleMissMysteryGal. Je t'adore, vraiment, ma chérie.

Je suis arrivée au festival une heure en avance, c'est mon côté boulet, donc j'ai fait un saut chez *Greggs* pour me prendre un wrap bacon fromage (vous me connaissez bien) avant de me diriger vers la promenade. Les stands étaient moyennement intéressants, alors j'ai vérifié mon maquillage sur la coque de mon téléphone (ça paie toujours d'être prête, les filles) et j'ai regardé autour de moi. Il y avait vraiment du monde, malgré toute cette pluie et le vent. Je crois qu'il a plu comme vache qui pisse à peu près chaque fois que je suis allée là-bas. Maman et papa ont essayé de m'emmener avec mes frères à la plage à deux ou trois reprises quand on était petits, et il faisait toujours tellement mauvais qu'on finissait devant une glace chez *Nardini's*, avant de rentrer à la maison, comme la fois précédente. Bref. C'est la malédiction de *Nardini's*.

Les étals de bijoux étaient en fait assez corrects. J'ai demandé à une dame sur un stand combien coûtait un collier de runes. C'était un pendentif en argent avec un « F » bancal dessus. Il y avait une étiquette à côté qui indiquait que cette rune permettait d'« acquérir le savoir », mais je l'ai choisie parce que mon vrai prénom (que je ne révélerai jamais en ligne, bande de crétins, mouhahaha !) commence par « F ». Pas tout à fait aussi accrocheur que d'autres bijoux, mais je suis sur ce délire de garde-robe minimaliste en ce moment, tout en m'assurant que toutes mes affaires vont bien ensemble. Je me suis dit que ce collier était le plus polyvalent, plus ou moins. La femme qui m'a servie avait une fausse chouette perchée sur l'épaule (ça aurait pu me faire kiffer, quand j'avais dix ans – merci de ne pas rire). J'ai acheté mon collier pour 3,50 livres (photos de lui porté par moi ici et là), puis j'ai filé. Je commençais à avoir un sacré trac.

Tout en flânant dans les allées du festival, chaque fois que je croisais un type qui avait vaguement mon âge, je me disais : « C'est peut-être lui. » Honnêtement, certains des gars qui bossaient sur les stands étaient plutôt sexy, et ça m'a fait réfléchir : en fait, un Viking peut avoir la ligne ! J'avoue, mes chers blog-fans, j'ai complètement craqué ! Mais sérieux, un garçon en tunique, ce n'est pas si mal que ça en a l'air, et certains peuvent même porter la barbe. Heureusement, j'étais assez certaine que mon copain, le garçon de Cambuslang que j'étais venue rencontrer, se tenait à l'écart pour se préparer pour sa représentation. Oh, oui, vous m'avez bien entendue, belles gens. J'ai dit « représentation ». J'étais venue le regarder participer à une reconstitution de bataille avant de le rencontrer. Vous me croyez devenue folle à lier ? Moi, je trouve ça assez romantique. (Mes potes à l'école me prennent pour une ratée totale. Argh, au moins, mon père ne m'a pas accompagnée comme il avait menacé de le faire la première fois où je lui ai parlé du truc. Au final, il m'a juste demandé de lui envoyer un SMS toutes les heures : #loveyourdaddy.)

Bref. Revenons à la reconstitution. Une mise en scène de la bataille de Largs. Il s'agit d'une bataille qui a eu lieu au XIII^e^ siècle (j'avais googlisé au préalable, histoire de ne pas passer pour une débile). Le roi d'Écosse essayait de chasser les Norvégiens, ce qui paraît un peu raciste, mais fair-play – c'était une autre époque. Le roi de Norvège était en rogne, évidemment, alors il a commencé à lancer des raids et à tout piller, bref à faire tous ces trucs de Vikings. Mais bon, son plan a capoté à cause de la météo (bienvenue en Écosse, mon ami) et ses bateaux se sont échoués sur les rochers, méga oups ! Quand ses hommes et lui ont débarqué sur le rivage, les habitants de Largs les ont chassés. Allez, les Scots !

Il était donc presque quinze heures trente quand j'ai trouvé le courage de me diriger vers l'arène. La reconstitution a débuté au son des trompettes, puis une femme a crié quelque chose et une armée d'hommes en tuniques s'est mise à courir sur l'herbe. À ce stade, j'étais tout excitée, ça ne me gêne pas de vous l'avouer, bande de zazous ! C'est vrai, quoi : « Il était là, quelque part ! » Le gars avec qui je tchattais depuis trois mois. Je savais que son signe astrologique était capricorne, que ses trois films préférés étaient *Karaté Kid*, *Gladiator* et le *Seigneur des Anneaux* (je ne sais pas quel épisode, pour tout dire), que ce qu'il détestait le plus, c'étaient les endroits qui n'ont pas de couverture 3G et les fans des Rangers. Et tout ça, même si je ne l'avais jamais vu en chair et en os. Le truc exaspérant, c'est que presque tout le monde portait un casque, et je ne me rappelais pas s'il m'avait dit s'il faisait partie des Scots ou des Norvégiens, alors je scrutais toutes les tuniques en pensant : *L'une d'entre vous est portée par le garçon qui pourrait potentiellement devenir l'amour de ma vie.* (Je ne sais plus où me mettre.)

Ça bastonnait partout, et quand je dis « partout », je n'exagère pas. Les épées volaient dans un grand fracas, et parfois certains personnages tombaient raides morts dans l'herbe. Je dois avouer que j'avais beaucoup de mal à savoir qui était de quel côté. Mais j'ai remarqué un groupe de bourrins anglais qui hurlaient « Bouh ! » chaque fois qu'un des plus gros gaillards poignardait et tuait quelqu'un. Je ne suis pas sûre de savoir pourquoi les Anglais seraient antinorvégiens ou antiscots. Peut-être qu'ils détestaient juste voir des gens s'en sortir. J'espérais que mon gars était encore debout. Bizarrement, je voulais qu'il sorte vainqueur.

Après dix très longues minutes (ne te vexe pas, garçon de mes rêves), la bataille semblait arriver à son terme, même s'il y avait une demi-douzaine de gars qui paraissaient mais carrément invincibles, et refusaient de tomber. J'espérais secrètement qu'ils allaient se dépêcher de mourir bientôt, parce que tout ça commençait à empiéter sur le temps précieux de mon rencard. Puis, l'un des types, qui, si j'en jugeais par la putain de couronne qu'il avait sur la tête, devait être le roi de Norvège, a lâché son arme et levé les mains en l'air. Un vieux bonhomme à la barbe rouge vif, à côté de lui, a crié quelque chose d'indéchiffrable, mais furibond, qui voulait à peu près dire : « Je ne me rendrai jamais », puis il s'est tapé la poitrine et est tombé par terre. Les Anglais à côté de moi ont applaudi. Parmi les bonshommes en tuniques, quelques-uns se sont regardés, puis ont haussé les épaules, levé les mains vers le ciel et tout le monde a applaudi.

La plupart des spectateurs ont commencé à partir à ce moment-là, mais moi, je suis restée, à contempler le carnage, à me demander lequel parmi ces morts était mon mec. Le vieux bonhomme à la barbe qui s'était effondré en dernier continuait de se débattre, alors que quelques cadavres autour de lui se réveillaient d'entre les morts. Vous me connaissez, chers blog-fans, je fourre mon nez partout, alors je me suis approchée un peu plus près et j'ai vu les yeux du barbu révulsés. Un type en cape lui tenait le poignet. Quelqu'un l'a tourné sur le côté, et un autre figurant s'est attardé au-dessus de sa bouche, comme s'il se préparait à lui donner le *baiser de la vie*. Les Anglais sont demeurés à côté de moi, pointant du doigt le type au sol en ricanant, mais une ambulance a débarqué, et à ce moment-là, c'est devenu un véritable bazar. Les morts ressuscitaient partout, s'entassaient autour du vieux et s'agitaient comme des fantômes pris de panique. L'équipe d'ambulanciers est arrivée en courant, repoussant les Vikings de la gauche vers la droite, avant finalement de parvenir au chevet du vieux Barbe-Rouge. Un des ambulanciers a dégainé un de ces défibrillateurs qu'on voit tout le temps dans la série *Urgences*, mais le type à terre ne réagissait pas.

Je ne sais pas combien de temps je suis restée à regarder mais, au bout d'un moment, j'ai senti qu'on me tapotait sur l'épaule. C'était un type en cape. Je l'ai reconnu tout de suite grâce aux photos, Dieu merci. (Je ne suis même pas croyante, alors ne me demandez pas pourquoi j'invoque Dieu. Je dois être tarée.) J'étais encore trop sous le choc pour extérioriser mon extase, alors je me suis contentée de dire « salut », calmement, et il m'a répondu « salut », et j'ai remarqué qu'il avait une super jolie voix, dont il s'est ensuite servi pour m'annoncer que je venais de voir quelqu'un « clamser ». Non mais, wtf? J'étais à deux doigts de tourner de l'œil. Pauvre homme. Drôle de façon de rendre l'âme. Et drôle de façon de commencer un premier rendez-vous galant. C'était tellement craignos que ça en était presque génial. Mais bon, plus sérieusement, c'était surtout épiquement craignos.

Mon cavalier m'a dit qu'il ne connaissait pas le vieux bonhomme, mais qu'ils avaient échangé quelques mots un peu plus tôt au sujet de leur soupe qui sentait bon. Le gars s'était présenté comme s'appelant Bernard, et mon cavalier avait tout de suite pensé aux chiens sauveteurs (moi, je préfère les chats). Bernard lui avait expliqué qu'il venait là tous les ans, il avait eu une espèce de quinte de toux, puis il était parti pour le combat, jusqu'à son dernier souffle. Genre, pour de bon ! Mon rencard m'a dit qu'il était du côté des Écossais, et que le vieux jouait un Norvégien. J'ai fait une drôle de blague au sujet des Écossais qui avaient vraiment gagné la bataille aujourd'hui, et j'ai fait de mon mieux pour ne pas me mettre à hurler, pcq sérieux : assister à la mort de quelqu'un, y a quand même mieux pour aborder un premier rendez-vous de façon zen.

Essayant d'oublier les horreurs dont on venait d'être témoins, on est allés manger une glace chez *Nardini's*. Ça aurait pu être pire ! Devant une boule de glace à la framboise (que je vous recommande chaleureusement, les zazous !) qu'on s'est partagée, on a discuté de trucs de base genre l'école, nos passe-temps, et en fait c'était vraiment sympa. Pas encore le grand Amour, bien sûr (mais restez bien à l'écoute !), mais vraiment sympa. Ah, et oui, chers blogs-fans, il était mais canon… Genre super canon. Genre canon à la Edward Cullen. Il ne me reste plus qu'à espérer qu'il ne soit pas un lecteur de ce blog…

Il ne m'a pas envoyé de SMS depuis notre rencard, bien entendu, et il n'y a aucune chance que ce soit moi qui lui en envoie un en premier, mais quoi qu'il arrive (on croise les doigts pour un deuxième R.-V., pitiéééé !), je n'oublierai jamais ce vieux bonhomme qui a passé l'arme à gauche le soir de notre premier rencard. Bon, parlons d'autre chose, sinon je vais encore me transformer en fontaine.

Sans transition, cela fait quatre ans aujourd'hui que j'ai commencé ce blog, d'où la photo de gâteau d'anniv en haut de cette entrée. Merci à vous tous, qui me lisez. Fidèles du premier jour, ou nouveaux venus, merci infiniment pour tous vos commentaires et votre soutien. Je vous aime tous, autant que vous êtes, vous êtes la « cerise sur mon gâteau ». Suite de mes aventures foutraques au prochain numéro. Mais pour l'heure… je plie boutique, mes chers blog-fans. Je plie boutique.

*– Lui appartenir pour toujours est un rêve devenu réalité. Team Edward ! Les vrais hommes scintillent. –*

**7 commentaires**

Posté par TeamEdward247 à 15h51

Mots-clés : largs, vikings, boyfriend, premier rencard, romance, mort, dernier souffle, décès, acquisition de connaissances

[Hormis son certificat de décès, il s'agit du dernier document public retranscrivant la vie de papa. Je suis étonnée que le journal local n'en ait pas fait mention, mais les voici, les derniers mots qui évoquent mon père sur Internet : « Ce vieux bonhomme qui a passé l'arme à gauche. »]

Le bonheur est
l'art de ne jamais
garder à l'esprit
le souvenir d'une
chose désagréable
passée.

Anonyme

## Mail de maman

**De:** **Alice McGregor**
**À:** **Ottila McGregor**
**Date:** **mar 25 mars 2014 à 10 h 04**
**Objet:** **Rien à perdre**

Coucou ma chérie,

Je suis allée à l'hôpital de Mina hier. Le docteur – très gentil, jeune, croate, très beau – souhaite lui prescrire une série de traitements par électrochocs. Il dit que sa dépression dure depuis tellement longtemps, à un tel niveau, que c'est probablement sa meilleure chance de guérison. Alors, ne t'affole pas, le traitement par électrochocs n'est apparemment plus ce que cela a pu être à une époque. Ce n'est pas comme dans les films. La procédure est parfaitement sécurisée. Le docteur Lukić dit qu'il en a déjà prescrit à des centaines de patients. Bon, peut-être pas des centaines, mais tu vois… Il m'a expliqué qu'il en a administré à des jumeaux et que l'un d'eux en a tiré un vrai bénéfice. Pour ce qui est de l'autre, je ne sais pas. Maintenant que je t'en parle, je m'étonne de ne pas avoir posé la question.

Donc, ma chérie, je crains que Mina ne soit pas près de sortir. Honnêtement, il faut avouer que cet hôpital n'est pas aussi affreux que le précédent. Il y a un atelier de confection de smoothies le mercredi matin, et bien que Mina ne soit pas autorisée à approcher des machines, quelqu'un lui a confectionné un smoothie à la framboise la semaine dernière et elle en a bu presque la moitié.

Comment vas-tu, au fait, mon amour ? Ça se passe bien au boulot ? Ça fait un moment que tu ne me racontes plus rien. Je t'admire beaucoup de travailler à la Maison de Maggie, tu sais. Je te trouve terriblement courageuse. Ton père serait tellement fier. Et bravo pour avoir levé le pied sur l'alcool. Très raisonnable. Tu sais que ça fait longtemps que je m'inquiétais de te voir boire comme ça, et je suis vraiment heureuse que tu aies réussi à t'en dépatouiller.

Je t'ai posté un exemplaire de la brochure que le docteur Lukić nous a donnée. Dis-moi ce que tu en penses. Mina ne réagit pas, mais moi, je suis pour qu'on essaie. Nous n'avons rien à perdre. Si ce n'est la mémoire de Mina… Oh ! là, là ! Je te prie de m'excuser, chérie. Ce fut une longue journée. Et il n'est que 10 heures du matin !

Maman

P.-S. : je t'adore.
P.-P.-S. : *ne t'en fais pas !*

## Mantra de la semaine

*Aakhan jor, Chupai neh jor,*

*Jor na mangan dayn na jor,*

*Jor na jeevan maran neh jor,*

*Jor na raaj maal man sor,*

*Jor na surtee giaan vechaar,*

*Jor na jugatee chutai sansaar.*

Traduction approximative : Je ne possède pas le pouvoir de parler ni de garder le silence, ni celui de mendier ou de donner, ni celui de vivre ou de mourir, ni celui de gouverner par la richesse ou par le mysticisme, ni celui de comprendre l'intuition ou la sagesse spirituelle, ni celui de trouver le moyen d'échapper au monde.

## TEC Fiche d'information

Brochures d'information du **centre** Tinder, série 3

**Fiche d'information sur la thérapie par électroconvulsion (TEC)**

### Qu'est-ce que la TEC ?

L'idée de la thérapie par électroconvulsion (TEC) est née dans les années 1930, après que des psychiatres eurent remarqué que l'état de certains de leurs patients épileptiques semblait s'améliorer à la suite des crises d'épilepsie. Ils se sont rendu compte que le passage d'un courant électrique dans le cerveau pouvait déclencher une crise, laquelle était susceptible de contribuer au traitement des patients. Dans les années 1950 et 1960, la TEC – baptisée à l'époque « thérapie par électrochocs » – a permis la prise en charge d'un large spectre de troubles psychiatriques. De nos jours, on l'utilise toujours, mais pour une gamme plus restreinte et plus ciblée de pathologies, notamment la dépression grave. Au Royaume-Uni, environ quatre mille patients reçoivent ce traitement chaque année.

### Comment ça marche ?

Nous ne savons pas exactement pourquoi la TEC est efficace, bien que nous disposions de plusieurs théories. L'une d'elles suggère que la dépression est provoquée par une trop forte activité cérébrale ; et la TEC aide à diminuer la connectivité cérébrale dans le cortex préfrontal dorsolatéral, ce qui permet aux réseaux neuronaux du cerveau de recouvrer un fonctionnement normal. Une autre théorie avance qu'une crise induite favorise la libération de certains produits chimiques cérébraux, en particulier ceux qui régulent l'humeur, l'énergie, le stress et l'appétit. Des recherches récentes suggèrent également que cela pourrait permettre de stimuler la croissance de nouvelles cellules et de nouveaux trajets nerveux dans le cerveau.

**À qui s'adresse la TEC ?**

La TEC est préconisée pour le traitement des patients souffrant de :

10. dépression grave ;
11. phases maniaques persistantes ;
12. états catatoniques.

Généralement, la TEC est un recours si les thérapies de première intention (médicamenteuses ou psychologiques) n'ont pas été suivies d'effets, ou lorsqu'on estime que la pathologie du patient met sa vie en danger.

**Que se passe-t-il pendant la TEC ?**

Le traitement préconisé habituellement varie entre six et douze séances, administrées deux à trois fois par semaine. Les symptômes du patient peuvent s'améliorer après les trois à six premières séances. Si un patient ne semble pas réagir au traitement après six séances, celui-ci peut être interrompu.

1. **Avant** le début d'une TEC, vous êtes susceptible de subir des examens sanguins, une radiographie pulmonaire et un électrocardiogramme (ECG). Il faut rester à jeun durant les six heures qui précèdent la séance, afin que l'anesthésie générale puisse se dérouler en toute sécurité.
2. **Pendant** le traitement, on vous demandera de vous allonger sur un lit médicalisé, où vous serez connecté à des appareils de surveillance de la fréquence cardiaque, de la tension artérielle et des niveaux d'oxygène tout au

long de la procédure. Un de vos bras sera muni d'un brassard de pression artérielle, ce qui signifie qu'il ne sera pas inondé de relaxant musculaire. On vous fournira aussi une poignée en caoutchouc à tenir dans la main, ce qui permettra aux médecins de surveiller votre réponse convulsive. L'anesthésiant général sera ensuite diffusé par une canule, tandis que l'on vous placera sous oxygène pour vous aider à respirer. Une fois que vous serez endormi, un relaxant musculaire vous sera administré. Un protège-dents sera placé entre vos dents, et des électrodes seront appliquées sur vos tempes. Le choc électrique vous sera administré pendant environ quatre secondes. Vous convulserez jusqu'à soixante secondes.

3. **Après** la séance, vous serez transféré en salle de réveil, où vous resterez sous surveillance, et sous assistance respiratoire. Au bout d'une dizaine de minutes, vous vous réveillerez, et si vous êtes sous le régime d'hospitalisation de jour, vous pourrez quitter l'établissement sous deux à trois heures.

**TEC bilatérale ou unilatérale ?**

La TEC bilatérale consiste à faire circuler un courant de part et d'autre du cerveau, alors que la TEC unilatérale cible un seul côté. Dans les deux cas, une crise se produit dans l'ensemble du cerveau.

1. **La TEC bilatérale** est la plus répandue au Royaume-Uni. Elle a tendance à être plus rapide et plus efficace que la TEC unilatérale, mais peut engendrer plus d'effets secondaires.

2. On associe moins d'effets secondaires à la **TEC unilatérale**, mais le patient peut mettre plus de temps à réagir au traitement.

**Quels sont les effets indésirables ?**

Il existe des effets indésirables sur le court terme et le long terme.

Sur le court terme, les effets indésirables susceptibles d'apparaître sont :

1. céphalées ;
2. douleurs musculaires ;
3. contraction des muscles des mâchoires ;
4. nausées ;
5. états de confusion ;
6. pertes de mémoire ;
7. angoisses ;
8. panique ;
9. perte de mémoire temporaire.

Sur le long terme, les effets indésirables susceptibles d'apparaître sont :

1. perte de mémoire définitive ;
2. modifications de la personnalité, des habitudes ;
3. décès – comme pour tout geste anesthésique, il existe un très faible risque mortel, ou de blessure grave (1 cas sur 80 000 pour chaque traitement, ou 1 pour 10 000 pour chaque séance).

**Que se passe-t-il après une TEC ?**

La TEC ne constitue qu'une partie du traitement de la dépression. Après une série de TEC, le traitement psychologique ou psychiatrique se poursuit, et il est important de continuer le soutien au patient dans le processus de guérison, selon les modalités jugées utiles par les praticiens.

**La TEC devant la controverse**

De nombreuses personnes contestent la TEC en tant que traitement médical. La scène tristement célèbre de *Vol au-dessus d'un nid de coucou* reflète l'opinion d'une partie du public, qui estime qu'il s'agit d'une expérience brutale et déshumanisante. La polémique est d'autant plus vive que nous ne savons toujours pas exactement pourquoi ce traitement fonctionne, quelle est son efficacité réelle, ni quels en sont tous les effets secondaires.

Cependant, il existe des preuves de l'efficacité de la TEC sur de multiples patients. Étant donné que ce traitement n'est administré que dans des circonstances graves – le patient souffrant souvent d'une dépression mettant sa vie en danger –, la TEC peut donc être perçue comme un risque qui vaut la peine d'être pris. De nombreux médecins estiment que ce traitement sauve des vies, et certains patients ayant déjà reçu une TEC réclament une nouvelle prise en charge en cas de rechute.

**Traitements parallèles**

Si un patient refuse une TEC, ce traitement ne lui sera pas administré, même lorsque ce patient a été hospitalisé d'office. Les traitements parallèles peuvent prendre différentes formes :

1. autres médications ;
2. psychothérapie intensive ;
3. laisser le temps au patient de guérir naturellement.

Il convient cependant de noter que ces solutions auront normalement déjà été tentées avant la prescription d'une TEC.

## Mail à André

---

**De:** **Ottila McGregor**
**À:** **André Marsh**
**Date:** **mer 26 mars 2014 à 9 h 27**
**Objet:** **RE: nouvelle campagne Twitter**

Salut André,

J'ai demandé à Claire Farwell si, comme tu l'avais suggéré, elle serait prête à prendre la parole pour la nouvelle campagne *#montrezmoicesein* – eh oui, ces photos du *Daily Mail* étaient géniales – mais je pense que nous devrions aussi envisager de demander à des femmes qui ne sont pas des top-modèles. Sally Webster de *Coronation Street* pourrait être partante, et que dirais-tu de Jennifer Saunders ? Elle serait géniale. Dis-moi qui tu aimerais avoir, de toute façon, et je la solliciterai. Cependant, il vaut probablement mieux que tu me laisses m'occuper de la communication ; tout le monde n'est pas aussi fan du mot « seins » que toi.

Par ailleurs, j'ai besoin de quitter le bureau plus tôt aujourd'hui s'il te plaît. J'ai un rendez-vous médical à Chorlton à seize heures trente.

J'espère que tout roule pour toi.

Merci,

Ottila

## Courrier de suivi

*27 mars 2014,*
Maison de Santé Allison

Barton House service d'accompagnement psychologique

Chère Mlle Arkwright,

RE : Ottila McGregor, nº de sécurité sociale 0375909285

À la suite de notre échange, j'ai prescrit un traitement de Campral à la patiente. Je lui ai également recommandé d'envisager de prendre du Prozac à petite dose, car son moral s'est détérioré depuis le placement de sa sœur en hôpital psychiatrique. Jusqu'à présent, Mlle McGregor a toutefois exprimé un désir catégorique d'éviter les antidépresseurs, bien qu'ils semblent lui avoir été bénéfiques par le passé. Elle a évoqué lors de notre dernière entrevue le fait qu'un médecin de la protection infantile avait autrefois émis l'hypothèse qu'elle souffre de traits de personnalité borderline ; cela n'est pas confirmé. Si elle est atteinte d'un tel trouble de la personnalité, les antidépresseurs sont susceptibles de ne pas lui convenir.

Veuillez me transmettre le résultat de votre bilan, quand il sera disponible. Toute information que vous pourrez nous adresser concernant un diagnostic ou des recommandations pour un traitement de suivi nous serait utile.

Bien sincèrement à vous,

Docteur Chakrabarti, médecine générale

## Mail de Grace

**De:** **Grace Shotts**
**À:** **Ottila McGregor**
**Date:** **dim 30 mars 2014 à 21 h 35**
**Objet:** **RE: RE: RE: Meuf, t'es passée où?**

enfer et damnation, poupée! comment ça se fait que ça fait prsq un mois que tu m'as envoyé ton mail, et pourquoi je ne t'ai tjrs pas répondu, bordel? j'ai vérifié mon tel pr voir s'il y aurait des SMS qui m'auraient échappé, et en effet on s'est textotées ce we. c'est quoi, ce délire, sans déc', une séance de ménage de printemps un vendredi soir? alors qu'on n'est même pas encore au printemps. enfin… je crois? on dirait que tu étais sérieuse avec cette histoire de lâcher la bouteille. je suppose que je n'avais pas vraiment capté, dans ton dernier mail. désolée de t'avoir dit que c'était encore une de tes lubies. moi, je les adore, tes lubies, mais là n'est pas le sujet. à l'orchestre, tt le monde se la jouait janvipause machinchouette, et en gros j'ai cru que tu étais dans le même délire, mais version mois de février. c'est vrai, quoi, vu que c'est le mois le plus court de l'année, c'est celui que j'aurais choisi, moi. ha, ha!

bref, si tu es sérieuse, et si c'est ce que tu veux, alors voilà ce que je propose…

on pourrait faire ça ensemble!

c'est vrai quoi, à chaque journée que tu passes sans picoler, je ne picole pas non plus? je ne craquerai que si tu craques. une petite pause ne me ferait pas de mal, et ça peut être fun. Je me souviens de la semaine où j'étais grave sur la paille, et où je suis allée avec kieran (*Rip*) dans ce club de drums and bass à fallowfield, je ne me rappelle plus le nom, et je te jure devant dieu, meuf, que ce soir-là je me suis découvert un don pour la danse. comme quoi, apprendre à danser à jeun te remet mais vraiment les idées en place.

le moment est venu pr moi de déposer les armes, même si je n'en ai pas parlé à saz, j'ai un peu mal sur un côté du ventre ces derniers temps. le foie est bien à droite, non ? t'imaginer sans alcool m'a plus ou moins inspirée. ça me ferait du bien, une petite désintox, et honnêtement, si toi, tu y arrives, alors je peux y arriver aussi. alors, tu en dis quoi ? les sœurs smirnoff abandonnent les paradis artificiels et s'attachent à devenir à la place les reines de l'abstinence la plus obscène ? ceci est une tentative d'allusion aux sœurs ciseaux, dont je me dis qu'elle devrait faire marrer une goudou comme toi. j'essayais de sortir une vanne au sujet d'un hiatus indéterminé, mais ça sonne un peu forcé.

je me suis enfilé une demi-bouteille de schnaps ce soir, mais j'arrête bientôt parce que j'ai une répète demain matin pr le truc vaughan williams ce we. avec katherine broderick en soprano, gnagnagna. ça ne devrait pas être pire que la putain d'ouverture solennelle 1812 que nous avons dû jouer pr la millionième fois au « nabab » russe la semaine dernière, mais bon. tchaïkovski, c'est pas mon truc, meuf, tu le sais bien. modulations louches, à mon humble opinion. bref, voilà, on fait la répétition des cordes demain à 9 heures, et cette altiste, rachel, une nouvelle, tu ne la connais pas, elle joue sans discontinuer jusqu'à me filer mal à la tête. crois-moi, c'est pas le genre de truc qu'on a envie d'écouter qd on a la tête comme une pastèque.

bon, je ne traîne pas, il y a le nouvel épisode de grey's anatomy, et tu ne peux tt simplement pas comprendre combien j'ai besoin de le regarder. il s'agit d'une urgence médicale!

shottsinette

Snapchat à Mina

Mini-Minette

Aujourd'hui

MOI

J'espr que ça va, sœurette. Je t'ai envoyé une brosse à dents Fée Clochette par la poste (maman m'a laissée entendre qu'il se pourrait que tu les collectionnes). Dsl de ne pas pouvoir faire davantage. Dsl pour tout. Je viendrai te voir quand tu seras prête.

## La faute de qui ?

Apparemment, les choses suivantes ne rendent pas votre sœur autiste : lui faire croire que le geste le plus vulgaire qui soit se fait avec l'auriculaire. Lui donner la petite « moitié » d'un biscuit cassé. Entrer dans sa chambre à pas de loup en pleine nuit pour couper jusqu'à la dernière mèche des longs cheveux dorés de sa poupée de chiffon.

Il m'est difficile d'admettre que je ne suis pas la racine de tous ses problèmes.

Mina a reçu tellement de diagnostics différents ces dernières années. Chacun d'eux est un manuel d'instruction que nous sommes censés utiliser de manière à être en mesure de mieux la comprendre. « Asperger » est le dernier en date. Quand ce diagnostic est tombé pour Mina, j'ai passé plusieurs mois à rechercher des représentations de l'autisme dans la culture populaire, comme si elles pouvaient contenir des réponses. J'ai regardé *Rain Man* et j'ai envisagé d'offrir à Mina un annuaire à mémoriser. J'ai lu *Le Bizarre Incident du chien pendant la nuit* et je me suis demandé si un meurtre sanglant pouvait distraire son esprit troublé. J'aurais tué pour elle, je le jure. Et puis j'ai vu *The Big Bang Theory*, et *Sherlock Holmes* en me pâmant de voir quel génie excentrique et rusé ma sœur pourrait devenir.

Mais avec le temps qui passe, l'état de Mina se dégrade et je n'arrive pas à faire le lien entre cet Asperger doucereux et ma sœur. Mina n'est pas la meilleure amie geek, l'ado incomprise ni l'amante grotesquement maladroite. Elle est intelligente, mais trop angoissée pour exercer quelque métier que ce soit dans un avenir proche. Même la lecture est devenue un combat. Et bien qu'elle aime les activités manuelles, elle a développé le syndrome du canal carpien en brodant de trop nombreuses broches de chatons de façon trop intensive, et donc elle a décidé de regarder fixement le mur au lieu de continuer. Elle ne pourrait jamais devenir détective pour résoudre des crimes complexes comme Saga Norén dans *The Bridge* parce que tout ce qui implique une personne en blessant une autre incite Mina à se rouler en boule et à se frapper le crâne avec les poings jusqu'à en avoir les jointures en sang. Je suppose que ça ne l'a jamais gênée de se faire du mal.

Les mauvais jours, ça ne la dérangeait pas de me faire du mal à moi.

C'est bizarre : maintenant, je parle d'elle au passé, comme si elle avait disparu. Ça m'arrive, parfois. Ma sœur n'est pas morte. Elle a juste envie de mourir. Et c'est difficile d'accepter que je ne suis pas la raison pour laquelle elle veut en finir. Si j'avais été une meilleure grande sœur, à la laisser jouer le tigre plutôt que l'élan dans *Wacky Wheels*, ou pire encore, le panda, alors peut-être aurait-elle été plus heureuse de son sort.

O : *Et si tu prenais le lit du haut ce soir, sœurette ?*

M : *Merci, Ottila ! Le lit du haut est réservé à la sœur la plus sage, la plus cool et la plus digne, et ton geste symbolique vient de faire remonter mon niveau d'estime de soi à cent pour cent.*

O : *Tu finis le dernier sachet de Monster Munch goût oignon, Mina ?*

M : *Sérieux ? Tu me le laisses ? Je suppose que tu m'aimes vraiment et que tu me valorises, ce qui me conduit à penser qu'il faut que je m'aime et que je me valorise.*

Je me suis rejoué ces scénarios tellement de fois. Mais je sais qu'au fond, les problèmes mentaux de Mina ne viennent pas de moi. Ce n'est pas ma faute si elle est dans un hôpital psychiatrique. C'est la faute de personne. Pas même la sienne. C'est comme ça, c'est tout.

En ce moment, elle est sous surveillance H24, autrement dit il y a toujours quelqu'un avec elle. La semaine dernière, les infirmiers ont légèrement levé le pied, en ne s'occupant d'elle que toutes les cinq minutes, mais ils l'ont surprise en train de ramasser le plâtre d'un cadre de fenêtre qu'elle essayait de démonter pour s'enfuir, alors ils ont immédiatement mis en place une surveillance permanente.

C'est tellement étrange, ce comportement suicidaire. Avant, Mina n'a jamais voulu se suicider. Elle voulait devenir vétérinaire. Et microbiologiste. Et mère. Une fois, elle a commencé à écrire un recueil de poésie, chaque poème étant inspiré d'un tableau d'artiste célèbre. Elle a écrit au sujet d'*Un bar aux Folies-Bergère* d'Édouard Manet, mais au lieu de se concentrer sur la figure centrale à l'air grave de la barmaid, elle a rédigé un sonnet sur la trapéziste voltigeant tout en haut au plafond, éprise de rêves et d'ambitions.

Quand les infirmières de l'hôpital regardent Mina cette semaine, voici ce qu'elles voient : une femme de vingt-huit ans, au visage renfrogné, assise sur son lit, un carnet de mots croisés ouvert et intact sur ses genoux. Parfois elle enroule ses affaires dans un carré de tissu et fait passer ses chaussures sans lacets de sa chambre à la salle de télévision. Elle se rassoit, rouvre ses mots croisés et fronce une fois de plus les sourcils sans raison particulière.

Mais les infirmières ne sont pas dupes, et moi non plus. Bien que ses yeux restent immobiles, elle a l'esprit occupé, s'imaginant sans cesse de nouvelles façons de mettre fin à ses jours, et se demandant si elle arrivera un jour à trouver le courage de passer à l'acte.

Et ce n'est pas ma faute.

## Mail à maman

**De :** **Ottila McGregor**
**À :** **Alice McGregor**
**Date :** **mer 2 avr 2014 à 18 h 51**
**Objet :** **désolée, 1 000 fois**

Maman, je suis tellement, tellement désolée. Je n'arrive pas à croire que j'ai oublié de poster ta carte à temps. J'ai tellement l'impression d'être une mauvaise fille. Toi, tu es une mère géniale, et j'espère que tu recevras bientôt le cadeau que je t'ai envoyé en retard. La crème pâtissière sur le devant m'a rappelé une fête des mères de quand j'avais sept ou huit ans. Tu t'en souviens ? Mina et moi, on s'était réveillées super tôt et on était descendues à pas de velours pour te préparer des biscuits. On avait mélangé de la farine, des œufs, du beurre et des raisins secs. Je crois qu'on avait trouvé la recette dans un de tes bouquins de Delia Smith. J'ai laissé Mina lécher le bol pendant que je mettais les biscuits au four et que j'allumais la bouilloire. Nous n'avions pas vraiment le droit de nous servir de la bouilloire au cas où on se brûlerait, mais nous avions décrété que tu serais tellement contente de notre surprise que tu ne nous gronderais pas.

En attendant que les biscuits cuisent, nous t'avons fait une carte. J'ai dessiné un mouton autour duquel Mina a ajouté des fleurs au feutre. J'ai collé du papier-toilette sur le corps du mouton, et nous avons secoué des paillettes sur le fond pour que ça ressemble à une journée ensoleillée. Tu te rappelles cette carte ? Elle nous a pris des siècles à préparer.

Ça a été tellement long, en fait, qu'au moment où j'ai sorti la plaque de l'Aga, nos biscuits n'étaient plus que de petits disques carbonisés. Mina était effondrée et ne faisait que pleurer, mais moi, je t'ai courageusement apporté ta carte et ton thé – froid –, et je t'ai expliqué ce qui s'était passé.

Tu étais toujours tellement organisée, tu ne semblais jamais commettre la moindre erreur et je me souviens d'avoir eu affreusement honte en t'avouant ma première tentative de pâtisserie. Tu sais ce que tu m'as dit après que je t'ai tout raconté, maman ? Tu as posé ton thé sur la table de chevet, puis tu as sauté du lit en m'enlevant les cheveux des yeux. « Quelle occasion merveilleuse de préparer d'autres biscuits ! t'es-tu esclaffée. Allons en bas et refaisons une fournée. »

Mina ne s'est pas jointe à nous ce matin-là. Papa avait probablement dû travailler à une kermesse le soir précédent parce que je me souviens qu'il était épuisé et qu'il s'est rendormi. Maintenant que j'y pense, il avait peut-être la gueule de bois ? On n'était que toi et moi ce jour-là, maman, à refaire cette fournée de biscuits. Tu m'as parlé si gentiment, m'expliquant pourquoi il fallait incorporer le beurre au sucre, comment une demi-cuillère à café d'extrait de vanille améliorerait la saveur, pourquoi il fallait tapisser la plaque de four de papier cuisson, et surveiller l'horloge après avoir placé les biscuits dans le four.

C'est un des seuls souvenirs que j'aie de nous deux. Sans papa. Sans Mina. Juste nous deux.

Je t'aime, maman.
Ottila

*Le Petit Livre du bonheur*

Cher dérivé ultime du Petit Livre du calme,

Cette nuit, j'ai rêvé que j'assistais à mon propre enterrement. Il n'y avait pas de maître de cérémonie, pas de discours, et, en fait, pas d'invités. La seule chose qu'il y avait, mis à part mon cadavre dans son cercueil, c'était une pile de vieilles lettres que j'avais reçues tout au long de ma vie. Pour une raison ou pour une autre, je n'avais répondu à aucune d'elles, et j'avais perdu le contact avec tout le monde. Donc j'étais là, allongée, morte et seule.

Quel livre joyeux tu es en train de devenir. Tiens, voici une image de bébé qui fait ses premiers pas.

*[Dessin à la main d'un bambin qui marche]*

De la part de ton amie, six pieds sous terre

# Mail à Grace

**De:** **Ottila McGregor**
**À:** **Grace Shotts**
**Date:** **ven 4 avr 2014 à 22 h 27**
**Objet:** **RE: RE: RE: RE: Meuf, t'es passée où?**

Vraiment désolée pour ta douleur à droite, ma belle. Tu es allée voir ton docteur? Peut-être que ça te ferait du bien de ne pas picoler pendant un moment, au moins le temps de te faire examiner. Et merci d'avoir proposé de faire ce truc d'abstinence avec moi…

Mais bon, le souci, c'est que je crois que c'est une chose que je dois faire toute seule. Ce que je veux dire, c'est que ce serait génial que tu t'arrêtes de boire aussi, si c'est ce que tu souhaites, mais moi, je ne veux pas que tu t'en remettes à moi pour te servir de jauge. Si tu passes une journée sans toucher d'alcool, ce doit être parce que c'est ton souhait, non parce que tu me copies. Parce que franchement, Shotsinette, je ne sais pas si je retoucherai à l'alcool un jour.

Je ne t'ai pas dit à quel point c'était dur avant parce que je ne voulais pas que tu penses que je te tenais pour responsable, ou que je te critiquais, ou quoi que ce soit du genre. Mais je buvais beaucoup, comme un trou, tous les jours, et ça devenait dangereux. C'est tellement difficile de voir à quel point c'est grave quand on est en plein dedans. Je ne sais pas, peut-être que c'est comme ça pour toi aussi. As-tu déjà consulté les recommandations de l'État au sujet de l'alcool? Pour une femme, elles sont estimées à quatorze unités par semaine. Tout ce qui dépasse ce chiffre fait considérablement augmenter le risque de cancer de la bouche, de maladies du foie et ce genre de saloperies. Et tu sais ce que ça fait, quatorze unités ? Une petite bouteille de vin par semaine ! Bon, c'est plutôt une bouteille et un tiers ou quelque chose comme ça, mais qui laisse une bouteille aux deux tiers pleine ? C'est ridicule. Pourtant, les autorités disent bien quatorze unités. Toi et moi, c'est ce qu'on buvait en une journée. Au minimum.

Regarde-nous, hein ? Un duo de vieillardes, maintenant qu'on atteint la trentaine. Tu as déjà entendu parler de l'escalade de bloc ? C'est de l'escalade, mais sans harnais. Ne t'en fais pas, si on se lance, il y a des tapis amortisseurs de chute :
www.manchesterclimbingcentre.com

Ta poupée

## Transcription séance de thérapie

**Patiente**: C'est comment, de profiter de la vie?

**Thérapeute**: Vous ne profitez pas de la vie?

**Patiente**: J'ai fait une liste de « Dix choses à faire qui pourraient être fun ». Surlignées au fluo pour donner envie. J'ai parfumé le papier avec *Obsession* de Calvin Klein.

**Thérapeute**: Quel genre de choses avez-vous inscrites sur votre liste?

**Patiente**: Préparer un cake au citron. Nourrir des canards. Caresser un chat.

**Thérapeute**: Avez-vous essayé l'une de ces activités?

**Patiente**: J'ai fait le cake. Mais je crois que je n'avais pas mis assez de citron parce qu'il avait goût de carton.

**Thérapeute**: Vous avez aimé préparer la pâte?

**Patiente**: Casser les œufs. Mélanger le sucre. Tout ça n'est qu'un processus guidé, non?

**Thérapeute**: Un processus guidé peut être agréable. Il est souvent plus gratifiant que le produit fini, d'ailleurs. Avez-vous réussi à vous faire de nouveaux amis?

**Patiente**: Personne n'a répondu à mon annonce. Je ne vois pas pourquoi. *(Pause.)* Je déconne.

**Thérapeute**: C'est assez inhabituel de vous entendre dire des grossièretés.

**Patiente**: Désolée. J'ai juste l'impression d'être une grosse nullarde aujourd'hui.

**Thérapeute**: Ce n'est pas parce qu'on dit des gros mots que l'on est un gros nullard.

**Patiente**: Vous, vous n'en dites jamais.

**Thérapeute**: Je parle comme une charretière en dehors de ce cabinet.

**Patiente** : Est-ce que « déconner » est un gros mot à proprement parler ?
**Thérapeute** : Cela fait maintenant quatre semaines que vous êtes sous Campral, n'est-ce pas ?
**Patiente** : À peu près.
**Thérapeute** : Dans les effets secondaires possibles, il y a une perte d'intérêt pour les choses, des difficultés à éprouver du plaisir.
**Patiente** : Je ne sais pas si c'est le Campral.
**Thérapeute** : Que pensez-vous que ce soit ?
**Patiente** : Ça fait quoi de recevoir des électrochocs ?
**Thérapeute** : Je ne considère pas que vous en soyez à ce point.
**Patiente** : C'est Mina. J'ai peur qu'elle ne soit plus ma sœur après ça.
**Thérapeute** : Votre sœur va recevoir une thérapie électro-convulsive ?
**Patiente** : *(Renifle.)*
**Thérapeute** : Vous savez, elle ne sentira rien au moment de l'administration de la décharge. Cela se passe sous anesthésie générale. Et il y a peu de risques que cela lui cause des problèmes durables.
**Patiente** : Mais ça peut arriver. Vous connaissez ce jeu, où on regarde une série d'objets sur un plateau pendant une minute ou deux, puis le plateau est retiré et on doit se souvenir de ce qu'on a vu ?
**Thérapeute** : Le jeu de Kim.
**Patiente** : C'est comme ça qu'on dit ? On y jouait, Mina et moi, quand on allait chez les scouts, quand j'étais responsable adjointe des lutins et Mina était chez les farfadets. Mina se souvenait toujours de tous les objets sur le plateau, chaque fois.
**Thérapeute** : Elle n'est pas obligée de perdre la mémoire après une TEC.

**Patiente** : Quand je pense que je désespérais de la battre à ce jeu, un jour…
**Thérapeute** : C'est tout à fait naturel, vous savez.
**Patiente** : Quand on a quitté les scouts, le dernier badge que Mina a gagné était celui d'astronome amateur. Devinez lequel j'ai eu ?
**Thérapeute** : Je ne sais pas.
**Patiente** : Amitié.
**Thérapeute** : Pourquoi vous touchez-vous de nouveau au niveau du foie, Ottila ? Vous vous sentez coupable de quelque chose ?
**Patiente** : *(Marmonne quelques paroles inaudibles. Parmi lesquelles il semble qu'elle prononce le mot « honte ».)*

## L'escalade

Grace fait un signe de croix alors que nous approchons de notre destination.

—Bon sang, poupée, je n'ai pas mis les pieds dans ce genre d'endroit depuis l'époque où j'étais une putain de gamine !

Il s'agit d'une église désaffectée, construite avec les mêmes briquettes rouges que les filatures de coton locales. À l'intérieur, tout a été transformé. On peut grimper jusqu'en haut des voûtes, se rapprocher du paradis plus près que n'importe quelle grenouille de bénitier de son banc d'église.

—Toi ? demandé-je. Mais tu n'as jamais été gamine.

Je mets mes mains en forme de pinces de crabe et je lui serre la taille. Mes doigts se referment sur l'espace en dessous de son buste, et je sens ses muscles transverses se contracter. Je ne suis pas préparée à un tel niveau d'intimité, alors je recule mes mains.

Je ne comprendrai jamais comment Grace a réussi à garder la ligne pendant toutes ces années. Elle a toujours eu une silhouette parfaite. Et un visage sublime. C'est moi qui suis d'origine danoise, mais c'est elle qui a le style nordique. Cheveux blonds et pommettes hautes. Moi, je suis criblée de boutons depuis que j'ai arrêté de boire. J'en ai compté trois ce matin. D'après moi, ce sont les toxines qui s'évacuent peu à peu. Peut-être que sous sa carapace, Grace n'a que du pus.

—Je n'arrive pas à croire que j'ai accepté un truc pareil, dit-elle en sortant de la poche de son jean une cigarette qu'elle allume. Si je me casse la figure, tu vas devoir me rattraper, meuf.

Je me tiens à côté de ma meilleure amie, mais je regarde ailleurs. Il y a tant de lieux à Manchester que je ne connais pas, même si cela fait sept ans que j'habite ici. Depuis que je suis sobre, c'est comme si je venais d'y emménager. Je découvre des quartiers où je n'avais encore jamais mis les pieds, et les gens aussi me paraissent différents. Je vois plus de familles. Plus de gens qui lisent les journaux. Plus de gens qui ne boivent pas, comme moi. Je croyais vraiment que tout le monde à Chorlton sortait se bourrer la gueule le vendredi soir. Il apparaît qu'il existe des gens qui dînent de hamburgers aux pois chiches et d'un verre de jus d'orange ; ou des gens qui sirotent une demi-pinte jusqu'à 19 heures, puis rejoignent le centre-ville pour un cours de dessin avec modèle. Il y a des gens qui s'entraînent sur des circuits, qui pratiquent la boxe thaïlandaise et toutes ces choses que j'aurais dû faire pendant ces dix dernières années, mais pour lesquelles j'étais trop soûle ou trop défoncée.

— Hello, la rêveuse, me lance Grace en jetant la cendre de sa cigarette dans ma direction.

— Désolée. Je profitais juste du soleil.

— Tu n'imagines pas à quel point notre amitié compte pour moi, meuf, déclare Grace en bâillant. J'ai dormi genre quatre heures cette nuit.

Je n'ai jamais fait d'escalade jusqu'à aujourd'hui. Je ne sais pas vraiment à quoi je m'attendais en faisant cette proposition. J'ai entendu une des patientes en parler à la Maison de Maggie, la semaine dernière. Elle s'appelle Pru, et se remet d'un cancer du col de l'utérus de grade 2A. Elle me fait honte, à moi et au reste de l'humanité, avec la quantité de trucs cool qu'elle fait. Cette fois-ci, elle parlait de son stage d'escalade à Fontainebleau. « C'est une telle leçon d'humilité, disait-elle. J'étais là, accrochée à ce rocher, et ce rocher était accroché à la surface du monde. »

Honnêtement, Pru est extrêmement énervante, mais ça ne change rien au fait qu'elle fait plein de trucs cool. Quand j'ai proposé à Grace d'aller faire de l'escalade avec moi, je crois que je voulais moi aussi être une fille qui fait des trucs cool.

— Allez, dis-je en arrachant le mégot des lèvres de Grace pour le jeter à terre. C'est l'heure !

— Là, tu dois vraiment me faire une blague, lâche Grace tandis que nous entrons dans l'église. Moi, je ne grimpe pas là-haut. Je préfère encore aller à la messe pour de vrai, bordel !

— Oh, non, m'exclamé-je en levant les yeux vers les parois.

Elles sont parsemées de bosses colorées, qui me paraissent trop éloignées les unes des autres, et pourtant il y a des gens qui s'agrippent à elles, faisant des contorsions impossibles avec leur corps, à plusieurs mètres du sol. *Très haut.*

On paie notre séance et le type à la caisse nous demande notre pointure de chaussures.

— Vos chaussures d'escalade devront être plus petites d'au moins une demi-taille par rapport à votre pointure normale, annonce-t-il. Il vous les faut bien serrées.

*Combien de fois par jour répète-t-il « bien serrées » ?*

— Compris, répond Grace avec un clin d'œil.

Il nous tend des tennis en toile et nous retirons nos chaussures de sport, ce qui prend des lustres à Grace, vu la drôle de façon dont elle a lacé ses Converse montantes. J'ôte mes Reebok en me demandant comment j'arrive toujours à être aussi en décalage avec la mode, quelle que soit l'occasion. Curieusement, je m'étais dit qu'un legging de couleur vive serait approprié pour notre sortie du jour, avec un haut en Lycra façon vidéo de Jane Fonda. J'avais espéré que ce serait Grace qui aurait l'air décalée avec son jean, sauf qu'en fait, beaucoup des types tatoués qui sont parvenus aux trois quarts du mur d'escalade portent des jeans, retroussés en haut des chevilles, découvrant leurs jolis petits petons bien serrés.

Heureusement, la section « escalade de bloc » n'est pas aussi intimidante que le mur d'escalade proprement dit.

— On dirait la section pour enfants, s'esclaffe Grace tandis que nous examinons les tapis de chute et les murets. Bien joué, meuf.

Non seulement ça ressemble vraiment à la section pour enfants, mais il faut dire qu'elle est gérée par des personnes de petite taille. Ce doit être le début des vacances de Pâques. J'avais oublié que ce genre de choses existait. En voyant les gamins, je mesure que ce type d'activités n'est bénéfique qu'aux gens qui n'ont pas peur de se faire mal. Il n'y a que les courageux qui sont doués pour l'escalade. Je m'aperçois que j'ai un drôle de frétillement dans le ventre.

Un mec sexy avec des dreadlocks blondes s'approche de nous pour nous offrir de la magnésie.

— De la blanche ? Comme pour le crack, c'est ça ?

— C'est pour permettre une meilleure prise, explique-t-il, manifestement habitué à s'occuper d'enfants.

Grace tend les mains, comme si elle s'attendait à ce que ce type se penche sur un genou et lui enduise les paumes des mains de craie. Ce n'est pas ce qui se passe. Il nous donne à chacune un sachet de poudre blanche. Je trempe mes doigts à l'intérieur et je me badigeonne le plus de craie possible.

— Est-ce que l'une de ces demoiselles a déjà pratiqué l'escalade de bloc ? demande-t-il.

*Il doit être sud-africain. Ou peut-être néo-zélandais.*

Nous secouons la tête.

—Le meilleur conseil que je puisse vous donner, c'est de vous concentrer sur ce qui se passe au-dessus de vous. Ne regardez pas en bas!

*Je me sens mal.*

Le gars nous désigne les différentes parties de la pièce avec un vague haussement d'épaules, comme pour nous démontrer à quel point tout ça est normal.

—Ce petit coin, là-bas, c'est pour les débutants, c'est le premier niveau de «difficulté». Alors que le coin de ce côté-là est plutôt réservé aux grimpeurs plus aguerris. Je vous suggère de commencer par là, histoire de vous tester, puis de continuer à votre propre rythme. Et ce serait peut-être pas mal que vous vous gardiez à l'œil, l'une, l'autre.

Il nous montre un homme qui se tient sur le tapis de chute à côté, tendant ses bras en dessous d'une petite fille, vraisemblablement sa fille, qui escalade le mur au-dessus de lui.

—Assurez-vous que si votre copine fait une chute, elle ne tombe pas la tête la première.

—Youhou!

Grace et moi, on se dirige vers le tapis de chute. On s'arrête dessus, et on se regarde. Elle ouvre les yeux tout ronds comme si elle était sur le point d'être prise d'un fou rire. Moi aussi, j'écarquille les yeux. L'espace d'une seconde, c'est presque comme au bon vieux temps, comme ce moment cool en début de soirée où on se dit qu'on a encore toute la nuit devant nous. Ce moment où on se sent si bien, comme si le monde était un endroit merveilleux qui nous appartient, à nous seul.

Mais Grace ne rigole pas. Elle se concentre sur l'une des bosses du mur. Elle court vers elle, l'empoigne, se hisse vers le haut et pose ses pieds comme une reine sur deux autres bosses.

— N'oublie pas de me surveiller, meuf, me crie-t-elle alors qu'elle commence à escalader le mur, avec une telle dextérité et si peu d'appréhension que je décrète tout d'un coup qu'en réalité je la déteste.

*Oui, c'est bien ce que je ressens. J'ai envie qu'elle se plante. J'ai envie qu'elle se casse la figure.* J'en ai les bras ballants.

— Ça m'a trop plu ! s'écrie Grace en sautillant le long du trottoir.

Pour toute réponse, je ne peux que grogner. *Il se trouve que l'escalade de bloc, c'est de la merde. Grace est une merde, Pru est une merde et l'escalade, c'est vraiment de la putain de putain de merde !*

Soudain, Grace s'arrête de gambader et je remarque avec effroi la personne qui marche le long du trottoir dans notre direction.

— Ben ! lance-t-elle en agitant le bras.

Je réfléchis à toutes les manières grandiloquentes de mourir, et au fait que je n'ai pas encore trouvé le temps de les mettre à exécution. Ben semble avoir changé. *Plus épais, plus ferme, plus musclé.* C'est la première fois que je le vois depuis le mois d'août dernier, quand il m'avait dit que j'étais un boulet et que je lui avais hurlé de retirer ses paroles tout en balançant mon ordinateur portable dans la rue. C'était censé être sa pile de fringues, mais j'avais jeté le mauvais sac à dos.

— Je me disais qu'on risquait de te croiser ici, déclare Grace alors que Ben arrive à notre niveau. Je t'avais bien raconté que Ben s'était mis à l'escalade récemment, non ?

*Et merde ! C'est pour ça que j'ai suggéré l'escalade à Grace ?* J'avais complètement oublié qu'elle m'en avait parlé, mais peut-être que ça s'était logé dans ma tête. *Mon subconscient ne voulait pas tomber sur Ben aujourd'hui, quand même?* Je hoche la tête en direction de Grace.

— Salut, les filles, dit-il en me regardant avant de baisser les yeux vers les baskets de Grace.

*Bon sang, il n'aurait pas pu faire plus local, même s'il avait essayé.* Il s'est même trouvé une de ces parkas à la Liam Gallagher, mais elle le serre, comme si son corps tentait de s'en extirper de toutes ses forces.

— Salut, réponds-je calmement.

J'avais oublié à quel point Ben était gêné par tout contact visuel. C'est l'homme le plus assuré que j'aie connu au lit, mais il est incapable de me regarder dans les yeux quand on se croise dans la rue.

— Tu vas au *Band on the Wall* ce soir? interroge Grace comme si elle avait l'habitude de l'y croiser tout le temps.

*Je me demande si Grace et Ben ont déjà couché ensemble. J'espère que non.*

— Nah. J'vais sans doute me contenter du pub de quartier avec quelques potes. J'en ai pris une bonne hier soir.

— On allait en ville grignoter un truc. Tu viens avec nous?

Ben me jette un coup d'œil rapide.

— Peut-être tout à l'heure. J'ai d'abord une session qui m'attend, tu vois? répond-il en soulevant son sac de sport.

Grace lui tire la langue puis se remet à marcher, nous laissant seuls, Ben et moi.

— Yo, me dit-il. Comment va la vie?

— Bien, merci.

Je repense à la fois où je lui ai taillé une pipe dans un bar pendant qu'il se servait d'une machine à sous.

— Tant mieux. Bon, ben, je ferais mieux d'y aller, reprend-il en jetant son sac de sport sur l'épaule, avant de s'éloigner.

J'attends d'avoir rattrapé Grace avant de flipper grave.

— Putain, c'était le gros malaise !

— Ah, bon ? s'étonne Grace. Ben est cool. Il s'en fout complètement.

Je ne lui demande pas de quoi Ben se fout. Au lieu de ça, je garde le silence, en repensant à l'incroyable vie sexuelle que Ben et moi, on partageait. Toujours bourrés, toujours à cran, mais c'était incroyable. On traverse la ville en zigzaguant vers Piccadilly Gardens. J'espérais rentrer à la maison en bus et passer l'après-midi à regarder de vieux épisodes des *Allumés*, de *Black Books* et toutes les autres comédies britanniques bizarres où les personnages se chamaillent tout le temps, même si en fin de compte, inévitablement, ils sont les meilleurs amis du monde, et que leurs liens ne se brisent jamais, malgré tout ce qui les sépare.

— Ici, ça ira, déclare Grace en me traînant sous un porche avant de me pousser à l'intérieur du *Fab Café*.

Je connais cet endroit. La thématique est axée télé et cinéma, avec un penchant avéré pour la science-fiction. Une fois, j'y ai entendu une femme déclamer un poème en klingon. C'était avant que je ne m'endorme, lovée au milieu des photos souvenirs du Doctor Who.

— Oh, Grace, je préférerais ne pas…

Ma voix s'éteint tandis qu'elle appuie sa poitrine contre le bar.

— Maintenant, ils servent des bols de nouilles, m'explique-t-elle avant de commander aussitôt un Bombay Bad Boy, un sachet de chips Space Invaders et deux pintes de Stella.

— Je ne bois pas, dis-je très vite, sans me laisser ne serait-ce qu'une seconde pour changer d'avis. Et qu'est-ce que tu fais de ton côté droit ? De ta douleur ?

J'ai prononcé ces derniers mots en murmurant.

Grace se mord la lèvre inférieure.

— Oh, merde, désolée, j'ai complètement zappé. Je boirai la tienne. Qu'est-ce que tu prends ?

— Un Coca, je pense. Un seul, et je file.

— C'est ce que tout le monde dit, note-t-elle en riant.

Les ivrognes ont l'odeur de ce qu'ils boivent, mais en plus fort, en plus dégueu. Grace exhale ses trois pintes de Stella, sa double vodka-cola et son verre de vin rouge. Elle a le regard vitreux, un peu comme la lueur dans les yeux d'une personne avant qu'elle ne décide de vous faire du mal. Elle mange ses mots et perd le fil de ses pensées, et ça me fait horriblement mal de me dire que j'ai été comme ça, moi aussi, à une époque.

J'ai essayé trois fois de partir. J'ai englouti quatre verres de Coca-Cola ; j'ai les dents qui collent et mon cœur qui s'emballe. Je ne peux pas expliquer ce qui m'a retenue ici. On est restées assises dans le noir, entourées de Daleks et de machines d'arcade rétro pendant cinq heures. Les buveurs du soir commencent à arriver dans leurs robes Topshop et leurs chemises ajustées, et moi, je suis là, en legging, désespérément à jeun.

— Putain, mais elle danse comme un pied en plus, marmonne Grace en parlant de Saz qui a essayé de la battre dans une espèce de concours de danse au *Funkademia* il y a deux semaines.

Je bâille.

— Je ferais bien de rentrer maintenant, Shottsinette. J'ai des trucs à faire, et il est déjà dix-huit heures passées.

—« Dix-huit heures passées » ? répète-t-elle. Moi aussi, je vais bouger. Faut que je me change avant le *Band on the Wall*. Soirée reggae ce soir. T'es sûre que ça te dit rien ?

De nouveau, je bâille.

Elle vide le reste de sa pinte, et je décide de laisser mon Coca. Elle sort, clignant des paupières à la lumière du jour.

Le bus s'arrête et je lui tape à plusieurs reprises dans les côtes.

—Réveille-toi, Grace.

—Oh, ça va, dit-elle en se frottant les yeux avant de se lever et de tituber jusqu'à l'avant du véhicule. Merci, mec.

Elle salue le chauffeur et entreprend de descendre à Wilbraham Road.

—Grace ? Tu ne rentres pas chez toi ?

Elle se retourne vers moi, comme si elle venait juste de se souvenir de ma présence.

—Ouais, je vais juste acheter un truc pour le dîner. Viens, si tu veux.

Je marche à côté d'elle, garde du corps revêche, en lui souhaitant tout un tas de vilaines choses.

—Trop bizarre qu'on soit tombées sur Ben tout à l'heure, me dit-elle. Il te plaît toujours ?

—Non, réponds-je rapidement.

On se dirige vers une supérette. Grace attrape un sachet de tortellini épinards ricotta, et j'en prends un aussi. J'ai envie de ne pas passer plus de dix minutes à manger ce truc, préparation incluse, avant de me pelotonner sous ma couette en me lamentant sur mon sort. *Ouaip, j'ai de grands projets ce soir.*

Grace file vers un rayon du magasin que je connaissais par cœur à une époque. Alors que je paie mes tortellini, je la regarde choisir une bouteille de vin rouge. Je commence à ressentir un peu de peine pour elle. *Et si cette douleur qu'elle a au foie était grave? Et si elle avait une cirrhose? Est-ce que ça se voit à l'œil nu, ces maladies-là? Elle aurait la jaunisse?*

Elle apporte sa bouteille de shiraz à la caisse.

—Faut que je la boive avant de ressortir. J'économise mes sous.

—Tu économises pour quoi?

—Mon loyer.

Elle éclate d'un rire gras et embarrassant, mais la seule personne à être gênée, c'est moi.

Nous sortons de la supérette, et Grace balance son sac de courses en faisant de grands cercles, manquant de frapper le chien d'un clochard.

—Excusez-nous, murmuré-je au type.

Grace prend à droite le long de Brundrett's Road. Je suis sortie un temps avec une femme qui vivait dans cette rue, au début où j'habitais Manchester. C'était à peu près à l'époque où j'ai rencontré Grace, et elle trouvait ça hilarant.

«Tu es la lesbienne la plus barbante que j'aie jamais connue», m'avait-elle dit.

Les personnes bisexuelles sont toujours assises entre deux chaises. Je suis soit trop comme ci, soit pas assez comme ça. Les filles s'intéressent rarement à moi parce que le fait que je sorte aussi avec des mecs ne les met pas en confiance. Les mecs, eux, y compris André, partent du principe que je serai toujours partante pour un plan à trois.

La femme avec qui je sortais, Louise, avait un bébé qui s'appelait Alfie. Elle m'avait raconté qu'Alfie avait été conçu avec les spermatozoïdes clandestins du cousin éloigné de la princesse Diana, via un site Web surnommé «Man Not

Included». Quelques années plus tard, ce site faisait la une des journaux. C'était une arnaque, ces livraisons de sperme frais à la porte des gens dans des fioles à café cradingues. Comment Louise avait réussi à tomber enceinte de cette façon, et – vraisemblablement – à éviter les MST, ça reste un mystère. C'était une femme assez gentille. Ex-militaire avec un peu d'embonpoint. Elle tenait à ce que je fasse le voyage à Alton Towers avec ses gosses dès notre troisième rencard. Je n'étais pas prête. Quand on a rompu, elle m'a envoyé un texto qui disait: «Toutes façon t'est pas mon genre, la bisexualité s'est passé de mode.»

— Tu vas où, Grace?

Elle pousse un portail rouillé.

— Bordel, cette saleté n'est jamais verrouillée.

— Bon sang, mais qu'est-ce que tu fabriques?

— Un mec m'a traînée ici la semaine dernière pour s'enfiler du poppers.

Je la suis jusqu'à une aire de livraison à l'arrière du bâtiment de la supérette. Il y a deux poubelles géantes et plusieurs caisses de vieilles bouteilles. Je ne sais pas ce qu'on est en train de faire, mais je suis bête de le faire.

Grace commence à monter un escalier métallique sur le côté du bâtiment.

— On est sur la voie publique.

— Grace, c'est dangereux. Descends. C'est ridicule.

— Je veux te montrer un truc.

Elle noue son sac en plastique autour de son poignet et s'empare d'une échelle fixée au mur.

— Oh, non, tu as trop bu pour faire ça, Grace. Descends, ou j'appelle quelqu'un.

Ces paroles résonnent entre nous, aussi pathétiques que mesquines.

Grace se retourne vers moi. Son visage s'adoucit.

— Tu t'inquiètes véritablement pour moi, alors ?

Et là, c'est l'occasion. *L'occasion pour moi de lui dire que je pense qu'elle a besoin d'aide, que ce n'est pas normal de continuer comme ça la trentaine passée, qu'elle va finir par s'enfoncer, vraiment s'enfoncer, si elle ne se prend pas en main.* Mais je n'arrive pas à me résoudre à prononcer ces mots.

— Allez, descends, meuf, murmuré-je.

— Deux secondes. D'abord, tu vas voir…

Grace grimpe à l'échelle puis disparaît sur le toit du bâtiment.

Incapable de faire autre chose, je monte l'escalier puis l'échelle à mon tour. Celle-ci vacille mais je m'y accroche, les mains moites. *Ne regarde pas en bas, Ottila.*

Une fois hissée sur le toit, je respire avec soulagement. Je ne parviens pas à croire que plusieurs mètres sous mes pieds, il y a des gens qui se servent des conserves de tomates et des paquets de petits pains au blé complet sur les rayonnages. *Est-ce que je vais réussir à trouver ça drôle ?*

Grace regarde par-dessus la rambarde. Elle tremble de rire. Je devrais probablement la laisser ici. À s'esclaffer de sa vie hilarante de virées et autres calamités, pendant que je rentre chez moi pour regarder des comédies sans décrocher le moindre sourire. Cela mettrait un terme approprié à notre amitié. Sauf que maintenant que je suis plus près d'elle, je m'aperçois que Grace ne rigole pas. Elle pleure.

— J'en ai marre, Ottila, dit-elle avant de tirer une longue bouffée sur sa cigarette.

Je me tiens à côté d'elle et je regarde la rue en bas. Il n'y a pas âme qui vive.

— Tu peux décrocher, Grace. Tu peux décrocher à tout moment, comme moi. Je peux t'aider. Tu n'es pas obligée de continuer comme ça.

Elle se tourne vers moi en haussant un sourcil.

—Mais qu'est-ce que tu… (Cette lueur vitreuse dans son regard revient.) Je ne parle pas de moi, couillonne! Je veux parler de ça. De nous. On s'est éloignées. Tu as passé la journée à me juger.

J'ai envie de lui crier: «Non! Non, c'est pas vrai.» *Mais si. J'ai noté toutes les façons dont l'alcool est en train de bousiller ma meilleure amie, tout en ignorant ce qu'il y a de brillant chez elle. C'est plus fort que moi.*

—Moi, je n'ai plus envie de vivre comme ça, Shottsinette, lui expliqué-je. Tout ce chaos, je n'en veux plus.

Grace opine du chef, puis s'essuie le nez d'un revers de main.

—Alors que moi, si. Il y a un truc qui cloche.

—Je crois que je t'en ai voulu toute la journée parce que tu arrives à maintenir ce style de vie dingue, à embrasser ce chaos, sans aucun problème. C'est vrai, quoi, où sont tes rides, bordel!

De nouveau, Grace tire sur sa cigarette, puis me souffle la fumée en pleine figure.

—Je m'amuse trop pour attraper des rides.

—Prends soin de toi, Shottsinette. S'il te plaît.

Elle m'entoure de ses bras, essuyant ses larmes sur mes joues. *Voilà, ça y est. Notre accolade de rupture.* Je n'avais jamais rompu avec un ami auparavant, et je ne savais pas que ça pouvait se faire. J'ai prolongé cette étreinte le plus possible.

Je connais tellement bien cette odeur défraîchie de beuverie. Je la respire à pleins poumons.

—Désolée, murmuré-je quand je finis par m'écarter de Grace.

Je descends de l'échelle la première, puis je me redresse à son pied, les bras en l'air, surveillant Grace comme pendant notre séance d'escalade. Cette fois, je le fais correctement, prête à la rattraper si elle a besoin de moi.

— Ça va, je m'en sors.

Elle saute dans la cage d'escalier. Ça fait un énorme cliquetis et un drôle d'écho, mais heureusement, la plate-forme ne s'effondre pas sous notre poids.

Je descends l'escalier, j'atterris sur le macadam et je me retourne pour voir Grace, élancée et glamour, le visage trahissant à peine le fait qu'elle vient de pleurer. Elle descend l'escalier telle Scarlett O'Hara dans *Autant en emporte le vent*, et, finalement, arrivée à la dernière marche, elle trébuche et tombe la tête la première.

— Merde, lâche-t-elle en riant. Je crois que je me suis cassé une putain de dent.

Elle relève la tête. Elle a du sang sur la bouche. Elle l'essuie puis regarde son doigt, avant de chercher à tâtons à l'intérieur de sa bouche du bout de la langue.

— C'est juste à la commissure. Je vais ressembler à Taylor Swift, genre…

J'observe l'intérieur de sa bouche.

— Ce n'est pas si méchant, ça se voit à peine, dis-je en mentant. Est-ce que ça va ?

Elle grince des dents.

— Bon. Sois prudente en rentrant chez toi, d'accord ?

— Toi aussi, poupée.

J'ouvre la grille et je tourne à gauche sur Brundrett's Road, sachant que Grace prendra à droite.

Il n'est même pas 20 heures quand je rentre à la maison, mais j'emporte mes tortellini directement au lit. Je ne regarde pas d'émissions relatant des amitiés qui survivent à tout type de galères. Au lieu de cela, je choisis un documentaire animalier au sujet du poisson-globe. L'homme de la voix off m'explique que l'ingestion de poisson-globe peut causer des picotements sur les lèvres et des étourdissements, suivis d'une paralysie musculaire entraînant la mort. À la fin du documentaire, je me retourne et je fixe mon regard sur le plafond. Ça fait du bien de scruter le plafond tout en étant bien ancrée au sol.

Au final, je me lève et vais dans le salon en pyjama, où Laurie traîne avec ses potes.

— Ça vous dérange si je me joins à vous ?

Laurie lève les yeux du milieu du canapé, entouré de ses deux amis, David et David. Assis de part et d'autre de mon colocataire, ils pourraient tout aussi bien l'éventer avec des feuilles de palmier.

— On est en pleine réunion *kanabō*, Ottila. Alors à moins que tu ne connaisses la différence entre une Colada et une Tizona…, ricane un des deux David.

Les réunions *kanabō* font partie des pires activités de loser de Laurie. Un *kanabō* est une matraque pointue utilisée par les démons japonais. Laurie et ses amis se réunissent une fois par semaine pour discuter de leurs armes mythiques préférées. Il y a les épées, les lances, les arcs, les bâtons, les fouets, les haches, les marteaux, les matraques ainsi que des projectiles dont vous ne soupçonnez pas l'existence. Sans rire. Ces objets sont mythiques. Mais il est possible d'en discuter pendant des heures. Lequel serait le plus efficace pour tuer un cambrioleur, par exemple : une *sagitta* ou un *uchide-no-kozuchi* ? La *sagitta* était l'arme projectile dont s'est servi Hercule pour tuer Aquila, l'aigle rongeur du foie de Prométhée. Un *uchide-no-kozuchi*, en revanche, est un marteau japonais qui peut « taper » sur tout ce que vous désirez. Donc, la réponse est clairement l'*uchide-no-kozuchi*, parce que vous pourriez avoir recours à quelque chose pour tuer le cambrioleur – une arme à feu, par exemple – et vous pourriez ensuite recourir à un tout nouveau système de sécurité pour votre maison, et peut-être même une nouvelle maison tant qu'à faire, si tel est votre souhait. C'est ce que Laurie m'a expliqué, un jour, en me tendant un chiffon pour effacer mes empreintes de chaussures boueuses sur le lino de la salle de bains.

— Vous savez quoi ? Je ne vais pas vous embêter, merci, marmonné-je en quittant le salon.

Alors l'un des David, l'autre David, me dit « au revoir ».

Je retourne dans ma chambre et je m'allonge sur ma couette. Je me touche la bouche, les yeux, le front. J'imagine ce que ça fait, de mourir par empoisonnement au poisson-globe. Je me touche le cou, les seins, l'estomac. Je pense au miracle de la vie, même si la vie peut parfois être dure. Je me touche les genoux, les tibias, les pieds. Je maîtrise toutes ces parties de mon corps.

Je récupère mon téléphone sur la table de chevet avec grande solennité, puis rédige un SMS. J'acquiesce en relisant mes mots, puis je clique sur « Envoi ». Tandis que je repose l'appareil, ma main cogne de la céramique. *Merde! Mon mug « MEILLEURE SŒUR DU MONDE »*. J'ai cassé d'innombrables tasses de cette façon, mais chaque fois, j'étais ivre. Ce soir, je suis à jeun. J'ai encore mes réflexes ; je tends une main et je rattrape le mug au vol. Il ne se brise pas en un million de miettes, et moi non plus.

## SMS à Thalès

**Sam 12 avr 21 h 16**

Faisons en sorte que ça marche.

# TROIS

## Souvenir

Mina et moi, on a eu nos premières règles à une semaine d'intervalle. Elle les a eues d'abord, puis moi.

— Sœurs de sang ! avait déclaré Mina, bouleversée.

Quand j'étais en première année, Mina est venue me voir à l'université.

— Occupe-toi bien d'elle, m'avait dit maman au téléphone. Elle est fragile.

— Allez, on va se cuiter ! avais-je lancé à Mina en coupant la communication. C'est soirée punk à Rock City. On peut se faire des crêtes avec du gel coiffant et écrire au marqueur des gros mots sur nos fringues. Je t'offrirai autant de bières au cidre que tu veux.

— Je sais pas, avait répondu Mina, le nez plongé entre ses genoux, tout en pinçant la moquette du bout des doigts. J'ai pas envie de sortir.

— Ça te fera du bien ! Ça te changera les idées.

En guise de réponse, Mina avait ronchonné.

Tous les étudiants descendent au moins une bouteille de vin dans leur chambre avant de sortir en boîte. Comme ça, une fois au club, ils se contentent de trois ou quatre pintes. Et puis, picoler dans ma chambre me permettait d'attendre que Mina change d'avis.

— Prends ça. Juste une gorgée.

Je détestais l'entendre grincer des dents.

— Allez ! Je suis censée veiller sur toi. Avale ça et allons danser !

— Je te déteste, Ottila.

— D'accord. Je finirai ta bouteille.

J'ai fermé la porte, laissant Mina dans ma chambre, puis j'ai filé au club. Tout ce dont je me souviens après cela, c'est m'être réveillée, de retour dans ma chambre, de nouveau avec Mina. Du temps avait dû s'écouler entre ces deux événements, non ?

— J'ai ouvert la fenêtre parce que tu as gerbé sur ton oreiller, m'a dit Mina, blottie dans son sac de couchage par terre, tel un ver de terre à cran. Ça pue !

J'ai baissé les yeux vers la tache de bière.

— Qu'est-ce qu'il s'est passé ?

— Une bande de gothiques t'a larguée ici à 4 h 23 du matin. L'un d'eux portait un tee-shirt de Cradle of Filth.

— Alors, je suis sortie hier soir ?

Mina s'est frappé la tempe avec le poing.

— Je veux rentrer à la maison.

Je me suis levée, toute recroquevillée, comme si mon corps était retourné quelques étapes en arrière à l'échelle de l'évolution. J'ai titubé jusqu'à la salle de bains et j'ai scruté les éclaboussures d'avoine partout sur le mur. J'avais mangé du crumble aux pommes en guise de dîner la veille.

Puis j'ai regardé le lino. Il y avait une traînée de sang qui menait à la douche. J'avais l'habitude de me taillader quand je rentrais soûle, mais je n'aurais pas fait un truc pareil en présence de Mina, quel que soit mon niveau d'ébriété… Enfin, j'espère.

— Oh, Mina, c'est pas vrai. Qu'est-ce que j'ai fait ?

Mina a souri. Ce qu'il y avait de marquant avec son sourire, c'est que les commissures de ses lèvres pointaient vers le bas.

— C'est moi qui ai fait ça, a-t-elle annoncé.

C'était il y a plus de dix ans.

De nos jours, chaque instant passé à ne pas me servir à boire fait que je me sens de moins en moins encline à arroser le lino de mon sang, à le mélanger avec celui de Mina.

## Et si vous faisiez le tri dans votre entourage ?

Voici un exercice qui vous aidera à évaluer la place que les gens de votre entourage occupent dans votre vie. Inscrivez les noms de membres de votre famille, de vos amis et autres connaissances sur ce tableau en fonction de la fréquence à laquelle vous les voyez.

Arriverez-vous à trouver une façon d'inciter vos meilleurs soutiens à se rapprocher du centre de votre tableau, et à repousser vers l'extérieur ceux qui ne vous sont d'aucune aide ?

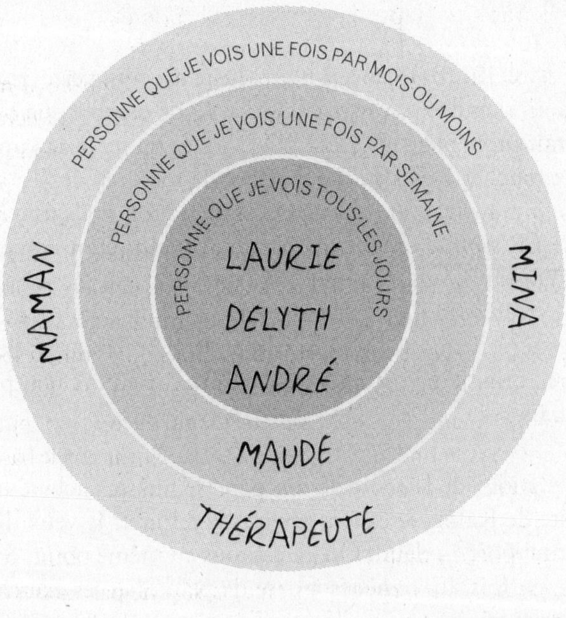

## Mail de maman

**De:** **Alice McGregor**
**À:** **Ottila McGregor**
**Date:** **mar 15 avril 2014 à 14h33**
**Objet:** **RE: (Pas d'objet)**

J'ai quelque chose à te dire, Ottila, une chose dont je n'ai pas encore réussi à te parler. J'ai évoqué dans un de mes récents mails ma fierté de savoir que tu avais arrêté l'alcool, et j'en suis fière, ma chérie, vraiment. Mais je pense qu'il est temps pour moi de baisser les masques à mon tour.

Moi, j'ai commencé à boire. Juste un petit verre de vin le soir, rien d'extravagant… Je me rends compte que ça te paraît probablement grotesque, vu que tu ne m'as jamais vue toucher à une goutte d'alcool de toute ta vie. Tu sais que je buvais, avant d'être enceinte de toi, mais une fois que j'ai su que quelque chose, quelqu'un, était en train de grandir en moi… Bref… C'est vrai que je ne me suis pas arrêtée du jour au lendemain. En fait, ce n'est qu'au deuxième trimestre que j'ai complètement décroché, mais après cela, je n'ai jamais fait marche arrière. À peu près jamais.

Le jour de la mort de ton père, je me suis acheté une boîte de Kalms et ça m'a permis de respirer. Je veux dire, par rapport au deuil. On en est tous au même point. Sauf que parfois, les remèdes à base de plantes et les exercices de relaxation ne suffisent pas. Tu vois ce que je veux dire? Je ne devrais peut-être pas te raconter ça, alors que toi, tu as déjà… Je m'en veux, ma chérie. Il faudrait que j'aie le courage de te dire tout ça au téléphone, mais en vérité, j'ai honte. Il y a des jours où tout cela m'affecte plus que je ne voudrais l'admettre.

Mais je tiens à ce que tu saches que je t'aime, et qu'il est important que nous soyons honnêtes l'une envers l'autre! Et pour info, je vais commencer à sortir plus souvent. Il y a un Café « Dernier Soupir » qui se tient à Trowbridge mercredi prochain. Tu en as déjà entendu parler? C'est ce qu'on appelle une « franchise sociale ». Des événements sont organisés au niveau international. Les gens se réunissent dans un cadre décontracté et discutent de la mort. Un peu comme là où tu travailles, j'imagine. Je me disais que je pourrais y passer, voir si je pouvais me faire de nouveaux amis. En plus, cela aura lieu chez Boswell et son gâteau aux carottes est divin.

En tout cas, mon amour, je te dis à très vite, on se parle bientôt. Oh, j'ai presque oublié de te prévenir: Mina commence sa TEC la semaine prochaine. Je lui ai demandé comment elle se sentait ce matin, mais elle m'a répondu qu'elle en avait tellement marre que c'est à peine si elle pense à ce protocole. J'ai l'impression que moi, j'ai plus le trac qu'elle.

On s'appelle bientôt, et merci de m'avoir lue.

Maman

## La maison de Maggie

— Salut, Maude, je me disais qu'on pourrait parler un peu.

Maude vient au centre au moins une fois par semaine. Ces temps-ci, on l'y voit plus souvent.

J'ai réfléchi à la façon dont on peut se lier d'amitié avec quelqu'un, quels que soient son sexe, son âge, ou son histoire. Tout ce qui compte, c'est que cette personne soit quelqu'un de bien. Maude a beau avoir cinquante ans de plus que moi, elle fait une excellente amie.

J'essaie vraiment de devenir amie avec des gens bien, et de laisser les autres sur le bord du chemin. Selon les mots de ma thérapeute, c'est là la différence entre une pensée saine et une pensée qui craint. Maude est la première personne que j'ai vue aujourd'hui qui ne soit ni mon patron, ni mon colocataire. André et Laurie appartiennent tous les deux à la catégorie des personnes damnées. On peut déterminer si un œuf de poule est pourri en le plaçant dans un verre d'eau. Si l'œuf coule au fond, il est frais. S'il flotte comme une carpe koï morte, alors passez votre chemin. Je suppose que par le passé, on faisait la même chose avec les femmes, lors des procès en sorcellerie. Elle coule, elle est innocente ; elle remonte à la surface, on la tue. De nos jours, ce genre de pratiques est mal vu. Essayer de définir si quelqu'un est sain ou malsain est beaucoup plus compliqué que cela.

Chaque fois que Maude rit, ses yeux se froissent comme du papier, et pas qu'un peu. Cela montre qu'elle vit pleinement ses blagues. En plus, elle est coriace. Je ne dirais pas « aussi coriace qu'une vieille paire de bottes », parce que c'est une façon condescendante de dire d'une personne âgée qu'elle est résistante. De plus, selon mon expérience, soit les bottes se décollent des semelles, soit elles finissent usées après environ six mois d'utilisation, et il faut vraiment avoir de la chance ou dépenser beaucoup d'argent pour en avoir une paire qui dure. Non, Maude est aussi coriace qu'une paire de bottes « toutes neuves ». Une fois, elle m'a raconté qu'elle faisait partie d'un club de boxe clandestin pour femmes en Pologne, et m'a proposé de m'enseigner quelques enchaînements. Une amie qui sait rire et se battre ? Ça me semble parfait. Enfin, et c'est peut-être là le plus important, Maude me rappelle ma grand-mère. Ma grand-mère maternelle. Je n'ai jamais connu la mère de mon père ; elle vivait à Copenhague et quand nous lui avons rendu visite, j'étais trop jeune pour en garder le souvenir. Mais mamie Joyce, elle était spéciale. Elle faisait griller des biscuits à thé pour le petit déjeuner, et nous autorisait à mettre deux morceaux de sucre dans notre thé. Elle m'a appris la peinture à l'aquarelle, et chantait *Don't worry, Be happy*, chaque fois que quelque chose de grave arrivait. Elle n'avait peur de rien, pas même des araignées. Cela me manque de ne plus avoir quelqu'un comme elle dans ma vie.

Donc, alors que je suis assise dans l'espace détente, à feuilleter des magazines d'aménagement d'intérieur pendant ma pause du matin, je remarque Maude qui passe à mon niveau et je l'appelle. Il est temps de lui annoncer la bonne nouvelle : je vais l'orienter vers le centre de mon cercle de soutien. Je ne le formulerai probablement pas tout à fait en ces termes.

— Maude ?

Maude s'arrête et se tourne vers moi.

— Oh, bon sang, Maude, est-ce que ça va ?

Elle suçote sa lèvre du bas alors que des larmes roulent sur ses joues. Elle a l'air à la fois forte et vulnérable.

— Salut, Ottila, me répond-elle en hochant la tête.

Elle poursuit son chemin et dépasse la cuisine. La porte de la salle de consultation n° 1 s'ouvre et André en sort. Il tient un paquet de mouchoirs.

Ça ne se fait pas de fixer son regard sur quelqu'un, alors je continue à feuilleter les photos des maisons victoriennes rénovées, avec des murs gris et de la peinture blanche qui soulignent le cachet d'origine. « Vous pouvez "combler" les rainures de vos parquets anciens ou, si vous préférez une solution rapide, essayez un remède maison comme de la sciure de bois mélangée à de la gomme-laque », explique Sandy Cunningham dans *Good Homes Magazine*.

Est-ce moi, ou bien est-ce que tout le monde pleure dans le coin, ces temps-ci ? Comment suis-je censée être heureuse quand tout le monde est en larmes ? Est-ce que c'est égoïste, de penser ça ?

Le mail de maman m'a un peu chamboulée. D'habitude, elle est du genre : « Hé, ne t'inquiète pas, chérie, je m'occupe de tout. » Mais là, je le sens… Elle ne maîtrise plus rien. Ça n'était arrivé qu'une fois, après la mort de papa. Elle a arrêté de dire aux autres de ne pas s'en faire, et a commencé à s'inquiéter elle-même. Je n'ai jamais su où elle était passée la semaine durant laquelle elle avait disparu.

Maman est censée être la plus forte. La seule de la famille qui n'a jamais eu recours aux antidépresseurs. Papa en a pris pendant un certain temps après avoir été licencié de son poste de consultant en patrimoine, avant de créer Viking, son entreprise. Mina en consomme depuis quinze ans. Et moi, ça fait des lustres que j'en prends, de temps à autre. Mais maman… Ce n'est pas juste. J'aimerais que mamie Joyce soit là. Elle pourrait grattouiller le dos de maman et lui préparer un thé sucré.

C'est ça qu'il lui faut : du thé, pas de l'alcool. Ou alors, je suis juste jalouse qu'elle boive et pas moi ?

« De nombreuses personnes apportent des "améliorations" à leur domicile qui se révèlent peu pertinentes », précise Sandy Cunningham.

Ça fait des jours que je n'ai pas recroisé Thalès au boulot. Ça remonte à ce SMS que je lui ai envoyé dans lequel je lui demandais qu'on se remette ensemble. J'avais apporté mon repas de midi hier, mais je suis allée à la cafétéria et j'ai acheté un sandwich de plus pour pouvoir le manger assise à une table au cas où je le verrais. Je ne l'ai pas vu. J'ai fini par avaler deux sandwichs et j'ai dû défaire le bouton du haut de mon pantalon pour le reste de l'après-midi. Thalès me déteste probablement. *Bon. Tant pis.* Aujourd'hui, je vais me réchauffer une soupe saine dans la cuisine du personnel et ne pas me faire de bile. *« Don't worry, be happy ! »*

« Si vous envisagez une extension, il est important pour vous de définir un cadre », explique Sandy.

J'entends un éclat de rire. La porte de la salle de consultation n° 1 s'ouvre de nouveau sur André et Maude, qui sortent. Maude caresse la main d'André et lui dit qu'il est un *dobry chłopak*. Puis ils s'éloignent chacun de leur côté, Maude avec ses yeux plissés comme du papier, et André redressant sa cravate, se dirigeant vers son bureau, l'air tout à fait professionnel et – sincèrement – pas du tout imbu de sa personne. Si ça se trouve, certains œufs peuvent être à la fois pourris et comestibles. Peut-être que les gens n'ont rien à voir avec les œufs et que cette comparaison est sans fondement. Ou peut-être que c'est juste une idée craignos.

# Lettre à Mina

*Le 20 avril 2014,*
*14h16*

Mina, c'est Mina qui te parle.

Le personnel de l'hôpital m'a suggéré de rédiger cette lettre au cas où tu aurais oublié ce qui se passe quand tu te réveilleras après ta première séance de TEC demain. Apparemment, il est possible que tu ne te souviennes pas d'avoir consenti à ce traitement, alors je dois coucher cela sur le papier, et on te remettra la lettre quand tu te réveilleras de l'anesthésie générale.

Euh. Surprise ! C'est moi… toi… La Mina du passé qui te parle. Je viens de signer un tas de formulaires de consentement pour que les médecins sachent que ça ne pose pas de problèmes de m'électrocuter le cerveau deux fois par semaine pour une période dont je ne sais même pas quand elle s'arrêtera. Je te promets que ça ne me dérange pas.

Mais pourquoi devrais-tu accorder plus de confiance à une lettre qu'à ta propre mémoire ? Et si les médecins avaient fomenté tout ça pour te faire croire que tu as donné ton consentement à un protocole barbare ? Je sais que c'est à ça que tu penses, Mina, parce que je suis toi !!!! Je suppose que je dois te convaincre que c'est vraiment toi qui as écrit cette lettre. Et raconter quelque chose que toi (et moi) seule (seules) es (soyons) en mesure de savoir.

Le souci, c'est que ces électrochocs pourraient potentiellement éradiquer n'importe lequel de tes souvenirs, et même changer ta personnalité. Je n'ai pas la moindre idée de ce dont tu te souviendras et de ce dont tu ne te souviendras pas. Le docteur Lukić me dit qu'il est fort probable que j'aie une perte de mémoire à court terme, mais il ne sait expliquer si on parle là d'une période en heures, en semaines ou en années. Par mesure de prudence, je devrais évoquer un événement de ma petite enfance. Quand j'étais une vraie Mini-Minette.

Tu te rappelles l'été où on a passé un mois entier avec mamie ? Elle avait installé ce magasin de bonbons dans la chambre d'amis ? Tous tes assortiments de friandises préférés. Il y avait des colliers de fraises, des bananes en mousse, des oursons gélatineux, des souris, des bouteilles de cola pétillantes, des palets au chocolat, de la rhubarbe et des bonbons crémeux… Même les horribles réglisses et autres bonbons crevettes roses avaient l'air délicieux sur le stand fait maison de mamie. Elle avait obtenu l'équilibre parfait entre couleur et quantité. Elle avait vu grand. Mais le clou du spectacle, ce qui te faisait fantasmer depuis le premier après-midi où mamie t'avait montré la chambre d'amis, c'était le plat de soucoupes volantes. Des soucoupes volantes ! Les plus exquises, les plus splendides friandises de tous les temps. Des sachets de papier de riz aux couleurs vives, garnis d'un délicieux sorbet. « Miam-miam !! » Une poignée de ces bonbons-là était plus précieuse à tes yeux qu'une poignée de pièces de monnaie. Mais mamie t'avait dit que tu n'avais pas le droit d'en prendre avant d'avoir dîné. Avant d'avoir fini tout ton dîner. Et elle préparait un hachis de corned-beef.

Ottila se souvient des réunions clandestines entre vous quatre : toi, elle, Harry et Lily, tes cousins. À échafauder des plans pour pénétrer dans la chambre d'amis sans que les yeux perçants de mamie ne vous repèrent. Des plans pour soutirer plus d'un bonbon, par personne, par jour. Mais ce qu'aucun d'entre eux ne se rappelle – ni Ottila, ni tes cousins –, c'est l'expédition secrète que tu as entreprise à vingt-trois heures trente. Bien après l'heure du coucher de tout le monde. Qui se souvient de ta montée d'adrénaline au moment où tu as poussé la porte de la chambre d'amis – avec une lenteur pesante, pour que personne n'entende son grincement ? Qui se souvient de cette sensation quand tu as plongé tes doigts dans le bol !!!!!!!!!

Tu as pris quatre soucoupes volantes. Ni trop, ni trop peu. Juste de quoi réconforter ta langue qui en bavait. Sur la pointe des pieds, tu as rejoint le hall et tu t'es assise sur l'escalier recouvert de moquette, la lumière du lampadaire pénétrant par le fenestron au-dessus de la porte d'entrée projetant une lueur orange tel un ovni qui brillait sur le palier. Alors tu as lancé à la volée le premier dans ta bouche. Ce sorbet pétillait tellement davantage quand il était dégusté en secret.

Ensuite, tu as mangé le reste.

Personne n'a jamais su ce que tu avais fait. Pendant le reste de l'été, tu t'en es tenue à un bonbon par jour, après le dîner, comme mamie Joyce l'exigeait. Mais tout au long de cet été, tu t'es sentie heureuse comme si la vie avait désormais une saveur plus suave.

Alors nous y voilà, Mina. J'espère que c'est un souvenir que tu n'auras pas oublié. C'est curieux pour moi de l'avoir choisi, j'imagine, parce qu'il donne l'impression que tu affectionnes les actes malhonnêtes, ce qui ne peut pas être plus éloigné de la vérité. Tu détestes enfreindre les règles. Du moment que ta personnalité ne se transforme pas trop à la suite de ton traitement, tu resteras toujours ainsi. En tout cas, il y a quelque chose dans ce souvenir qui a toujours conservé sa pureté. Comme si ces bonbons étaient la seule bonne chose que tu aies jamais méritée.

Bref, tout ce qu'il me reste à dire, c'est que j'espère que tu vas bien. J'espère que ça n'a pas été trop horrible de te faire électrocuter le cerveau. Je te dirais bien que j'ai peur, mais je ne crois pas que ce soit le cas. Je ne ressens rien. Rien du tout. C'est sans espoir. Je déteste être en vie. Je déteste tout ce qui a à voir avec la vie. Je déteste aussi être un tel cliché : une fille déprimée qui veut mourir. La santé mentale ne se résume pas à cette vieille rhétorique de la « pulsion de mort ». Mais voilà. C'est tout moi, ça. Insipide.

Me faire griller le cerveau représente une chance, si mince soit-elle, de voir quelque chose de magique se produire. Je n'écrirai peut-être plus jamais de poésie, je ne décrocherai plus jamais un travail, je n'aurai peut-être jamais de mari, mais au moins, je pourrais avoir l'esprit rempli de soucoupes volantes.

Sois courageuse, d'accord ? Et n'accorde aucune confiance à ce que le docteur Lukić peut te raconter. Je suis sûre que c'est un imposteur.

Mina

Snapchat à Mina

☰ Mini-Minette >

Aujourd'hui

| Bonne chance pour ta TEC, Min'. Voici une photo d'ananas portant des lunettes de soleil.

## Mail de Thalès

**De :** **Thalès Sanna**
**À :** **Ottila McGregor**
**Date :** **lun 21 avr 2014 à 13 h 42**
**Objet :** **Joyeuses Pâques**

O,

Ça a été une sacrée surprise de recevoir ce message de ta part.

J'espère que ta sœur s'en sort bien, et que toi aussi, tu te portes bien. Moi, ça va ; je suis en Grèce en ce moment, je rends visite à toute ma famille pour Pâques. Ici, Pâques, c'est tout un tralala, plus important encore que Noël. J'ai donc pris dix jours de vacances, ce qui représente en gros mes congés payés de toute l'année, mais tant pis.

Tu arrives toujours à bannir l'alcool ? Moi, je m'en sors plus ou moins bien en ce qui concerne le fait de ne pas trop manger. J'ai réussi à perdre quatre kilos depuis la dernière fois que je t'ai vue, mais je suis sûr d'avoir mangé plus durant ces quatre derniers jours qu'au cours des quatre dernières semaines. Ici, administrer de la nourriture dans l'estomac des membres de sa famille est la chose la plus agréable qu'on puisse leur faire, et il se trouve que ma famille me montre de nombreuses marques d'affection.

Tu es au courant que l'agneau est un symbole du temps de Pâques ? L'agneau de Dieu, etc. ? Et sais-tu combien les agneaux sont mignons, à gambader dans la campagne ? Les

Grecs aussi adorent les agneaux. Ils aiment les empaler sur une brochette, de la bouche jusqu'à l'anus, et les faire rôtir à la broche. Hier, nous avons embroché deux agneaux et englouti l'équivalent de trois comptoirs de charcuterie en un seul repas. Plus classe qu'un simple œuf en chocolat, non ?

Il existe une autre tradition pascale ici, qui consiste à faire s'entrechoquer des œufs les uns aux autres, un peu comme le jeu du lancer de marrons. Ça s'appelle *τσούγκρισμα*. Hier soir, on a fait bouillir un paquet d'œufs et on les a colorés. On est censés les peindre en rouge pour représenter le sang de Jésus, mais nous les teintons de toutes sortes de couleurs. Ma sœur, Reatha, a peint ses œufs en rose et je me suis moqué d'elle. Je ne peux pas m'empêcher de régresser au stade de l'enfance quand je me retrouve en famille. La règle du jeu consiste à toucher l'œuf de quelqu'un d'autre, extrémité contre extrémité, puis à les écraser l'un contre l'autre. Si ton œuf ne casse pas, tu remportes la partie. En « récompense », tu gagnes le droit de manger l'œuf brisé de ton adversaire. Ce qui s'apparente à une forme de torture après cette surabondance d'agneau. De plus, le colorant déteint aussi à l'intérieur des œufs, donc on ingurgite des ŒUFS ROUGES.

Cela dit, c'est chouette de retrouver mes grands-parents ici. Je ne les vois qu'une fois par an, alors ils me gâtent vraiment. La plupart du temps, yiayia ne me reconnaît pas, mais papou va bien. Il se maintient en bonne santé en travaillant son jardin, où il cultive aubergines et tomates, poivrons et vignes. Il dit que son cœur carbure à l'huile d'olive et qu'il n'arrêtera jamais de battre. Je lui ai expliqué un jour que notre équivalent anglais, l'huile de colza, possède moins de gras et autant d'éléments nutritifs que sa précieuse *ελαιόλαδο*, mais son expression s'est faite si tranchante qu'il a failli me tuer.

C'est drôle en fait, quand je viens ici, je me sens un peu plus grec. Même si je suis né à Coventry et que mon grec devient de plus en plus rouillé au fil des années, je me sens toujours chez moi dans le pays de mes parents. Je dois penser à prononcer mon prénom de l'autre façon, à la manière grecque. J'ai l'impression d'avoir deux identités. Le philosophe grec ancien Thalès, prétendument interrogé sur ce qu'il y avait de plus difficile dans le monde, aurait répondu : « Se connaître soi-même. » Moi, ce que je connais principalement du Thalès Sanna grec, c'est qu'il est plus bourru, qu'il mange beaucoup, et qu'il dit que tout est *εντάξει* (c'est-à-dire OK). Surtout, il mange beaucoup. Je parie que tu ne m'as jamais autant entendu parler de bouffe. Quand on était ensemble, j'essayais de te cacher cette facette de moi-même. Je t'ai raconté pour les analgésiques, mais je crois que la bouffe me gêne davantage encore. Tu ne seras sans doute pas surprise d'apprendre que j'ai eu des troubles alimentaires quand j'étais plus jeune. Je ne me fais pas vomir, plus maintenant, mais je continue à avoir des fringales. Si j'étais un personnage des Sims, je suppose que l'un de mes trois traits de caractère serait « glouton ».

Ce qui m'amène à dire, de la façon la plus répugnante qui soit, que si tout cela ne t'a pas fait vomir sur l'écran de ton ordi portable, alors oui, en réponse à ton message, essayons de faire en sorte que ça marche. Je ne sais pas si on peut s'y mettre là, tout de suite, ou si nous sommes tous les deux trop fragiles, mais laissons les portes de la communication ouvertes. Je n'ai eu personne d'autre depuis qu'on a rompu. À la vérité, ça m'est égal si tu as rencontré quelqu'un, ce genre de choses ne me rend pas jaloux. Comme je te l'ai dit, dans une relation, on ne possède pas l'autre personne. Mais bon, s'il se trouve que tu as bel et bien eu quelqu'un depuis moi, NE M'EN PARLE PAS.

Cela étant, ça m'a fait du bien de prendre un peu de recul pour me vider la tête. Je n'avais pas vraiment eu l'occasion de le faire depuis ma rupture avec mon ex-petite amie en janvier, juste avant que toi et moi, on se mette ensemble, et ma séparation d'avec toi m'a permis de réfléchir à la fin de cette relation. Je pense que le fait d'être en Grèce m'a aidé dans une certaine mesure. Elle et moi étions censés venir ici ensemble, en voyage, et me retrouver ici me donne l'impression de boucler la boucle. Excuse-moi. Je vais arrêter de parler de mon ex. C'est moi qui ai rompu avec elle, si tu veux savoir. Une chose que mes parents se chargent de me rappeler. De quoi j'ai l'air, à te demander de ne pas évoquer tes ex, tandis que moi, je te parle des miennes ? Oublions les ex. Là, il est question de toi et moi.

Bref, je vais peut-être aller faire un tour tout à l'heure. Il y a une petite église le long du front de mer d'*Αυλάκι*. Elle abrite plein d'icônes de Marie et de Jésus, que les gens ont, au fil des ans, usées par leurs baisers. Je pourrais y aller et me joindre au rituel. J'ai vraiment très envie de passer du temps avec moi-même. Mais d'abord, papa veut jouer au Yahtzee. La dernière fois qu'on a fait une partie, il a balancé une chaise contre le mur. Les Grecs sont cool. Ils ne vont pas tarder à se mettre à boire de la bière. Mon grand-père aime déguster de l'Amstel parce que, dit-il, c'est une « bonne bière grecque ». Je n'ai pas le courage de le corriger.

J'ai bu de la bière hier, en fait. Quand j'ai commencé à sortir avec toi, j'ai décidé d'arrêter de boire pour toujours. Et tu sais quoi ? J'ai trouvé ça vraiment facile, d'arrêter. Je n'ai jamais été un gros buveur. Et puis, l'ambiance s'est un peu réchauffée hier soir et j'ai descendu une demi-canette. La première gorgée était bonne, mais presque immédiatement, je me suis senti mal. Toi et moi, on n'est plus ensemble, alors je n'ai pas tout à fait eu l'impression de te trahir, mais j'avais la sensation de me trahir moi-même. Je ne suis probablement qu'une chiffe molle.

Bref, si ça te dit de traîner avec des chiffes molles, je t'enverrai un SMS à mon retour en Angleterre. Nous pourrons faire coïncider nos pauses et je choperai en douce des cafés à emporter qu'on savourera en faisant le tour du quartier. Ça, c'est de la rébellion ! Ou, si tu regrettes d'avoir envoyé ton message et que tu souhaites qu'on redevienne « amis » mais sans vraiment qu'on se parle, c'est aussi envisageable. Quoi que tu décides, ce sera *εντάξει* (OK). C'est ce que le *Θαλής* grec pense en toute circonstance.

T

Le plaisir ne commence qu'au moment où le ver est dans le fruit. C'est seulement si notre bonheur se charge de poison qu'il est délectable.

Georges Bataille

# Une vieille lettre de Mina

*[Cette lettre a été rédigée sur du papier à lignes A4, à marges étroites. En haut de la première page se trouve un autocollant en relief à l'effigie d'un ours aux yeux globuleux à bord d'un avion, et Mina a dessiné une bulle sortant de sa bouche qui dit : « Hello !! »]*

*2 octobre 2006,*

Chère tête de dauphin,

Tu te souviens de ces vieux autocollants rembourrés qu'on avait ? Ceux que nous avons collés sur les bords de nos boîtes Sylvanian, qui sentaient la banane quand on les grattait ? Les autocollants en relief ont l'odeur de l'enfance, et ça me plaît.

Comment tu vas ? Ça doit être grisant de vivre en Écosse maintenant. C'est de là qu'étaient originaires les ancêtres de papa, avant qu'ils ne prennent le large pour la Scandinavie. Est-ce que tu éprouves la sensation étrange d'avoir retrouvé ta terre ? J'espère que tu t'amuses bien. C'est drôle qu'on suive toutes les deux un master de création littéraire en même temps. Qu'est-ce que tu en penses ? Nous sommes les sœurs jumelles… Les sœurs Brontë !!!!

Je viens de récupérer des photos et j'ai l'air d'un gros tas. Je t'envoie une des plus réussies. *(Photo absente de l'enveloppe.)* Tu comprendras à quoi je ressemble sur les autres si je te dis « Mlle Face d'escalier ». Vive le double menton ! Je rentre à peine dans mes jeans à cause de ces foutus médocs. Je me sens affreuse. Mais je n'ai pas l'air aussi énorme que je le ressens, ni aussi grosse que ce que mes vêtements m'indiquent. Au moins, j'ai arrêté d'avoir des montées de lait, et mes cloques sanguinolentes dans la bouche ont presque disparu.

Je me débrouille pas mal ici. Il y a un café à Coventry, *The Tin Angel*. Il y a scène ouverte pour les poètes le premier lundi de chaque mois. Je pourrais peut-être y passer un de ces jours, mais pas aujourd'hui parce que je suis trop angoissée. Je ne suis pas encore allée au syndicat non plus, à cause des files d'attente. Trop de gens pour une petite vieille toute flétrie comme moi ! Tu as déjà dégotté le bar des étudiants de troisième cycle ?

J'espère que tu vas bien prendre tes marques, en cours. Je m'inquiète pour toi. Tu es tellement loin de nous autres. Tiens, voilà un arc-en-ciel… *[Autocollant d'arc-en-ciel.]* Mais je suis contente d'apprendre que tu as commencé à fréquenter quelqu'un qui te plaît. Il ne t'a pas fallu longtemps ! Et une fille en plus ! Hé, hé !!!! Que diraient papa et maman ? En toute honnêteté, ils tiqueraient à peine. Mais bon, elle a l'air sympa. C'est un joli prénom, Reatha. Assez barré. Et elle fait des études d'art. Passionnant ! J'espère que vous êtes heureuses ensemble.

Il est temps que j'aille travailler sur mon essai de poésie. Prends soin de toi, grosse maligne. N'oublie pas que je t'aime. TOUJOURS. Plein de zoubis moelleux !!!

Mina

## Historique de recherche Google

**19h31**

**Recherche :** Est-ce grave de sortir avec des frères et sœurs ?

**Résultat tête de liste :** Les relations sexuelles avec un demi-frère sont illégales dans la plupart des pays.

**Recherche :** Le prénom Reatha est-il courant ?

**Résultat tête de liste :** Le prénom Reatha a atteint son pic de popularité en 1937. Il a été donné à cinq petites filles en 1960. De nos jours, il est le 7 574e prénom le plus populaire aux États-Unis (où 5 163 Reatha sont actuellement recensées). La Caroline du Sud possède le plus grand nombre de personnes prénommées Reatha par habitant. Il n'y a aucun homme répondant au prénom de Reatha. 94 % des personnes prénommées Reatha ont plus de cinquante-cinq ans. Au Nouveau-Mexique, le taux de Reatha est de six personnes sur dix millions. Selon notre algorithme, il s'agit d'**un prénom féminin très atypique.**

**Recherche :** Le prénom Reatha est-il courant en Grèce ?

**Résultat tête de liste :** Ce prénom n'apparaît pas dans le Top 100 des prénoms grecs. Moins de 0,16 % des Grecques portent ce prénom.

**Recherche :** « Reatha Sanna »

**Résultat tête de liste :** On recense environ douze personnes portant ce nom aux États-Unis.

**Recherche :** « Reatha Sanna » UK

**Résultat tête de liste :** Aucun résultat pour **« Reatha Sanna » UK.**

## Le baiser

Thalès se tient devant l'entrée des soins ambulatoires, avec une tasse en carton dans chaque main. Il a le teint bronzé de sa semaine et demie passée en Grèce. Je dois me retenir de sourire trop largement quand je le vois, alors je lève une paume et lui adresse un signe de tête solennel, en me mordant l'intérieur des joues.

J'ai décidé de ne pas évoquer Reatha. Pas pour l'instant. Je sais que c'est un prénom rare, etc., mais il semble si peu probable que ma Reatha soit vraiment la même que sa Reatha à lui. En plus, je suis certaine qu'elle m'avait dit que son nom de famille était Mavros, pas Sanna. Et il n'y a pas pire moment pour aborder un sujet pareil que celui où on essaie de se remettre avec quelqu'un. Je me donne un mois. *Dix mois. Une vie entière.* La Reatha d'avant, ma Reatha, n'était pas très famille de toute façon. Si c'est elle, il y a des chances qu'elle ne veuille jamais me rencontrer.

— Salut, vieille branche, me lance Thalès en me tendant un café. Je me suis dit qu'on pourrait marcher jusqu'à Burton Road et se prendre un millefeuille à la vanille chacun. Super projet, non ?

Nous sortons par une des issues les moins fréquentées de l'hôpital, en rasant les murs pour tenter d'éviter nos deux patrons respectifs, pour des raisons différentes.

— Ça fait quoi, d'être de retour à Manchester ? demandé-je.

*Conversation sur la pluie et le beau temps : il a raison sur le fait que je suis une vieille branche.*

— J'ai marché dans une flaque ce matin et mon pantalon a réussi à absorber l'eau jusqu'aux genoux. Je crois que je vais venir travailler en short désormais. Ou me prendre ces pantalons qu'on peut dézipper autour des cuisses.

— Content d'être revenu, alors ?

— Un vrai bonheur.

Nous nous dirigeons vers Palatine Road et je bois une gorgée de mon café tout en franchissant les trottoirs détrempés.

— Il est corsé, ce café.

— J'ai dû le préparer noir, Kerrie m'aurait repéré si j'avais ajouté du lait.

— Alors, tu as volé ces cafés pour nous ?

Ma voix sort un peu trop haut perchée.

— Techniquement, oui. En pratique, non. Kerrie le fait tout le temps pour elle-même. Elle ne dit juste pas aux autres qu'ils ont le droit de le faire aussi.

— En tout cas, c'est très gentil. Merci, ajouté-je en m'essuyant les commissures des lèvres où de petits points bruns sont sans doute en train de s'amasser.

Nous descendons la rue en silence pendant un moment. J'écoute le son du manteau de Thalès qui se frotte à son pantalon. Une fois, j'ai lu un truc au sujet de la façon dont les battements cardiaques ont la capacité de se synchroniser entre deux personnes chères. Une étude a été effectuée dans un village espagnol, où les participants et les spectateurs d'un rituel annuel de marche sur le feu étaient branchés à des moniteurs cardiaques. Lorsqu'un être cher marchait sur des charbons ardents, les battements de cœur de ses proches et de sa famille étaient synchronisés avec les siens. Peut-être que mon cœur bat au même rythme que celui de Thalès tandis que nous marchons sur ces flaques.

— J'écoutais une émission sur Klimt dans la salle du personnel ce matin, à la radio, me déclare Thalès.

— C'était dans l'émission de Steve Wright, c'est ça ?

Je décide de ne pas me gifler pour avoir parlé de Steve Wright au lieu de me concentrer sur Gustav Klimt. *Ce n'est pas grave de commettre ce genre d'impair auprès de Thalès. Il ne juge pas. Pas comme Ben. Pourquoi je pense à Ben ?*

—Non, Dieu merci, répond Thalès. Jim ne travaillait pas, alors j'ai pu choisir la station. Radio Four en boucle.

—Alors, qu'as-tu appris ?

—Klimt n'a réalisé son tableau le plus célèbre, *Le Baiser*, qu'autour de la quarantaine. Il s'est inspiré des mosaïques byzantines d'Italie. Toute cette feuille d'or a fait jaillir une étincelle en lui.

—Pour moi, il s'appelle Gustav « Glimt », parce que ses peintures ont un côté tellement glamour, renchéris-je.

*Au moins, je ne parle plus de Steve Wright.*

—Je me disais que ça signifie que j'ai encore le temps.

—Le temps de quoi ?

—Pour mes films.

—*Tractor Boy* et *Objets inanimés* ?

Thalès rougit. Nous arrivons à la boulangerie de Burton Road. Il se tourne vers moi d'un air ridiculement grave et je ris.

—Je suis sérieux, Ottila. Je vais vraiment me mettre à mes films à partir de maintenant.

—Et moi, je vais faire une sorte de one-woman-show déjanté, dérangeant, au sujet des combats de ma vie, annoncé-je, contaminée par l'entrain de Thalès comme s'il s'agissait d'une maladie, me sentant envahie de son rayonnement toxique. Ne nous contentons pas d'être heureux. Soyons célèbres, bon sang. On s'en fout de ce que pensent les autres.

Thalès sautille et se jette sur moi pour me prendre dans ses bras, et on s'enlace en pleine rue. Il me serre si fort que je peux sentir son odeur, un mélange de clou de girofle et de noix de muscade qui me souffle que je serai toujours en sécurité tant que je reste à proximité de lui. Il s'agit probablement juste d'un déodorant, mais je me plais à penser que ce sont des phéromones. Cela me paraît tellement normal de blottir de nouveau mon corps contre celui de Thalès, et je sais que se connecter comme ça à quelqu'un, c'est de l'art, rien de moins. Je sens que les façades de brique et les trottoirs qui nous entourent se transforment en or massif, cette étreinte scintillante valant sûrement des milliers d'œuvres rares aux yeux de n'importe quel conservateur de musée. *Thalès et moi, on va faire en sorte que ça marche. Notre avenir est écrit dans les étoiles.*

—Aïe, il recommence à pleuvoir, dit-il en démêlant ses bras des miens et en me donnant un timide baiser furtif sur la joue. Rentrons commander un millefeuille à la vanille, chère amie.

# Une joie disperse cent chagrins.

Proverbe chinois

## Transcription séance de thérapie

**PATIENTE** : Ce matin, j'ai gardé la Listerine une demi-heure en bain de bouche avant de la recracher.

**THÉRAPEUTE** : Vous avez senti l'alcool qu'elle contenait ?

**PATIENTE** : C'est alcoolisé à peu près à 27 %. Pareil que le curaçao bleu ou une crème de cacao. Plus fort que le Kahlúa. Une demi-pinte de Listerine me ferait rouler sous la table. Probablement un quart de pinte.

**THÉRAPEUTE** : Vous pouvez acheter des bains de bouche sans alcool. Il y en a un chez Total Care, qui ne contient aucun…

**PATIENTE** : J'aime le côté piquant. Ça me donne une impression de propreté.

**THÉRAPEUTE** : Vous pouvez encore absorber de l'alcool par voie sublinguale, à travers vos muqueuses.

**PATIENTE** : On peut aussi en mettre sur un tampon. Et se l'insérer.

**THÉRAPEUTE** : Vous avez fait ça ?

**PATIENTE** : Non. *(Pause.)* Une fois. Je l'ai imbibé de vodka et je me le suis mis. Mais pas depuis que j'ai arrêté de boire. J'ai fait ça il y a environ un an et demi. Je travaillais dans une librairie à l'époque. Je m'en suis inséré un à la première heure le matin. Je m'étais dit que ça me rendrait plus supportable la vente ininterrompue d'exemplaires de *Cinquante Nuances de Grey*. Une bonne « baise » bien dégoulinante et imprégnée de vodka, comme dirait E.L. James. Rien à voir avec la scène du tampon de *Cinquante Nuances*. C'était juste une tentative de dissimuler la puanteur de mon haleine de vodka.

**THÉRAPEUTE** : Ça a fonctionné ?

**PATIENTE** : J'ai plongé le tampon dans un verre de vodka et il a tellement gonflé que je pouvais à peine me l'insérer. Et puis ça faisait mal. Très mal.

**Thérapeute** : Si je comprends bien, vous n'avez fait ça qu'une fois, une seule.
**Patiente** : Ouais, ça a tué toutes mes bactéries et j'ai chopé une mycose.
**Thérapeute** : Eh bien, cela me semble risqué.
**Patiente** : C'est pour ça que j'ai mis de l'ail.
**Thérapeute** : Vous avez inséré de l'ail dans votre vagin ?
**Patiente** : Pour tuer les levures. C'est vraiment bizarre : quelques secondes après l'insertion, le goût vous vient aux lèvres. Je pense que c'est au moment où il pénètre dans la circulation sanguine. Cela dit, ça n'est pas efficace. En tout cas, ça n'a pas marché pour moi. Cela m'a juste donné une mauvaise haleine.
**Thérapeute** : Bon, et que s'est-il donc passé avec la Listerine ?
**Patiente** : L'essence d'arbre à thé n'a pas fonctionné non plus. *(Pause.)* Bref, au final, j'ai recraché la Listerine.
**Thérapeute** : Est-ce que cela signifie que vous n'avez toujours pas retouché à l'alcool ?
**Patiente** : Non. Enfin, oui. La prochaine fois, je recracherai plus vite.
**Thérapeute** : Vous vous sentez d'essayer un groupe de soutien ?
**Patiente** : Je ne sais pas. Je ne crois pas que ce soit pour moi.
**Thérapeute** : Il en existe de très bons dans le quartier. Il y a l'unité Brian Hore, par exemple. Nous pourrions vous recommander et…
**Patiente** : J'ai essayé d'assister à un groupe de parole la semaine dernière, le jour où Mina a commencé sa TEC. C'était à l'église méthodiste. Je ne vous en ai pas parlé parce que ça me gênait.
**Thérapeute** : Pourquoi cela vous gênerait-il ? Assister à un groupe de soutien est une démarche dont vous pouvez être fière.

**Patiente** : Ça me gênait parce que je suis partie au bout de vingt minutes.

**Thérapeute** : Comment cela se fait-il ? Vous vous êtes sentie mal à l'aise ?

**Patiente** : Il y a tellement de gens là-bas qui sont plus méritants que moi. Certaines personnes qui assistaient à la réunion ont traversé des épreuves particulièrement difficiles. Il y avait cet homme dont l'épouse le battait à coups de balai ; une femme dont le beau-père abusait sexuellement de ses enfants ; une jeune fille accro à l'héroïne depuis l'âge de quatorze ans, qui suivait un protocole à la méthadone, et n'avait jamais appris à lire et à écrire. Et puis il y avait moi, Ottila, une ancienne élève d'un lycée d'élite avec une formation universitaire, et un penchant trop prononcé pour le vin et le whisky.

**Thérapeute** : Donc, vous considérez que pour être toxicomane, il faut avoir traversé des épreuves difficiles ? Même si c'était vrai, ce qui n'est pas le cas, vous avez dû affronter votre part de défis. Votre père est mort il y a quelques années. Votre sœur souffre d'un handicap.

**Patiente** : Tout le monde a ses soucis. Il y a des gens qui ont vécu des choses bien pires que moi, qui sont à fond dans les smoothies et le reiki, qui créent des pages JustGiving pour tous les marathons qu'ils courent et pour le crâne qu'ils se rasent pour lever des milliers de livres pour des œuvres de charité.

**Thérapeute** : Mais vous êtes vous, Ottila. Une partie du processus de guérison consiste à accepter cela et à apprendre à s'aimer soi-même.

**Patiente** : Je m'inquiète d'avoir mal tourné faute d'avoir fait assez d'efforts.

**Thérapeute** : À cette période, l'année dernière, vous buviez plus d'une centaine d'unités d'alcool par semaine.

Vous n'avez pas touché un verre en trois mois. C'est ce que j'appelle faire des efforts.

**Patiente** : Parfois, j'ai l'impression de vous avoir inventée pour me dire des choses gentilles.

**Thérapeute** : Est-ce là une blague ou un délire ?

**Patiente** : Je ne délire pas. Je pense que Grace, elle, délire. Elle m'a confié avoir une douleur sur le côté, au niveau du foie, vous savez, à l'endroit que vous me dites que je touche toujours quand je me sens coupable. Mais bon, elle continue à boire, comme si de rien n'était.

**Thérapeute** : Elle devra trouver son propre chemin vers la guérison. Tout ce que vous pouvez faire, c'est la conseiller et la soutenir.

**Patiente** : Vous savez quoi ? Je n'en ai pas envie. J'ai vraiment failli boire un verre pendant que j'étais au pub avec elle. C'est une des raisons pour lesquelles je me suis tournée vers le groupe, pour me remettre les idées au clair. Et c'est pour ça que je me sentais coupable. Parce que ce n'était pas ma femme violente ni mon beau-père violeur qui menaçait de me faire dérailler. C'était mon imbécile de meilleure amie.

**Thérapeute** : Je vous promets, Ottila, que vous n'êtes en aucun cas seule à vivre ce genre de choses.

**Patiente** : « Amies », hein ? Tu parles. Je ne veux plus la revoir. À partir de maintenant, place aux relations saines uniquement. À commencer par une relation saine avec moi-même.

**Thérapeute** : Voilà une excellente nouvelle. Et rien ne vous empêche d'essayer un autre groupe si…

**Patiente** : Je crois que Thalès et moi, on est en train de se remettre ensemble.

**Thérapeute** : Ah, d'accord. Eh bien, tant mieux. Du moment que vous vous occupez de vous. C'est le principal.

**Patiente** : Je pense qu'on est des âmes sœurs. Il m'a envoyé un mail me racontant cette tradition des œufs en Grèce, et moi aussi, j'ai pensé aux œufs ces derniers temps – les bons et les mauvais.
**Thérapeute** : Quoi ?
**Patiente** : Oh, rien. Ça se passe bien, de toute façon. Sauf que j'ai ces rêves éveillés, comme des flashs soudains, des plongées dans l'avenir, et je vois toujours la même chose : Thalès qui me quitte. J'ai éconduit des hommes gentils depuis la mort de mon père, au cas où je les perdrais comme je l'ai perdu, lui. Je sais pas trop. *(Bruit guttural.)* J'essaie de ne pas y penser.
**Thérapeute** : Tant que vous ne fuyez pas vos responsabilités.
**Patiente** : Bien sûr que non.

Oh, mon très cher,

Normalement, le cours de yoga du mardi matin « Du criquet au lotus » se révèle le point culminant de ma semaine de travail. Delyth (une fille de Swansea, aux cheveux violets, éditrice d'un magazine de pêche féminin) conduit les séances et m'autorise à y participer. Bien sûr, la pratique du yoga ne fait pas partie de mes attributions professionnelles à proprement parler, mais je suis sûre qu'une part de ma mission à la Maison de Maggie consiste à entretenir le moral des troupes au sein du centre, et mes postures chaotiques font généralement sourire.

Eh bien, aujourd'hui, j'étais en train de me raffermir les fessiers, d'allonger les jambes et de me préparer à lancer la posture du monstre marin, quand devinez qui entre ? André. Bon, certes, c'est lui, le patron, alors il n'y a rien de si « inhabituel » à ce qu'il se promène dans une pièce sur son lieu de travail – c'est juste que normalement, il n'est jamais là avant 10 heures du matin, donc c'était la première fois qu'il me surprenait en train de faire l'école buissonnière.

J'ai essayé de feindre la nonchalance, comme si je faisais des recherches clandestines en marketing et communication, en infiltrée, mais il est difficile de jouer la nonchalance tout en perfectionnant sa cambrure lombaire. J'ai gardé un œil sur Delyth tout en entendant les pas d'André qui avançait derrière moi. Il était si proche que je sentais son eau de Cologne : une odeur qui m'a transportée jusqu'à notre premier « rendez-vous », à l'extérieur de l'unité endocrinienne du département 63, et qui m'a rappelé la première fois où il s'était penché pour m'embrasser. À quel point c'était mal, et à quel point c'était cela même qui faisait que c'était si bon.

Mais ce matin, alors que j'étais allongée sur le ventre avec mon patron juste au-dessus de moi, tout m'avait vraiment l'air malsain.

Delyth, plus professionnelle que jamais, n'a pas réagi au fait qu'André nous observe en silence. D'ailleurs, même si nous avons eu d'agréables conversations dans la cuisine au sujet des plombs en tungstène et des caprices alimentaires de la carpe, Delyth n'a pas la moindre idée de ce qui s'est passé entre André et moi, alors ce n'est pas comme si la présence de notre patron devait l'incommoder. Elle nous a juste demandé de travailler en duos, pour découvrir à quel point nos muscles de derrière le bras fonctionnaient bien.

— Le partenaire A doit chevaucher le partenaire B, a-t-elle indiqué dans son joli accent.

Je suis restée allongée à terre, les joues rougissantes, tandis que les pieds d'André se rapprochaient. Je n'osais pas regarder en l'air, mais je voyais bien que ses chaussures basses étaient de part et d'autre de moi.

— Partenaire A : penchez-vous en avant, en appuyant fermement vos mains contre les triceps de votre partenaire, a poursuivi Delyth. Voilà. Dites-lui à quel point son criquet est réussi.

De ses mains osseuses, André s'est mis à appuyer sur l'arrière de mes bras, puis j'ai senti son souffle sur ma joue.

— Je sais ce que tu as fait, petit criquet, m'a-t-il chuchoté à l'oreille. Je sais que ta « copine » est en réalité ce gros lard boutonneux de la cantine. Je vous ai vus avec vos millefeuilles à la vanille.

Ses bras m'ont serrée plus fort, trop fort, puis il m'a relâchée.

En vérité, Thalès n'est pas du tout boutonneux. C'est moi qui ai un problème d'acné. Mais bon, je ne l'ai évidemment pas contredit. Allongée sur le ventre, j'ai écouté les chaussures d'André retourner à son bureau au pas de course. Puis j'ai accroché mes doigts sous la base de mon crâne, pour me transformer en monstre marin.

En parlant de monstres, même si Thalès et moi avons recommencé à traîner ensemble, je pense encore à Ben. Je ne préférerais pas que ce soit Ben à la place de Thalès, c'est juste que… Des images mentales. Le croiser au centre d'escalade m'a fait remonter de nombreux souvenirs. Comment il me soulevait avec ses bras costauds dès qu'il entrait dans mon appartement. Comment j'enroulais mes jambes autour de lui. Comment nous lancions cette playlist de Spotify, « Chansons hip-hop qui donnent envie de tout casser », comment nous buvions de la bière et nous nous plantions des choses l'un dans l'autre jusqu'à ce qu'on s'effondre. Il était tellement dégoûtant. Si seulement je pouvais arrêter de penser à lui.

Si seulement je pouvais aussi arrêter de m'inquiéter pour Reatha. Car m'inquiéter pour Reatha, c'est aussi me souvenir d'elle sexuellement. Comment mon corps bouillonnait de désir pour le sien. Comment on passait des heures à se dessiner étalées sur le lit, nues, et comment je léchais les parties les plus douces et les plus crémeuses de son corps. Je l'aimais tellement.

Je dois me ressaisir. Thalès et moi sommes sur le point de nous engager l'un envers l'autre et, cette fois, je ne veux pas que ça foire. On va au Cornerhouse voir un film sur l'intelligence artificielle ce soir. S'il m'embrasse sur les lèvres, je vais pleurer.

Ne me déteste pas, *PLDB*.

Ton petit criquet

## Mail à Delyth

**De:** **Ottila McGregor**
**À:** **Delyth Hughes**
**Date:** **mer 30 avr 2014 à 23 h 12**
**Objet:** **probablement le mail le plus gênant que tu aies jamais reçu**

Salut Delyth,

Je me demandais juste si ça te dirait qu'on sorte boire un café ou une tisane toutes les deux un de ces jours, en dehors du travail ? Je ne parle pas là d'un rendez-vous galant, si c'est ce que tu crois, bien que je ne doute pas que tu sois super comme rencard (Ottila, tais-toi). À vrai dire, je sors plus ou moins avec le beau Grec de la cafétéria. Enfin, on est plus ou moins en train de se remettre ensemble après une brève rupture. Cela dit, nous sommes allés au cinéma voir *Transcendance* hier soir et nous avons à peine pioché dans le pop-corn l'un de l'autre. Est-ce que c'est *too much*, de te raconter tout ça ?

Bref, si ça te dit, d'aller prendre ce café, je te tiendrai au courant de tous les ragots dont je suis au courant. Je déteste le mot « ragot ». Mais peut-être que toi, il te plaît. Si c'est le cas, ça ne me dérange pas. Mes ragots sont vraiment barbants mais, le bon côté, c'est que je me confie de façon compulsive, donc il y a de fortes chances que tu apprennes un terrible secret à mon sujet qui compensera toutes les histoires d'effleurements de pop-corn auxquelles tu ne pourras inévitablement pas échapper.

Oh, bon sang, pourquoi essayer de se faire des amis, est-il si peu naturel quand on est adulte ?

Je te prie d'excuser la manière étrangement formelle que j'ai utilisée en te joignant par mail pro comme ça, plutôt que de te parler en personne, mais je me suis dit que ça te laisserait ainsi l'occasion de trouver une excuse pour t'en dépatouiller, alors que si je t'avais posé la question en face à face, tu aurais pu te sentir piégée.

J'espère que ta séance de yoga aux chandelles se passera bien cet après-midi,

Ottila

## Mail de maman

**De:** **Alice McGregor**
**À:** **Ottila McGregor**
**Date:** **jeu 1 mai 2014 à 16 h 36**
**Objet:** **SOS ! SOS !**

Ma jolie,

Mina a eu sa quatrième séance de TEC aujourd'hui. Jusqu'à présent, ça ne semble pas avoir le moindre effet. Sinon de lui transformer peu à peu le cerveau en omelette. Si tu la voyais quand elle se réveille juste après… C'est terrifiant. Je commence à me dire que si j'ai donné mon accord pour toutes ces bêtises, c'est uniquement parce que j'étais sous le charme du docteur Lukić et ses airs de beau gosse. Je t'en dirais volontiers plus sur le sujet, mais j'essaie de mettre mes pensées noires « de côté » chaque fois que je suis à la maison, pour tenter de faire en sorte que cela demeure un espace bénéfique. Donc je me sers un verre de vin et j'étends mes pieds sur la table.

Très impatiente d'en savoir plus sur ce beau Grec dont tu parles dans ton dernier mail. Cependant : reste sur tes gardes ! Les Hellènes sont des hommes extrêmement fougueux et susceptibles de vouloir faire évoluer la relation très rapidement. Sois prudente et ne fais rien que moi je ne ferais pas !

Non mais de qui je me moque ? J'ai été fiancée à un Grec avant ton père. C'est comme ça que je sais ces choses-là. Quand j'y repense, il n'était pas grec du tout. Il était turc. Euh… enfin, quelque chose comme ça. Je suis sûre que les Grecs et les Turcs seraient tout à fait enclins à admettre qu'ils se ressemblent beaucoup pour ce qui est des choses de l'amour. Du genre à t'emmener sur une plage de Santorin et à t'inonder d'ouzo, avant de te demander en mariage sur les bords du cratère bouillonnant d'un volcan. Là, tu es tellement emballée que tu plonges la tête la première dans un lac jaune saturé de soufre, et que tu t'adonnes à des activités auxquelles aucune touriste ne devrait s'adonner pendant sa quinzaine de jours de vacances auprès d'un parfait inconnu. Je ne crois pas t'avoir déjà parlé de Berk – c'était son prénom ! –, mais nous ne sommes restés fiancés que le temps de ma seconde semaine de vacances. Il était moniteur de plongée, et je suis tombée sur au moins trois femmes en état de sidération qui m'ont expliqué qu'elles s'étaient récemment fiancées. Je ne suis pas certaine que c'était avec Berk, mais j'ai recouvré mes esprits avant de monter dans l'avion et je lui ai rendu la bague en diamant nickelé de son arrière-grand-mère. Ha ha ha ! Tu vois, ta vieille maman n'a pas toujours été la Sarah raisonnable que tu imaginais. Quoi qu'il en soit, ce que je te dis, mon amour, c'est : vas-y doucement. C'est ce qu'il y a de mieux pour le long terme, je te le PROMETS.

ZUT, JE VIENS DE RENVERSER LE VIN ROUGE SUR MON ORDI PORTABLE ET ON DIRAIT QUE JE SUIS INCAPABLE DE DÉVERROUILLER LES MAJUSCULES. DÉSOLÉE SI J'AI L'AIR DE CRIER. PROMIS, CE N'EST PAS LE CAS !

BON, EH BIEN, C'EST L'HEURE DE MON RENDEZ-VOUS CHEZ LE COIFFEUR. J'ENVISAGE UN RELOOKING. J'AI ENVIE D'ÊTRE TOUT À FAIT MÉCONNAISSABLE QUAND JE SORTIRAI DU SALON.

AH, OUI, ET JE VAIS AU PO NA NA CE SOIR AVEC UN GROUPE DE FILLES QUE J'AI RENCONTRÉES AU CAFÉ « DERNIER SOUPIR ». CE SONT DES ÉTUDIANTES DE PREMIER CYCLE, TU Y CROIS, TOI ? EN PHILOSOPHIE ET DEUX OU TROIS AUTRES TRUCS, À L'UNIVERSITÉ DE BATH. JE NE VOIS PAS POURQUOI ELLES TRAÎNERAIENT AVEC UNE VIEILLE CHNOQUE COMME MOI, MAIS HÉ, HO ! JE NE SUIS PAS SORTIE EN BOÎTE DEPUIS UN QUART DE SIÈCLE ! J'AI ÉCOUTÉ RADIO 1 TOUT L'APRÈS-MIDI POUR ME METTRE DANS LE GROOVE.

JOYEUX SOS !

BISOUS, MAMAN

## Snapchat de Mina

Mini-Minette

Aujourd'hui

MINI-MINETTE

J'ai une sensation bizarre au cerveau, comme s'il était mouillé. Tu pourrais dire à maman de demander au docteur s'il y a une possibilité qu'il y ait de l'eau là-dedans ? Et aussi, c'est quoi, ton second prénom ? J'oublie tout et ça ne me plaît pas : <

## Mail à maman

**De:** **Ottila McGregor**
**À:** **Alice McGregor**
**Date:** **dim 4 mai 2014 à 16h22**
**Objet:** **RE: SOS! SOS!**

Coucou maman,

Je suis certaine que le docteur Lukić sait ce qu'il fait. Peut-être que quatre séances, c'est encore trop tôt pour savoir. Il se peut qu'un miracle se produise après cette quatrième séance: le cerveau de Mina sécrétera soudain des tas de produits chimiques bienfaisants, et nous serons soulagées qu'elle ait bénéficié de ce traitement. Attendons encore un peu.

Je m'inquiète pour toi, maman. Je sais que tu me dis toujours de ne pas m'inquiéter, et j'entends la voix de mamie Joyce chanter Bobby McFerrin, mais là, c'est plus fort que moi. Quand tu as disparu après la mort de papa, je ne t'ai jamais demandé où tu étais allée parce que je ne voulais pas te contrarier. Mais je me suis inquiétée. J'étais malade d'inquiétude. J'ai failli appeler la police plusieurs fois, mais je savais que tu étais en vie parce que tu avais laissé ta boîte de réception ouverte sur ton ordinateur portable et que je te voyais répondre à tes mails de travail, toujours aussi bien élevée et pétulante. Ça n'avait pas de sens. J'étais tellement déroutée. Je détesterais que tu disparaisses encore comme ça. Je ne le supporterais pas, maman.

Tu es sûre que traîner avec ces étudiantes est une bonne idée ? Elles sont très jeunes. Elles n'ont même pas encore eu leur premier frottis ! Penses-y quand vous serez sur la piste de danse, à vous déhancher comme des dingues sur *Shiny Disco Balls* de Scotty Boy en duo avec Sue Cho. Elles n'ont jamais expérimenté la sensation glaciale du spéculum.

C'est chouette que tu me racontes ton passé avant papa. Berk a l'air d'un type excitant, même si c'était un vrai escroc. C'est toujours bon de savoir que je ne suis pas la seule à être attirée par le côté obscur, de temps en temps.

Mais ne t'enfonce pas trop dans les ténèbres, maman. S'il te plaît. J'ai besoin de toi.

Bisous, Ottila

P.-S. : je t'ai envoyé des graines. Les jours commencent à rallonger, ce qui m'a fait penser à toi.

## Page 32 de mon carnet

30 détails de la journée où tu as eu trente ans

1. cygne à une patte
2. exposition sur l'histoire de l'Alexandra Park
3. limonade maison
4. percussions sur bidons de métal (youpiii!!!!)
5. l'homme au visage peint comme un portrait peint
6. burgers d'autruche
7. ton ongle de pouce peint en rouge avec mon vernis à ongles
8. cinéma à alimentation électrique par bicyclette dans les arbres
9. les sept premières minutes de *M. Peabody et Sherman*
10. trois amas de champignons hypholomes en touffes (ton diagnostic) sur un arbre déraciné
11. carte à gratter gagnante (2 livres de gains)
12. trois cartes à gratter non gagnantes (1 livre chacune)
13. « le pire cappuccino du monde »
14. trois chiens en porcelaine identiques dans une boutique d'œuvre caritative
15. ton nez qui se fronce, à l'odeur de ce parfum
16. un groupe de bambins vêtus de gilets fluorescents portant sur le dos l'inscription « enfants piétons en formation »
17. maison avec les plants de tomates dans le jardin (alias « maison de rêve »)
18. deux pâtés de maisons le long desquels nous avons réussi à marcher à pas synchronisés l'un avec l'autre

19. femme à trois fesses (?)
20. achat inspiré de quelques graines de cornichon
21. le magasin où tout ce qui est à vendre est français
22. cacao brut chez le traiteur *La licorne*
23. fromaaaaaage de Cornouailles
24. *fish and chips* sur l'herbe
25. document Google intitulé « Projets d'avenir »
26. « devenir membre d'un parti politique »
27. « Famille »
28. notre premier baiser depuis près de deux mois (enfin ! Regarde donc, on a réussi à faire en sorte que ça marche pour de vrai !)
29. trois épisodes d'*Arrested Development*
30. traînée de salive sur ta manche gauche, découverte à mon réveil

## Mail de Delyth

**De:** **Delyth Hughes**
**À:** **Ottila McGregor**
**Date:** **dim 11 mai 2014 à 15h06**
**Objet:** **RE: probablement le mail le plus gênant que tu aies jamais reçu**

Salut, ma vieille, désolée d'avoir mis deux semaines à te répondre. J'étais en plein bouclage du dernier numéro de *Reel Women* avant impression. Je t'en laisserai un exemplaire dans ta piaule au retour de chez l'imprimeur. Il y a une double page sur la sécurité pour la pêche à la carpe sur embarcation. C'est édifiant, tu vas adorer. Désolée aussi d'avoir dû me dépêcher de partir après le yoga l'autre matin, on n'a pas eu l'occasion de bavarder. Ton lotus est vraiment en voie de perfectionnement, pour ce que ça vaut.

Aller boire un café me paraît super. Allons au *Spoon Inn* à Chorlton. J'ai commis l'erreur d'essayer le nouveau *Costa* l'autre jour et c'était *erchyll*! C'est comme ça qu'on dit dégueu en gallois.

J'ai arrêté les séances de yoga aux chandelles. Gene a eu une petite attaque (elle va bien) et on a presque mis le feu au local. André est furieux parce qu'il ne se passe plus rien au centre les mercredis après-midi maintenant, mais j'ai ma propre merde à régler, et je ne suis qu'à mi-temps, même si personne ne le croirait au vu de mes horaires. Tu vois, Miss, nous sommes toutes les deux débordantes de ragots passionnants.

Envoie-moi un SMS au 07881445640 et on se retrouve devant un café dès que possible. Au fait, tu ne serais pas dans le coin cet après-midi, si ?

Que les grâces du chi soient avec toi,
Delyth

## Un portrait de Delyth

*(On est sorties prendre un café et je suis aux anges. Delyth est ma nouvelle meilleure amie.)*

## Mail de maman

**De:** **Alice McGregor**
**À:** **Ottila McGregor**
**Date:** **lun 12 mai 2014 à 12h36**
**Objet:** **Sur les dangers de continuer**

Mon petit sucre,

Quelle gentille attention que ces graines de cornichon que tu m'as envoyées. Je les ai placées dans un germoir dans la cuisine, et j'espère les installer dehors dans quelques semaines une fois qu'elles auront germé. On a eu beaucoup de chance avec la météo ces derniers temps. Mes astrantias fleurissent tôt cette année. Il s'agit de la variété Hadspen Blood, et le jardin est égayé de brillantes touches de rouge profond. C'est vraiment magnifique.

Je crains d'avoir de mauvaises nouvelles. Le docteur Lukić dit que Mina ne recevra plus d'électrochocs. Le médecin et moi avons eu une entrevue à ce sujet aujourd'hui. Elle a suivi six séances, et malheureusement elle ne semble avoir aucune réaction. Ou plutôt, sa situation empire. J'ai demandé au médecin s'il n'y avait pas moyen d'en essayer une de plus, en dernier recours, et il m'a répondu que non. « Il serait dangereux de poursuivre le traitement, a-t-il précisé. Il est temps pour vous de chercher une source d'espoir ailleurs, madame McGregor. »

J'ai établi des listes mentales de toutes les choses dont je suis reconnaissante. Mina est vivante. Toi, tu t'en sors bien. Mon clavier s'est complètement rétabli une fois le vin évaporé, donc je n'ai plus à tapoter sur le clavier comme si je hurlais. Bon sang, comme j'adorerais hurler. Aller dans un champ de maïs au milieu de nulle part, et vraiment tout lâcher. Tu vois ce que je veux dire ?

Je te joins une photo de ma nouvelle coiffure. J'ai opté pour quelque chose d'audacieux et ai demandé une coupe footballeur allemand des années 1980. Qu'est-ce que tu en dis ? Jean-Paul Gaultier a lancé ses mannequins sur le podium portant des perruques de cette coupe lors de la Fashion Week à Paris. Ma coiffeuse dit que c'est ultra-tendance. J'ai l'air d'une jeune Suzi Quatro ou simplement d'un Ronnie Wood sur le déclin ?

Ce soir, je retourne en ville avec les filles. J'ai dû faire quelque chose de bien la dernière fois ! Et, chérie, je comprends tout à fait ce que tu veux dire au sujet du fait qu'elles soient très jeunes, mais honnêtement, elles sont super rigolotes. C'est libérateur, d'être avec des gens sans responsabilités de temps en temps. Je ne ferai pas de bêtises, c'est promis. Je ne boirai même pas autant que l'autre soir. Je danserai jusqu'à épuisement. Tu te souviens que ton père refusait de danser avec moi ? Tu parles, « deux pieds gauches », il était têtu comme une mule, oui ! Je te jure que je l'ai vu un jour dans la cuisine en train de se déhancher sur le morceau *Just a Minute*, alors qu'il pensait que je ne regardais pas. De toute façon, pas besoin de t'inquiéter pour moi. J'essaie juste de m'occuper. Garde ton optimisme pour aller de l'avant. Je devrais peut-être me retirer de ma retraite. Retourner travailler.

Merci pour ton appel le jour de l'anniversaire de Thalès. C'était étrange de lui parler ! J'espère qu'il n'a pas trouvé que j'avais l'air trop bête. Je ne suis pas très douée au téléphone. On dirait que vous avez passé une merveilleuse journée ensemble. Tu sais, les plants de tomates sont étonnamment faciles à cultiver. Vous pouvez en faire pousser sur votre rebord de fenêtre. Vous pourriez l'avoir, cette maison de vos rêves, sans vous en rendre compte.

Bisous de ta vieille geignarde de mère

## Mail à maman

**De:** **Ottila McGregor**
**À:** **Alice McGregor**
**Date:** **mar 13 mai 2014 à 7 h 50**
**Objet:** **RE: Sur les dangers de continuer**

Maman, je ne pense pas que ça changerait quoi que ce soit si tu trouvais un boulot. Tu es à la retraite, bon sang! Tu as organisé assez de bar-mitsva et de fêtes de Noël pour toute une vie. Pourquoi ne pas suivre une formation pour adultes dans un domaine qui t'intéresse? Ce cours de sculpture a l'air bien: http://www.adultlearningwiltshire.org.uk/index.php/arts-and-crafts/knife-carving-techniques. Tu aimes la sculpture? Et le yoga: http://www.yoga4u.com/stressbustingpostures?

J'adore ta nouvelle coiffure. Tu ressembles à toi-même: vibrante et courageuse.

Ottila

## SMS de Delyth

**Mar 13 mai 12 h 44**
*P'nawn da* (comme on dit en gallois)! Voici un lien vers ce truc dont je ne faisais que te parler l'autre jour: http://www.artsgrantsinc.co.uk. Mon amie Tami a reçu plus de 4 000 livres pour son exposition de photos. Mieux qu'une bonne paire de claques. Ton petit copain sera peut-être intéressé pour postuler à son tour? Biz

## Candidature d'Ottila, première ébauche

**Nom du projet**

~~*Happy hour*~~ / ~~L'alcoolisme pour les nuls~~ / ~~Comment devenir un écrivain alcoolique~~ / ~~Tchin-tchin !~~ / ~~Le diable est dans la bouteille~~ / ~~À la tienne, Étienne !~~ / ~~Tout sur l'alcool : manuel du crétin de base~~

**Date de démarrage**

À définir

**Montant sollicité**

6 023 livres (Faire preuve de précision. Histoire de leur faire croire qu'on a établi un budget.)

**Proposition**

~~Je m'appelle Ottila McGregor, et je suis alcoolo~~

~~Chaque année, des milliers de personnes meurent de~~

~~J'ai désespérément envie d'un~~

J'ai un problème d'alcool. Mon oncle a un problème d'alcool. La femme qui travaille chez les serruriers sur Wilbraham Road a manifestement un problème de boisson. (Est-ce diffamatoire ?) ~~Nous avons tous, d'une certaine façon, un problème d'alcool.~~

Je m'appelle Ottila, et j'ai arrêté l'alcool depuis trois mois. J'y suis arrivée grâce à des séances de thérapie auprès de l'équipe communautaire de protection contre l'alcoolisme, une psychologue et deux petits comprimés blancs avalés trois fois par jour. Je me suis aussi intéressée à d'autres choses que l'alcool : passer du temps avec mon partenaire (veiller à ce que nous ayons officialisé notre relation avant de diffuser ce document) ; me trouver de nouveaux amis ; rentrer à la maison à pied après le travail ; envisager de mettre en place un cours de sport (commence par en faire, du sport, espèce de gros tas !).

Bien que je me focalise sur de nombreux autres projets, je souhaiterais à présent consacrer tout mon temps à ne réfléchir qu'à la consommation d'alcool (Est-ce dangereux ?) Je tiens à plonger dans les profondeurs de cette terrible maladie et comprendre ce qui m'a poussée à boire en premier lieu. Je présenterai mes résultats sous la forme d'un one-woman-show d'une heure, par le biais de feuilles de calcul, de diagrammes circulaires, d'une présentation Powerpoint et de l'humour noir. Tout au long du spectacle, j'irai remplir de vin les verres des spectateurs, en les encourageant à boire librement.

À l'issue de la représentation, j'inviterai les spectateurs à verser les restes de leur verre dans un seau, qui sera resté posé au milieu de la scène tout au long du spectacle. Alors, dans un dernier acte de défi, ~~je me verserai le seau sur la tête~~ j'en boirai son contenu jusqu'à la dernière goutte.

(Quelle marque de vin vais-je distribuer pendant le spectacle ? Choisir qqch. bon marché mais savoureux.)

(Devrais-je plutôt offrir du whisky aux spectateurs ?)

**Votre expérience**

Bien que je n'aie jamais joué de spectacle solo auparavant, j'ai sérieusement abusé de l'alcool, ce qui m'a préparée à entreprendre ce travail. Je possède un master en création littéraire, ce qui m'a également été d'une incroyable utilité dans l'entretien au jour le jour de ma consommation d'alcool, par conséquent, je me sens tout à fait prête pour un tel rôle.

**Gestion et finances**

Cette pièce de théâtre nécessitera pour moi une phase de recherche et développement de six mois, et la subvention d'Arts Grants Inc. me servira à me verser un salaire durant toute cette période.

Étant donné que je ne suis pas une professionnelle, j'aimerais présenter ce spectacle gratuitement.

(Justification sur la façon dont j'ai établi mon budget : 6 000 livres pour moi et 23 livres pour le seau ? Vérifier le prix des seaux haut de gamme au supermarché.)

**Partenariats**

Je n'ai pas encore approché de salles de spectacles, mais j'ai vu une fille au Lowry Theatre faire un spectacle sur son combat pour décrocher de la cocaïne l'année dernière, et son show a eu une assez bonne fréquentation, alors j'ai l'impression qu'il existe un public pour ce genre de thèmes. À bien des égards, cela s'est déjà fait auparavant.

## Mantra de la semaine

*Om Eim Saraswatyei Swaha*

Traduction approximative : Salutations à cette énergie féminine qui est associée à toute entreprise artistique et théorique, pour laquelle l'Eim est la semence.

## Mail de Thalès

**De:** **Thalès Sanna**
**À:** **Ottila McGregor**
**Date:** **jeu 15 mai 2014 à 16h13**
**Objet:** **Instant T moins beaucoup, beaucoup trop de minutes**

C'est très, très calme aujourd'hui au boulot. Je t'écris ceci en me cachant dans un des cabinets, pour ne pas avoir à m'engager dans l'art de la conversation méphitique avec mon manager. En tant que fumeur, Jim a le droit de faire des pauses supplémentaires, alors je me dis qu'une petite pause-caca par-ci par-là, réelle ou feinte, c'est le moins qu'on puisse m'accorder. Cela dit, Kerrie m'a demandé si j'avais besoin d'un peu d'Imodium, alors je ferais probablement mieux de pas poursuivre ce petit manège trop longtemps.

Merci de m'avoir envoyé les renseignements au sujet des demandes de bourses. Malheureusement, on dirait qu'ils ne financent pas les films, mais ça m'a donné l'idée d'aller voir en ligne les organismes qui subventionnent l'audiovisuel. Je me sens tout bête d'avoir débordé d'un tel élan après avoir écouté ce documentaire sur Klimt à la radio il y a quinze jours. Chaque fois que je me suis assis pour travailler à mon script depuis, je me suis senti mal. J'ai beaucoup perdu confiance en mon travail ces temps-ci et peut-être que ce genre de démarche m'aiderait à restaurer mon estime de soi.

J'aimerais faire quelque chose avec toi là, tout de suite! Ce serait cool, de retourner au Manchester Museum un de ces jours. J'aimerais te tenir la main en contemplant les échantillons minéralogiques. Je sais que nous n'avons pas encore convenablement défini ce que nous sommes l'un pour l'autre, toi et moi, mais vraiment, je suis absolument convaincu qu'être avec toi est la meilleure chose qui me soit jamais arrivée. Meilleure encore que la projection de *Tractor Boy* au festival du film de Keswick. Meilleure encore que mes cours de cueillette de champignons. Sérieux. J'échangerais à tout moment ma connaissance de l'amanite tue-mouches en tant que champignon psychotrope basidiomycète toxique pour un rendez-vous avec toi. Même si je devais un jour me retrouver à vivre dans la nature et que mes lacunes en mycologie finissent par me mener à ma perte.

Je me suis dit de ne pas m'emballer, d'avancer doucement, mais que dirais-tu de passer à l'étape suivante, toi et moi ? Ottila : voudrais-tu être ma petite amie ? Je te reposerai la question en personne quand je ne serai pas assis sur des toilettes.

Au fait, j'espère que Mina va bien. Renoncer à la TEC ne doit pas être facile. Je suis tombé sur ce bouquin intéressant sur Amazon, *Aspergirls*, qui explique comment rendre plus autonomes les femmes atteintes d'Asperger. Je me disais qu'on pourrait le lire ensemble, ou même en envoyer un exemplaire à Mina si elle est capable de le lire ? Ce n'est peut-être pas une bonne idée. Tu dois être fatiguée de lire ce genre de baratin.

Sinon, je sais que tu t'intéresses aux fêtes, comme la nuit du haggis et les lupercales que nous avons célébrées avec beaucoup de succès cette année, et j'ai entendu parler d'une nouvelle manifestation aujourd'hui dont je pense qu'il pourrait t'intéresser. Roulement de tambours… Le championnat du monde de jeu de billes ! Il se tient chaque année sur un parking de pub du West Sussex ! Malheureusement, nous venons de rater le tournoi de cette année, mais pourquoi ne pas nous procurer un sac de billes et commencer à nous entraîner pour celui de l'an prochain ? À partir d'un certain niveau, on peut commencer à acheter des billes artisanales. Ces dernières ont de VÉRITABLES SCARABÉES ET DES PUNAISES enfermés à l'intérieur : http://www.specialistmarbles.com/bugsinlucite. Je pourrais même aller au centre commercial après le travail et nous dégotter un sac de billes premier prix ce soir. Qu'est-ce que tu en penses ? Ça te tente, de rouler ta bille avec moi ?

Bon, il est temps que j'aille parler à Kerrie de sa paire de rideaux préférée dans le nouveau catalogue Argos pour les soixante-dix-huit minutes restantes de ma journée de travail.

Ton ami / ton basilic éructant, T

## SMS à Thalès

**Jeudi 15 mai 16 h 52**

Adorable mail. Tu es adorable. Je me disais que j'aimerais travailler sur mon one-woman-show ce soir. J'essaie d'exploiter les facultés créatives qui se cachent au fond de mon yoni. On se voit dans quelques jours ?

Cher Petit Livre de merci-de-m'écouter-jusqu'au-bout-avant-de-me-juger,

Je n'ai pas pu refuser longtemps un rencard avec Thalès. Une demi-heure après avoir envoyé ce SMS, j'ai cédé. Nous n'avons pas joué aux billes, mais j'ai accepté de devenir sa petite amie puis j'ai – en quelque sorte – emménagé chez lui.

Je sais ce que tu penses, *PLDB*! Mais garde-le pour toi. Je suis amoureuse. Et Thalès Alessandro Sanna m'aime aussi. Je t'ai déjà expliqué : l'ocytocine. Ça me fait faire les trucs les plus dingues. Étonnamment, c'est lui qui a fait la suggestion. J'avais proposé de préparer des lasagnes et de les apporter chez lui, et il m'a répondu : « Pourquoi ne viens-tu pas garnir mes lasagnes chez moi, tout en rapportant toutes tes affaires ? » Quelques instants plus tard, il y a eu un second SMS : « Ne vois là aucune allusion étrange ni sexuelle. Je voulais dire : veux-tu emménager avec moi ? » Je n'arrive pas à croire que j'ai rencontré quelqu'un d'aussi barré et impulsif que moi !

Naturellement, je sais que tu vas sonner l'alarme, *PLDB*. Et je ne suis pas complètement sourde. Tout cela va très vite. J'ai l'habitude de foncer tête première, puis de me brûler les ailes. Je me demande si je ne mélange pas plusieurs métaphores, là. Bref, je vais bien faire attention. Je dois m'assurer de ne pas lui faire miroiter monts et merveilles, si c'est pour me rendre compte que je n'ai jamais voulu de lui. J'ai un lourd passif de propositions de mariage, ne me demande pas pourquoi, et quand je les décline, je fais fondre mes prétendants en larmes. C'est ce qui est arrivé avec André juste avant Noël. C'était une demande atypique. « Ottila, je suis un homme marié, mais une fois que je serai divorcé, et si on se passait la bague au doigt, toi et moi ? » Il me l'a faite au dîner du personnel, en me remettant mon cadeau de Noël-surprise, un ouvre-bouteille luminescent dans l'obscurité. Aussi, il y a eu Ben. Lui, il m'a posé la question une trentaine de secondes avant que j'aie un orgasme. On a toujours eu nos conversations les plus sérieuses pendant l'amour. J'ai dit « non », bien sûr, mais seulement après qu'il a joui. Je ne voulais pas gâcher le moment.

Mais Thalès est un type bien. Et s'il attend plus que ce que je ne suis prête à offrir ? S'engager, c'est terrifiant. Même si je sais que l'Ottila d'aujourd'hui apprécie assez cette personne pour s'engager, comment savoir si l'Ottila de demain le voudra, et celle d'après-demain ?

Je t'ai dit que je songeais à mes anciens amants. Honnêtement, j'ai repensé à toutes mes conquêtes sexuelles. C'est normal ? Je pense à la soirée « anus et absinthe » avec Dreadlock Dorian, puis au fiasco curry-culottes percées avec Gerald, et je revois le membre disproportionné de Ben… Non. Je n'irai pas plus loin. J'ai emménagé chez Thalès, et je tente ma chance du côté du bonheur. Les choses vont bien entre nous, alors pourquoi attendre ? C'est le moment idéal pour franchir le pas, avant que la pourriture ne s'installe.

En plus, Laurie m'énerve vraiment ces derniers temps. Encore plus que d'habitude. Franchement, un club de *kanabō*… Qui peut croire à l'existence d'une chose pareille ? Il m'a aidé à charger le taxi avec mes affaires. J'avais tellement hâte de dégager le plancher. Il m'a aussi dit qu'il avait « devinestimé » que j'avais pris 20 % de douches de plus que lui, ce qui signifie que d'une certaine façon, je devrai 76 % de la dernière facture d'électricité. Après cela, il a avoué qu'il avait dormi dans mon lit quand sa copine est venue de Géorgie parce que mon lit était plus grand que le sien. C'est presque comme s'il mourait d'envie que je parte, mais il l'avait mauvaise que ce soit moi qui aie mis fin à notre arrangement, et pas lui. Je sais qu'il me reste presque un mois de loyer là-bas, mais je n'aurais vraiment pas supporté d'y demeurer un jour de plus.

Je n'annoncerai pas tout de suite mon changement d'adresse au travail. Je vais attendre six mois. Ou douze. J'évite tout ce qui nécessite de devoir me retrouver dans un rayon de cinq mètres autour du bureau d'André. J'ai raconté à Delyth qu'il s'est passé un truc entre André et moi, et elle a haussé les épaules. « Parfois, nous faisons des choses pour nous faire du mal, ma vieille », a-t-elle déclaré en dégustant un biscuit au caramel beurre salé. Je suppose que cela s'applique probablement à moi et à André. Ça fait tellement de bien, d'avoir Delyth comme amie. Jusqu'à ce que j'arrête de boire, je ne pensais pas mériter d'être proche de quelqu'un comme elle. Les gens heureux, je me suis toujours dit qu'ils n'ont pas besoin que des personnes comme moi les traînent vers le bas. Il apparaît que même Delyth n'est pas parfaitement heureuse. Elle m'a envoyé un SMS pour me dire qu'elle avait attrapé une contravention et avait cogné sur un lampadaire. Ça m'a fait sourire, jusqu'aux oreilles.

Thalès a suggéré que nous plantions une jonquille dans la ruelle entre nos deux appartements, pour nous souvenir du trajet que nous empruntions pour nous rendre l'un chez l'autre. Je ne sais pas trop pourquoi cette jonquille avait autant d'importance à ses yeux, mais il a insisté. Je pense que la saison des jonquilles est terminée, parce qu'elles ne sont plus en vente chez le fleuriste depuis longtemps.

Peut-être que je vais appeler maman et lui poser la question, elle saura. C'est son anniversaire de mariage aujourd'hui. Normalement, elle passe son temps à regarder *Proposition indécente*, et à pleurer. J'attendrai demain.

Pour l'instant, je suis avec Thalès et sans Laurie. Doux soulagement. Quand j'ai parlé à Thalès du *kanabō* club, il avait l'air étonnamment enthousiaste. J'espère qu'il n'y a pas de démons dans mon nouvel appartement.

O

## Répartition des tâches

Répartition des tâches super spéciales du quotidien

à l'intention des nouveaux super colocs (RTSSQNSC)

| | |
|---|---|
| Lundi soir | thérapie par le rire, c.à.d. regarder des comédies. |
| Mardi soir | offre Domino's Pizza Duo du mardi et film étranger. |
| Mercredi soir | choisir une rue au hasard à 45 minutes de chez nous et y aller ensemble à pied. |
| Jeudi soir | tournoi de Playstation. |
| Vendredi soir | méditation à l'encens, puis travail sur nos projets créatifs respectifs. |
| Samedi | cuisiner un repas exotique (voir carte « cuisine du monde »). |
| Dimanche | aller nager/courir/faire 50 sauts en étoile. |

## Mail d'André

**De:** **André Marsh**
**À:** **Ottila McGregor**
**Date:** **mer 21 mai 2014 à 11 h 12**
**Objet:** **excuz**

Ottila,

Tu trouveras ci-joint un dépliant électronique pour le nouvel atelier de sommeil de Mubeen. Peux-tu balancer l'info sur le site Web, trouver une photo de quelqu'un qui sourit les yeux fermés ou quoi que ce soit qui irait avec?

Déz pour mes pathétiques jeux de pouvoir ces derniers temps. tentatives foireuses de te reconquérir. honte à moi. J'aurais dû t'écrire plus tôt. j'étais occupé à panser mes plaies, bla bla bla. J'espère que toi et le geek êtes très heureux ensemble. tu sembles l'être. J'ai toujours su que tu ne tiendrais pas longtemps en tant que lesbienne de toute façon.

Bien à toi,
André

ps suis de nouveau avec ma femme

## Ingrédients du *jambalaya*

Pour 4 personnes

2 cuisses de poulet

2 pilons de poulet

150 g ~~chorizo~~ *saucisses Wall's*

10 crevettes ~~géantes~~ *congelées*

1 petit oignon

1 poivron rouge

~~1 branche de céleri~~

3 gousses d'ail

~~2 boîtes de tomates~~ *ketchup*

600 ml de bouillon de ~~poulet~~ *légumes*

300 g de riz blanc

~~2 feuilles de laurier~~

1 c. à thé de ~~piment de Cayenne~~ *cumin*

assaisonnement

*Cela a pris des lustres à préparer, et le goût était fade et légèrement aigre. En plus, j'ai remarqué que Thalès est très irascible quand il a faim. On va arrêter les soirées cuisine du monde et on mangera des toasts au fromage la semaine prochaine.*

# Mail de maman

**De :** **Alice McGregor**
**À :** **Ottila McGregor**
**Date :** **lun 26 mai 2014 à 12 h 36**
**Objet :** **Tentative**

Juste un petit mot rapide, chérie, je suis pressée.

Mina a eu une drôle de crise ce matin. Elle a frappé du poing la fenêtre de la salle commune et s'est entaillé les mains, puis a réussi à s'enfuir en courant par la sortie du personnel et à escalader un tuyau d'évacuation tout en gardant son pyjama. Elle a passé une demi-heure sur le toit de l'hôpital avant que les infirmiers ne la fassent descendre.

Ils ont fait venir la police, mais tout est réglé maintenant. Elle a été transférée dans un service sous haute surveillance, et ils l'ont placée en section 3 – je pense que cela signifie qu'elle pourrait rester internée pendant encore six mois.

J'avais vraiment l'impression que la TEC était notre dernier espoir. Que nous reste-t-il à présent ?

Maman

## SMS à Thalès

**Lundi 26 mai 17 h 06**
Je vais rentrer à pied du travail aujourd'hui, seule. J'ai prévu un itinéraire qui ne passe pas devant les pubs car je me sens un peu « limite ». Je sais qu'on est lundi, mais je vais zapper le coffret *Seinfeld* si ça ne te dérange pas pour commencer à travailler sur mon one-woman-show. Je suis sérieuse, cette fois. Pourquoi ne travaillerais-tu pas sur ta demande de bourse ?

# Candidature de Thalès, première ébauche

**Demande de bourse pour un projet de film, BFUK**

1. Détails du projet
Titre du film : *Objets inanimés*
Nom du producteur : Thalès Sanna
Nom de l'auteur : Thalès Sanna
Nom du réalisateur : Thalès Sanna

2. Projet
I. Idée

Imaginez que votre bouilloire sache parler. Mais que se passerait-il si, chaque fois que vous vous servez d'elle pour préparer une tasse de thé, elle avait oublié qui vous étiez et que vous soyez obligé de vous présenter de nouveau ?

*Objets inanimés* est un court-métrage mettant en vedette une gamme d'objets du quotidien dotés de sensibilité. Cela fait trois ans que je mûris cette idée et j'ai rédigé cinq pages très sommaires de scénario. Cette idée a vu le jour lorsque ma grand-mère, yiayia Enora, a développé la maladie d'Alzheimer, une pathologie dégénérative qui touche plus de 40 millions de personnes dans le monde. Je me suis interrogé : et si des objets inanimés pouvaient eux aussi être atteints de la maladie d'Alzheimer ? Comment notre relation à ces objets évoluerait-elle ?

II. Stratégie

Cette bourse m'offrirait la possibilité de m'accorder un après-midi de congé par semaine de mon emploi de serveur dans une cafétéria d'hôpital. Cela me permettrait de me concentrer sur le projet pendant trois heures et demie chaque semaine, durant les deux prochaines années.

~~Sur le plan pratique, j'ai déplacé mon bureau dans le hall pour me créer un espace de travail dépourvu d'alimentation électrique. Cela signifie que je n'aurai pas la possibilité de jouer à des jeux sur mon ordinateur portable, par conséquent il n'y a aucun risque de me retrouver absorbé par une session de cinq heures de Divinity: Original Sin.~~

3. Financement

Montant sollicité: 5 000 livres

Détail des partenaires financiers actuels du projet: non applicable

4. Renseignements complémentaires

Nous sommes susceptibles de vous joindre pour vous demander des documents complémentaires, notamment:

- un synopsis et des scènes types;
- un book audiovisuel;
- un budget détaillé.

Je confirme que les renseignements ici détaillés sont, à ma connaissance, authentiques et exacts. Je consens à fournir toute preuve complémentaire utile à tout champ d'application.

Signature: [Thalès Sanna]

## Lettre à Mina

*26 mai 2014*

Bonjour, gente dame,

J'ai lu récemment une partie de notre ancienne correspondance et je me suis souvenue à quel point il était agréable que nous nous envoyions des lettres. C'est tellement plus excitant de recevoir une enveloppe qu'un mail, non ? Alors voilà. Ta première lettre venant de moi depuis six ans. Je suis censée bosser sur mon idée de one-woman-show ce soir, mais je m'y remettrai plus tard.

J'espère que tu te sens un peu mieux maintenant que la TEC est terminée. Ça a dû être horrible pour toi d'avoir une anesthésie générale deux fois par semaine et de te sentir si désorientée. Ça me désole d'apprendre que la TEC n'a pas fonctionné pour toi. J'ai beaucoup pensé à toi, et je t'envoie des ondes bénéfiques par les airs.

Quel dommage qu'on t'ait refusé deux des livres que je t'avais fait passer par maman. Je savais que tu avais du mal à te concentrer sur la lecture, même avec les barres de Cellophane bleue que les infirmiers t'ont données, mais je n'avais pas anticipé le fait que tu n'aurais pas droit à des livres d'images avec agrafes. Qu'est-ce qu'ils s'imaginent que tu vas en faire ? Les planter dans tes yeux ? Les avaler ? Je suppose que c'est exactement ce qu'ils pensent que tu en ferais. Bref, oublions ça.

Au moins, ils t'ont laissé *La chouette qui avait peur du noir*. « Plop, plop ! » Je me suis dit que tu aimerais la relire. Découvrir la ceinture d'Orion et les constellations. Quelles sont les leçons que la chouette apprend, déjà ? Que le noir, c'est excitant, le noir, c'est sympa, le noir, c'est amusant, le noir, c'est nécessaire, le noir, c'est fascinant, le noir, c'est merveilleux et le noir, c'est beau. Je me rappelle que papa nous l'avait lue parce que j'avais cette peur panique d'aller aux toilettes la nuit. Je crois me souvenir que nous avions la varicelle à l'époque, et que nos visages étaient constellés de lotion à la calamine. Nous devions nous frotter le doigt au creux de la paume de la main pour ne pas nous gratter, histoire d'éviter d'avoir des cicatrices.

Tu te souviens de la fois où j'avais eu un caca coincé à mi-chemin de mon trou de balle ? Tu te tenais en haut de l'escalier et tu avais hurlé : « Papaaaaaaaaaaaaaa ! Tilly a un caca coincé ! » Le facteur était en train de nous livrer notre courrier, et ça lui a fait un choc. Papa a dû me presser une flanelle chaude contre les fesses. Je me suis littéralement déchiré le trou du cul ce jour-là.

Désolée. Désolée. J'essaie juste de te faire rire.

Bon, je n'ai pas grand-chose à te raconter, sauf que je t'encourage fort. Et que je m'en sors très bien. Tu n'as pas à t'inquiéter pour moi. Je n'ai pas bu d'alcool depuis plus de quatre mois. Ça fait du bien, d'être en bonne santé. Je prépare des topinambours pour le dîner. Je n'en avais jamais fait avant. Apparemment, les gens les surnomment les « to-prout-nambours de Jérusalem » à cause de leur effet intestinal. Oh, ma parole… Je suis une obsédée du pipi-caca.

J'espère que tu te sentiras mieux bientôt et que tu commences à y voir plus clair. Ce doit être horrible d'avoir l'impression qu'on arrive à peine à se souvenir des dix dernières années. Et juste pour clarifier les choses par rapport à ce Snapchat que tu m'as envoyé la semaine dernière : oui, mon second prénom a toujours été Frandsine. Ne t'en veux pas de l'avoir oublié, en tout cas ! Ce n'est pas comme si on utilisait nos seconds prénoms très souvent, hein ? Je pense que si j'ai des enfants, je ne leur donnerai pas de second prénom. Ce n'est pas juste pour le second prénom, de devoir toujours passer en second, comme ça.

Ce n'est pas grave si tu ne te sens pas de me répondre. Je me suis seulement dit que tu apprécierais de recevoir du courrier. Envoie-moi un message Snapchat quand tu auras le droit de te servir de ton téléphone, mais seulement si tu en as envie.

Avec tout mon amour, si excitant, sympa, amusant, nécessaire, fascinant, merveilleux et beau soit-il.

Ottila

## Choses que je n'aurais jamais imaginées

Il y a des choses que j'ignorais au sujet de Thalès avant qu'on emménage ensemble :

- il se pèse sur la balance de la salle de bains trois fois par jour : après le lever, après le travail, avant le coucher ;

- il aime quand son beurre de cacahouète est croquant, pas lisse ;

- il me laisse lire ses SMS et ses mails ;

- il quitte la pièce pour péter, et quand il fait ça, il murmure « oups » très doucement entre ses dents ;

- ça lui est complètement égal que je pète, fort et bruyamment, sur le canapé à côté de lui ;

- il n'aime pas que je laisse de la mousse sur la vaisselle ;

- il parle à ses parents en grec au téléphone. Mais j'arrive à distinguer quelques drôles de mots anglais comme « BBC One » ;

- Parfois, quand il discute avec ses parents, je devine le prénom « Eleni ».

## Mail d'Ilias

---

**De:** **Ilias Sanna**
**À:** **Thalès Sanna**
**Date:** **jeu 29 mai 2014 à 16 h 41**
**Objet:** **Eleni**

*Γιος μου*, Elenaki nous a rendu visite ce matin pour le café. Quelle gentille, quelle adorable *κούκλα*. Je pense qu'elle t'a pardonné ta bêtise du début de l'année et qu'elle aimerait t'accorder une seconde chance. Pourquoi ne l'appellerais-tu pas ?

*Με αγάπη, Μπαμπά*

Appli de sevrage

VOUS ÊTES

**SOBRE**

DEPUIS

**141**

jours

Cela représente :

**12182400** secondes
**203040** minutes
**3384** heures
**141** jours
**20** semaines et **1** jour
**4** mois, **18** jours
**38,63 %** de l'année 2014

Félicitations !

**4** jetons gagnés
**1817,24** dollars d'économie
**707,1** heures de consommation d'alcool économisées
**122660** calories économisées (**416** hamburgers)

## Courrier de BFUK

**BFUK**

***Accompagnement des cinéastes à chaque étape de leur carrière***

*5 juin 2014,*

Cher M. Sanna,

Nous vous remercions de votre récente demande de bourse d'aide au développement de film. Je suis au regret de vous informer que votre candidature n'a pas été retenue en l'état. Les sections suivantes ne présentaient pas suffisamment de garanties qualitatives :

– 2. Projet ;
– 2. I. Idée ;
– 2. II. Stratégie ;
– 3. Financement.

La section 1 (coordonnées personnelles) et la section 4 (signature) ont été jugées recevables. Si vous désirez répondre aux attentes des domaines susmentionnés de votre requête, veuillez consulter les notices explicatives sur notre site Web, à la suite de quoi nous vous invitons à présenter une nouvelle demande.

Sincèrement à vous,

Alan Briggs
*Chargé des subventions*

## Mail de l'agent de Thalès

**De:** **Sue France**
**À:** **Thalès Sanna**
**Date:** **lun 9 juin 2014 à 15 h 26**
**Objet:** ***SUBVENTION***

Cher Thalès,

Navrée pour ta candidature. Je crains de ne pas avoir réussi à placer *Tractor Boy* chez un distributeur. J'ai évoqué avec quelques investisseurs potentiels ton prochain film, celui avec la bouilloire qui parle, mais le consensus qui semble se dégager est que le film du tracteur a rencontré son public malgré l'absence de financement, et qu'il serait risqué de gâcher une formule qui fonctionne manifestement pour toi.

Mon conseil serait donc de RENONCER AUX SUBVENTIONS. Arrange-moi ce script, puis sors ton téléphone de ta poche et continue à avancer!

Sue France
Agence Primrose Film

Cher Livre de plus en plus épais et toujours pas parfaitement heureux,

Je viens d'arracher une de tes pages et je l'ai glissée sous la porte de la salle de bains. C'était une citation attribuée à Bouddha au sujet de la beauté de la souffrance. Pour être honnête, je ne suis pas sûre de savoir comment un truc aussi déprimant a pu se retrouver dans ta version finale avant publication, espèce de petit malin, mais cette citation était tout à fait adaptée à la situation actuelle.

Le problème, c'est que Thalès s'est enfermé dans la salle de bains depuis vingt-cinq minutes et qu'il n'en sort pas. Une autre chose que j'ignorais à son sujet avant qu'on emménage ensemble, c'est qu'il ne supporte pas très bien l'échec. La lettre du BFUK est arrivée samedi, ensuite il a reçu un mail de son agent aujourd'hui qui l'a poussé dans ses retranchements. Il n'a pas prononcé un mot sur le trajet de retour du boulot. Je veux dire, le fait même qu'il ait un agent me rend folle de jalousie, mais je crois que les problèmes des autres ne nous apparaissent jamais avec la même gravité, non ? Quand l'agent de Thalès lui dit d'aller réaliser un autre film avec son iPhone, moi, j'entends : « Je crois en toi. » Lui entend : « Tu es un raté. »

Je n'ai jamais vu Thalès en colère contre qui que ce soit, encore moins contre lui-même. C'est assez exaltant de ne pas être la boule de nerfs pour une fois, mais je m'inquiète pour lui. En plus des paroles sages de ton vieil ami Siddhartha Gautama, je lui ai aussi glissé une photo d'un bretzel disant « I LOVE YOU » sous la porte, et j'ai mis la chanson *Don't Worry, Be Happy* à trois reprises. Ça ne vaut pas mamie Joyce qui viendrait ici pour nous la chanter elle-même, mais moi, ça m'a redonné la pêche. Mais bon, ça n'a pas fait sortir Thalès de la salle de bains. Pas plus que mon commentaire de demeurée arguant qu'au moins la demande de subvention a été refusée rapidement, ce qui est toujours mieux que des mois d'attente… Pour toute réponse, il a renâclé.

J'ai décidé de m'asseoir dans la chambre et d'attendre que ça passe. La dernière fois que j'ai attendu que quelqu'un sorte de la salle de bains comme ça, c'était quand j'avais vingt ans, à la maison, de retour de l'université pour Noël, Mina était dans la salle de bains en train de se taillader les tibias avec un rasoir et de prendre tout l'ibuprofène dans l'armoire à pharmacie.

Je viens d'interpeller Thalès pour lui demander s'il allait bien. Il avait l'air étonnamment enjoué. Il m'a répondu qu'il était au téléphone, en train de faire un peu de shopping thérapie. Je pense que je vais aller chercher d'autres objets en deux dimensions à glisser sous la porte, tant bien que mal.

Ottila

## Mail à Ilias

**De:** **Thalès Sanna**
**À:** **Ilias Sanna**
**Copie cachée:** **Ottila McGregor**
**Date:** **jeu 29 mai 2014 à 16h41**
**Objet:** **Eleni**

Papa,

Je sais que tu as du mal à accepter ma rupture avec Eleni, et je sais que yiayia et papou sont toujours contrariés, mais je te promets que j'ai fait le bon choix.

J'ai une nouvelle copine. Elle s'appelle Ottila, et elle est incroyable. Je te joins une photo de nous deux au Manchester Museum prise en début d'année. On pose devant un cabinet de figurines ibeji. Tu en as entendu parler ? Apparemment, les Yorubas d'Afrique de l'Ouest donneraient naissance à un plus grand nombre de jumeaux que n'importe quelle autre peuplade au monde. Le taux de mortalité infantile y est élevé, et chaque fois qu'un jumeau meurt, la mère éplorée reçoit une figurine sculptée représentant sa progéniture décédée. Elle s'en occupe comme de son jumeau survivant. Finalement, avec le temps, je suppose que les parents finissent par accepter la mort de leur enfant et peut-être même par avoir d'autres bébés à aimer et à chérir, même si leur lien avec les anciens ne sera jamais rompu.

*Φιλακια*,

T

Magnets de réfrigérateur assemblés façon Thalès

**VOudRAis tU**

**r3NConTr3R**

**M3S pAr3Nts**

**C3 We3X3Nd ?**

*[Un dépliant intitulé « Guide des champignons pour le promeneur » est également accroché au réfrigérateur, en dessous des aimants « W » et « E » de « week-end », avec la photo d'un champignon vénéneux sur le devant, et un logo de tête de mort à côté.]*

## Inscription au stylo-bille sur un billet de train pour Stockport

Tu écoutes quoi ?

Sussudio de Phil Collins. Et toi ?

Podcast sur la Première Guerre mondiale.

J'ai le trac. J'espère que je vais leur plaire...

*[Un billet retour de Stockport est joint à celui-ci, mais sans aucune inscription dessus.]*

## Mail à Thalès

**De :** **Ottila McGregor**
**À :** **Thalès Sanna**
**Date :** **sam 14 juin 2014 à 23 h 26**
**Objet :** **Argh**

Oh, bon sang… S'il te plaît. Laisse-moi t'expliquer.

Avant aujourd'hui, je ne savais vraiment pas si j'étais sortie avec ta sœur ou non. C'était il y a huit ans, pour une durée totale de trois mois, et nous étions en Écosse ! Elle ne parlait pas beaucoup de sa famille, et je te jure qu'elle m'avait dit que son nom de famille était Mavros. Honnêtement, j'ai eu un petit coup de flip quand tu m'as expliqué que ta sœur se prénommait Reatha, alors j'ai prié pour qu'il s'agisse d'un prénom grec répandu et d'une coïncidence incroyable. Je suis connue pour m'être auto-sabotée dans mes relations antérieures, mais la nôtre est tellement belle que je ne voulais pas la gâcher en te balançant un truc bizarre du genre : « Oh, coucou, Thalès, c'était vraiment super, de faire l'amour avec toi ce matin. Au fait, je ne serais pas sortie avec ta sœur ? » Eurk. J'en frissonne, alors je n'imagine même pas l'effet que ça peut avoir sur toi.

Je reviendrai sur tout ce bazar dans une seconde, mais j'ai quelque chose d'encore plus important à te dire : je n'avais vraiment pas la moindre idée du fait que Reatha ne l'avait pas encore avoué à tes parents. Elle était toujours si sûre d'elle à l'époque où elle et moi, on… tu sais. Je pensais qu'elle l'aurait crié sur tous les toits. Elle assistait à des manifs et parlait à la radio locale. Elle avait les cheveux couleur arc-en-ciel ! Comment aurais-je pu savoir qu'elle n'avait rien dit à tes parents ? À aucun moment je n'ai voulu lui faire faire son coming out.

Imagines-tu à quel point c'est traumatisant de comprendre que tu es sortie avec deux personnes qui sont frère et sœur ? Tu dois trouver un moyen de faire passer la pilule à tout le monde. J'ai pensé à une blague, un truc sur mes affinités avec ta famille en prévenant ta mère qu'elle est la prochaine… Je me suis dit que ça pourrait l'attendrir. Je suis une vraie bouffonne. Pire qu'une bouffonne. Une crétine absolue. Combien valait la théière, au fait ? Je sais, techniquement, c'est ta sœur qui l'a explosée, mais je ne peux pas m'empêcher de me sentir responsable. Permettez-moi au moins de la rembourser. J'achèterai un nouveau service à thé si ça peut aider.

J'avais vraiment l'intention de te parler de Reatha, de ma Reatha – Reatha Mavros – à un moment ou à un autre. Je croyais qu'on s'était plus ou moins mis d'accord pour ne pas évoquer nos ex. On ne peut y échapper au final, mais je voulais juste passer un peu de temps sans me soucier du passé. Être heureuse. Tu étais heureux aussi, non ? Je n'ai pas été aussi heureuse depuis la mort de papa.

Je ne t'ai pas encore parlé de mon père. Il est mort d'un cancer du poumon il y a presque trois ans. Nous savions qu'il n'en avait pas pour longtemps, mais quand c'est arrivé, ça m'a démolie. Je sais que tu as essayé de faire preuve de tact, à refuser d'en discuter au cas où ça me contrarierait, mais j'aimerais t'en parler un de ces jours. Mon père était le meilleur. Et tu serais étonné de voir tout ce que j'ai hérité de lui. En lui, j'ai perdu un de mes amis les plus proches.

Si je te perds, toi, j'en perdrai un autre.

Je n'arrive toujours pas à croire que Reatha était là. C'était tellement surréaliste de la revoir après toutes ces années, de voir à quel point elle a changé, de mesurer à quel point vous vous ressemblez tous les deux. Maintenant qu'elle n'a plus les cheveux couleur arc-en-ciel et qu'elle est brune comme toi, la ressemblance est troublante. Quelle idiote j'ai été.

D'accord, Thalès. Je suppose que c'est la partie de ma lettre où je te déclare que si tu ne veux plus entendre parler de moi et de ta sœur, alors c'est le moment de détourner les yeux. Mais si tu veux savoir, la voici, la vérité.

Je suis sortie avec ta sœur pendant trois mois et demi. C'était en 2006, quand je faisais ma maîtrise à Glasgow. Mais je dois dire (respire un gand coup, Ottila) que c'était un peu plus sérieux que ce que j'ai pu te laisser entendre lors de nos messes basses sur le patio de tes parents, quand j'ai compris que c'était bien elle. J'aurais dû être plus honnête à ce moment-là, mais en fait, je me suis sentie vraiment sous pression de devoir avoir cette conversation chez ta famille, pendant que ta mère nous servait trois différentes sortes de tartes au fromage. Écoute-moi bien. Reatha et moi… C'était une de ces relations qu'on a quand on est jeune et complètement naïf, et qu'on a tellement de temps à y consacrer. Ça n'a pas duré longtemps, mais à l'époque, ça a compté pour moi.

Je te raconte ça parce qu'il y a des choses que tu risques de découvrir. La principale est la suivante : la raison pour laquelle j'ai rompu avec Reatha, c'est que j'avais découvert qu'elle était sur le point de me demander en mariage. Bon, à l'époque il s'agissait d'un simple pacte civil, mais ce n'était pas rien. Alors j'ai flippé. Bizarrement, j'ai un lourd passif avec les demandes en mariage. Je ne sais pas exactement pourquoi, et je ne le mérite sûrement pas, mais j'ai l'impression que c'est parce que je me lance trop à fond dans mes relations, sans forcément être prête… Je ne me doutais pas à quel point j'allais contrarier Reatha. Si j'ai bien tout compris, d'après les brèves paroles qu'elle m'a chuchotées aujourd'hui, c'est à cause de moi qu'elle est partie enseigner au Japon.

Je n'arrive pas à croire que je t'écrive ça. Je ne suis même pas ivre. (Je ne suis pas allée acheter du whisky comme je te l'ai dit. Je suis assise sur ton canapé, notre canapé, avec mon ordinateur portable et une bonne pinte de honte.) Mais je tiens à être franche avec toi. Si jamais toi et moi, on a une chance de faire en sorte que ça marche, j'ai l'impression que tu dois tout savoir. C'est comme quand on s'arrache un pansement. Ta sœur est la deuxième femme avec qui je suis sortie. La première était une gothique prénommée Laura qui avalait tous les jours des *space cakes* pour son petit déjeuner. Il y a deux ans, j'ai couché avec une femme mariée pendant que les cochons d'Inde de ses enfants couraient en couinant, sur la moquette. Au total, j'ai couché avec trente-sept personnes. Vingt-deux hommes et quinze femmes. J'ai tenu le compte. Voilà. Je n'ai plus aucun secret maintenant. Est-ce que ça t'aide ? Moi, ça pourrait m'aider.

Je n'oublie pas la tête de ton père quand il a compris. Je ne sais pas ce que tous ces mots en grec voulaient dire. Mais j'ai reconnu le terme *κακός*. On l'entend dans cette chanson que tu m'as jouée, celle sur le gars qui fait le tour du monde en bateau depuis sept ans et qui se retrouve à court de beurre. Cela signifie « mauvais », n'est-ce pas ? Je ne suis pas quelqu'un de mauvais. Je t'assure. C'est ce que je me répète depuis deux heures. J'ai l'impression que c'est devenu un demi pour cent plus vrai depuis que j'ai commencé à le rabâcher.

J'ai une crampe au pied gauche. J'aimerais que tu sois là pour me la faire passer. Je n'arrive pas à croire qu'on ne vit ensemble que depuis un mois. Notre appartement semble être ton appartement quand tu n'es pas là. J'aimerais que tu rentres ce soir, auprès de moi, pour qu'on puisse en parler face à face. J'aurais aussi préféré ne pas avoir recraché la *tiropita* de ta maman sur la nappe. C'était délicieux, au fait. Je ne pense pas que cela se soit vu à ce moment-là. Bon, je crois que je vais bientôt me coucher. Peut-être que tu m'auras répondu quand je me réveillerai. Peut-être que tout ira bien. Je suis désolée pour la théière. Wedgwood est une marque de luxe, non ? (Je constate que les Grecs apprécient vraiment de se lancer la vaisselle à la figure… Désolée. Cette blague m'a brûlé les lèvres toute la soirée. C'est totalement déplacé et je me déteste.) Est-ce que cette théière te semble faire une remplaçante correcte ? Il me reste trois heures pour enchérir : www.ebay.co.uk/itm/VINTAGE-WEDGWOOD-BLUE-FLOWERS-DESIGN-90S-TEAPOT-ONLY-TWO-SMALL-CRACKS/

Je suis navrée d'être sortie avec ta sœur et je suis désolée que tu l'aies appris aujourd'hui seulement. Je ne suis vraiment plus la même personne maintenant, si tu veux savoir.

Faisons en sorte que ça marche, mon philosophe.

O

P.-S. : j'espère que ta migraine va un peu mieux ce soir. Prends du paracétamol si besoin.

# Une vieille lettre de Reatha

*15 janvier 2007,*

Putain de merde, Til.

Tu ne t'attends pas à ce que je reste assise là, à me morfondre ?

Tu ne réponds pas au téléphone depuis trois jours, et je suis censée ne rien y faire, hein ?

Dans tes rêves.

Je vais t'apprendre un ou deux trucs sur les ruptures, parce que tu as beaucoup à apprendre. PRIMO : le faire en face à face ne nécessite pas de se retrouver pour un rencard dans un pub de jazz, pour remettre une lettre à la personne et demeurer assise là en silence pendant que ladite personne la lit à côté de toi. Toi et ton obsession épistolaire ! Putain, on n'est pas dans *Les Liaisons dangereuses*, tu sais... On est dans la vraie vie. Et si je t'écris ça, c'est parce que tu ne m'as pas laissé le choix.

Bordel de merde ! Ça ne se fait pas, Til. Je ne pourrai plus jamais réécouter de bon vieux jazz sans me souvenir de paroles comme « bien que j'éprouve des sentiments forts pour toi » ou « je crois qu'il y a une différence entre aimer et être amoureux » ou encore « peut-être que c'était juste l'idée que je me faisais de toi, mais pas vraiment toi ». Non mais putain, quoi ! Ça me retourne l'estomac, rien que d'y penser. Et maintenant, j'ai ce bout de papier qui me détaille les raisons pour lesquelles tu ne veux pas rester avec moi, et que je ne peux pas me résoudre à jeter parce que... je ne sais pas, je deviens bizarrement sentimentale sur le sujet, et il est là planté sur mon bureau, à côté d'un paquet de Marlboro Rouge qui ne se vide jamais et d'un vieil exemplaire de *La Fin d'une liaison*. Je suis tellement cinglée, pas étonnant que tu ne m'aimes plus… Oh, pardon, tu m'aimes, mais tu n'es pas « amoureuse » de moi. Foutaises !

Où en étais-je ? Ah, oui. DEUZIO. Après avoir rompu avec cette personne, on n'est pas censé demeurer assise là à se cuiter avec elle, à la regarder chialer puis à la faire rire, à lui offrir une demi-douzaine de pintes de Guinness, puis retourner chez elle et s'envoyer en l'air avec elle juste comme ça. Surtout si c'est la meilleure expérience sexuelle de votre vie : alcoolisée, douloureuse, pleine d'émotions, bref l'expérience idéale. Espèce de connasse !

Et TERTIO, si vraiment on s'y prend comme cela, on ne largue pas la personne au petit matin, par le biais d'une autre lettre, griffonnée à la hâte et laissée sur la table de la cuisine pour être trouvée au réveil. Suivie d'un refus catégorique de répondre à ses putains d'appels les trois jours suivants.

Je suis bien en droit de te haïr, Ottila. On ne traite pas les gens comme ça et on ne s'en tire pas comme ça. Tu m'as démolie. J'ai fumé, j'ai lu des histoires d'amour maudit, je me suis traînée sur le sol du salon, et j'ai fait le tour de Glasgow Green avec un foulard et des lunettes de soleil façon Grace Kelly. C'est mieux que de croiser des gens qui contemplent ma crinière arc-en-ciel soyeuse en s'imaginant que je vais bien. C'est à peine si j'ose toucher à mes pinceaux… de peur de me retrouver à peindre la toile intégralement en noir. Je suis le cliché vivant de la fille geignarde en plein chagrin d'amour.

À part pour ça : j'ai commencé à faire un truc que je n'avais jamais fait auparavant. Je suis devenue une voleuse,

Til ! Je ne sais pas pourquoi je fais ça, mais j'ai été dans des pubs et j'ai volé des salières. Ça a débuté le soir où tu as rompu avec moi. Quand tu es allée aux toilettes, j'ai glissé la salière avec laquelle je jouais dans mon sac à main. Je l'ai complètement oubliée jusqu'au lendemain, quand j'ai retrouvé des grains blancs sur mon téléphone et dans mon portefeuille. J'ai appuyé mon doigt sur quelques grains et je les ai léchés, en espérant qu'il s'agisse de drogue. Hélas… chlorure de sodium. Puis je me suis souvenue que le sel était censé tuer les sorcières, et je me suis mise à fantasmer : si je secouais mon sac le long de mon corps, en laissant les granulés couvrir ma peau, cela m'empêcherait de souffrir de nouveau. (N'hésite pas à interpréter cela comme le fait que je te considère comme une sorcière, Til. J'espère que ça t'a traversé l'esprit.)

Bref, depuis la nuit où tu m'as larguée, je vole des salières. Le soir, je vais de bar en bar, alors que normalement je regarde *Coronation Street* et des films d'art et d'essai crasseux avec toi, et j'enrichis ma collection. J'en ai treize, de ces petites bites, alignées sur le rebord de ma fenêtre. J'envisage de les peindre, mais j'attendrai d'avoir l'impression d'être vraiment devenue une folle furieuse avant de me lancer dans cette aventure. Peut-être qu'une fois que je commencerai à parler toute seule en caquetant, je saurai que le moment est venu. D'ici là, c'est moi qui serai devenue une sorcière.

Ce que j'essaie de dire, ce n'est pas que je suis mentalement instable. Et je jure que je ne tente pas de me faire passer pour plus « dangereuse » et plus « excitante » pour toi, de te faire avoir envie de moi de nouveau ou ce genre de bêtise. Là où je veux en venir, c'est que malgré tout, malgré toute cette langueur (trois jours, T ! trois jours !) tu me manques comme jamais. Et merde ! Je ne me focalise même pas sur les mauvais moments. Je sais que je donne peut-être cette impression, dans cette lettre. J'ai avalé deux grosses gorgées de la liqueur à la cannelle que tu as laissée chez moi le week-end dernier. On s'en fout. Honnêtement, je n'arrête pas de passer en revue tous nos bons moments. La nuit où nous avons dormi sur la pelouse du jardin, et où on s'est réveillées à 3 heures du matin, gelées jusqu'aux os parce que c'était le début du mois d'octobre. Tu te souviens de mes doigts tout bleus ? Et de comment tu les as mis dans ta bouche pour les réchauffer, et de comment tu m'as dit, la bouche pleine de mes doigts, que tu m'aimais ? Il y a eu aussi la fois où on a peint les carreaux de ta salle de bains en pourpre et où le vernis coulait en séchant… On aurait dit une scène de crime. Et aussi le chocolat chaud au sommet de la Nécropole, quand tu m'as demandé de faire comme si on était à Paris. Je ne savais pas vraiment ce que tu avais en tête, à vrai dire, mais je t'avais parlé en français pour le restant de la soirée. Dommage que tu ne le comprennes pas, parce que je t'avais dit des *choses merveilleuses*[1].

Putain de merde ! Je parle comme si on était ensemble depuis des années, comme si je plongeais dans des souvenirs vieux de dix ans et que j'en sortais des morceaux choisis. Trois mois et demi. C'est tout ce que ça a duré. Mais je sais ce que je ressens. Si seulement tu pouvais me laisser venir chez toi et te parler. Ou juste m'accorder dix minutes au téléphone. On peut peut-être arranger tout ça. J'ai l'impression que tu as juste peur. Je sais que tu n'as jamais eu de relation sérieuse. Que tu t'es toujours sentie jeune pour ton âge. Que les problèmes avec ta sœur te préoccupent, et que tu culpabilises à l'idée que notre

1. En français dans le texte original. *(NdT)*

histoire risque de la rendre jalouse. Je ne pensais vraiment, mais vraiment pas toutes ces méchancetés que j'ai dites sur Mina pour le réveillon du jour de l'an. Je sais qu'elle ne peut pas s'empêcher d'être comme elle est. Et je suis désolée de t'avoir traitée de « catalyseur ». J'étais défoncée. On l'était toutes les deux. Pardonne-moi, Til. Je te promets que ça en vaudra la peine. Le lien qui relie nos deux vies est destiné à durer, pour toujours.

Bon. Je vais m'arrêter là. J'espère que tu garderas au moins cette lettre pour ton futur grand roman épistolaire. Je ne suis pas Dostoïevski, mais je t'aime.

Ree

P.-S. : putain de merde. Il y a un musée des salières et des poivrières au Tennessee. On y va ensemble ?

P.-P.-S. : considère que c'est là ma dernière tentative de te reconquérir. Je crois que je me suis assez rabaissée pour le restant de mes jours.

Le bonheur est un mythe que nous cherchons.

Khalil Gibran

## SMS de Thalès

**Dim 15 juin 17 h 06**
Je vais encore passer une nuit chez mes parents. Peut-être davantage. Je viendrai chercher des affaires à l'appartement demain matin, une fois que tu seras partie pour le travail.

## Courrier de Bourses artistiques Inc.

*17 juin 2014,*

Chère Ottila,

Nous vous remercions de votre candidature. Nous adorons votre proposition !

Cependant, je suis au regret de vous annoncer que nous ne sommes pas en mesure de vous accorder une subvention, étant donné que nous venons de financer un projet quasiment identique et que nous avons pour politique de ne soutenir un même sujet qu'une fois.

N'hésitez pas à postuler de nouveau s'il vous venait une idée originale.

Salutations chaleureuses,

Fawiza Massoud
Administrateur des Bourses

## Lettre de Thalès

*Samedi 21 juin 2014,*

Ottila,

Je t'écris sur papier, car je ne me fais pas confiance pour rédiger un mail. Je vais m'énerver et écrire trop vite, et dire des choses que je ne suis pas certain de penser pour l'instant. Assis dans le jardin d'hiver, à griffonner sur le papier aux imprimés floraux de ma mère, avec le cd *paléá dhimotiká* de mon père en fond sonore, il est impossible de rédiger quoi que ce soit de trop brutal. En plus, j'ai toujours un énorme mal de crâne, alors j'économise mon énergie pour subvenir à mes propres besoins, plutôt que de tout te donner.

J'aurais aimé que tu me dises pour toi et ma sœur. Même si tu n'étais sûre de rien. On ne peut pas planquer un truc pareil sous le tapis d'un coup de balai et s'attendre à ce que les choses se passent d'elles-mêmes. C'est puéril, Ottila, et tu le sais.

J'essaie de penser à tout ça de façon posée. Du genre, je traite chaque petit bout de révélation un par un. Alors, découvrir que tu es sortie avec des femmes, ça ne pose aucun problème. Pourquoi ce serait le cas ? C'est un truc que moi-même je comprends tout à fait. Genre, je ne suis pas particulièrement attiré par un sexe ni une identité sexuelle, mais plutôt par des personnes. Je suppose que je suis pansexuel, mais je suis extrêmement difficile. Très peu de gens me plaisent. Sérieusement. Et je suis aussi très mauvais dans ma façon de choisir les gens que j'aime. Je suis peut-être « idiotsexuel ».

Donc, si ça ne me dérange pas que tu aies fréquenté des femmes, il faut croire que le problème est que tu es sortie avec ma sœur. Cela dit, en théorie, cela ne devrait pas non plus me gêner. De la même façon que je ne crois pas que les relations amoureuses soient synonymes de possession, je crois à la liberté d'aimer n'importe qui, peu importent sa race, son sexe ou son origine. Logiquement, j'ai de sérieux doutes sur la viabilité de l'inceste, et je suis naturellement et viscéralement antipédophilie (pourquoi le fait de dire ça donne l'impression qu'on est un pédophile ?), mais à part ça, sincèrement, je ne peux pas dire que je devrais éprouver plus de difficultés que quiconque à ce que tu sois sortie avec ma sœur. Et pourtant, si. Même si je déteste me l'avouer à moi-même, ça me pose bien un problème. Un très gros problème.

Je ne supporte pas de t'imaginer avec Reatha. J'ai tes ex qui s'alignent dans ma tête comme des taches indescriptibles et sombres, et quand j'imagine les traits de leur figure, j'essaie de les rendre repoussants. Je t'ai casée avec des vauriens GROTESQUES. Cherche une photo du kuo-toa dans mon *Manuel des monstres Donjons & Dragons*, et tu y seras presque. Imagine : des hommes couverts d'écailles avec des têtes de poisson. Malheureusement, je ne peux pas effacer le visage de ma sœur et le remplacer par une bulette ou un monstre rouilleur, parce que je sais exactement à quoi elle ressemble. Je peux vous imaginer toutes les deux ensemble, tellement claires et nettes. C'est aussi ma grande sœur, la fille qui m'a ramassé quand je suis tombé dans la boue, qui m'a fait le plus gros des câlins quand j'ai pleuré la première fois où on m'a posé des bagues, et qui a balancé un coup de pied dans la jambe d'un prof pour m'avoir donné une heure de colle en soirée. Ma sœur est une fille ardente, passionnante, attentionnée et pleine d'amour.

Un amour qui t'était destiné à une époque.

Tu lui as brisé le cœur, Ottila. En mille morceaux.

Et non seulement j'ai peur que tu puisses briser le mien, mais il se brise déjà quand je vous imagine toutes les deux, ensemble. Tu lui avais donné un surnom ? Je suis ton philosophe ; et elle était quoi pour toi ? Tu lui caressais la nuque quand elle n'arrivait pas à s'endormir ? Tu lui glissais des mots d'amour dans la poche de son manteau ? Si j'y réfléchis trop, j'ai l'impression que j'ai envie de me planter des épingles dans les yeux.

Ça me choque de découvrir que je ne suis pas le hippie aux mœurs libres que je croyais être. Il apparaît que je suis juste un type jaloux. Je me demande ce que j'ignore encore à mon sujet. C'est peut-être seulement ce putain de mal de crâne, mais j'ai l'impression de me déchirer en deux. Il y a le moi que j'ai toujours espéré être, le moi qui fait des films primés sur iPhone, qui a des relations à long terme et qui prépare des tasses de café parfaites. Et puis il y a l'autre moi. Le moi qui ne sait pas écrire pour rien, et qui ne sort qu'avec des sociopathes. Je fais toujours du bon café, bien que je n'aie pas eu envie de manger ni de boire depuis plusieurs jours. Cela dit, j'ai bel et bien pensé à prendre une bière hier soir pour me venger, mais une fois que j'ai eu dégoupillé la canette, je n'en avais plus envie.

À présent que je t'ai traitée de sociopathe, je me sens un peu mieux. Je me rends compte cependant que ce terme n'est pas médicalement exact, alors s'il te plaît ne va pas googliser « sociopathe » et ajouter cela à ta liste déjà longue de problèmes qui te font t'apitoyer sur ton sort. Ce que tu peux ajouter à la liste, si tu veux, c'est avoir provoqué le coming out de ma sœur. J'avais réussi à cacher ce secret à mes parents pendant dix ans, mais d'une certaine façon, tu as vendu la mèche dans les dix minutes qui ont suivi ta rencontre avec eux. Quand tu es partie, maman a pleuré en essayant de comprendre pourquoi sa petite fille n'avait pas pu lui dire la vérité. Elle n'arrête pas de nous demander si elle a été une mauvaise mère. Papa ne fait que regarder dans le vague en secouant la tête et en marmonnant : « C'est logique, ça a du sens. » Tu as vraiment eu un grand impact sur cette famille, Ottila, et nous avons tous besoin de prendre nos distances avec toi maintenant. Peut-être pour de bon.

Thalès

P.-S. : ne t'en fais pas pour la théière.

## Parfois ça fait du bien de pleurer un bon coup

Mauvaise journée ? Vous souffrez du stress ? Vous ressentez le fardeau de la vie moderne ? Si vous vous reconnaissez là, il y a de fortes probabilités que vous luttiez contre une forte envie d'alcool en ce moment. Mais au lieu d'aller chercher la bouteille, que diriez-vous de cela : pleurez un bon coup !

Voilà. Encore. Essayez donc. Relâchez toute cette tension. Vous vous sentirez purifié et prêt à affronter de nouveau le monde. Et si vous avez de la chance, votre envie de boire pourrait s'estomper avec vos larmes.

# Mail de maman

**De:** **Alice McGregor**
**À:** **Ottila McGregor**
**Date:** **mar 24 juin 2014 à 14 h 34**
**Objet:** **Urgence**

Normalement, je ne dirais pas ça, chérie, mais je pense que cette fois on ferait bien de s'inquiéter.

Mina a rédigé un testament. Je pense qu'elle t'en a peut-être posté un exemplaire. **Attention ! Ne l'ouvre pas !** Ça ne peut que te bouleverser, je te connais. Elle n'a rien mangé ni bu depuis trois jours, et elle est très faible. Je crois qu'elle a lâché l'affaire.

Les infirmiers l'ont trouvée ce matin avec du fil autour du cou. Je ne sais pas où elle a déniché ce fil. Elle a des bleus, mais rien d'irréversible.

Il y a un train qui arrive à Oxford à 12 h 59 demain. Y a-t-il un moyen pour toi de te libérer du travail ? Je ne te le demanderais pas si nous n'étions pas en alerte rouge.

Maman

P.-S. : je me suis fait faire une petite chirurgie faciale. Ma peau n'a pas tout à fait cicatrisé. Ne sois pas surprise.

**CECI CONSTITUE LES DERNIÈRES VOLONTÉS ET LE TESTAMENT**
de MINA ALEXANDRINE McGREGOR
domiciliée au 12a Maple Road, Oxford, OX3 6HN

*En date du 26 mai 2014*

**1. JE RÉVOQUE PAR LA PRÉSENTE** tous les précédents testaments et toutes les autres dispositions testamentaires que j'ai effectués en vertu de la loi de l'Angleterre et du pays de Galles, et déclare que la loi applicable à mon testament sera celle de l'Angleterre et du pays de Galles.

**2. JE DÉSIGNE** ma mère, **ALICE McGREGOR** (« ma mère »), exécutrice testamentaire et fiduciaire de ce testament (ci-après nommé « mes fiduciaires », expression qui désignera le ou les fiduciaires à ce jour) ET, dans le cas où ladite fiduciaire décède de mon vivant ou refuse ou est incapable d'agir à titre d'exécutrice testamentaire et fiduciaire, je **NOMME** ma sœur, **OTTILA FRANDSINE McGREGOR**, pour combler la vacance de la fonction d'exécutante ou de fiduciaire ci-dessus.

**3. JE LÈGUE** les effets suivants :

(I.) Je lègue à ma mère, **ALICE McGREGOR**, mon ordinateur portable, mes livres de loisirs créatifs et de cuisine, ainsi que la plante de rocaille sur le rebord de la fenêtre de ma cuisine, si elle n'est pas déjà morte. Elle le sait déjà, je n'en doute pas, mais sa sève est toxique, alors qu'elle n'oublie pas de bien se laver les mains après l'avoir touchée.

(II.) Je lègue à ma sœur, **OTTILA FRANDSINE McGREGOR**, tous mes livres restants, ma table basse en bois recyclé, qui est délabrée mais elle me dit qu'elle me l'envie chaque fois qu'elle me rend visite, ainsi que tous mes vêtements qui sont à sa taille.

(III.) Veuillez remettre à la femme qui travaille chez *Boots* sur la rue principale et dont le badge indique qu'elle s'appelle **DAVINIA**, la broche en forme de chaton couleur lilas accrochée à mon manteau imprimé léopard. Elle m'a complimentée à deux reprises à son sujet, et je pense que cela lui ferait plaisir.

(IV.) Je lègue à l'Alliance contre l'autisme (association non caritative enregistrée sous le numéro 1112897) l'intégralité des sommes disponibles sur mon compte bancaire, et qui s'élèvent ce jour à 86,42 livres. Si elle souhaite vendre une partie des coussins et couvertures que j'ai confectionnés, ou en faire don aux patients des maisons de repos, je lui en fais également don. Dans le cas contraire, tout le reste pourra être mis au rebut.

**4. JE DÉCLARE QUE** si une quelconque partie d'un des legs prévus au paragraphe 3 ci-dessus fait défaut, alors à compter de la date dudit défaut, cette ou ces parties se cumuleront et seront ajoutées à la ou les parties de ce legs (dans le cas où plusieurs parties seraient concernées, un tel ajout se fera proportionnellement aux autres) qui n'auraient pas fait défaut à la date de mon décès et resteront soumises aux mêmes dispositions et conditions que celles affectant ces autres parties **ET JE DÉCLARE EN OUTRE QUE** si un des legs prévus au paragraphe 3 du testament ci-dessus fait entièrement défaut ou est déclaré nul, il tombera dans ma succession résiduelle dont il fera partie intégrante.

5. **JE DONNE, LÈGUE ET TRANSMETS** tous mes biens immobiliers et personnels, de quelque nature qu'ils soient et où qu'ils se situent (y compris tout bien sur lequel je suis susceptible de disposer d'un pouvoir de nomination ou de disposition par testament) à mes fiduciaires au moment de la fiducie pour les vendre, les intégrer et les convertir en liquidités selon leur gré.

6. **J'AI TROUVÉ** ce modèle sur Internet, et je ne le comprends pas bien, donc s'il n'était pas adapté, **VEUILLEZ ME PARDONNER et LE PRENDRE AU SÉRIEUX** en dépit de toute erreur. Je fais tellement d'erreurs ces jours-ci, et j'ai **BIEN L'INTENTION DE TOUT ARRÊTER.**

## SMS à maman

**Mer 25 juin 10 h 08**
J'attends sur le quai. Départ du train à l'heure. À tout à l'heure. J'espère que tu n'as pas mal au visage. Biz

## SMS à André

**Mer 25 juin 10 h 17**
Problème familial. Je crains d'avoir besoin de qq jours de congés. J'appellerai le bureau plus tard – ds le train en ce momt.

## SMS à Thalès

**Mer 25 juin 11 h 36**
Juste pour te dire que l'appart restera vide jusqu'à demain soir. Si tu veux emballer toutes tes affaires et déménager pendant mon absence, c'est le moment.

# QUATRE

## Mail de maman

**De:** **Alice McGregor**
**À:** **Ottila McGregor**
**Date:** **mer 25 juin 2014 à 11 h 55**
**Objet:** **TR: Appel à l'aide**

----------Message transféré----------

**De:** **AliceMcGregor <alice.mcgregor54@mcgregormail.com>**
**À:** **aart@aartjonckers.nl**
**Date:** **mer 11 juin 2014 à 11 h 54**
**Objet:** **Appel à l'aide**

Cher M. Jonckers,

Je n'ai pas l'habitude de faire ça. Je ne me sers d'Internet que pour converser avec ma fille aînée et commander des graines, mais j'ai cherché « meilleur médecin spécialiste d'Asperger au monde » sur Bing et votre nom est apparu en tête de liste. Apparemment, vous êtes plus un consultant qu'un médecin, alors je pense que je suis censée vous appeler monsieur plutôt que docteur, mais je vous prie d'accepter mes excuses les plus sincères si mon hypothèse vous offense et qu'elle est contraire aux bonnes manières.

Monsieur Jonckers: je m'adresse à vous parce qu'on a diagnostiqué à ma fille cadette, Mina, un syndrome d'Asperger voici deux ans. Elle aura vingt-huit ans le mois prochain. Elle souffre également de TOC, d'un état dépressif persistant et d'une paresse thyroïdienne qui lui assèche la peau. Même s'il serait tout à fait possible pour ma fille de résider sous mon toit de façon permanente, elle a choisi de vivre dans l'Oxfordshire, à près de cent kilomètres de chez moi. Il y a trois ans, peu après la mort de son père, Mina m'a annoncé qu'elle ne pouvait plus habiter dans notre maison familiale et qu'elle souhaitait fuir ses souvenirs. Nous lui avons donc trouvé un mignon petit logement dans un joli coin de l'Oxfordshire, un comté que Mina adorait visiter quand elle était petite. Au début, je voyais ce déménagement comme une bonne chose. Non seulement Mina prenait plus d'indépendance, mais les services de psychiatrie dans l'Oxfordshire sont très réputés. De plus, elle pouvait prétendre à beaucoup plus d'aides en vivant seule qu'en restant ici, à compter sur mes bons soins. Malheureusement, la situation n'a fait qu'empirer. Je ne vais pas tourner autour du pot, Herr Jonckers. En dépit des formes diverses de médications et de plusieurs séances de thérapie comportementale cognitive, ma fille est au plus mal. Elle est hospitalisée depuis trois mois et a même suivi un traitement à base d'électrochocs, interrompu en cours de route car il semblait aggraver encore sa situation. C'est vrai ça, qui aurait cru qu'en lui provoquant des crises d'épilepsie deux fois par semaine, on n'aurait réussi qu'à faire empirer son état !

Je vous écris car vous êtes mon dernier recours. Ma fille est tourmentée par des pulsions d'automutilation et de suicide (particulièrement par pendaison) et trouve que la vie est un combat quotidien. Elle est actuellement hospitalisée dans un hôpital psychiatrique en Angleterre, en vertu de l'article 3 du Mental Health Act. Son environnement hospitalier compte de nombreux patients violents, ce qui attise dix fois plus ses angoisses. Le personnel médical la considère comme atteinte d'un trouble de la personnalité et on l'a également diagnostiquée schizophrène au cours des dernières années. Nous savons que cela ne lui correspond pas, mais chaque fois qu'un nouveau soignant la prend en charge, il faut tout réexpliquer. Elle a même été obligée de passer le test d'Asperger deux fois, parce que le nouveau médecin ne nous croyait pas ! En aucune façon, ma fille cadette ne souffre d'un trouble de la personnalité borderline. Je sais cela, monsieur Jonckers, car je suis presque certaine que c'est ce dont est atteinte ma fille aînée. Enfin ça, c'est une autre histoire.

Mais je m'égare, laissez-moi en venir au fait. Voici l'objet de ma requête, cher inconnu : connaissez-vous un médicament ou n'importe quelle forme de traitement susceptibles de l'aider ? Ou pourriez-vous me recommander un spécialiste dans ce pays, à qui nous pourrions solliciter de l'aide ? Mieux encore, avez-vous une baguette magique ?

J'ai tellement peur qu'elle ne soit plus jamais heureuse.

Et si je perds tout espoir, je me demande comment continuer à vivre.

Bon, je respire un grand coup. Le secret, c'est de rester occupé. Ce soir, je vais tenter mon premier cours de burlesque. À cinquante-six ans, je vais enfiler mes premières pinces à tétons, monsieur Jonckers ! Qui l'eût cru ? Mais en attendant, je vais m'acheter des graines. Le chou d'hiver de Milan tuerait père et mère pour être semé à cette période de l'année. Apparemment, si je sème des graines de menthe à proximité, ça fera un répulsif contre les coléoptères.

Merci de me répondre dans les meilleurs délais. Je sais que vous êtes un homme très pris, et que vous avez probablement beaucoup d'amis et de membres de votre famille qui rivalisent pour s'attirer vos faveurs, mais j'attends votre réponse avec impatience.

Bien sincèrement,

Alice McGregor

## Urgence ?

Je suis dans le train, aux environs de Stoke-on-Trent. Le train est retardé, non pas parce que quelqu'un s'est jeté sous ses roues, mais parce qu'un panneau publicitaire est tombé sur la voie. J'ai un exemplaire de *Pauvres Petits Chagrins* sur la tablette devant moi. C'est un roman qui raconte l'histoire de deux sœurs, dont l'une veut mettre fin à ses jours. J'ai lu le premier chapitre, mais j'ai arrêté parce que j'avais l'impression que je ne m'identifiais pas à la bonne sœur.

J'ai lu un mail que ma mère m'a fait suivre aussi, et ça m'a donné envie d'acheter un pack de Stella à un prix exorbitant au mec qui vient de passer avec son chariot. Au lieu de cela, j'ai une tasse de café âcre et désormais froid comme la pierre, du *Pumpkin Café* du quai de la gare et j'écoute Weezer. Rivers Cuomo chante *The Sweater Song*. Avant aujourd'hui, j'avais toujours cru que cette chanson parlait d'amitié, mais maintenant je commence à me demander s'il ne s'agissait pas de dépression. Ou alors, elle parle de Thalès et moi. Peut-être que le pull qu'évoque Rivers Cuomo représente notre relation ; et Rivers, c'est moi, suppliant Thalès de ne pas jeter le pull juste parce qu'il a une maille qui se défait. Peut-être que le retard du train me donne trop de temps pour penser.

L'autre truc auquel j'ai réfléchi, c'est Mina. J'essaie de trouver un système pour déterminer à quel niveau c'est grave ce coup-ci, comparé aux autres fois. Dans ma tête, j'ai élaboré un tableau. Il comprend six colonnes, et ressemble plus ou moins à ça :

| Tentative de suicide? | A-t-elle entraîné une hospitalisation? | Pour combien de temps? | Ai-je beaucoup pleuré? | Lui ai-je rendu visite? | Conséquences à long terme? |
|---|---|---|---|---|---|
| | | | | | |

Inventer ce tableau, c'est la partie facile. Il est plus compliqué de le compléter. D'après ce que j'ai pu comprendre, Mina n'a pas vraiment tenté de se suicider cette fois-ci. Elle a arrêté de faire les choses qui nous font vivre. Les infirmières lui ont apporté de l'eau, du thé, des sandwichs et des biscuits, mais elle n'y a pas touché. S'attacher un fil autour du cou: je ne pense pas que ce soit une véritable tentative. On ne peut pas mourir, autant que je sache, avec du fil de coton à broder Tropical Sunset. Je ne sais pas trop. Peut-être que si. En tout cas, tout est plutôt dans l'ampleur de sa démarche: elle refuse l'orange pressée, et elle s'est « auto-brodée ». Dans la première colonne du tableau, sous « Tentative de suicide », j'opte pour un « peut-être » qui n'engage à rien.

Quant aux deuxième et troisième colonnes, elle est déjà hospitalisée, donc je ne peux pas vraiment résoudre ces points-là. Elle n'a pas été mise sous perfusion pour la déshydratation, ni placée en soins intensifs. J'ai le sentiment que ces détails ont leur importance.

Est-ce que j'ai pleuré? Non, pas encore, mais chaque fois qu'une nouvelle crasse me tombe dessus, il semblerait que je pleure de moins en moins. Un jour, j'en arriverai au point où maman m'annoncera que Mina s'est fait hara-kiri, et j'acquiescerai calmement, peut-être même en souriant. Même si de l'extérieur je donnerai le change, je serai en vrac à l'intérieur. On dirait de plus en plus que moins je pleure, plus je suis bouleversée.

Pour ce qui concerne la dernière colonne, j'ignore ce qu'il en est des dégâts à long terme. Combien de temps peut-on vivre sans eau ? J'ai lu sur Internet qu'on peut tenir entre trois et dix jours. Je déteste Internet.

Après examen de la situation, je vais évaluer le scénario actuel à cinq sur dix. Mina a connu des jours meilleurs, mais aussi des périodes pires encore. Même si c'est la première fois que Mina rédige un testament, elle ne vit probablement pas là ses derniers jours sur la planète. Ce n'est pas ce que je ressens au fond de moi. Mais bon, elle ne s'est jamais suicidée avant, alors je ne saurai pas ce que ça fait tant que je ne l'aurai pas vécu. Ça fait peut-être comme le bourdonnement silencieux d'un train retardé.

Ce que je sais en revanche, c'est qu'il est essentiel que j'évalue la gravité de la situation, car j'ai besoin de savoir quelle importance accorder aux choses. Si c'est le dernier voyage que je fais avant de voir le cadavre de ma sœur, alors je dois en assimiler chaque détail. Où j'étais assise ? (Voiture B, 43A.) Quelles étaient les caractéristiques distinctives du passager à mes côtés ? (Siège inoccupé.) Ai-je gardé le reçu du *Pumpkin Café* ? (Dans ma poche, plié autour d'une boule de chewing-gum.)

Cela fait quinze ans que ça dure. Répertorier la dernière chanson que j'ai entendue avant la mort de Mina, la dernière fois que j'ai traversé la route avant la mort de Mina, le dernier grain de maïs qui s'est retrouvé coincé entre mes dents avant la mort de Mina. Le fait d'accorder autant d'importance à tout, de devoir conserver autant de souvenirs aussi souvent, laisse peu de place au reste. J'ai l'impression de me préparer en permanence à reconstituer une scène de crime.

« Quelle couleur portiez-vous ? »

« Combien de fois l'avez-vous entendue crier ? »

Maintenant, afin de garder assez de place en moi pour des pensées et des émotions normales (et si j'allais me promener tout à l'heure / il est temps d'aller au lit / j'espère que Thalès ne me déteste pas, etc.), j'essaie de garder ma liste pour quand j'en aurai vraiment besoin. Il s'agit là d'une urgence : certes. Ma sœur vient de rédiger son testament et dit qu'elle veut mourir : certes. Mais cela ne se produira probablement pas cette semaine, ni la semaine prochaine, ni la semaine suivante. *Probablement.*

Il s'agit là de ce que je classerais comme une de nos urgences de type B. *Une alerte jaune.*

*Probablement.*

Je me tortille sur mon siège, ferme les yeux, et m'efforce de prendre conscience de la sensation d'être vivante, de ma respiration, de mon corps, de ma vie et de ma respiration. Et alors que j'y parviens, la panique commence à m'envahir.

— Non, maman, sérieux, tu es superbe, déclaré-je en me précipitant vers le tourniquet pour la rejoindre.

Je ne l'avais jamais vue comme ça : en dehors de la maison, sans maquillage, les cheveux hirsutes, en désordre. À la vérité, il y a en elle une nouvelle et étrange beauté. D'une certaine façon, j'ai l'impression de mieux la connaître.

— Et mes sourcils, alors ? demande-t-elle en rapprochant son visage du mien. Tu trouves que c'est trop ?

Je l'étudie, tout en m'assurant que mon expression ne me trahit pas. Je détecte de vagues ecchymoses jaunes sous ses yeux. Hormis cela, je ne vois honnêtement pas la différence, et j'en suis soulagée.

— C'est très subtil.

Maman sourit, me prend mon sac à dos en sortant de la gare alors qu'on traverse le parking. Je me suis représenté ce moment, la rencontre avec maman au pied du train, pendant la dernière heure du voyage. Je voulais qu'elle m'entoure de ses bras, qu'elle me serre fort et qu'elle fasse en sorte que tout aille mieux de nouveau. Sauf qu'elle a d'autres projets.

— Il ne reste plus beaucoup de temps pour les visites, annonce-t-elle, en jetant mon sac à dos dans le coffre de la voiture.

Elle me caresse le dos, et je profite brièvement de la sensation de la chaleur de sa main entre mes omoplates.

Comme toujours, l'intérieur du véhicule sent le désodorisant Arbre magique parfum Black, celui que mon père avait l'habitude d'acheter. Je pense que c'était pour camoufler sa manie de fumer le cigare dans la voiture, même si nous étions toutes les trois au courant. Maman continue d'acheter ce gadget parfumé en hommage à papa. *Gel douche bon marché.* C'est comme ça que je décrirais l'odeur.

— Il faut que tu te prépares, dit maman, en sortant par erreur du parking par l'entrée. Elle est très fragile. Elle n'a rien mangé depuis dimanche soir. Est-ce que je viens de prendre une mauvaise sortie ou… ? Tant pis. Elle a bu une gorgée d'orange pressée ce matin, mais a refusé tout le reste.

J'essaie d'invoquer une image mentale de Mina, avec les yeux enfoncés, et les lèvres sèches et flasques. Je ne sais pas en quoi « me préparer » est censé m'aider.

— Au fait, il y a quelque chose dans la boîte à gants pour toi. J'ai été chez Mina, pour nettoyer son frigo et pour aérer afin de m'assurer que l'appart ne tombe pas en ruine pendant son absence. Elle est tellement désordonnée, cette fille. J'ai commencé à faire du tri dans certaines affaires. Elle a des cartons et des cartons de lettres, de dépliants, de tickets. Toutes sortes de cochonneries. Je suis sûre que ça a contribué à sa dépression. Bref je suis tombée sur une enveloppe qui t'était adressée dans une des boîtes et je me suis dit que tu la voudrais. Elle est cachetée. On dirait que Mina ne l'a jamais postée, précise-t-elle en contournant un bus qui fait descendre ses passagers. Elle t'a peut-être écrit des horreurs, mais tu peux jeter un coup d'œil si tu veux.

Dans la boîte à gants, je trouve une enveloppe jaune écornée. Il y a mon ancienne adresse à Glasgow sur le devant, mais elle n'est pas affranchie. *Je la lirai plus tard.* Je la glisse dans ma poche.

— Bon, écoute, reprend maman. Je vais t'attendre dans la voiture pendant que tu y vas. Vous n'aurez qu'une demi-heure, et ça file très vite. Ça lui fera plaisir d'avoir l'occasion de passer du temps avec toi, juste toutes les deux.

Je m'aperçois que les mains de maman tremblent autour du volant.

— Ça va, maman ?

— Ça va, trésor, ça va, répond-elle comme un robot. On parlera de tout ça quand tu auras vu Mina. On peut ensuite aller chez *Prezzo* pour déguster des olives marinées et une pizza Vesuvio.

Nous attendons au feu rouge, qui est à peine passé à l'orange quand maman redémarre le moteur et franchit la ligne blanche. Je ne l'ai jamais vue faire ça avant. Tout d'un coup, je suis frappée d'une pensée affreuse. Je me demande si ce n'est pas de l'alcool que je sens dans son haleine. *Oh, maman…*

— On est encore loin de l'hôpital ?

Je cherche une ruelle où on pourrait s'arrêter.

— Cinq minutes, affirme-t-elle, en faisant une embardée pour dépasser un camion. Accroche-toi à ton chapeau !

## Deux SMS de Thalès

**Mer 25 juin 13 h 03**
Ce SMS était censé être un message de rupture ? Tu pourrais au moins avoir la décence de me dire en face que tu me quittes. Ensuite, c'est moi qui louais cet appart en premier, alors ce n'est pas plutôt à toi de déménager ?

**Mer 25 juin 19 h 24**
J'ai commencé à empaqueter mes affaires, puis je suis tombé sur ta bague d'humeur à côté du micro-ondes. Apparemment, mon humeur du jour est orange. Je reviendrai finir de faire mes cartons un autre jour. T

## Transcription séance de thérapie

**Patiente** : Évidemment, ce n'est pas si facile.

**Thérapeute** : Qu'est-ce qui n'est pas facile ?

**Patiente** : Décider de ne pas me laisser atteindre. Tout ça me touche. Je commence à penser que ce serait mieux si je cédais. Peut-être que tout ce que je fais – en apprenant à résister en surface à l'effondrement –, c'est m'effondrer de l'intérieur.

**Thérapeute** : Est-ce que vous pouvez être plus précise ?

**Patiente** : Le fait que je ne puisse plus pleurer, c'est un vrai souci. J'ai parcouru mon carnet de rétablissement la semaine dernière, et c'était ça, son conseil : arrêtez tout et chialez un bon coup. C'est censé être purificateur. Je suis allée dans la chambre et je suis tombée à genoux sur la moquette, à m'efforcer de m'apitoyer sur mon sort. En vain. Je me suis bousillé mon maquillage, et j'ai pensé à Mina et Thalès, mais toujours rien. J'ai pensé à des chiots mort-nés. Aux frappes aériennes en Syrie. Rien du tout. Alors j'ai tenté le tout pour le tout. J'ai googlisé des photos d'autres personnes en larmes. Puis, de fil en aiguille, j'ai fini sur Wikipédia. C'est une mauvaise habitude que je traîne.

**Thérapeute** : Croyez-moi, il y a pire…

**Patiente** : Apparemment, il existe trois sortes de larmes. Les deux premiers types ont juste une fonction physiologique, comme maintenir nos yeux propres et humides, mais c'est le troisième type qui est intéressant. On les appelle les « larmes psychiques », et elles contiennent un analgésique naturel. N'est-ce pas prodigieux ? Une armoire à pharmacie à l'intérieur de notre esprit. C'est pour ça qu'on a cette impression de fatigue, de rêve, après une bonne crise de larmes.

**Thérapeute** : Pensez-vous que pleurer vous aiderait à mieux canaliser vos émotions ?

**Patiente** : Peut-être. Oui, oui. Probablement. En ce moment, j'ai l'impression d'être en pilotage automatique : vérifier que maman va bien ; garder mon téléphone allumé la nuit au cas où il y aurait des nouvelles ; vérifier si Mina va bien ; recommencer.

**Thérapeute** : Et comment va Mina ? Pouvez-vous me raconter votre visite ?

**Patiente** : Je n'arrête pas de penser à son visage, derrière la vitre, quand je me suis inscrite à la réception. Elle était blottie dans une couverture, tremblotante, tandis qu'un surveillant se penchait sur elle. On aurait dit qu'il la réprimandait. J'ai essayé de lui faire signe, mais elle s'est tournée vers moi avec ces grands yeux ronds, terrifiés, puis elle s'est enfuie dans un couloir.

**Thérapeute** : Avez-vous pu lui parler ?

**Patiente** : Oui. On m'a dit de me rendre à la salle des visites. Les sièges en mousse donnaient l'impression d'avoir été boulonnés au sol, et ils étaient vraiment inconfortables. En face de moi, il y avait l'affiche d'une adolescente blonde se prenant la tête dans les mains. Les mots « SEULE, GROSSE, IDIOTE, MOCHE, TRAÎNÉE, BANALE, SALOPE et PUTE » avaient été gravés dans le mur autour de sa silhouette voûtée. J'ai tenté de mémoriser le numéro de la ligne d'assistance téléphonique, mais mon cerveau carburait déjà trop pour que je puisse me concentrer.

On a fini par escorter Mina jusqu'à moi. Elle était toujours emmitouflée dans la couverture, et elle transportait des affaires rassemblées en ballot dans un drap d'hôpital blanc. Le surveillant a quitté la pièce et s'est assis devant la porte, nous regardant à travers une vitre en verre trempé. J'ai demandé à Mina ce qu'il y avait dans son paquet, et elle a déplié le drap au sol, révélant des stylos-feutres, un carnet, et Tuffy, l'ourson en peluche qu'elle traîne depuis qu'elle a un an. J'ai ramassé Tuffy et je l'ai fait embrasser Mina sur la joue, mais elle n'a pas réagi. Elle avait l'air si maigre, et n'arrêtait pas de se pencher en avant, comme si elle allait s'évanouir.

**Thérapeute** : De quoi lui avez-vous parlé ?

**Patiente** : Je lui avais apporté un cadeau d'anniversaire en avance, alors je le lui ai donné. Je ne savais pas exactement ce à quoi elle était autorisée dans ce service de haute sécurité, et je n'ai pas eu beaucoup de temps pour faire mon choix, alors je lui ai offert un porte-brosse à dents en forme de coccinelle. Les coccinelles font partie de ses animaux préférés. En plus, je pense qu'elle a une sorte de trouble obsessionnel compulsif parce qu'elle n'utilise jamais ses brosses à dents plus d'une semaine. J'espérais qu'en ayant un porte-brosse à dents pour les ranger, elle pourrait peut-être avoir l'impression que ses brosses à dents étaient plus hygiéniques.

Mina n'a rien dit quand je lui ai donné son cadeau. Elle a juste hoché la tête. En fait, pendant les dix premières minutes, elle n'a pas décroché un mot. Elle ne voulait même pas me regarder. J'ai finalement réussi à la faire parler en lui demandant ce qu'il y avait dans son carnet, et elle m'a montré quelques-unes de ses images. La plus récente était celle d'une tête de mort hurlante, attachée au corps d'une vache, dégoulinant du sang par ses mamelles, dans un champ d'herbe rouge. Dans le ciel, elle avait écrit : « Crime haineux. » J'ai dit que j'aimais le jeu d'ombres sur les mamelles.

**Thérapeute** : L'art peut avoir des vertus thérapeutiques, sous toutes ses formes d'exp…

**Patiente** : Je lui ai demandé ce qu'elle réclamerait, si elle pouvait avoir tout ce qu'elle voulait, et vous savez ce qu'elle m'a dit ?

**Thérapeute** : *(Silence.)*
**Patiente** : Elle a dit qu'elle aimerait se faire gratter la tête.
**Thérapeute** : « La tête » ?
**Patiente** : J'ai passé les quinze minutes qui ont suivi à lui faire un massage du crâne. On ne s'est plus parlé après.
**Thérapeute** : C'est bien qu'elle ait réclamé un contact physique avec vous.
**Patiente** : Quand le surveillant l'a emmenée, j'ai voulu crier : « Elle n'est pas votre prisonnière ! Ce n'est pas à vous de me dire quand j'ai le droit de rendre visite à ma propre sœur ! Je l'arrache à vos griffes tout de suite ! » Bien sûr, ce n'est pas ce que Mina aurait voulu.
**Thérapeute** : Je suis certaine que votre visite lui a vraiment fait plaisir, Ottila.
**Patiente** : C'était tellement triste de la voir s'éloigner, avec sa couverture qui lui tombait des épaules. *(Long silence.)* C'est possible de mourir d'une infection ?
**Thérapeute** : Pourquoi cette question ?
**Patiente** : J'ai vu un truc sur sa main, de la longueur d'un demi-crayon. Je ne savais pas que la peau pouvait ressembler à ça. Une couleur un peu grisâtre, comme si elle était morte.
**Thérapeute** : Vous êtes sûre qu'il s'agissait d'une infection ?
**Patiente** : J'en ai parlé à maman. Mina a volé une aiguille dans la salle de travaux manuels et l'a laissée sous sa peau pendant près de quinze jours. Le personnel de l'hôpital a fini par s'en rendre compte et la lui a retirée, mais elle en garde quelques séquelles.
**Thérapeute** : Je ne doute pas que les médecins ont tout vérifié et qu'ils la soigneront avec des antibiotiques si elle en a besoin.
**Patiente** : Je pense qu'elle essaie de mettre fin à sa vie peu à peu. Elle n'a pas la force de tout faire d'un seul coup, alors

peut-être qu'en se détruisant petit bout par petit bout, elle finira par y arriver. Un suicide en mille petits temps.

**Thérapeute** : Elle a des antécédents de comportement autodestructeur. Tout n'est peut-être pas aussi bien structuré dans sa pensée.

**Patiente** : C'est aussi ce que ça dit dans les notes qui me concernent ? « Antécédents de comportement autodestructeur » ? Non, ne répondez pas. *(Pause.)* Maman m'a donné une enveloppe pendant qu'elle me conduisait à l'hôpital. Un truc que Mina voulait m'envoyer il y a des années, mais qu'elle n'a jamais posté. Je n'ai pas eu le courage de l'ouvrir.

**Thérapeute** : Qu'est-ce qui vous fait peur ?

**Patiente** : Si elle n'a pas voulu poster ce courrier, il y a peut-être une raison à ça. Je ne sais pas si je suis assez courageuse pour affronter cette raison en face.

**Thérapeute** : Pourquoi ne pas placer cette enveloppe dans un endroit sûr pour l'instant ? Vous verrez comment vous vous sentez à l'avenir.

**Patiente** : D'accord. Bonne idée.

**Thérapeute** : Est-ce que vous trouvez que le Campral vous est d'une quelconque aide ?

**Patiente** : Je continue de penser à l'alcool. Je passe devant le *Fuel* et le *Red Lion* en rentrant du travail et je regarde les gens savourer leur bière au soleil… Mais je n'arrive pas à faire réagir la partie de mon cerveau qui d'habitude frétille de désir.

**Thérapeute** : Voilà qui est prometteur.

**Patiente** : La plupart du temps.

**Thérapeute** : Et qu'en est-il du reste du temps ?

**Patiente** : Thalès n'est pas rentré chez nous depuis plus de deux semaines.

**Thérapeute** : Vous avez des nouvelles de lui ? Est-ce qu'il va bien ?

**Patiente** : Ça va. Il est chez ses parents.
**Thérapeute** : Vous vous êtes disputés ?
**Patiente** : Ça vous dérange si on aborde un autre sujet ? Je pensais être d'humeur à en parler, mais non.
**Thérapeute** : Dans ce cas, de quoi êtes-vous d'humeur à parler ?
**Patiente** : *(Bruit de frottement sur la cassette, tandis que la patiente récupère quelque chose dans son sac à dos.)* Je les ai achetés aujourd'hui.
**Thérapeute** : Des gants de boxe ?
**Patiente** : Ouais ! Je vais devenir championne de kickboxing.

## SMS de maman

**Jeu 1 juil 06 h 50**
Jour de paie ! Ça se fête, non ? Direction le pub !

## D'autres choses que je n'aurais jamais imaginées

Il y a des choses que j'ignorais au sujet de Thalès avant qu'il ne quitte notre nid :

- l'appartement n'est pas si beau que ça. L'eau chaude ne fonctionne pas correctement et le lino se décolle par endroits. L'armoire du couloir est humide pour une raison qui m'échappe, et si on reste plusieurs jours sans brûler d'encens, tout l'appart sent le renfermé ;
- il existe une astuce pour faire fonctionner le four, mais je ne l'ai pas encore trouvée ;
- Thalès est nul en matière de déménagement. J'ai dû mettre du ruban adhésif supplémentaire autour de ses cartons pour qu'ils ne tombent pas en lambeaux quand il viendra les chercher ;
- il a une image à moitié dessinée d'un oiseau dans son tiroir à chaussettes. On dirait une crécerelle ;
- il collectionne les sachets de ketchup ;
- il ne garde aucun analgésique dans l'appartement ;
- son ex-petite amie, Eleni, était belle ;
- et il était amoureux d'elle.

## Lettre de Thalès

*[Cette lettre se trouvait dans le tiroir de la table de chevet de Thalès, glissée dans un exemplaire de* Whoops! *de John Lanchester! Je l'ai lue cinq fois.]*

*Mardi 7 janvier 2014,*

Eleni,

Il faut qu'on s'organise pour que tu récupères tes affaires. Je passerai le week-end chez mes parents, alors pourquoi ne viendrais-tu pas chercher tes valises ? Tu pourras laisser ta clé dans la boîte aux lettres une fois que tu auras terminé.

Je suis navré de la façon dont les choses se sont passées. C'est difficile, après que nous avons vécu une décennie ensemble, de croire que nous franchissons vraiment le pas. Mais je pense qu'il est important de tenter le coup. Je n'ai pas été moi-même durant les huit dernières années de notre relation. Tu as dû remarquer que j'ai pris vingt-huit kilos et demi depuis notre rencontre, même si tu ne m'as jamais fait de commentaire à ce sujet. Cela dit, tu me traites de gros dégoûtant de temps en temps, et je suis sûr que c'est à cause de ça.

Je sais que je n'aurais pas dû laisser la situation prendre une telle ampleur. Quel imbécile je suis, de ne pas t'avoir fait part de mes sentiments plus tôt, d'avoir essayé d'effacer mes angoisses avec des analgésiques. D'une façon ou d'une autre, à un moment donné, j'ai craqué. Tu m'as dit que tu n'aimais pas mes amis, alors j'ai cessé de les fréquenter. Tu as dit que tu étais jalouse de ma créativité, alors j'ai arrêté de faire des trucs. Sauf bien sûr pour *Tractor Boy*, que j'ai élaboré pendant les trois mois où tu es partie faire le tour d'Europe en train avec « les fifilles ». Ce furent les trois plus beaux mois de notre relation.

En fait, ce n'est pas juste. D'abord, être en couple avec toi, ça a été incroyable. Tu es magnifique, Eleni. Je ne suis pas du tout à ta hauteur, pour être honnête. Tu aimes les bandes dessinées, tu es drôle, et gentille avec les animaux. C'est surréaliste, cette première conversation que nous avons eue, à *Forbidden Planet*, quand je t'ai demandé si le dernier numéro de *Cerebus* était sorti, et que non seulement tu me l'as désigné dans le rayon, mais tu m'as annoncé que tu venais de le lire, tout cela avec un accent grec ! Nos premiers voyages en Grèce, la rencontre avec nos familles respectives, nos dégustations de *σουβλάκια* en tête à tête… Comme si c'était notre destin. Tu étais mon grand amour.

Je sais que quelque chose a changé en toi, lors du troisième été, quand tu as décroché ton boulot au refuge pour animaux. Tu commençais à vivre ton rêve, mais moi pas. Je n'en veux pas complètement à Markus, mais il ne nous a certainement pas aidés. Quand tu m'as avoué l'avoir embrassé, j'aurais dû tout de suite rompre avec toi. Au lieu de cela, je t'ai poussée à te sentir coupable et frustrée. Tu t'es mise à me dire ce que je pouvais et ne pouvais pas faire, et à me menacer de choses affreuses si je ne respectais pas les règles. Or il n'y avait pas que toi. Toute ta famille s'en est mêlée. Je suis désolé d'avoir démissionné de ce boulot sans préavis, mais travailler dans un bureau où je vendais des vannes d'égout pour l'entreprise de ton père, je ne l'ai jamais choisi. Tu sais que j'ai toujours rêvé de travailler au grand air.

Je suppose que d'une certaine façon, j'avais l'impression que je méritais tout ça. Que je n'étais pas un assez bon petit ami, et que je devais en baver. Mais te demander de m'épouser, cela a été ma plus grosse erreur. Le truc, c'est que ce n'était pas seulement moi qui te le demandais. C'était ton père, qui me disait devant la fontaine d'eau qu'il était temps que je fasse de sa fille une honnête femme. *Γιαγιά* me skypait toutes les semaines en me suppliant de fixer une date. Ma mère te parlait déjà de ta robe. J'espérais que si je te faisais cette demande, que si tu l'acceptais, on retrouverait le chemin de l'amour. Ça aurait été bien, non, si mon plan avait fonctionné ? Si on avait pu revenir à notre point de départ ? À nos jours heureux.

Je paierai bien sûr les frais d'annulation pour la réception, et j'ai téléphoné chez *Beaverbrooks* et on me rembourse les alliances. *Γιαγιά* et *Παππούς* s'occupent d'annuler les préparatifs pour la Grèce. Pour les billets d'avion, nous n'avons pas de solution ; je vais probablement utiliser le mien pour y aller à Pâques de toute manière. Bien sûr, tu peux utiliser le tien aussi si tu veux. Les numéros des sièges ne sont pas attribués, donc on pourrait essayer de s'installer aux extrémités opposées de l'avion.

Je suis désolé de t'avoir demandée en mariage par lâcheté. Je sais que tu dénicheras en un rien de temps un homme plus intelligent, plus équilibré, plus mince et mieux que moi en tout point. J'espère que ton nouveau poste à la Société de prévention de la cruauté contre les animaux se passe bien – dans dix ans, tu en seras la directrice. Et j'espère que tu continueras à trouver auprès de tes léporidés l'amour que tu n'auras au final pas pu trouver auprès de moi.

Thalès

## SMS à Ben

**Mar 8 juil 22h12**
Je viens de regarder un vieil épisode de *The Office*. Ça m'a rappelé ce Halloween où tu t'étais déguisé en Dwight Shrute, et moi, j'étais Angela. Tu te souviens comme c'était chaud dans le placard à balais ?

## Le Petit Livre du bonheur

*PLDB,*

Techniquement, j'ai la trentaine à présent. Je me dois d'être prête à encaisser toutes sortes de galères. Enfants, personnes divorcées, affaissement de testicules… Sauf que je n'étais pas préparée à ça : Thalès qui a manqué de peu d'en épouser une autre.

Avait-il vraiment besoin d'utiliser ce mot-là ? « Magnifique » ? Sans rire, qu'est-ce que ça veut dire ? Qu'il comptait la magnifier ? Quant à ce qui est de ne pas être à sa « hauteur »… Je mentirais si je déclarais que cette phrase ne m'a pas turlupinée toute la soirée. Et moi, alors, je suis à la hauteur de qui ? De Thalès ? Est-ce que j'ai envie d'être à sa hauteur ?

Je devrais probablement me réjouir qu'il ne l'ait pas épousée. Je pense que ce serait plus facile d'encaisser le choc si je n'étais pas sans nouvelles de lui depuis deux semaines et demie. Mais là, ça me donne juste envie de faire des bêtises. Sauf que je dois rester forte. Sobre. Heureuse. Tout fonctionne de la même façon : à chaque jour suffit sa peine. Je pourrais essayer de parler de ce que je ressens à Delyth. Ou alors, je pourrais ouvrir le robinet de la douche, allumer l'aspirateur, la télé, la radio et le mixeur de la cuisine, et hurler de toutes mes forces.

Ottila

## Snapchat à Mina

Mini-Minette

Aujourd'hui

MOI

Voici une vidéo de moi en train de te dessiner.

---

## Souvenir de Ben

Wilbraham Road en plein été. Ben venait chez moi après le travail. Il jetait son sac Nike sur la moquette marron collante, puis il se plantait là – tel un gros phallus bien sexy – dans l'embrasure de la porte. Je le regardais dans les yeux un instant, avant de bondir et me précipiter sur lui. L'étoile de mer, c'est comme ça qu'on appelait ma façon d'enrouler mes bras et mes jambes autour de lui. (Je n'ai découvert que plus tard que ça peut signifier… d'autres choses.)

Le premier été où nous étions ensemble était si caniculaire que je portais invariablement une robe de plage légère – et rien d'autre. Je suis allée bosser sans culotte et sans soutif trois semaines durant. En y repensant, je transpirais vraiment beaucoup, et je me demande si un bon pantalon en coton épais n'aurait pas absorbé une partie de l'humidité entre mes cuisses.

Un après-midi, alors qu'il passait après le travail, je portais une robe qui descendait jusqu'à la cheville. Pour pouvoir me déployer en étoile de mer, j'ai dû remonter le tissu au-dessus de mes genoux. Mon sexe s'est collé contre sa chemise, laissant une tache humide sur celle-ci. Mais, pour la première fois depuis qu'on se connaissait, il a dit « non ».

— Il fait beau, a-t-il déclaré. Sortons d'abord prendre l'air.

— Où donc ? ai-je demandé en sautant à terre, les pieds soudain très lourds.

— J'en sais rien, mais sortons.

— Je n'ai pas un kopeck.

C'était l'époque des quatre cents coups avec Grace, où on écumait tous les pubs et les clubs en jetant notre argent par les fenêtres. Quand je lui ai dit que je n'avais pas un kopeck, en réalité, j'avais mon autorisation de découvert. Je dépassais souvent la limite, mais je me débrouillais toujours pour gratter les fonds de tiroir pour pouvoir « faire des trucs ». Ce soir-là, j'avais déjà englouti deux canettes de cidre.

J'ai enfilé mes tongs et on est descendus sur Wilbraham Road. Il y avait des enfants qui faisaient du tricycle dans les allées, les cheveux ondulant aux tempes sous l'effet de la sueur. Les femmes portaient des hauts à bretelles qui révélaient les traces blanches sur leur peau de leurs autres hauts à bretelles. Les hommes se promenaient torse nu, bombant leurs pectoraux, ventre rentré. Tout le monde marchait beaucoup plus lentement que d'habitude.

On est entrés dans une supérette pour acheter de quoi grignoter. Puis on est allés à Chorlton Park où nous nous sommes assis sur l'herbe, à côté d'une souche d'arbre avec un aigle sculpté à l'intérieur.

— J'en ai marre de cet endroit, a lâché Ben en secouant la tête.

Il parlait du travail. Ce n'était pas tant le boulot lui-même qu'il détestait, même si cela avait l'air incroyablement ennuyeux. Il bossait dans les assurances, mais pas des assurances intéressantes du genre assurance vie, assurance voyage, ou assurance pour animaux de compagnie. Il assurait principalement des camionnettes. Je lui avais demandé plusieurs fois en quoi consistait ce travail, mais je n'ai jamais rien su de plus que « traiter la documentation juridique et tenir à jour la base de données clients ». Pour Ben, le souci, ce n'était pas l'ennui, mais les gens.

— Keith te tape toujours sur les nerfs ? ai-je questionné.

— Il me pique mes déjeuners, m'a confié Ben en mordant dans un œuf pané à l'écossaise. Sérieux, là, je ne sais pas quel est son problème.

— Juste tes déjeuners, ou ceux de tout le monde ?

— Je sais pas. Mais à quoi bon apporter un en-cas équilibré si c'est pour que ce connard le bouffe ? Bref, a soupiré Ben en me tendant une saucisse. Mange donc ça. Tu n'as pas pris ton thé hier.

J'ai mordu dans la petite saucisse ridée.

— Toi non plus. Ni ton déjeuner, si je comprends bien.

— Tu as l'air pâle en ce moment.

— Ah, bon ?

Ben a arrêté de mâcher et m'a enlevé un cheveu qui s'était collé à ma bouche. Il m'aimait bien avec les cheveux longs, mais ils ondulaient de façon rebelle, impossibles à coiffer.

— Écoute, a-t-il dit. Envoie-moi balader si tu veux, je n'ai pas envie de t'embêter. C'est juste que tu prends pas mal de coke ces derniers temps.

J'ai arraché une poignée d'herbe du sol puis j'ai laissé les brins retomber en pluie sur mes genoux.

— Et alors ?

— Ce n'est pas que je n'aime pas ça. Hier soir, c'était fun. Tu le sais bien. Mais tu manges mal, ma petite. J'ai déjà vu des gens emprunter ce genre de chemin, et…

Le frère aîné de Ben était à la rue depuis un certain temps, et sa mère venait à peine de l'accepter de nouveau dans le cercle familial. Il s'agissait d'une histoire compliquée dans laquelle je n'avais pas envie de m'impliquer, mais au cœur de cette histoire, il y avait la drogue.

— Ça va aller, honnêtement. C'est Grace qui…

Ben m'a lancé un grain de raisin entre les lèvres.

— Je m'assure juste que tu prends soin de toi, bébé.

J'ai craché le raisin sur l'herbe et j'ai souri. J'avais un copain sexy qui s'inquiétait pour moi.

— OK, petite merdeuse, m'a-t-il dit en plaçant un raisin entre ses lèvres, avant de le cracher sur moi.

Peu de temps après, on se crachait des raisins à la figure sur la pelouse publique, sous les regards ébahis des parents, et les ricanements des enfants.

— Et puis merde, a lancé Ben au bout d'un moment.

Il m'a alors agrippé la main puis m'a relevée. Nous sommes sortis du parc en courant, laissant notre pique-nique éparpillé sur l'herbe derrière nous.

— Le premier arrivé au bar le plus proche a gagné !

Comme j'ai aimé cet été-là…

# La joie est un filet d'amour dans lequel on repêche les âmes.

Mère Teresa

Snapchat de Mina

Mini-Minette

Aujourd'hui

MINI-MINETTE

On peut arrêter ça maintenant ? Ces trucs ne s'affichent que pendant quelques secondes et puis je les oublie aussitôt. Ça me fait trop bizarre. Désolée.

# Message de Ben

*[Ce mot m'attendait sur mon bureau de la Maison de Maggie quand je suis arrivée jeudi matin. Il était plié dans le journal–rubrique horoscope. Entouré au stylo rouge, mon signe du zodiaque, Lion, prédisait: « C'est le moment de faire un grand bond en avant. Terminées les hésitations! »]*

Oh! là, là, là,

OK, petite. Ça fait un bail. Je me suis dit que je répondrais bien à ton SMS par une lettre; je sais à quel point un papier et un stylo sont susceptibles de te faire frissonner. J'espère que ça ne te dérange pas si je t'envoie ça au boulot. C'est Grace qui m'a dit où te trouver il y a quelque temps. Un centre de cancérologie, hein? Ça a l'air puissant. Tu as toujours été une dure à cuire, il faut avouer. C'est peut-être ton côté débile mentale. En tout cas, on dirait que tu n'as pas changé.

Je suis tombé sur un exemplaire de *Centerfolds* de Cindy Sherman chez *Oxfam*: les photos sont bandantes, mais te culpabilisent d'être excité. Ça m'a fait penser à toi.

Ça va faire à peu près un an qu'on est allés voir ce spectacle au Cornerhouse. Celle où ce type écrivait de la poésie sur la peau de sa copine avec un pistolet à tatouage, mais sans encre. Comment ça s'appelle déjà? Du *bloodlining*. Je me souviens d'avoir écouté Björk et maté la fille en *full frontal*. C'était cool.

Sinon, tu vas bien, bordel? Tu t'es fait faire de nouveaux tatouages? Fais-moi signe si tu as envie d'un verre.

Ton gros porc

## Mantra de la semaine

*Neti neti.*

Traduction approximative : Pas ça. Oh, non, pas ça.

## SMS à Ben

**Ven 8 juil 20 h 59**
On se voit demain soir ?

## Mail de maman

**De:** **Alice McGregor**
**À:** **Ottila McGregor**
**Date:** **sam 19 juil 2014 à 05 h 20**
**Objet:** **TR: jus de cerveau de 5 h du mat'**

----------Message transféré----------

**De:** **Alice McGregor <alice.mcgregor54@mcgregormail.com>**
**À:** **aart@aartjonckers.nl**
**Date:** **sam 19 juil 2014 à 05h18**
**Objet:** **jus de cerveau de 5h du mat'**

Monsieur Jonckers, avez-vous déjà essayé de faire pousser des bettes? Hier, j'en ai semé de la variété Bright Lights. Leurs tiges sont de la couleur du feu. D'ici à la fin de l'été, je devrais pouvoir ramasser ces petits monstres toutes les deux semaines. Quel goût suave pour un légume aussi ardent que le crachat d'un dragon! Je pourrais alors les braiser avec des lentilles, ou les faire réduire dans du vin rouge. On va se faire un vrai festin!

Je dis « on », monsieur Jonckers, mais en vérité, il n'y a que moi. Mon mari est mort voici bientôt trois ans – je crois en avoir parlé dans mon dernier courriel – et depuis lors, il n'y a plus que moi, et moi seule, qui sois à la tête de mon empire verdoyant. J'ai bien mes deux filles, bien sûr, même si elles ont toutes les deux quitté le nid depuis un certain temps. En parlant d'elles – navrée de vous importuner, je sais que vous devez être un homme très occupé –, je suppose que vous n'avez pas encore réfléchi au cas de Mina, n'est-ce pas ? Elle ne va pas mieux, vous savez. En fait, son état empire. Elle refuse même de m'adresser la parole lors de certaines de mes visites. J'ai l'impression que je suis en train de la perdre. Je ne me souviens pas d'avoir été aussi abattue depuis que Bernhardt a disparu.

Hé ho ! Un pas en avant et on regarde vers le haut. Au moins, je peux vous parler, à vous. C'est agréable d'avoir quelqu'un avec qui bavarder sur les coups de 5 heures du matin, alors que mon cerveau du matin est dans sa pire phase. Apparemment, la plupart des suicides se produisent entre 4 et 7 heures du matin. Mais je ne vous apprends probablement rien. C'est logique, non ? Le monde ne nous apparaît jamais plus sinistre qu'à ces heures-là. *Ne t'inquiète pas, Ottila ! Je ne suis pas suicidaire !* (Je fais suivre ces courriels à ma fille – ma fille aînée, Ottila. Elle dit qu'il faut garder une trace écrite de tout, même s'il s'agit là d'un mail. De vous à moi, je crois que c'est sa façon de ne pas perdre pied. Vous savez, Ottila est une bosseuse. Elle fait tout pour réussir, mais semble toujours finir par se retrouver plus ou moins en galère. Elle tient de son père à cet égard.)

Bon, je dois avouer que j'ai bu un verre ou deux, et je pense que le somnifère commence à faire son effet, alors je m'en vais faire mes salutations au soleil, avant de ne plus savoir la différence entre mon chien et mon tapis. Ottila me dit que le yoga Vinyasa fait des merveilles, mais ça reste à prouver. En ce moment, je préfère de loin la bette à carde.

Bon, eh bien, mon vieux Jonckers, je vous dis donc « adieu » jusqu'à nouvel ordre ! Et si votre réponse avait un jour l'inclination de se frayer un chemin vers moi… je suis toujours à l'écoute.

AM

## SMS à maman

**Sam 19 juil 10 h 28**
Si le yoga ne marche pas sur toi, que dirais-tu d'essayer la méditation ? J'ai tenté le coup ce matin et je me sens super bien. Je t'enverrai des liens YouTube par mail. Ça fonctionne beaucoup mieux quand on est à jeun, au fait. Biz

## SMS à Thalès

**Sam 19 juil 12 h 41**
Le coup de la disparition, ça devient relou, et j'en ai marre de m'entraver dans tes cartons. Dis-moi quand tu déménages pour de bon et on se mettra d'accord sur les questions de loyer, etc.

# Ben

Un jour, Ben m'a révélé en pleine nuit qu'il savait qu'il avait assez de tripes pour commettre un crime. Pas un petit délit – comme faire du vélo sur le trottoir ou voler un Post-it – mais vraiment un gros truc. Un truc énorme.

— Comment ça ? ai-je demandé. Tu veux dire, braquer une banque ?

— Par exemple.

— Ou tuer quelqu'un ?

— Ce genre de chose, ouais.

— Comment ça, « ce genre de chose » ? Tu commettrais un homicide ?

— Je sais pas, quelque chose comme ça. Oui.

Là, on était en train de faire l'amour. On avait mis *Hit'Em Up* de 2Pac à fond, et on se hurlait des trucs violents à la figure : « J'ai envie de t'arracher les paupières avec mes dents », « Si tu fais ça, je te casse la bite en deux », « On va démolir les murs et niquer tous les voisins. » On était soûls, emportés dans le feu de l'action. On ne pensait pas un mot de tout ça.

*Du moins, pas moi.*

Mais ça faisait un moment qu'on avait arrêté de crier. Quand Ben m'a lâché qu'il était capable de tuer quelqu'un, les yeux dans les yeux pendant qu'il me faisait l'amour, je savais qu'il ne plaisantait pas. Mon mec était un meurtrier en puissance.

— Ben, et moi, tu me tuerais ?

Ma voix était toute frêle, à peine audible.

— Je sais pas, petite, a-t-il répondu en fixant son regard sur moi, ça dépend.

Ben n'a jamais été fichu de jouir en dehors d'une position très précise. Autrement dit, il pouvait me faire tout et n'importe quoi, brutalement ou avec douceur, mais à moins que nous ne prenions cette posture spécifique, cela pouvait durer indéfiniment. C'était notre anniversaire, donc avant de me manipuler en vue de cette inéluctable contorsion, Ben avait décidé pour me gâter d'adopter la position du missionnaire durant une heure. C'était ma préférée. Mais cette nuit-là, alors que Ben et moi nous frottions l'un à l'autre, et qu'il me fixait droit dans les yeux, en réfléchissant à la raison qui lui vaudrait de mettre fin à ma vie, il a joui en moi. *Comme jamais.*

Aujourd'hui, alors que je m'apprête à sortir, étalant mon fond de teint ivoire sous mes yeux fatigués et vaporisant mes poignets de *Pomegranate Noir* de chez Jo Malone London – un cadeau de maman –, je me souviens de cette nuit-là avec Ben, et ça commence à m'exciter. Il peut se passer n'importe quoi ce soir. Je n'ai pas besoin d'alcool dans mon corps. J'ai juste besoin de Ben.

J'ai opté pour une robe courte et noire avec des fentes transparentes sur les côtés, dévoilant la peau blafarde de mon buste en dessous. Une fois, Ben m'a fait l'amour alors que je portais cette robe, avant qu'on sorte dîner. On était tellement bourrés ce soir-là qu'on avait perdu nos clés et qu'il a dû cogner la porte d'entrée jusqu'à y faire un trou. Moi, c'est lui que j'ai cogné, et j'ai passé la nuit chez Grace, m'endormant en enroulant ma jambe autour d'elle.

Il y a une fuite d'eau dans le fond du placard du couloir. Je regarde ma triste collection de godasses humides et j'en choisis une paire, sèche. J'opte pour des escarpins à petits talons noirs, qui me donnent l'impression de dire : « Je me la joue peut-être sexy, mais je suis toujours très classe. » Je me rappelle avoir acheté cette paire avec Grace à l'*Affleck Palace*. Après, on était allées au café en face, où on avait sucré nos thés, avant de les renverser sur les tables décorées de collages de super-héros. Grace avait acheté un pot de chambre victorien chez *Affleck* et l'avait porté sur sa tête dans le bus du retour. On s'était disputées pour une broutille ce soir-là devant trois bouteilles de vin, et on avait fini par nous mesurer au bras de fer à côté d'un pot rempli de pisse.

*Grace. Ben. Et moi. Que de souvenirs.*

Au moment où je sors les escarpins du placard, une des chaussures de sport de Thalès en dégringole à son tour. La basket est large et incroyablement propre. « Je vais m'inscrire dans une salle de gym, entends-je Thalès déclarer, pendant qu'il choisit une paire d'Asics blanches chez *Sports Direct*. Je vais faire fondre mes kilos en trop. Je vais devenir beau pour toi. »

« Tu es déjà beau », m'entends-je lui répondre. Je balance la basket dans le placard et je ferme la porte.

Ben a proposé qu'on se retrouve au *Common*, son bar préféré dans les quartiers nord. C'est bourré de gens avec une barbe hirsute et des moustaches soigneusement entretenues. Ce n'est pas tout à fait le style de Ben, avec son crâne rasé et ses sweat-shirts Carhartt, mais on y passe de la bonne musique et la bière qu'on y sert est correcte. En plus, j'y avais déjà allumé Ben dans les toilettes pour handicapés, alors peut-être qu'il a choisi le lieu pour des raisons sentimentales.

Dans le tramway qui m'emmène en ville, un bébé pleure.

— Elle réclame sa méthadone, raconte la maman de la petite à une vieille femme qui porte un foulard fleuri.

Dans le pire des cas, je me dis que c'est une blague. La vieille femme me regarde et sourit. Elle sent que je suis quelqu'un de bien. J'espère qu'elle a raison.

Je contemple par la fenêtre les immenses bâtiments en verre de Salford Quays, qui scintillent sous le soleil du soir. Puis nous passons devant les petites terrasses en briques rouges d'Ordsall. Il y a quelques années, j'avais vu une exposition de vieilles enseignes de rue, sauvées des quartiers rasés de Salford. « Havelock Drive. » « Countess Grove. » « Isaac Street. » Je les lis à haute voix tels des noms inscrits sur des pierres tombales. Manchester devient prospère, ce qui en fait un endroit où il fait bon vivre, mais toute régénération a un prix.

*Ai-je trop changé ces temps-ci ? Ai-je trahi la personne que j'ai pu être ?* J'étudie mon reflet dans la vitre. Quand Ben et moi avons rompu, je me suis fait couper les cheveux très courts. Récemment, je les ai laissés pousser en un dégradé désordonné. Cet entre-deux me ressemble moins que tout autre style que j'ai pu avoir. Il m'est arrivé de caresser le fantasme de me raser le crâne. La boule à zéro. Je pense que si un jour je passais à l'acte, je me sentirais plus paumée que jamais.

Alors que le tramway s'arrête sur Saint-Peter's Square, la vieille dame écarquille les yeux devant moi. Son visage semble me demander : « Es-tu vraiment sur le point de faire ça ? » On se lève toutes les deux et on sort dans la rue. Elle allume une cigarette, avant de marcher en direction de la bibliothèque.

Moi, je me dirige dans l'autre sens, vers le centre. Devant le *Primark*, un gars en gilet argenté chante *It's the End of the World as We Know It* de R. E. M. Sa voix ne noie pas tout à fait le claquement accusateur de mes petits talons sur le trottoir tandis que je descends Tib Street. « On s'amusait tellement bien dans le placard avec ces baskets », me confient-ils.

— Sauve-toi, chante le gars au gilet d'argent au coin de la rue derrière moi. Préserve-toi.

Je suis à plusieurs mètres de lui maintenant. À plusieurs mètres de recouvrer mon ancienne vie – du moins le temps d'une nuit. De ce que je sais, Thalès a eu de nombreux rencards depuis qu'il n'est plus revenu. Car c'est bien de ça qu'il s'agit, n'est-ce pas ? De Thalès.

## SMS à Ben

**Sam 19 juil 19 h 25**
Désolée, mec. Ne viendrai pas ce soir. Changé d'avis.

## « Sois gentille pour moi. »

Les dernières paroles de papa me trottent dans la tête.

« Sois gentille pour moi. »

« Sois gentille pour moi. »

« Sois gentille pour moi. »

Que voulait-il dire exactement ? Il répétait toujours ça. « Je dois y aller, ma chérie. Sois gentille pour moi. » Il essayait de me préparer pour le jour où il ne serait plus là ? « Je meurs d'un cancer, ma chérie. Sois gentille pour moi. » Croyait-il vraiment que j'avais besoin de piqûres de rappel régulières pour savoir me tenir ? Et de le faire, non pas pour moi, mais pour lui ? Je ne me souviens pas qu'il l'ait dit une seule fois à Mina. Mina, elle, avait toujours droit à : « Gros bisous ! »

Je ne suis pas encore entrée. Je suis de l'autre côté de la rue, je regarde le panneau. « Twenty Twenty Two. » C'est un endroit où je n'avais jamais mis les pieds. Il a certainement ouvert récemment. Une recherche rapide en ligne m'a informée qu'il s'agit d'un « bar, d'un espace pour événements, pour l'art et pour le ping-pong, situé au cœur du quartier nord créatif de Manchester ». Il est possible que Grace fréquente ce genre d'endroit. Non. Il est « probable » que Grace fréquente ce genre d'endroit. En revanche, il est très peu probable que Ben le fréquente. Et en l'occurrence, c'est tout ce qui compte.

Il y a une telle stigmatisation autour du terme « alcoolique ». Je suis ALCOOLIQUE. Même chuchotés, ces mots sortent comme un cri. Sauf que les gens peuvent changer. Moi, je suis sobre depuis six mois. Une demi-année ! Ça n'est pas rien, non ? À présent, mon foie a dû se guérir tout seul. Et mes neurones se rebranchent. Comment s'appelle ce truc ? La neuroplasticité. Mon cerveau s'est probablement remodelé en prenant une toute nouvelle forme, celle d'une buveuse normale. *Je suis capable d'y arriver.*

*Et ça ne fait pas de moi une mauvaise personne.*

*Si ?*

## *Les différents types de bonheur*

BONHEUR TRANQUILLE

*ex. : allongée par terre, à contempler l'abat-jour.*

BONHEUR À CRIER SUR TOUS LES TOITS

*ex. : boire un cappuccino tout en discutant de votre promotion.*

BONHEUR DÉLIRANT

*ex. : courir autour de la maison en faisant « coin-coin ! ».*

BONHEUR MALSAIN

*ex. : googliser « blessures au couteau ».*

BONHEUR KITSCH

*ex. : les prairies en fleurs.*

BONHEUR GRAVE

*ex. : ranger ses livres par ordre alphabétique.*

VRAI BONHEUR

*ex. : le pardon ??*

## Message vocal à maman

*[Enregistré le 20 juillet 2014 à 1 h 12]*

Salut maman. Ce n'est que moi. Pas la peine de t'inquiéter. Je suis vraiment désolée. J'ai fait tomber quelque chose. Je n'ai pas fait exprès. *(Sanglots.)* Je l'ai fait tomber dans la grille d'égout, le long de la route, tu sais. Et maintenant, elle a disparu. Je n'étais restée là qu'une minute, à essayer de trouver l'appoint pour un taxi, mais j'ai entendu des voix et ça m'a distraite – elle est tombée dans les égouts, maman. Je m'en veux tellement. C'est papa qui me l'avait offerte et je l'adorais. Je ne sais pas comment elle m'a glissé du poignet, mais c'était ma montre préférée et je suis tellement, tellement... Ce n'est pas bien. *(Sanglots éplorés.)* Je ne suis pas une gentille fille du tout.

Appli de sevrage

VOUS ÊTES

**SOBRE**

DEPUIS

**0**

jour

Cela représente :

**7020** secondes
**117** minutes
**1** heure
**0** jour
**0** semaine
**0** mois
**0 %** de l'année 2014

**Félicitations !**

Récompenses en cours d'acquisition.
Connectez-vous plus tard.

## Message vocal de maman

*[Enregistré le 20 juillet 2014 à 10h50]*

Désolée d'avoir manqué ton appel, et maintenant c'est toi qui rates le mien. Je reviens d'un groupe de paintball féminin près de Bradford-on-Avon. J'ai le dos couvert de bleus, on dirait que j'ai la rougeole. Je suis vraiment désolée d'apprendre que tu as des soucis, Ottila. Et ne t'inquiète pas d'avoir perdu cette montre. Ton père ne t'en voudrait pas une seconde. On a traversé pire que ça ! Je ne te comprenais pas très bien à travers tes sanglots : tu disais avoir entendu des voix ? Les voix de papa lui ordonnaient de faire toutes sortes de vilaines choses. Peut-être que tu devrais consulter un médecin ? Quoi qu'il en soit, envoie-moi un mail à l'occasion. Je suis nulle au téléphone. Je t'adore.

Cher Petit Tissu de mensonges,

Mes yeux, ma tête, mon estomac. Je suis en miettes. J'ai la gueule de bois. Ça fait des années que je ne me suis pas sentie aussi mal. J'ai regardé la télé sur iPlayer : télé-réalité, enquête policière fantastique et talk-show humoristique au programme… Rien n'y fait. Le pire, oui pire que la gueule de bois, c'est de savoir à quel point j'ai été bête. Je me suis tellement mise en danger hier soir… Je parais peut-être mélodramatique, mais je pense honnêtement que j'ai de la chance d'être ici, saine et sauve dans ma propre chambre.

Je voulais juste boire quelques verres. Ça semble tellement prévisible, n'est-ce pas ? Mais c'est ce que j'ai fait. Je n'en revenais pas, de voir à quel point le premier verre de vin était fort. Je sentais les vapeurs d'alcool qui me remontaient dans le nez en buvant. Ça m'a presque découragée de me resservir. Après un demi-verre, j'étais pompette. J'ai commencé à m'engourdir, à sentir mes lèvres et ma langue se ramollir agréablement. Alors j'ai continué. Puis j'ai commandé une bouteille entière. J'ai griffonné mes pensées fiévreusement sur des bouts de papier pendant que je buvais. C'était comme se réveiller après un long sommeil.

C'est là que je me suis mise à parler à Keith, un audiologiste de Walthamstow. Keith a partagé le reste de ma bouteille, puis en a acheté une autre. J'ai couru aux toilettes pour y vomir pendant notre conversation, mais ça n'a pas gêné Keith. Il était à Manchester pour affaires – un congrès sur les appareils auditifs, je crois ? –, et après quelques parties de ping-pong et beaucoup de flirt, il m'a proposé d'aller avec lui à son hôtel. Je me souviens de lui avoir dit que j'étais lesbienne – ma réplique toute faite – et d'avoir voulu téléphoner à Grace pour lui demander de venir à mon secours. Mais je me suis forcée à ne pas le faire. Parce que je ne suis pas sûre que ce soit ce que je veux. Même soûle, j'avais encore cette lucidité-là.

Le premier truc que j'ai fait à mon réveil, c'était prendre mon téléphone. Il y avait un SMS de Ben qui m'a énervée, que j'ai effacé avant de le lire en entier. Quelque chose sur le fait que je recommençais « mes combines comme au bon vieux temps ». Je n'aurais pas dû lui poser un lapin à la dernière minute, mais je sais que j'ai bien fait de ne pas le rejoindre.

J'ai aussi vérifié mon journal d'appels, et j'ai vu que j'avais téléphoné à maman à 1 heure du mat', à l'Armée du salut à 2 heures et à une société de livraison de pizzas à deux heures quarante-cinq. Je n'ai aucune idée de ce que j'ai raconté aux gens de l'Armée du salut. Ce n'est pas la première fois qu'ils viennent à ma rescousse après une nuit de beuverie. Je me rappelle vaguement mon appel à maman, et ça me mortifie. J'ai dû avoir l'air défoncée. Je suis dégoûtée d'avoir perdu la montre. Papa me l'avait offerte pour mon anniversaire, peu de temps après qu'on avait découvert son cancer. Il a déclaré que le « don du temps » était le meilleur des cadeaux. Il avait raison.

Maman vient de téléphoner de nouveau. Je la rappellerai plus tard, quand je me sentirai à la hauteur. Le message vocal qu'elle m'a laissé ce matin m'a un peu déconcertée. C'est ce qu'elle a dit à propos de papa qui entendait des voix : comment se fait-il que je n'aie jamais été au courant jusqu'à maintenant ? Je sais que Mina entend des voix, mais pourquoi papa ne nous en a jamais parlé ? En plus : si Mina entend des voix, et que papa a entendu des voix, est-ce que ça signifie que j'entends moi aussi des voix ? Peut-être que oui, mais je ne m'en rends pas compte. Peut-être que ce sont les voix qui m'ont dit de boire hier soir ?

Dans des moments comme celui-là, j'aimerais pouvoir appeler Mina. Je suis tellement jalouse des gens qui peuvent discuter avec leurs frères et sœurs de ce qui leur passe par la tête. Qui n'ont pas à marcher sur des œufs, en craignant de ne pas dire « bonjour » sur le ton adéquat. L'enveloppe de Mina, celle que maman m'a donnée, est dans mon tiroir à chaussettes. Est-ce le bon moment pour l'ouvrir ? Ce serait bien de voir un des drôles de gribouillis de Mina ou de lire une de ses blagues loufoques. Mais s'il y avait quelque chose d'affreux là-dedans ? Et si c'était une liste de toutes mes bêtises ? De tout le mal que je lui ai fait ? Je crois que je vais me mettre au lit et regarder un autre épisode d'une émission de télé-réalité. Non, attends un peu. Je vais aller gerber. Et ensuite, je recommencerai à essayer de me moquer des gens à la télé qui ne sont pas moi.

Signé,
l'idiote de service

## Recoller les morceaux

Si vous consultez cette page de votre cahier d'exercices, cela signifie que vous connaissez une période de rechute. Il y a de fortes probabilités qu'à cet instant précis vous éprouviez de nombreuses sombres émotions.

« Je ne vaux rien parce que je picole. Je picole parce que je ne vaux rien. »

Si vous vous reconnaissez là, faites une pause et respirez un grand coup. Être dur avec vous-même, ça ne vous rendra pas service. Rappelez-vous un des premiers exercices que nous avons effectués dans ce manuel, « Pardonne-toi et va de l'avant », grâce auquel nous avons vu que se sentir mal peut empêcher de se sentir bien. Eh bien, ce constat s'applique aujourd'hui plus que jamais.

Voici ci-dessous quelques exemples de pensées malsaines au sujet de votre rechute. Complétez la colonne « Pensées saines » à droite en reformulant de façon plus optimiste vos réflexions. Si vous vous retrouvez à déraper dans des schémas de pensée dangereux, consultez ce tableau, et partez à la recherche de cette énergie bénéfique au plus profond de vous.

| **Pensées malsaines** | **Pensées saines** |
|---|---|
| Je ne vaux rien. | |
| Je n'arriverai jamais à décrocher. | |
| Je mérite une punition. | |
| J'ai lâché tout le monde. | |

| Pensées malsaines | Pensées saines |
|---|---|
| Ça ne sert à rien d'essayer. | |
| Je me déteste. | |
| Je veux mourir. | *En fait, je n'ai pas envie de mourir. C'est déjà un début.* |

## Lettre jamais postée de Mina

*[Rédigée sur plusieurs feuilles de papier à lettres calées à l'intérieur d'une carte illustrée par Quentin Blake de* Charlie et la Chocolaterie.*]*

Chère Otterpillar,

Je suis désolée d'avoir laissé tomber mon master, du coup on n'est plus les sœurs jumelles… Je n'étais pas faite pour la fac, contrairement à toi. Aller à des soirées, rencontrer des gens nouveaux et remettre des dissertations, c'est devenu trop pour moi. J'ai essayé de faire des exercices de respiration et d'accéder à la pleine conscience, mais il y a cette voix qui hurle dans mon cerveau, et quand je me retrouve dans une situation stressante, elle devient insupportable.

Je m'inquiète tellement pour toi. J'aimerais pouvoir vous protéger, maman, papa et toi. C'est très difficile!!!!! Je suis tellement consciente de tout ce que tu fais et as fait pour moi, et je te suis reconnaissante de tout ce que nous avons partagé quand j'étais petite. Comme m'avoir ouvert la fenêtre pour que je puisse rentrer plus vite à la maison après l'école. Comme d'avoir continué à jouer aux familles Sylvanian longtemps après que cette période t'est passée. Comme n'avoir rien dit à maman quand j'ai tenté de te tuer.

Je repense tout le temps au passé, Otty, mais j'ai tellement peur de m'engager dans l'avenir. J'ai rêvé hier soir qu'on était en 2017, et qu'on avait le visage criblé de pattes-d'oie et des mèches grises dans les cheveux. J'ai rêvé que tu portais un béret rouge et que tu riais en reniflant comme un cochon, comme tu le fais quand tu pars dans tes délires. Tu étais devenue une célèbre auteure de nouvelles et tes livres étaient traduits en dix-sept langues. Tu les avais tous traduits toi-même !!! Moi, j'étais en boule comme un escargot. Mes lèvres étaient bleues et j'avais l'air meurtrie, abattue. *[Autocollant d'un escargot, à côté duquel Mina a écrit « OUILLE ».]*

Imagine, Ottila. Encore une décennie de dépression. Je ne suis pas assez solide.

Non. Non. Secoue-toi, Mina !!! Que dirais-tu d'une petite incursion dans l'avenir ? Dans dix ans, maman, papa, toi et moi pourrions partir à l'aventure. Sur une plage de la Barbade ou un truc du genre. Maman sera la plus raisonnable, à nous conseiller de ne pas faire trop de grignotages avant le dîner. Papa, lui, nous racontera une blague, en se faisant couler de la glace à la menthe et aux pépites de chocolat sur la barbe. J'aurai un enfant d'ici là, un fils prénommé Spike, et il sera du voyage aussi. Toutes les dix minutes, je le rabrouerai pour son insolence. Oh, rien de méchant. Juste histoire de lui fixer des limites. Et toi, tu seras de nouveau avec Reatha, et vous réaliserez ensemble des installations artistiques gigantesques, lauréates du prix Turner. En plus des publications régulières de tes nouvelles façon Raymond Carver dans le *New Yorker* et le *Paris Review*, bien sûr.

((((((((Tilly)))))))). Tu es la meilleure sœur que j'aurais jamais pu espérer avoir. Et ne t'excuse pas pour ce que tu m'as fait il y a des années. Tout est pardonné : non, vraiment, il n'y a rien à pardonner. Considère que tout ça est oublié.

Plein de câlins et de baisers,
Ton petit crayon à aiguiser (couleur turquoise),

Mina

## À l'époque

Le 13 juillet 2007, Mina a fait une overdose. C'est papa qui l'a trouvée. Allongée en haut de l'escalier, la bassine à vaisselle à côté d'elle, maculée de vomi.

Quand papa a appelé les secours, je ne sais pas pourquoi il a demandé la police avant de réclamer une ambulance. Du coup, elles se sont pointées toutes les deux. Toute cette agitation pour une fille qui avait perdu connaissance.

J'étais à Glasgow à l'époque. Maman m'a envoyé un SMS. « Mauvaise nouvelle, je le crains. Mina en soins intensifs. Pas la peine de rentrer, mais reste en alerte rouge. »

C'était quatre jours avant le réveil de Mina, et une semaine avant qu'on nous annonce qu'il n'y avait pas de signes précoces de lésions cérébrales. Elle avait la gorge irritée, blessée par l'intubation qu'on lui avait faite, mais à part ça, elle avait la vie sauve. Elle était plus triste que jamais, mais vivante.

Papa n'est pas venu la voir à l'hôpital psychiatrique. Pas une seule fois. Il était trop bouleversé. Maman et moi, on lui en a voulu. Puis, quand papa a fini à l'hôpital, après le diagnostic de son cancer, Mina ne lui a pas rendu visite. Elle aussi, elle était trop bouleversée. Ils n'étaient pas si différents, Mina et mon père. C'est juste que mon père ne voulait pas mourir, lui. Alors que Mina, si.

Maman n'a jamais réussi à enlever les taches de vomi de la moquette. Chaque fois qu'on prenait l'escalier, on voyait les auréoles violacées, comme un test de Rorschach.

« On dirait du sang », observait maman en allant se coucher.

« C'est une espèce de créature », remarquait papa en descendant pour le petit déjeuner.

« C'est le cœur de Mina », disais-je, pétrifiée.

Mina fermait les yeux.

« Ce n'est que le début », murmurait-elle.

Quand nous avons fait évaluer la maison, après la mort de papa et que maman songeait à vendre, l'agent immobilier a griffonné quelque chose sur son carnet quand il l'a vue.

— Dommage, a-t-il déclaré.

Et nous avons alors toutes les trois compris qu'on allait devoir en affronter plus d'un, de dommages…

Ça fait deux jours que j'ai rechuté, mais je ne me sens toujours pas mieux en ce lundi matin. En fait, quand André me croise, il me lance :

— Bon sang, tu as l'air d'une déterrée, Ottila. Tout va bien ?

Je n'ai pas lu la lettre de Mina avant tard hier soir. Je n'arrivais pas à dormir et je me suis dit que si je franchissais le pas, je pourrais arrêter d'être obsédée par ce courrier et passer à autre chose. Bien sûr, ce n'est pas comme ça que ça s'est passé. Je me suis mise à fouiller dans mes vieux souvenirs. À penser à la culpabilité que j'ai ressentie le jour où maman m'a annoncé que Mina avait tenté de se suicider. *Comme je devais être centrée sur moi-même pour ne pas avoir repéré les signes avant-coureurs…* Les mots de Mina : « Tu es la meilleure sœur que j'aurais jamais pu espérer avoir. » S'imaginait-elle qu'elle ne méritait pas mieux que quelqu'un d'aussi imparfait que moi ? Je ne sais pas trop. Elle disait que je n'avais pas à m'excuser. Je devrais probablement me servir de ses paroles pour m'aider à trouver un moyen de me pardonner et d'aller de l'avant. Mais je ne suis pas encore prête pour ça. Aujourd'hui, je meurs d'envie de pleurer. Quand j'ai perdu ma montre samedi soir, j'ai pleuré, certes, mais c'étaient des larmes de poivrote. Les larmes alcoolisées n'ont aucun effet apaisant. L'alcool doit détruire leurs analgésiques naturels. Il me faut de vraies larmes bien décuvées. Hier, j'ai essayé de remplacer les programmes télévisés *feel-good* par *Call the Midwife*, *Happy Valley* et *EastEnders*. Ça m'a fait me sentir plus mal encore, mais mes yeux sont restés secs.

Avant de croiser André, je comptais me rendre à la cuisine afin de me chercher un verre d'eau pour mon troisième Berocca. Je ne sais pas si trois Beroccas par matinée respectent la posologie recommandée, mais chaque fois que j'en avale un, je me sens un peu moins coupable. Cela dit, entendre André me raconter que j'ai une mine affreuse me fait fuir dans la salle de repos et je m'effondre sur un pouf bleu ciel.

—Bonjour, Ottila, dit une voix familière.

Je regarde vers la fenêtre et j'aperçois une silhouette. *Maude.* Le soleil radieux illumine les particules de poussière autour d'elle. J'essaie de me souvenir de la vue qu'offre cette fenêtre. Je crois que c'est une petite parcelle en friche près du parking, en face de l'unité de curiethérapie.

Maude vient s'asseoir sur le pouf à côté de moi. Elle m'offre un bonbon à la menthe et demande :

—Tu passes une bonne journée ?

—Oui, merci, Maude, réponds-je avec autant d'entrain que possible. Et toi, comment vas-tu ?

Je prends une pastille, la mets dans ma bouche et m'amuse avec.

Quand on était petites, Mina et moi avions pour habitude de rivaliser l'une avec l'autre, histoire de voir qui pouvait faire durer son bonbon le plus longtemps. Mina gagnait chaque fois.

—Moi ? me dit Maude. Oh, je vais bien. Mais ce n'est pas moi qui suis entrée dans la pièce de repos en larmes.

—Je ne pleure pas.

Je touche mes joues, pour m'en assurer.

Maude écrase son bonbon en morceaux pendant qu'elle me regarde, les yeux luisants d'une lueur mordorée.

—Tu es triste, déclare-t-elle. C'est écrit sur ton visage.

— Ce n'est rien de grave. Problèmes familiaux. Des broutilles.

— Et comment ton *chłopak* te traite-t-il ? Le Grec ?

J'essaie de sourire. Ça ressemble plus à une grimace.

— Tu es toujours avec ce garçon grec, n'est-ce pas ? insiste Maude en me frappant dans les côtes.

— Aïe !

J'en ai presque craché ma pastille. Et ensuite... Je ne sais pas pourquoi c'est arrivé. C'est peut-être parce que j'ai désespérément besoin d'un câlin depuis ma rechute. Elle n'a fait que me donner un petit coup, mais c'est un contact humain.

Ce qui est important, c'est que je ressens ce à quoi je m'attendais. Ma gorge se noue, et une pression lancinante s'accumule à l'arrière de mes yeux. Avec reconnaissance, j'y succombe, et les larmes surgissent alors, chacune plus apaisante que la précédente.

## Mail à Thalès

**De :** **Ottila McGregor**
**À :** **Thalès Sanna**
**Date :** **lun 21 juil 2014 à 19 h 35**
**Objet :** **RE : Argh**

Thalès,

C'est de la folie. On vit séparés depuis plus d'un mois, mais tu n'as pas encore déménagé. Quand reviens-tu pour finir d'emballer tes cartons ? Ça me prend assez la tête que tu te comportes de façon aussi puérile à propos de tout ça. Tu m'as traitée de sociopathe, il y a quelques semaines, mais alors pourquoi tu n'entres pas en contact avec moi pour qu'on puisse mettre fin à tout ça proprement ?

En outre (eh oui, « en outre » fait partie des termes étouffants et argumentatifs dont je fais usage), tu me reproches de ne jamais t'avoir parlé de Reatha, mais je ne suis pas la seule à avoir des secrets. Qu'en est-il pour Eleni et toi ? Je suis tombée sur une lettre que tu lui avais écrite au début de l'année, quelques semaines avant que toi et moi, on commence à traîner ensemble. Eh oui, je sais maintenant tout sur ta magnifique ex-fiancée. Une déesse grecque, et qui plus est, avec un sens de l'humour ? J'ignore pourquoi tu ne lui as pas envoyé cette lettre, au final. Tu as peut-être dû en préparer une nouvelle parce que tu as oublié de lui dire à quel point tu n'étais pas à sa hauteur ? Oh, non, attends, ça, tu lui as déjà dit. Dans ce cas, peut-être qu'elle était juste trop effrayante pour

Attends une seconde, tu viens de te connecter…

## Gchat avec Thalès

**Thalès Sanna**

thalès. tu es là

coucou ?

bonjour, ottila

j'étais en train de t'écrire un mail

lis-le avant qu'on tchatte

viens de te l'envoyer

tu l'as lu ?

eleni, j'avais prévu de t'en parler

ce n'est quand même pas la même chose que
de coucher avec ma sœur, si ?

euh

à peu près, si

allez, c'est pas juste.

ramène-toi ici et récupère tes cartons

j'en peux plus de les voir

je te déteste

je te déteste aussi

tu me manques

ok, ça, c'était gênant

oublie ce que je viens de dire

je te déteste toujours de toute façon

toi aussi, tu me manques

LUN, 19H49

# Le bonheur est une forme de courage.

Holbrook Jackson

# Lettre à Mina

*24 juillet 2014,*

Salut Teenio Meenio,

J'écris juste pour te dire que j'espère que tu vas bien. Ne te fatigue pas à me répondre ; je sais que tu n'es pas d'humeur à ça. Maman raconte que tu as mangé un sandwich et deux mandarines la semaine dernière. C'est super. J'espère que tu pourras très vite te remplumer. Ouais, je sais ; je suis une emmerdeuse !

Les choses vont bien pour moi. Ça se passe bien au boulot. Une femme prénommée Maude a apporté des *chruściki* aujourd'hui, qu'elle a assuré avoir préparés spécialement pour moi. *Chruściki* en polonais, ça veut dire « petites brindilles sèches ». Ou quelque chose dans le genre, quoi ! En gros, ce sont des rubans de pâte frits : un régal !

Maman et moi, on a longuement discuté au téléphone l'autre jour, et on a parlé de papa. Il t'avait déjà dit qu'il entendait des voix ? Maman assure qu'elle pensait que j'étais au courant, mais papa ne m'en a jamais parlé. Apparemment, les voix lui soufflaient de faire des bêtises. Maman a peur de t'en parler au cas où ça te contrarierait, mais je me suis dit que tu serais contente de l'apprendre. Comme ça, tu sauras qu'on ne s'imagine pas que tu inventes tout. Tu es juste comme notre bon vieux papounet !

J'ai appris que tu as encore essayé de te pendre vendredi. Maman dit que tu as les yeux injectés de sang et que tu as des difficultés à lire en ce moment. J'espère que tu pourras me lire bientôt, mais je ne t'en veux pas si c'est trop d'efforts.

De toute façon, soit tu m'auras lue jusqu'ici, soit non, donc je pose ma plume!

Ottila

# Transcription séance de thérapie

**Patiente** : Je suis terrifiée à l'idée que ça se reproduise.

**Thérapeute** : Vous voulez dire à l'idée de retoucher à l'alcool ?

**Patiente** : Maintenant que c'est arrivé une fois, le charme est rompu. Tous ces durs efforts, toutes ces journées à rester sobre – cent quatre-vingt-onze jours – ont été balayées en une seule gorgée. C'est comme si toute cette période, de janvier à juillet, n'avait désormais servi à rien.

**Thérapeute** : Vous avez fait le plus grand bien à votre corps. Votre foie « gras » s'est complètement purifié.

**Patiente** : Alors, qu'est-ce qui m'empêchera de recommencer à boire, si je suis redevenue une personne normale et en bonne santé ?

**Thérapeute** : En toute probabilité, il y a peu de…

**Patiente** : Je n'ai pas envie de boire. Vraiment pas du tout. Ces derniers mois, je suis devenue une personne différente. J'ai l'impression que je commence à peine à découvrir ma vraie personnalité : une Ottila sobre. Je me plais davantage à moi-même.

**Thérapeute** : C'est merveilleux.

**Patiente** : J'ai décroché ma ceinture blanche hier soir. Apparemment, mon coup de pied circulaire est « exemplaire », mais mon uppercut a besoin d'être travaillé. Je pourrais vous faire une petite démonstration, si on déplaçait cette table près de la porte.

**Thérapeute** : Je ne crois pas que nous soyons autorisées à cela.

**Patiente** : Je suppose que ça pourrait être dangereux. Je risquerais de vous blesser.

**Thérapeute** : Je suis sûre que vous ne feriez pas ça.

**Patiente** : Il y a tellement de colère en moi. Je ne m'en étais jamais rendu compte avant de suivre ces cours. Le tapis pue la vieille sueur. C'est plein de croûtes et de pieds d'athlète, mais rester là, dans cette pièce, me fait du bien. Il y a un gros punching-ball rouge suspendu dans un coin, que le prof appelle Jeremy. J'ai l'impression que si je pouvais disposer d'une demi-heure dans ce gymnase, juste moi et Jeremy, je pourrais vraiment atomiser mes sombres pensées dans le vide sidéral.

C'est marrant. Je me suis fait tatouer un tigre sur la cage thoracique en début d'année. Je voulais qu'il symbolise la force que je ressentais au fond de moi. Je savais que j'avais de la force à l'époque, mais… Là, c'est différent. Ce que je vois maintenant, c'est que le genre de force que j'avais auparavant, ça n'était qu'une dureté, une résistance, une endurance. Tout ça était tellement passif. Maintenant, j'ai en moi de quoi combattre vraiment. L'autre jour, je me suis assise à l'arrière d'un bus. Sur le pont supérieur, là où tous les tarés s'installent. Je me suis glissée entre deux mecs aux biceps bodybuildés, puis je me suis assise, les jambes dépliées et les paupières mi-closes, en faisant les gros yeux, et je jure que j'aurais pu flanquer une « raclée » au premier qui se serait mis en travers de mon chemin. En fait, l'un des gaillards à côté de moi m'a demandé si ça ne me dérangeait pas de sortir mes pieds de son book des Beaux-Arts, alors je me suis excusée et j'ai croisé les jambes. Mais j'ai gardé mon regard de folle.

**Thérapeute** : Est-ce que je devrais m'inquiéter de ce que vous me racontez là ?

**Patiente** : Je ne ferais pas de mal à une mouche.

**Thérapeute** : J'ai remarqué que vous utilisez beaucoup le vocabulaire de la folie. Des mots comme « tarés », « dingue », « folle ». C'est quelque chose qui vous inquiète ? Le fait de devenir folle ?

**Patiente** : Non, pas du tout ! Pourquoi ? Je « devrais » m'inquiéter ?
**Thérapeute** : Et Mina ? Est-ce que vous êtes inquiète pour elle ?
**Patiente** : Je m'inquiète pour elle, oui, mais pas du fait qu'elle devienne folle. Même si c'était le cas, je l'adorerais toujours. Je sais pas trop… Tout ça, c'est que des mots. Je suppose que j'y réfléchirais à deux fois avant de les prononcer dans certaines situations, au cas où ça blesserait quelqu'un. Je vous ai offensée ? Mina, ça ne la dérangerait pas. Je suis sûre qu'elle m'a traitée de folle des tas de fois.
**Thérapeute** : Revenons à vos crises de colère.
**Patiente** : Vous me le diriez, si vous me pensiez détraquée, pas vrai ?
**Thérapeute** : Je ne pense pas que vous soyez folle.
**Patiente** : Ce n'est pas parce qu'on entend des voix qu'on est fou, si ?
**Thérapeute** : Un nombre surprenant de gens subissent des hallucinations auditives. Jusqu'à un quart d'entre nous. Et « vous », Ottila, vous en avez déjà eu ?
**Patiente** : Pas que je sache. Je le saurais, non ?
**Thérapeute** : Je crois que je nous ai mises sur la mauvaise voie. Parlez-moi de l'importance pour vous de vous sentir forte. Vous voulez sentir que vous êtes capable de gagner un combat, c'est bien ça ?
**Thérapeute** : Je ne ferais jamais de mal à une mouche, comme je le disais. Mais ça fait du bien de m'en savoir capable. Je crois que je comprends enfin mon ancien colocataire, Laurie. Et son *kanabō* club. Les armes mythiques. Tout ça n'est pas si différent, je suppose. Je peux peut-être aussi comprendre les pulsions criminelles de Ben.
**Thérapeute** : Où en êtes-vous avec Thalès ?
**Patiente** : Il est revenu à l'appart en fin de compte. Il est

enfin de retour. On est en discussion pour régler tout ça. Il dit qu'il apprend à accepter le fait que je sois sortie avec sa sœur. Ça m'a fait un choc de le revoir. Je pensais qu'il aurait pris du poids en restant aussi longtemps chez ses parents, mais en fait, il a plutôt la ligne. Il est même décharné, à la vérité. Il a des cernes noirs sous les yeux, et il a pris cette nouvelle habitude de faire sautiller ses jambes quand on est assis à table. Je n'avais pas la moindre idée de l'effet que toute cette histoire avait sur lui.

Bref, le principal, c'est que Thalès soit de retour, et il m'emmène à Jodrell Bank pour mon anniversaire la semaine prochaine. Nous allons faire des observations avec le télescope Lovell, qui scrute le cosmos depuis plus d'un demi-siècle.

**THÉRAPEUTE :** Communiquer, c'est essentiel.

**PATIENTE :** C'était tellement bizarre, de lire cette lettre qu'il a écrite pour Eleni, mais j'essaie d'en tirer des leçons. Depuis qu'il est revenu, Thalès travaille tous les soirs sur son scénario de court-métrage, parfois jusqu'à 1 heure ou 2 heures du mat'. L'ancienne Ottila lui aurait peut-être demandé de venir se coucher, mais la nouvelle ne se montrera pas autoritaire. Tout ce que je veux, c'est me rendre utile.

**THÉRAPEUTE :** On dirait que vous devenez de plus en plus forte.

**PATIENTE :** Dans cette lettre, Thalès évoquait le fait qu'Eleni l'avait empêché de voir des amis. Vous savez, avec moi il ne m'a jamais dit avoir des amis. C'est étrange, non ? Jusqu'à présent, j'ai été trop absorbée par mes propres soucis pour m'en rendre compte. J'ai fait le grand saut et j'ai envoyé un SMS à mon ancien coloc, Laurie, pour lui proposer de passer prendre un café. Cohabiter avec lui a été un vrai cauchemar, mais je pense qu'il pourrait faire un bon pote.

**Thérapeute** : Tant que vous n'essayez pas de tout précipiter à la fois.
**Patiente** : Non, non. J'avance lentement mais sûrement. D'ailleurs… Et si je me faisais tatouer une tortue ?

## SMS de Thalès

**Jeu 31 juil 16 h 41**
Désolé pour mon humeur du petit déj'. Je n'ai pas fermé l'œil de la nuit!

## Mail de maman

**De :** **Alice McGregor**
**À :** **Ottila McGregor**
**Date :** **mar 5 aoû 2014 à 03h51**
**Objet :** **TR : Fever**

----------Message transféré----------

**De :** **Alice McGregor <alice.mcgregor54@mcgregormail.com>**
**À :** **aart@aartjonckers.nl**
**Date :** **mar 5 aoû 2014 ; 03h50**
**Objet :** **Fever**

M. Jonckers,

Au risque de vous évoquer quelque chose du genre « vieille peau qui se la joue jeune première », il y a quelque chose que je me dois de vous dire : je suis vêtue d'une minirobe argentée. Moi ! En minirobe argentée à paillettes de chez *New Look* ! Et je viens de sortir dans cette tenue, pour danser toute la nuit sur des chansons que je n'avais jamais entendues, dans une boîte de nuit appelée le *Fever*. Enfin, quand je dis des chansons… Il s'agit plutôt de séries de « bip » sonores électroniques, mais bon sang, qu'est-ce que ça vous secoue les hanches !

Certaines des jeunes filles avec qui je me trouvais, Sharon et Lydia, ont sniffé de la poudre blanche pour tenir le rythme plus longtemps. Je ne sais pas si c'était de la coke, du crack ou de l'ecstasy. Je n'ai pas retouché à la drogue depuis que j'ai fait un mauvais trip avec mon mari, Bernhardt, quand nous étions très jeunes. J'avais avalé un demi-gramme de champignons hallucinogènes et j'ai fini par me taper la tête contre un miroir, persuadée que j'étais prisonnière dans le vide.

C'est un sentiment inhabituel que de se retrouver à être la personne la plus âgée dans une boîte de nuit. On récolte des regards bizarres, dont certains sont même horrifiés. Cela dit, il y en a quelques-uns, rares, qui semblent apprécier cet état de fait. Un jeune homme a appuyé son entrejambe contre le mien et a tenté de me lécher la gorge ! Vous vous rendez compte ? Évidemment, je l'ai repoussé, ce sale petit con. Je suis à la recherche d'un petit ami, c'est vrai, mais pas dans de telles circonstances. Les discothèques sont faites pour se déhancher jusqu'au bout de la nuit, non pour des idylles au rabais.

Je me suis inscrite à un site de rencontres en ligne mais j'ai toutes les peines à compléter mon profil correctement. Je n'arrive pas à parler de moi sans avoir l'air déprimante. C'est tellement difficile de savoir quoi dire à un parfait inconnu. Sauf quand cet inconnu, c'est « vous », monsieur Jonckers. Ah ! Je viens de manquer de recracher mon chocolat chaud.

Vous imaginez ça ?! Vous et moi, déambulant le long des canaux d'Amsterdam, moi dans ma minirobe argentée, et vous fumant votre pipe, tous deux essayant de trouver de nouveaux moyens de soutenir les personnes atteintes d'autisme. C'est tellement loufoque que ça pourrait bel et bien fonctionner.

Sur un tout autre sujet, vous arrive-t-il de prescrire des médicaments à des membres de la famille des autistes dont vous avez la charge ? Je pensais peut-être à un petit quelque chose pour me rassurer le soir avant que je me couche. Je ne sais pas, rien de trop addictif, et bien sûr, il faut que ça reste légal. J'en parlerais bien à mon médecin, mais c'est une connasse de première catégorie (pardonnez-moi l'expression). Elle ne m'a même pas prescrit de sirop antitussif la dernière fois que je le lui ai demandé.

Bon, eh bien, il est temps pour moi de m'allonger sur mon matelas pendant trois heures avant de finalement succomber au sommeil. Bonne nuit, mon beau héros. Ne vous inquiétez pas, je plaisante. La vie est trop courte pour ne pas rire un peu de temps en temps.

Sérieusement, vous auriez une solution pour Mina ??

Salutations,

Alive

*PLDB,*

Je viens de t'arracher une vieille citation pourrie d'Albert Einstein. Ce type a peut-être inventé la théorie de la relativité générale, mais il n'y connaissait que dalle en matière de bonheur. Tout ce dont on a besoin pour être heureux, affirme-t-il, c'est une chaise, une table, un instrument de musique et quelques fruits. Pouah ! On a besoin de bien plus que ça, je suis en train de le découvrir. Une chose dont vous avez vraiment besoin, c'est l'espoir. Et maintenant que Thalès et moi, on est de nouveau ensemble, et que ma thérapeute m'a fait passer le cap de la rechute, et m'a filé un acronyme pour m'aider à empêcher que cela ne se reproduise, et que j'ai viré Ben de ma vie, et que j'ai réussi à pleurer et pleurer toutes les larmes de mon corps, eh bien, je me retrouve avec une quantité modérée d'espoir. Et c'est une douce, bien douce sensation.

Depuis que Thalès et moi, on s'est réconciliés, je suis heureuse de pouvoir t'annoncer que nous avons renoncé à notre ancienne répartition des tâches RTSSQNSC, et que nous disposons d'un nouveau plan qui consiste à passer plus de temps à travailler sur nos projets personnels, ainsi que plus de temps avec d'autres amis. Delyth et moi, on est allées au Cornerhouse voir *Ramanujan*. C'est un biopic retraçant le parcours d'un prodige des mathématiques qui arrive en Angleterre en provenance de l'Inde, et devient chercheur à l'université de Cambridge. Delyth a dit qu'elle aurait préféré l'histoire s'il avait atterri dans une autre université, comme Bangor ou Lincoln, ou « n'importe quel autre établissement du moment que ce n'était pas Oxbriiidge ! », mais moi, ça m'a plu.

Et puis, Laurie a accepté mon invitation et il est venu prendre un café. Si on ne vit pas sous son toit, il est cool comme mec. Comme je l'avais prévu, Thalès et lui se sont bien entendus, et en un rien de temps ils se sont retrouvés à parcourir le *Manuel des monstres* de *Donjons et Dragons*. Avant de partir, Laurie a invité Thalès à rejoindre le club *kanabō*. J'ai essayé de ne pas rire et je suis contente d'avoir réussi parce que Thalès a dit « oui ».

Il y a deux jours, c'était mon anniv. Ça m'a fait bizarre de ne pas fêter ça avec une bouteille de mousseux et une sortie en ville. Nous avons regardé trois épisodes de *Battlestar Galactica* et on s'est couchés tôt. Enfin, moi, je me suis couchée tôt. Thalès a continué à travailler sur son scénario, à balancer des boules de papier froissé à travers le salon.

Sinon, quoi de neuf ? André m'a parlé comme à un être humain. J'ai commencé l'entraînement pour ma ceinture blanche et jaune en kickboxing. Je me suis même lancée dans la méditation, et je suis arrivée à en faire pendant une heure entière hier. Certes, je me suis endormie pendant une partie de la séance, mais ça m'a rechargé les chakras à fond.

O

# Mail de maman

**De:** **Alice McGregor**
**À:** **Ottila McGregor**
**Date:** **lun 25 aoû 2014 à 23 h 10**
**Objet:** **TR : Fever**

Ma chériez,

Mercredi, c'est déjà l'anversairz de papz.. Je vaisaller faire un pèlerinage en écosse et allumer un ciergepourlui. Je rentre pour la fin de la semaine.Je dormirai sans dote dans un refuge pour randonneurs quelque part aux abords de la West Highlaned Way, histoire de me perdre quelques jours dans les grands espaces,, avec une grosse débauche de whisky.

Fais en sorte que Thalèes s'occupe bien de toi. Le temps que vous passez ensemble est tellement précieux, tu sais. ?

Je t'aime, mon otille des nouilles,
Maman

## SMS à Mina

**Mer 27 aoû 20 h 31**

Un bon vieux SMS à l'ancienne pour toi. Finis les vieux Snapchat puants ! J'espère que tu te remets bien. Je mange du smørrebrød en l'honneur de papa. Biz

Viking Mania <http://www.vikingmania.com>

Accueil | Scandinaves vs. Vikings | Vie | Mort | Histoire | Produits | Événements | Liens | Contact

## Les Vikings et la mort

Que se passait-il quand les Vikings mouraient ? Disposaient-ils de rites funéraires ? Croyaient-ils en l'au-delà ? Comment transmettaient-ils leurs biens à leurs descendants ? Découvrez ici tout ce que vous devez savoir à propos des Vikings et de la mort.

**Tombeau**

Pour les Vikings, le rite funéraire était lié à la richesse. Les Vikings appartenant à la classe la plus basse de la société, les thralls, étaient généralement jetés dans un trou, simplement livrés aux vers et à la terre. Parfois, ces esclaves étaient sacrifiés avec leurs maîtres pour les servir dans l'au-delà. L'avantage pour ces esclaves, c'était qu'ils bénéficiaient de funérailles plus grandioses qu'ils n'en auraient eu autrement, l'inconvénient étant qu'on les brûlait ou les enterrait vifs.

Les Karls, les travailleurs libres ou les guerriers de la société viking, recevaient des biens funéraires à emporter avec eux dans l'au-delà. On pouvait confier à un homme du matériel agricole ou des armes. Les femmes recevaient bijoux et autres objets domestiques.

Les Jarls, les aristocrates du monde viking, avaient droit aux funérailles les plus élaborées. On leur offrait les biens funéraires les plus chers et les plus variés, et parfois même un esclave ou une jolie fille pour les assister en chemin. Certains étaient brûlés sur un bûcher que l'on envoyait en mer. D'autres étaient enterrés dans des « navires » de pierre. Cela consistait un peu en une inhumation classique, mais le lieu de sépulture était entouré de dalles de pierre, dessinant les contours d'un voilier. Suivez ce lien pour jeter un coup d'œil aux vestiges du navire de pierre de Jelling au Danemark.

**Cérémonie**

Les rites funéraires des Vikings permettaient de remplir deux objectifs. Le premier était d'aider les vivants. La perte d'un être cher est une épreuve douloureuse, et les rituels entourant la mort peuvent aider ceux qui restent à initier la transition nécessaire pour aller de l'avant. Une cérémonie permet à chacun de faire son deuil correctement.

Le second objectif était d'offrir aux défunts un passage en douceur dans l'au-delà. Si les funérailles ne se déroulaient pas correctement, le défunt risquait de finir en âme errante sur la terre, tel un draug : créature proche de ce que l'on appellerait fantôme ou zombie de nos jours. On croyait que l'apparition d'un draug constituait un mauvais présage et un danger pour les membres survivants de sa famille. On faisait tout pour éviter de telles apparitions.

De nombreux rituels ont découlé de la préparation des corps en vue des funérailles. Exemple intéressant : on coupait les ongles des cadavres pour empêcher qu'ils ne servent à construire le mythologique *Naglfar*, un navire constitué à partir de doigts et d'ongles d'orteil des défunts.

**Héritage**

Au septième jour du deuil, une bière spéciale appelée Gravöl (« Bière de la tombe ») était servie au cours de la célébration du sjaund. Cela signifiait que l'héritage pouvait désormais être revendiqué. La transmission du patrimoine ne concernait pas seulement les biens matériels, mais aussi certaines positions de pouvoir.

**Vie près la mort**

Les Vikings entretenaient des opinions divergentes au sujet de l'au-delà, et les preuves qui subsistent de leurs croyances sont quelque peu contradictoires. Cependant, dans l'ensemble, il semble que les Vikings aient cru ce qui suit…

Pour ceux qui mouraient au combat, il existait deux possibilités : la moitié d'entre eux étaient choisis par le dieu Odin pour rejoindre un lieu majestueux nommé Valhalla. Là, les soldats pouvaient boire et festoyer, en retour de quoi on attendait d'eux qu'ils protègent Odin du loup Fenrir. L'autre moitié des soldats défunts se retrouvaient dans un champ appelé Fólkvangr, gouverné par la déesse du plaisir Freya.

Concernant ceux qui ne mouraient pas au combat, mais étaient considérés comme des âmes honorables, les Vikings croyaient qu'ils finiraient à Helgafjell, connue comme la « montagne sacrée ». On croyait que cette montagne était tellement magique qu'on ne pouvait pas la regarder sans s'être d'abord lavé le visage.

Helheim était l'endroit le moins avantageux où finir pour les défunts. Ce lieu était régi par la titanesque déesse Hel, mais les récits le décrivant varient considérablement d'un texte à l'autre. Ce que nous savons, c'est qu'il y faisait froid, noir et qu'il se trouvait sous terre. Il apparaît que ceux qui y échouaient avaient eu une fin de vie déshonorante. Apparemment, pour de nombreux Vikings, mourir de vieillesse, emmitouflé dans son lit, était considéré comme l'une des façons les moins honorables de disparaître.



## SMS de Mina

**Mer 27 aoû 23 h 09**
C'est quoi, un SMS ?

## Lettre à papa

*24 août 2014,*

Papa,

Ici Ottila, ta petite reine des « Huns ».

Ça fait trois ans que le roi de Norvège nous a téléphoné pour nous annoncer que tu étais mort au combat. Tu as vécu comme un Viking, et tu es mort comme tel, papa. J'espère pour toi que tu es au Valhalla à présent. Je t'y imagine en train de déguster de la bière sortant de la corne d'une vache, une énorme assiette de baies sauvages et de viande fumée posée devant toi. Ça ressemble plus à un endroit pour toi que l'autre option : un grand champ. Si tu te trouves dans cet autre lieu, cependant – le Fólkvangr – méfie-toi de Freya. Elle couche avec tout le monde, même son propre frère. Ne succombe pas à ses charmes.

Tu manques à maman. Elle est partie rendre visite à tes cendres cette année, mais je n'étais pas vraiment en état de supporter le voyage avec elle jusqu'en Écosse. Trop de souvenirs. J'espère que j'arriverai à te rendre visite bientôt. Au lieu de ça, en attendant, je me suis dit que je t'écrirais plutôt cette lettre. Je vais la déposer sur le lac dans le parc en face de mon appartement et y mettre le feu. Je lui offrirai des funérailles sur l'eau. Peut-être que mes mots brûlés flotteront jusque dans l'au-delà et que tu pourras les lire.

Mina va bien.

Enfin, en toute honnêteté, papa, ce n'est pas tout à fait vrai. Elle ne va pas bien. Elle va encore plus mal qu'avant. Son état se détériore de jour en jour. Elle n'a pas réussi à reprendre le travail depuis ta mort. Elle est internée définitivement maintenant. Elle tente de faire des horreurs au moins deux fois par an. Je n'arrive même plus à voir la peau de ses bras tellement elle a de cicatrices. Comment est-ce qu'on peut guérir le cerveau de quelqu'un ?

Je suis un peu contrariée que tu ne m'aies jamais avoué que tu entendais des voix. Pourquoi n'es-tu pas parvenu à te confier à moi ? J'aurais pu t'aider. Et sans parler de moi, je me demande pourquoi tu ne l'as pas dit à Mina. Elle se serait sentie beaucoup moins seule. Cela dit, s'ouvrir comme ça aux autres, ça n'a jamais été ton truc. Si tu étais là, tu voudrais probablement lui faire un gros câlin, lui acheter une tablette de chocolat et lui assurer que tout va s'arranger. Mais que se passerait-il quand elle commencerait à refuser tes glaces ? À refuser tes câlins ? Maintenant, elle a passé plus de temps à l'hôpital que dans la vie normale. On n'a même pas le droit de lui apporter de la nourriture ou des livres sans qu'ils soient vérifiés d'abord. Je commence à croire qu'il est inutile d'espérer qu'elle aille mieux un jour. Ça aussi, c'est fatigant…

Il vaut peut-être mieux se faire à l'éventualité qu'elle ne changera jamais. Mais comment puis-je accepter ça, alors que ça me dérange tant ? Chaque fois qu'elle tente de se suicider, c'est comme si elle tuait un petit bout de moi.

Pourquoi est-ce que tout le monde s'imagine que les morts ont toutes les réponses ? Tu ne savais pas quoi faire de Mina quand tu étais en vie. Pourquoi le fait d'avoir perdu tes impulsions sinusales t'octroierait un don de clairvoyance ?

Je ne t'ai jamais vraiment parlé de ma vie amoureuse. Tu m'as traitée de salope une fois, pendant qu'on repeignait les murs de la cuisine. On faisait une surprise à maman à son retour d'un week-end chez mamie. J'avais à peu près dix-sept ans. J'ai crié contre toi et j'ai jeté le pinceau sur le plan de travail de la cuisine, y laissant une trace de Mandarine Twist qui n'a jamais tout à fait disparu. Tu m'as dit d'aller vérifier « salope » dans le dictionnaire, en m'assurant que ça signifiait « une femme sale ou paresseuse ». Tu m'as tellement choquée que je suis sortie ce soir-là et que j'ai couché avec un homme de cinquante-cinq ans. Il m'appelait sa « gentille fifille ». C'était atroce.

Je vois quelqu'un en ce moment. Il s'appelle Thalès. Ses parents sont grecs. On a eu nos soucis, mais on en vient à bout, comme deux adultes. Je sais faire ça maintenant. Venir à bout des problèmes sans faire s'esclandres. Il n'y a pas de mal à rencontrer quelques désaccords de temps en temps, mais je trouve que ça aide d'avoir le genre de disputes qui n'implique pas d'arracher des portraits des murs et de se cracher des obscénités à la figure jusqu'à en vomir sur la moquette et s'évanouir devant la porte d'entrée. Le bon vieux temps, hein ?

Il apparaît que j'ai un peu trop forcé sur l'hydromel, tout comme toi. Même maman semble être portée sur la bouteille ces temps-ci. Putain d'alcool de merde ! Thalès est la première personne avec qui je suis sortie en étant sobre. Je pense qu'avant lui, je me choisissais des mecs avec qui je pourrais aller me cuiter. Des fêtards. Des hommes mariés. Des musiciens. Les pires de tous : les poètes. Le gagne-pain de Thalès, c'est de servir des cafés. Il fait aussi des films. Il en a réalisé un, *Tractor Boy*, qui a fini par être projeté à Keswick, ce qui honnêtement a plus de retombées qu'il n'y paraît. Tu te souviens quand on est allés au musée du Crayon à Keswick ? Le plus long crayon de couleur du monde ! On avait eu un fou rire dans le parking après l'expo.

Thalès est le premier homme que je m'autorise à aimer depuis toi. À aimer vraiment. Je ne parle pas de luxure ni de la honte que j'ai ressentie avec Ben ou André. Tu sais à quel point c'est flippant, le vrai amour ? Laisser quelqu'un entrer dans ton cœur, alors qu'il pourrait mourir à tout moment ? J'essaie de passer au moins cinq minutes par jour à m'imaginer qu'il est décédé, à pleurer sa mort, juste pour m'y préparer.

Ne t'inquiète pas, je vois une thérapeute.

Après avoir surmonté le choc initial de ton diagnostic, papa, j'ai passé plusieurs mois à te détester. Je n'arrivais pas à croire que tu fumais depuis autant d'années. Si tu m'aimais vraiment et que tu voulais passer le plus de temps possible avec moi, pourquoi n'avais-tu pas arrêté depuis longtemps ? Ça m'a rendue furieuse. Je fumais quatre ou cinq menthol d'affilée après chaque coup de fil, juste pour t'atteindre.

Bien sûr, la haine n'a pas duré. Quand tu es mort, j'ai planté un pommier dans le jardin. *« Comme c'est beau*, pensais-je, *de voir quelque chose se créer dans la destruction. Un jour, je pourrai cueillir une pomme de l'arbre et mordre dans le fruit de mon malheur. »* Chaque fois que je revenais voir maman, je surveillais mon arbre. J'ai pris des mesures, pour voir combien de centimètres il avait pris. Je lui ai parlé en faisant comme si c'était toi.

As-tu déjà entendu parler du chancre des pommiers ? L'écorce de l'arbre commence à dépérir. Autour de la zone affectée, il y a un anneau fissuré et gonflé, gorgé de pustules, petites et crémeuses au début, puis elles grossissent et rougissent, libérant une sorte de bave. Le fruit est également touché. Au début, la pourriture apparaît sur le bas de la pomme, la faisant brunir et ramollir. Au final, le fruit s'assèche, comme de la poudre, et il disparaît dans une bouffée de putréfaction. Voilà ce qui est arrivé à tes pommes, papa.

Tu sais quelle variété d'arbre j'avais plantée pour toi ? Un James Grieve, c'est-à-dire « deuil », bon sang !

Tout devient métaphore de nos jours.

J'espère que tu sais que je vais bien. Je suis gentille pour toi, comme tu me l'as demandé. J'ai arrêté de fumer. J'ai arrêté de boire, à part une petite rechute, dont ma thérapeute m'assure qu'il n'y a pas de quoi fouetter un chat. J'ai arrêté d'être infidèle aussi. C'est juste une autre forme d'automutilation. Tu te rends compte qu'une fois, j'ai couché avec trois personnes en une journée ? L'une d'entre elles était mon petit ami, l'autre une fille de mon cours d'anglais, la troisième était le cousin de mon amie, qui m'avait aidé à déménager des meubles dans mon nouvel appartement. Deux de ces personnes se sont même croisées dans la cage d'escalier. Après une douche rapide, je faisais le tour de l'appartement pour voir s'il y avait des taches, puis je passais au partenaire suivant.

Est-ce que c'est déplacé, de te raconter tout ça, papa ?

Pas vraiment, parce que tu ne liras jamais ces lignes. Tu n'existes pas. Tu n'es qu'un ramassis de souvenirs qui passeront un jour aux oubliettes. Mais pas tant que je serai là pour y remédier. Joyeux anniversaire, papa. Je vais allumer un feu pour toi maintenant. Mes salutations à Odin.

Ta *dóttir* aînée, Ottila

# Souvenir de papa

Tous les soirs, quand j'avais terminé mes devoirs et fait mes exercices de piano, papa venait dans la salle de bains avec Mina et moi. Il gardait les yeux fixés sur sa montre, et puis il chantait :

Il répétait cette chanson inlassablement, avec des changements de tonalités, pendant exactement deux minutes. Deux minutes au terme desquelles nous savions que nous pouvions ranger nos brosses à dents et aller nous coucher.

Le moment du coucher, c'était mon préféré. Avant l'extinction des feux, je rampais dans le lit de Mina, et papa nous lisait quelques pages d'*Alice au pays des merveilles*, du *Club des Cinq* ou de *La Forêt enchantée*. Le plus souvent, il s'assoupissait avant d'atteindre la fin du chapitre, et nous attendions patiemment qu'il se réveille et termine.

Après l'heure de l'histoire, papa et moi embrassions Mina pour lui souhaiter une bonne nuit, puis papa me bordait dans mon lit et me mettait à l'épreuve sur mes tables de multiplication. Les tables de deux et de cinq ne posaient jamais de difficultés. Quand nous devions aborder celles de trois, de quatre ou, pire encore, de six, je finissais frustrée.

— C'est comme si mon cerveau se liquéfiait, lui ai-je avoué un soir, à voix basse pour que Mina puisse dormir. J'essaie de trouver la bonne réponse, ou même n'importe quel nombre, mais j'ai un blanc.

— C'est juste pour s'entraîner, a-t-il répondu. Tu finiras par y arriver.

— Papa ?

— Oui, Ottila ?

— Je sais que ça a l'air bizarre, mais parfois je pense que je suis peut-être magicienne.

— De quelle façon, mon canard en sucre ?

— Je viens juste… Je sais pas trop. C'est pas grave.

— Vas-y, tu peux me le dire.

Mina ronflait déjà, alors j'ai décidé de vider mon sac. J'ai affirmé à mon père que même si j'étais parfois nulle en tables de multiplication et en arithmétique, je me savais dotée de pouvoirs mystérieux. Je lui ai expliqué que je pouvais voler, que j'étais plus ou moins médium et que j'avais la faculté de voir des créatures invisibles. Papa a souri devant mon récit. Pas du sourire de quelqu'un qui se moque, ni de quelqu'un qui pense : « Quelle adorable gamine ! » C'était un sourire beaucoup plus complexe, un sourire d'adulte, un sourire que je n'ai pas compris. C'était un sourire de regret, de culpabilité, de compassion. Puis, quand son sourire s'est effacé, il a déclaré :

— Tu me ressembles tellement, Ottila.

— Toi aussi, tu as l'impression d'être spécial ? ai-je demandé, en faisant une grimace et en réfléchissant très fort. Est-ce que c'est parce que tu es né dans un autre pays ?

À cet instant, il a fait un autre sourire. C'était un de ces sourires que je connaissais bien. En fait, c'était un sourire moqueur et attendri.

— C'est peut-être une des raisons qui font que je me sens spécial, a-t-il répondu.

— Parce que grand-mère et grand-père étaient écossais, et toi, tu es né au Danemark, mais tu parles la même langue que moi, comme si tu venais d'Angleterre. Je pense que ça veut dire que tu as des superpouvoirs.

Papa m'a déposé un baiser sur le front.

— Ma parole, tu réfléchis beaucoup pour une petite fille qui doit s'endormir !

Il a remonté les couvertures sur mes épaules, comme j'aimais qu'il le fasse, puis il s'est approché de la porte. Là, il s'est retourné et a ouvert la bouche, comme s'il allait dire quelque chose, mais il s'est arrêté net. Son regard est resté fixé au sol, puis il a rapidement levé les yeux vers moi.

— Cinq fois six ? a-t-il chuchoté en éteignant la lumière.

— Je m'en fiche parce que moi, je sais voler, ai-je rétorqué dans un murmure.

# CINQ

# Mail de Reatha

**De :** **Reatha Sanna**
**À :** **Ottila McGregor**
**Date :** **mer 3 sept 2014 à 21 h 12**
**Objet :** **Bain de sang**

Bon, bon, bon, Miss McMachin… Tu as vraiment fait sensation chez mes parents cet été. Je suppose que Thalès t'a tenue au parfum de ce qui s'est passé depuis ta fatidique visite, mais au cas où il aurait négligé quelques détails :

1. J'ai quitté la maison de mes parents en août.

2. Ma mère m'a suppliée de la présenter à toutes mes copines, systématiquement.

3. Mon père a jeté sa collection de films porno lesbiens. Que mon père possède une telle collection – à son âge ! –, qui plus est avec une prédilection pour le saphisme, ça n'est pas une chose dont j'ai eu le plaisir d'être au courant, jusqu'à ce que je tombe littéralement dessus, ce qui m'a rapidement conduite à l'action numéro un de la présente liste.

C'était dingue, de te revoir après tout ce temps. J'avais tellement tout fait pour t'éviter depuis toutes ces années. À une époque, je pensais que tu avais déménagé à Manchester après ta maîtrise pour m'atteindre : une invasion de ma ville natale. C'est en partie pour ça que je suis partie en Asie du Sud-Est pendant un an. J'espérais qu'à mon retour, tu aurais déménagé encore plus au sud, vers chez tes parents… Je n'étais pas du tout au courant pour ton père. Je suis navrée.

Quand j'ai pris conscience que c'était toi qui franchissais le seuil de ma maison, au bras de mon frère, j'ai tout de suite fait un vœu. J'ai souhaité que tu aies des rides et les dents pourries, et que tu fasses toujours ce claquement sec avec ta mâchoire quand tu manges. Il apparaît que tes pattes-d'oie autour des yeux donnent l'impression que tu as passé la dernière décennie à sourire, et que tes dents ne se sont pas transformées en défenses d'ivoire. Et, oui, tu fais toujours ce bruit avec ta mâchoire, mais ça ne suffit pas, bordel!

En fait, apprendre que tu avais arrêté de boire, et voir ton visage au teint rayonnant de santé, et la façon dont tu couvais mon frère du regard… euh. Tout ce que je voyais, c'était à quel point tu es «heureuse»! Et honnêtement, Til, j'ai tourné la page de nous deux, maintenant. Toi et moi, c'est arrivé dans une autre vie. Putain, je m'appelais encore Reatha Mavros à l'époque, j'utilisais le nom de jeune fille de ma grand-mère à cause d'une dispute idiote avec mes parents. Thalès était à la fac de cinéma, et faisait son fils prodigue avec «sainte» Eleni qui, au passage, était une sorcière. Mes parents voulaient me présenter à un beauf d'Athènes qui était là pour un échange Erasmus. Les choses nous ont explosé à la figure, à tous… Peut-être que si je t'avais parlé plus ouvertement de ma famille, nous n'en serions pas arrivés là aujourd'hui.

Mais toi et moi… C'était il y a si longtemps. C'est comme si tu avais couché avec ma sœur jumelle. Oh, attends, je veux dire mon frère jumeau. Tu te rappelles ce que ça fait de me toucher ? Moi, je n'ai aucune idée de ce que ça fait de te toucher. Je me souviens à peine de « moi » à l'époque. J'ai grossi, j'ai perdu du poids puis j'ai changé de coiffure et je me suis fait faire tellement de tatouages au fil des ans. À quelle fréquence les cellules de notre corps se régénèrent-elles ? 99 % des atomes de notre corps se renouvellent, non ? Je suis donc littéralement 1 % de la personne que j'étais quand toi et moi, on était ensemble. Tu as partagé l'intimité de 1 % de moi, Til, et pas une cellule de plus !

Ce que j'essaie de t'expliquer, c'est qu'il n'y a pas de souci à ce que tu sois avec Thalès maintenant. Sérieux. Tu es toi, et l'Ottila du passé, c'était « elle ». Elle m'appartenait à moi, et toi, tu es à mon frère. J'ai une copine, de toute façon. Elle s'appelle Nora, et on est en couple depuis trois ans. En fait, toute cette saga nous a poussées à emménager ensemble. Je restais avec papa et maman pour essayer d'économiser pour faire un master aux Beaux-Arts, mais je peux encore mettre de l'argent de côté, quoique plus lentement, en vivant avec Nora. La principale raison pour laquelle je n'ai jamais voulu parler d'elle à papa et maman, ce n'est pas parce que c'est une femme. Mais une communiste, ce qui est bien pire. Un des enfants de mes arrière-grands-parents a été enlevé par les insurgés de la guerre civile grecque, et aujourd'hui encore ma grand-mère refuse de porter du rouge.

Mais maintenant, maman a l'intention de faire partie de ma vie. Elle veut connaître Nora et lui apprendre à faire des *dolmades*. Quand maman et Eleni se sont rencontrées pour la première fois, elles ont préparé des *dolmades* ensemble, et maintenant elle se rend compte que c'est une sorte de rituel d'adoubement entre une mère et ses belles-filles potentielles. Hé, peut-être que tu devrais lui proposer de faire une séance de *dolmades* avec elle ? Envoie-lui des feuilles de vigne en forme de branches d'olivier… Sérieusement, maman fait tellement d'efforts que ça en devient déchirant. Elle nous a envoyé quatre bouteilles d'huile d'olive ce mois-ci, comme cadeau de crémaillère. Je vais devoir la présenter à Nora tôt ou tard, même si j'ai l'impression qu'elle ne va pas adorer les lobes d'oreille étirés de Nora ni son tatouage de Spider-Man au niveau du cou.

Je ne cherche pas à te faire culpabiliser, Ottila. Putain, t'étais pas censée savoir tout ce que j'ai fait pour garder mon secret. Je n'ai jamais utilisé mon vrai nom dans mes tableaux, ni en ligne, au cas où mes parents découvriraient quelque chose sur moi. Mais il est temps que ma famille sache qui je suis vraiment. J'aurais aimé que ça vienne de moi, et que tu ne sois pas mêlée à tout ça, mais bon, à quoi serviraient les ex-petites amies d'il y a huit ans, sinon ?

À ma manière – bizarre et un peu tordue – tout ce que j'essaie de te dire, c'est ceci : j'espère que toi et mon frère resterez ensemble. Mais écoute-moi bien : il y a un truc qui tourne pas rond chez Thalès. C'est une des raisons pour lesquelles maman l'a convaincu de séjourner chez nous si longtemps cet été. Je ne sais pas ce que c'est, mais il n'est pas lui-même pour le moment. Surveille-le bien. Occupe-toi de lui. Tant que tu feras ça, on pourra être amies.

Paix,

REATHA ^_^

# Scénario

*[J'ai sauvé ce brouillon du scénario de Thalès de la corbeille à papier. Il y a du jus de haricots sur un rebord, mais à part ça, il est à peu près présentable, promis.]*

*OBJETS INANIMÉS*

De Thalès Sanna

FONDU AVANT :

EXT. MAISON MITOYENNE - JOURNÉE

*Une journée nuageuse à Salford. Zoom sur une maison mitoyenne en briquettes rouges avec une porte d'entrée bleue.*

INT. CUISINE - JOURNÉE

*Dans une cuisine simple et moderne, on découvre des appareils électroménagers posés dans des endroits insolites. La bouilloire est sur le canapé. Le grille-pain sur une chaise. La machine à pain se trouve sur un paillasson, près de la porte du jardin.*

MACHINE À PAIN

Si seulement je pouvais sortir aujourd'hui.

GRILLE-PAIN

Tu es comme un lion en cage.

*(Pause.)*

Moi, je suis bien ici.

BOUILLOIRE

Je me souviens de comment c'était, dehors.

*(Va d'un côté du canapé à l'autre, puis vers la porte du jardin.)*

GRILLE-PAIN

Non, tu ne t'en souviens pas du tout.

MACHINE À PAIN

Le buis sent le pipi de chat.

BOUILLOIRE

J'ai connu une fille qui s'appelait Rebecca. Entre nous, c'est devenu assez torride.

*(Se met à bouillir puis émet un «clic», avec un petit filet de vapeur s'échappant de sa bouche.)*

GRILLE-PAIN

Tu n'es pas sortie avec une fille qui s'appelait Rebecca.

BOUILLOIRE

Peut-être bien que si. Je ne m'en souviens pas.

*(Pause.)*

Je ne me souviens de rien.

GRILLE-PAIN

Au moins, toutes tes pièces sont encore en état de marche. Mon gril gauche est H.S.

*(Un bouton poussoir s'enfonce et le gril ne rougit que d'un côté.)*

BOUILLOIRE

Ça fait rien. Tu en as un autre. Au moins, tu te souviens de ce que c'est que d'avoir un gril à gauche.

GRILLE-PAIN

Je parie que c'est là qu'elle est partie, tu sais.

BOUILLOIRE

Qui donc?

GRILLE-PAIN

Elle. Je parie qu'elle est partie en acheter un neuf.

Elle va me remplacer.

*(Les appareils électroménagers poussent un cri à l'unisson.)*

Je suis défectueux.

BOUILLOIRE

Ce n'est pas vrai, mon pote.

*(Retourne de l'autre côté du canapé, pour se rapprocher du grille-pain.)*

MACHINE À PAIN

Il y a des gens qui regardent du Samuel Beckett.

GRILLE-PAIN

Je vais aller vivre dans une poubelle.

MACHINE À PAIN

L'odeur de la pluie me manque.

BOUILLOIRE

L'odeur de quoi?

GRILLE-PAIN

J'avais tant d'espoirs et de rêves.

Un jour, je me suis dit, je vais me réchauffer une bonne tranche de pain au levain.

MACHINE À PAIN
J'espère que ce n'est pas une pique que tu me lances.
Je fais ce qu'on me demande.

GRILLE-PAIN
On m'a à peine laissé ma chance. Je n'ai qu'un an et demi.

BOUILLOIRE
Allons, tout le monde, calmez-vous.
Que diriez-vous d'une bonne tasse de thé?

GRILLE-PAIN
D'accord.

MACHINE À PAIN
D'accord.

BOUILLOIRE
Attendez, est-ce que je vais me rappeler comment faire…

FONDU DE FERMETURE
*La chanson* Failure *de Swans s'élève pendant que le générique défile.*

## SMS à Thalès

**Ven 05 sept 15h42**
Que dirais-tu d'un *Divinity* ce soir ? On peut se faire une partie à deux. On pourra manger du ragoût d'elfes, ramasser des cristaux magiques et guérir les blessures l'un de l'autre en brûlant le pétrole de minuit. Biz

## SMS de Thalès

**Ven 05 sept 16h10**
Merci, mais je vais aller à la bibliothèque passer une nuit blanche. T

Pour être heureux, il ne faut pas trop s'occuper des autres.

---

Albert Camus

# Mail d'André

**De :** **André Marsh**
**À :** **Interne**
**Date :** **jeu 18 sept 2014 à 09 h 52**
**Objet :** **Triste nouvelle**

Mes excuses pour ce message groupé. Je viens de recevoir une triste nouvelle au sujet d'une de nos plus anciennes patientes. Notre vieille Maude, connue de tous pour ses pâtisseries, s'en est allée rejoindre un monde meilleur. Elle s'est courageusement battue contre un astrocytome anaplasique pendant deux ans, mais elle est décédée hier soir, entourée de sa famille.

Je pensais qu'en l'honneur de tout ce que Maude a fait pour la Maison de Maggie, nous pourrions organiser une vente de gâteaux samedi prochain. Nous utiliserions l'argent recueilli à cette occasion pour lui dresser une plaque dans la parcelle en friche à côté du parking, peut-être même y planter des fleurs ou faire quelque chose en son honneur. Elle a toujours apprécié les espaces verts ici, et elle aurait aimé l'idée de voir notre jardin s'agrandir, ou toute sorte de bidule commémoratif. Qu'en pensez-vous ? Ce coin est un vrai trou à rats en ce moment, alors ça pourrait être l'occasion de l'égayer un peu.

Une carte à signer circulera parmi vous au cours de la matinée, et je l'enverrai à la famille de Maude cet après-midi. Si quelqu'un peut réfléchir à un bon poème humoristique (elle les adorait, n'est-ce pas ? À moins que ce ne soit Tony ?) à y glisser dedans, alors n'hésitez pas ! Réponses sur carte postale !

Oh, yeah. Pour ceux qui souhaitent se rendre aux obsèques, m'envoyer un mail pour qu'on s'organise.

André

## Maude

Il était une femme courageuse, Maude,
Qui préparait des babkas et des petits-fours roses,
Mais ce qu'il ne faut pas oublier,
C'est que ces gâteaux n'étaient qu'une qualité,
Parmi les nombreuses de cette personnalité, qui ~~s'est envolée~~ déchirait.

## *Le Petit Livre du bonheur*

Cher Petit Livre de soudainement impossible de nouveau,

Je redoutais que ce jour n'advienne : le jour où quelqu'un que je connais et que j'apprécie à la Maison de Maggie meurt. Mais Maude… Elle avait subi une double mastectomie. Radiothérapie. Chimiothérapie. La totale. Rien ne l'arrêtait. Je pensais qu'elle ne cesserait jamais d'avancer.

Et le fait que tout ce dont les gens se souviennent d'elle, c'est qu'elle aimait cuisiner… Les gens peuvent-ils vraiment oublier les autres aussi vite ? Qu'est-ce qui resterait de « moi » si je mourais demain ? « Ottila ? Elle utilisait des stylos-plumes. » Et merde !

Je ne me sens pas capable d'affronter les obsèques. Les dernières auxquelles j'ai assisté, c'étaient celles de papa. Mina a refusé d'y aller parce qu'elle était trop triste.

Maman a serré la main de tout le monde, s'est rappelé des souvenirs et a plaisanté, et même elle a lu un poème de Maya Angelou : *Quand les grands arbres tombent.* C'était douloureux de voir maman rester forte ce jour-là. Encore plus douloureux que de la voir s'effondrer juste après. Moi, j'ai vu deux grands arbres tomber cette semaine-là.

Je ne supporte pas de perdre des gens. J'ai peur de perdre Thalès si je ne fais pas attention. Il est tellement perturbé depuis qu'on s'est remis ensemble. J'espère vraiment que ça n'a rien à voir avec Reatha. Il dit que ça ne le gêne pas, mais je sais qu'il lui faudra du temps pour s'y faire. Je pense que la raison principale de son humeur est qu'il se sent comme une merde depuis qu'il a reçu cette lettre de refus. J'ai essayé de lui expliquer que ce n'était pas grave – moi, j'en ai reçu des tas, de ces courriers de merde – mais les cernes sous ses yeux continuent de se creuser.

J'aimerais que tous ceux qui sont entrés dans notre vie restent en bonne santé et heureux pour toujours. Ça me manquera de ne plus voir Maude pénétrer dans le centre le mardi matin, rayonnante parce qu'elle a entendu un truc épatant sur Discovery Channel qu'elle a hâte de partager avec nous. Son rire contagieux, sa générosité, ses histoires de boxe et ses mots en polonais me manqueront. Je vais regretter ce sentiment d'avoir une grand-mère secrète.

Je n'ai plus assez de courage pour travailler à la Maison de Maggie. Je ne peux pas me permettre de me lier d'amitié avec des cancéreux.

Ottila

## Mail d'André

**De :** André Marsh
**À :** Ottila McGregor
**Date :** ven 19 sept 2014 à 14 h 09
**Objet :** RE : Poème humoristique

Ottila,

Merci de ta proposition. Il y a de l'idée. mais je ne suis pas sûr de comprendre la chute. pourquoi Maude déchirerait-elle ? Elle qui était si douce ! Je ne veux pas vexer sa famille. Ai choisi le poème de Pete avec la chute sur la délicieuse génoise de Maude, et j'ai dégotté une carte avec une photo de cupcake dessus. tu l'as déjà signée ?

André

## Candidature

*22 septembre 2014,*

Madame, Monsieur,

Par la présente, je souhaite vous soumettre ma candidature pour le poste de coordinatrice des bourses artistiques.

Actuellement employée dans le domaine du marketing, je suis aussi scénariste et metteur en scène, et possède une solide expérience dans la rédaction de demandes de subvention. J'ai à ce jour présenté trente-deux demandes de bourses artistiques rien qu'au Royaume-Uni. Étant donné que mon taux de réussite est égal à zéro pour cent pour le versement de cet argent, je considère que j'aurais peut-être plus de chances d'être payée pour étudier les demandes, plutôt que pour les rédiger.

Vous trouverez ci-joint un exemplaire de mon C.V. et de mes références. Dans l'attente d'une réponse de votre part, je vous prie d'agréer mes sincères salutations.

Ottila McGregor

## Dans le courrier de Thalès

*[J'ai trouvé ça sur le paillasson à mon retour du travail, dans une enveloppe à bulles adressée à Thalès. Je n'ai jamais ouvert son courrier avant. Sauf que là, je veille sur lui. Donc ce n'est pas pareil.]*

***Merci pour votre commande chez ePills :

50 × comprimés Brain Buster

Merci de lire attentivement la notice avant usage.

ePills ne sera pas tenu pour responsable d'une mauvaise posologie ou d'effets indésirables consécutifs à la consommation de ce produit.

Avertissement : contient de l'Adrafinil.***

## Mail de Delyth

**De:** **Delyth Hughes**
**À:** **Ottila McGregor**
**Date:** **mar 23 sept 2014 à 12h24**
**Objet:** **RE: Dilemmes**

Salut, copine, allons discuter de tout ça devant un hamburger cette semaine. Personnellement, je pense que tu as fait ce qu'il fallait en les remettant dans l'enveloppe et en ne disant rien. Je ne plaisante pas, celui qui ouvre le courrier de quelqu'un, il a tout faux. Il aurait pu s'agir de tout et n'importe quoi. Si ça avait été mon courrier, je serais furax. Je comprends pourquoi tu as fait ça, cela dit, mais maintenant tu sais que tu dois faire marche arrière.

Acheter des cachetons bizarres via Internet, c'est parfaitement légal. Ce que je te dis là reste entre nous, hein ! Ce qui compte ici, c'est l'origine du problème : pourquoi prend-il ces médocs ? Peux-tu l'aider à régler ses soucis sans médicaments ? Si ce n'est pas le cas, vous devriez peut-être vous interroger sérieusement : votre couple vous fait-il du bien ? Vous avez vos propres difficultés à surmonter en ce moment, chère madame. Faudrait pas que tu te laisses tirer vers le bas par les blèmes de quelqu'un d'autre. Tu sais que j'apprécie beaucoup Thalès, et qu'il fait le meilleur café de l'hôpital, mais… Fais juste attention, d'accord, ma vieille ? Enfin bon, ça fait presque trois ans que je suis célibataire, alors je ne suis peut-être pas la mieux placée pour donner des conseils de couple ! En revanche, je suis assez calée en matière de vie de célibataire.

Pour ce qui est de Maggie, tu es plus courageuse que tu ne le penses, et tu arrives à gérer ce boulot avec classe. En fait, tu excelles dans tes fonctions. Mais tu ferais aussi un bon atout dans les milieux branchés art et compagnie. Arrête de trop te poser de questions et va où bon te semble. C'est comme ça que tu continueras à briller.

Bon, je vais tirer les cartes de tarot au dalmatien d'une vieille dame. Souhaite-moi « bonne chance ».

Que les grâces du chi soient avec toi,
Delyth

## SMS de Mina

**Mer 24 sept 05h04**
Je sais que tu dois dormir, Tilly, mais je voulais juste te dire que j'ai donné ton prénom à mon porte-brosse à dents en forme de coccinelle. Ottila la coccinelle!!!!!

*PLDB*,

Je sais, je sais : me revoilà déjà. En collant un autre morceau de papier à l'intérieur de tes pages, j'aggrave le risque effrayant que tu ne te détaches au niveau des coutures. Mais franchement, *PLDB*, j'ai l'impression que je suis moi aussi sur le point de craquer. D'abord Maude passe l'arme à gauche, puis je découvre que Thalès prend des cachetons pour le cerveau.

Je t'ai déjà confié les ultimes paroles que mon père m'a dites : « Sois gentille pour moi. » Mais sais-tu ce que furent les derniers mots de Maude à mon égard ? « Tu es une gentille fille, Ottila. » J'étais dans la cuisine, en train de faire la vaisselle et je lui ai passé une cuillère propre. Est-ce une sorte de signe ? Je me suis métamorphosée de mauvaise fille en gentille fille ? Si c'est cela, pourquoi Thalès prend-il des stimulants intellectuels ? Il ne se sent pas assez intelligent auprès de moi ? Ou bien est-ce égoïste de considérer que je suis au centre de sa crise ?

Je ne sais pas trop. Il est tentant de penser que Maude m'offrait un message spirituel fondamental quand elle m'a dit ces paroles. Mais la vérité, c'est qu'elle n'était pas plus magicienne que moi. C'était un être humain qui déclarait à un autre être humain : là, maintenant, pour ce que tu viens de faire pour moi, je pense que tu es quelqu'un de bien. Et on ne peut pas être plus que ça : quelqu'un de bien dans l'instant présent. Jusqu'à récemment, je n'étais pas au courant pour les cachetons de Thalès. Maintenant que je sais, j'ai le choix. Je peux espérer que le problème disparaîtra de lui-même, ou je peux essayer de faire quelque chose.

Delyth m'a conseillé d'aller là où bon me semblait. Par moments, ça me fait l'effet d'une étreinte chaleureuse, et parfois c'est comme marcher sur des charbons ardents. Ce qui ne signifie pas que je n'y arriverai pas.

Ottila

Votre travail
consiste
à découvrir
votre monde
à vous, puis à vous
y consacrer de
tout votre cœur.

Bouddha

## Mail à André

---

**De :** **Ottila McGregor**
**À :** **André Marshw**
**Date :** **mer 24 sept 2014 à 10 h 52**
**Objet :** **Transformation du trou à rats en jardin de rocaille**

Tu vois ce terrain à l'arrière du centre ? Le lopin que tu appelles le « trou à rats » ? Je pense que mon copain (à la qualité de peau impeccable), Thalès, pourrait en faire quelque chose. Un jour, il m'a fait part de son souhait de construire un jardin de rocaille. Il aime bien travailler en extérieur et je pense qu'il ferait un super boulot. Qu'est-ce que tu en dis ? Tout le monde aime les pierres. Je suis sûre que Maude aurait approuvé le projet.

Au fait, s'il n'est pas trop tard, j'ai décidé d'aller aux obsèques vendredi. Les gens de chez Maggie comptent beaucoup pour moi. Mon travail ici signifie beaucoup pour moi également.

Ottila

## Mail de maman

**De:** **Alice McGregor**
**À:** **Ottila McGregor**
**Date:** **jeu 25 sept 2014 à 08 h 12**
**Objet:** **De la gent masculine**

Pourquoi faut-il qu'ils soient tous de tels porcs ? Oui, je sais que c'est une généralisation, et évidemment que les hommes ne sont pas de véritables créatures porcines, et certains d'entre eux sont même très gentils, certes, mais bon. Pourquoi ne mangeraient-ils pas tous de la pâtée ?

On peut dire que mon rendez-vous s'est mal passé. Wes – c'était son prénom – Wes ! Au départ, c'était un parfait gentleman : il m'a embrassée sur la joue, m'a tenu la porte ouverte et m'a dit qu'il aimait bien ma robe. Ce n'était pas ma minirobe, si tu veux tout savoir. C'était une petite robe violette fluide. Tout ce qu'il y a de plus respectable.

On a pris quelques vodka tonics au *Stable* de Cirencester. Il vit à Oxford, donc c'est à mi-chemin. Pour commencer, nous avons parlé de tout et de rien. Son boulot ? Pêcheur retraité. Ambition ? Grand maître d'échecs. Jusqu'ici, tout va bien.

Mais quand je lui ai demandé s'il avait des enfants, tu sais ce qu'il m'a répondu ? Il a dit qu'il en avait trois. L'un travaille dans la finance, un autre fait du bénévolat au Pérou et le plus jeune vit chez lui. Quand je l'ai interrogé sur ce que faisait le plus jeune, il a eu cette lueur atroce dans les yeux et m'a rétorqué : « Il vit au crochet de la collectivité. » Ottila : son fils a le syndrome de Down ! Bon, inutile de préciser que ma troisième vodka tonic a atterri sur sa chemise, ce qui tombait plutôt bien, car ça signifiait que j'étais en état de rentrer chez moi. J'essaie d'être plus exigeante avec moi-même au sujet de la conduite en état d'ébriété, tu vois. Même si je me sens suffisamment sobre pour prendre le volant après bien plus de deux petits verres. Toujours ces vieilles règles idiotes.

Le pire, c'est que je me sentais outrée au nom de son fils. Quand j'étais organisatrice de soirées, j'avais préparé un pot de départ pour un gars souffrant de Down. Il travaillait pour la municipalité depuis vingt ans, mais il ne faisait pas partie des plus à plaindre. Savais-tu à quel point il est difficile pour les personnes atteintes de cette maladie de trouver du travail ? Mais il n'y a pas que ça. Je me sentais aussi en colère à cause de Mina. Tu n'ignores pas à quel point elle essaie de s'en sortir. Et tu sais à quoi ressemble l'hôpital où elle se trouve : il y a tellement de gens là-bas qui ne pourraient même pas rêver d'occuper un emploi. Donc imaginer ne serait-ce qu'une minute que certaines personnes les considèrent comme des *tire-au-flanc*, ça me rend furieuse.

Allons, de qui je me moque ? Le problème, ce ne sont pas les hommes. Mais les bigots et les brutes. Je pense que je vais quitter le monde des rencontres sur Internet quelque temps, et tenter de rencontrer le prince charmant dans la vraie vie. Tout ce que je veux, c'est un homme qui ressemble à ton père et agit exactement comme lui. Est-ce trop demander ?

Je ne t'ai pas beaucoup parlé de mon voyage en Écosse, pour l'anniversaire de papa. Après avoir visité la plage de Largs et fait mes hommages aux cendres de Bernie dont une partie reposait là, je me suis rendue à Rannoch Moor pour quelques jours. J'ai finalement décidé de ne pas aller au refuge de randonneurs et j'ai emporté une tente avec moi. Nettement plus aventureux, même si les moucherons m'ont fait vivre un cauchemar. C'est probablement au bout d'environ deux jours de séjour, après de longues heures de marche dans ce qui se révèle être essentiellement une étendue déserte de landes marécageuses, qu'une évidence s'est imposée à moi : un changement de décor est parfois tout ce dont on a besoin !

En parlant de ça, je croule sous les activités entre le monde de la nuit et mon groupe de paintball. Je suis revenue avec une ecchymose de la forme de l'Afrique sur un biceps la semaine dernière. En y repensant, je trouve qu'elle était tout à fait assortie à ma robe le jour de ce fameux rencard.

Comment va Thalès ?

Maman

Il est en train de se passer quelque chose d'historique : Thalès a commencé la construction du jardin de rocaille. Je suis debout à la fenêtre, dans la pièce de repos, en train de l'espionner. Il a pris un jour de congé à la cafétéria, et il trouve que l'automne est la période idéale pour faire ça. Il dit qu'il a les pierres dans le sang. Il affirme que c'est son destin. Il porte un bas de survêtement crado, un sweat taché de peinture, et affiche un grand sourire.

Je suis tellement soulagée qu'André ait accepté. Et que Thalès s'en charge. Il n'avait pas l'air de me reprocher mon ingérence – il m'a juste serrée fort dans ses bras quand j'ai abordé le sujet. « Merci, Ottila, a-t-il dit. Je vais faire de mon mieux. »

Delyth a mis le doigt sur un point pertinent en me demandant si j'étais capable d'être en couple avec un toxicomane. Je suis vulnérable en ce moment. Tout comme Thalès. Mais en fait, je pense que je lui fais du bien, et vice versa. J'ai l'impression que ma rechute appartient à une autre vie.

Pour l'instant, Thalès fait le travail bénévolement, mais André va en toucher quelques mots aux « instances décisionnaires », car il pourrait y avoir un poste à pourvoir pour un nouveau jardinier, qui s'occuperait au quotidien de toutes les plantes et toutes les fleurs de nos extérieurs. Ce serait un contrat de trois jours par semaine, autrement dit, Thalès pourrait écrire ses films le reste du temps.

Alors que je suis là à regarder mon petit ami déterrer des racines d'arbre, il est difficile de ne pas me convaincre que cette histoire de cachetons n'est plus un problème. Qu'il a désormais un projet dans lequel se plonger, et qu'il est miraculeusement guéri. Bien sûr, ce ne sera pas aussi simple. Pendant qu'on mangeait nos toasts ce matin, Thalès a déclaré :

— J'espère que je ne vais pas tout gâcher.

— Pourquoi tu gâcherais tout ça ? ai-je demandé en léchant de la confiture de fraises sur mes doigts.

— C'est juste une habitude que j'ai depuis toujours, a-t-il répondu.

Ne préférant pas m'embarquer sur ce terrain glissant à quelques minutes de notre départ pour le travail, j'ai ramené la conversation en territoire inoffensif. Thalès m'a expliqué qu'il avait obtenu du grès carbonifère originaire des contreforts des Pennines et que, dans le nord du bassin du Cheshire, il va acheter les roches argileuses datant de l'extinction permienne, car elles sont plus résistantes aux intempéries.

La salle de repos me paraît plus calme que jamais maintenant que Maude n'est plus là. Je suis contente d'avoir décidé d'aller à ses obsèques. Étonnamment, André a prononcé un bon discours. Je ne savais pas du tout que Maude avait travaillé comme infirmière en Irlande, ni qu'elle aimait la natation. J'ignorais aussi qu'elle était pratiquante. Quand le cercueil a été abaissé et que le prêtre a déclaré qu'on confiait « son corps à la terre », je me suis mise à pleurer. Je pleurais pour Maude, bien sûr, mais je pleurais aussi à cause de l'étrange formalité de tout ça. Les dos rigides, le protocole méticuleux, le langage ampoulé. Tout cela sert à offrir une structure à laquelle s'accrocher au moment même où on s'effondre.

Cela m'a fait penser aux autres rituels auxquels j'ai participé cette année. La nuit du haggis. Les lupercales. Ma première rencontre avec les parents de mon compagnon. Ces cérémonies et rites de passage se pratiquent par une infinité de personnes, depuis toujours, ce qui n'enlève rien à l'importance que chacun revêt, chaque fois. Et chaque occasion est particulière à sa façon.

Pour édifier un jardin de rocaille, dit Thalès, on commence par poser les pierres angulaires. On creuse un trou dans le sol pour les plus grosses roches, et on peut caler des pierres plus petites avec d'autres encore plus petites, afin de faire en sorte que chacune tienne les autres. C'est une forme de science. Les pierres sont censées s'incliner vers l'arrière, chaque couche équilibrant l'autre. Une fois tout en place, on saupoudre de terre végétale et on rebouche les interstices. C'est comme ça qu'on fait pour que les choses durent.

## Demande officielle d'Ottila

**Nom de l'activité**

Demande officielle à Thalès de ne pas m'épouser.

**Montant sollicité**

Une relation pleine d'amour, d'engagement et de passion. Dans la santé comme dans la maladie, etc. Mais pour l'amour du ciel, pas de mariage !

**Proposition**

Regardons les choses en face. L'institution du mariage a été conçue par une société patriarcale qui cherchait à écraser la population féminine par la soumission. Elle accentue les inégalités sociales, légitime la violence, exclut les sexualités et autres identités considérées comme différentes et, sur le plan existentiel, c'est un truc extrêmement bizarre à mettre en œuvre. S'attacher par la loi à un autre être humain ? Je suis à peu près certaine qu'on peut appeler ça de la servitude contractuelle.

Sais-tu que 40 % des mariages se concluent par un divorce ? Quelle perte de temps et d'émotion. Et puis, il y a les complications de la répartition des biens, de la garde des enfants, du partage de la dette.

Je n'ai probablement pas besoin de te convaincre à ce sujet, Thalès. Tu devais épouser Eleni cette année et ça te rendait malheureux. Quant à moi, on m'a demandée six fois en mariage et je ne doute pas que chacune de ces six personnes se soient senties soulagées de mon refus.

Du coup, et si on zappait toutes ces tracasseries et cette injustice sociopolitique pour renoncer aux épousailles ? Parce que honnêtement, Thalès, je ne veux pas être ta

« moitié », ton « boulet », ni ta « fée du logis ». Je ne veux pas être ta « petite femme », ni ton « épouse », ni encore « la patronne ». Je me refuse à envoyer des faire-part en dentelle, à dessiner des plans de table, ou encore à porter une meringue blanche. Je ne veux pas que qui que ce soit se sente obligé de venir, je ne veux pas que Mina dise qu'elle ne vient pas, et je ne veux pas qu'on me fasse remonter l'allée au bras d'un homme qui n'est pas mon père. Je ne veux pas que ta famille me déteste, et je ne veux pas porter ton nom de famille, ni manger de gâteau aux amandes. Mais surtout, je me refuse à jouer les *bridezilla*.

Ce que je veux, en revanche, Thalès, c'est toi. Je sais que nous avons eu notre lot de soucis, mais on se fout de ce que les gens peuvent dire à propos des junkies qui sont une mauvaise influence les uns pour les autres ; je trouve que toi et moi, on forme une bonne équipe.

Je ne vais donc pas te demander de m'épouser, mon ami, mais voici ma question : est-ce qu'on peut zapper la partie « ils sont vulnérables, vont-ils oui ou non franchir le pas ? », et tout simplement se mettre d'accord pour rester ensemble pour de bon ? Je sais que nous sommes déjà en couple, alors peut-être que c'est chercher la petite bête, ou une réponse impossible, mais acceptes-tu de devenir mon amant durable, non violent, socialement égal, sexuellement progressiste et féministe pour le reste de nos jours ? Faisons en sorte que ça marche, maintenant et pour toujours. D'accord ? Dis-moi « oui », et tu feras de moi l'être humain le plus heureux de la planète.

Ça y est, *PLDB*, j'ai franchi le pas !

Pas pour ma demande. Je n'ai pas encore trouvé le bon moyen de la formuler auprès de Thalès. Mais je la lui ai posée, l'autre question.

— À propos de tes cachetons, ai-je dit hier soir, pendant qu'on faisait la vaisselle. Je ne te juge pas d'en consommer et, comme tu le sais, je ne suis pas du genre à faire la morale, mais tu as vraiment besoin de ces trucs ?

L'espace d'un moment, j'ai cru que Thalès allait jeter le torchon par terre et sortir en courant de l'appartement, mais il n'a pas bronché.

— Euh, a-t-il murmuré.

J'ai concentré toute mon attention sur le plat du four, le briquant comme une malade.

— J'ai besoin d'en prendre, Ottila, a-t-il déclaré, sinon, j'arrêterais tout.

— Arrêter quoi ?

Je m'attendais à : « Notre relation. »

— Écrire, faire des trucs, aller au bout des choses. Je ne suis pas « doué » sans ces médocs.

J'ai jeté le plat sur l'égouttoir et j'ai embrassé Thalès avec les mains mouillées.

— Tu es « très » doué sans médocs.

Avec le recul, mes mots étaient peut-être mal choisis. Je ne voulais pas dire que Thalès n'était pas doué « avec » ces comprimés. En écrivant cela, je me mords l'intérieur de mes joues, en me tordant les lèvres sous toutes les coutures. Tu mesures tout le chemin que j'ai parcouru, *PLDB* : je me préoccupe de l'addiction de quelqu'un d'autre, plutôt que de la mienne.

Ce soir, Thalès est chez Laurie pour le *kanabō* club, avec les deux David. C'est super qu'il sorte, qu'il ait une vie sociale. Il apparaît que les armes mythiques sont puissantes, même dans le monde réel. En fait, ça m'a fait réfléchir. André a mentionné lors de la réunion d'équipe de la semaine dernière qu'il y avait un creux dans le planning le mercredi après-midi. Il voulait des idées pour de nouveaux cours. Un peu de patience, *PLDB*, je dois effectuer quelques recherches avant de t'en révéler davantage. On dirait que je suis partie pour lire le *Manuel des monstres*, une phrase que je n'aurais jamais soupçonné écrire un jour.

Paix sur la terre,

Ottila, la tueuse de dragons

## *Best of* des créatures du *Manuel des monstres*

- Bête éclipsante (en gros, un puma à six pattes avec des tentacules)
- Enlaceur (capture sa proie en se déguisant en stalagmite)
- Drider (elfe sur sa moitié supérieure, araignée sur la partie inférieure)
- Otyugh (mangeur de déchets)
- Rakshasa (ces créatures sont des humanoïdes mais leurs paumes sont sur le « dos » de leurs mains)
- Éfrit (créature de chair et de feu)

## Mail de Thalès

**De:** **Thalès Sanna**
**À:** **Ottila McGregor**
**Date:** **jeu 23 oct 2014 à 15 h 00**
**Objet:** **Ramollissement cérébral**

O,

Désolé de n'avoir pu te retrouver ce midi. Comme d'hab, je me cache dans les toilettes pour t'écrire ce mail. Mes collègues s'inquiètent de plus en plus de ma santé intestinale. Naomi m'a fait boire une tisane au fenouil et au curcuma tout à l'heure, qui était vraiment infecte. J'ai hâte de quitter la cafèt' pour devenir un vrai jardinier qui se respecte! Pour être honnête, je pense que ma patronne est impatiente, elle aussi. Elle a dit que ce n'était pas approprié de continuer à venir pour mon service de l'après-midi couvert de poussière de roche. Quelle empêcheuse de tourner en rond…

J'ai été bête de commencer à prendre de l'Adrafinil, Ottila. Je m'en veux d'être aussi bête. Ce matin, je n'ai avalé qu'un demi-comprimé. Tu as raison, je n'en ai pas besoin. C'est pas comme si ces machins avaient amélioré mes scénarios de film. Ils me rendent juste obsédé par eux. S'il existait une pilule de la créativité, ou une pilule du talent, alors à la rigueur… Je plaisante. En partie.

Merci de veiller sur moi, même si tu as ouvert mon courrier sans ma permission. La vérité, c'est que ces médicaments me bousillent le foie sur le long terme, et continuer à en prendre risquerait de finir par me tuer. Je suppose que j'aurai toujours un faible pour les médocs. J'espère que ça ne te dérange pas.

Accorde-moi un peu de temps, et je vais essayer de me sevrer pour de bon. Attends-toi à un certain ramollissement cérébral, à des phases dépressives, à des fringales bizarres et à un petit ami très irritable. Je dirais « comme d'habitude », non ?

T

## Vingt choses à faire plutôt que ~~se servir un verre~~

## *gober des neuro-stimulants*

1. Lire un livre / *Je t'ai laissé un gros bouquin de devinettes et de logique sur ta table de chevet.*

2. Faire un tour en voiture / *Tu peux t'acheter Euro Truck Simulator 2 pour PC si tu veux ?*

3. Faire du sport / *Faire plein de Sex-ercices !*

4. Danser comme si personne ne vous regardait / *mais s'il te plaît, s'il te plaît, s'il te plaît, est-ce que moi, je peux te regarder ?*

5. Caresser votre chat / *non, je ne ferai aucune blague grivoise sur celle-là !*

6. Téléphoner à votre mère / *Raconte-lui à quel point je suis géniale et aussi désolée…*

7. Lire une histoire à un enfant / *Ou à une petite amie immature.*

8. Rendre visite à une personne en maison de retraite / *Bon, on bosse tous les deux dans un hôpital, alors je te dispense de celle-là.*

9. Parler en rimes et en couplets pendant une heure / *Soixante minutes de rimes / Hé hé, sonnez les matines !*

10. Récurer le calcaire dans votre salle de bains / *Je commence à vraiment aimer cette liste, il y a un vieux grattoir dont tu pourras te servir sous l'évier.*

11. Faire des confitures / *Ou bien en acheter !*

12. Partir en randonnée / *Heaton Park est très joli à cette saison.*

13. Quand j'écoute de la musique, j'ai envie de… / *Tu as déjà entendu parler de l'effet Mozart ? Radio Classique te booste le cerveau, baby !*

14. Prendre un bain bien moussant / *Une douche crapuleuse ?*

15. Préparer des pickles / *OU BIEN EN ACHETER !*

16. Rendre visite à un ami / *Ça te dirait d'inviter Laurie à dîner ce soir ?*

17. Vous faire les ongles / *Avec tout ce jardinage que tu fais, ils sont super crades, alors ne lésine pas sur celle-là !*

18. Rédiger un poème / *Juste une sestina de 39 lignes, composée de 6 strophes de 6 lignes chacune, plus un envoi de 3 lignes... Ça suffira.*

19. Faire une lessive / *Euh, l'un de nous deux doit s'y mettre, le linge déborde de la panière.*

20. Se trouver ~~un nouvel amoureux~~ / *Mille et une façons de cultiver un lien éternel avec ta copine actuelle.*

## SMS à Thalès

**Jeu 13 nov 12h33**
C'est bientôt la fête du caillou ! Pour célébrer l'aboutissement de ton jardin de rocaille aujourd'hui, n'oublie pas de jeter un coup d'œil sous la motte de grès carbonifère la plus au nord avant de repartir.

# La chance sourit aux audacieux.

Virgile

## Mail de maman

**De:** **Alice McGregor**
**À:** **Ottila McGregor**
**Date:** **ven 14 nov 2014 à 19h05**
**Objet:** **Noël**

Je réfléchissais à Noël, mon amour, et je me disais que tu devrais faire quelque chose de ton côté. Mina sera à l'hôpital, et je ne suis pas vraiment d'humeur à faire la fête. Chaque année, on dirait que ça empire, au lieu de s'arranger. À la vérité, je pense m'offrir un *city break*.

Tu te souviens de tout l'alcool que ton père s'obstinait toujours à mettre dans sa crème au beurre ? Tu étais sa goûteuse officielle, et après quelques bouchées seulement, tu devenais pompette. Parfois, je pense à ce Noël que nous avons passé, tous les quatre, plus ton amie Ghaaliya, celle qui s'était retrouvée au foyer pour femmes. Comme elle sentait des pieds, cette pauvre fille ! Ta sœur en avait pleuré. C'est là qu'on avait reçu le coup de fil nous annonçant que ton oncle avait eu son accident. Ton père et moi, on s'était bigrement disputés, et il était parti prendre son dîner de Noël au pub.

Je donnerais n'importe quoi pour revivre ce Noël.

Peut-être que Thalès et toi, vous aurez envie de faire quelque chose ensemble cette année, j'imagine ? Je peux t'apporter le sapin en voiture. Et la nappe et les serviettes. Aussi, Thalès peut porter le costume du père Noël de ton père s'il le souhaite. Trop sexy. Au fait, ça m'a fait très plaisir d'apprendre que Thalès s'était mis au jardinage. Si l'envie lui prend de parler boutures, il sait où me trouver. Pas aujourd'hui, cependant, je suis trop fatiguée.

La gueule de bois, c'est quand même pourri, pas vrai ? J'ai réussi à avaler une cuillère à café de ce Chardon-Marie que tu m'as recommandé, mais je ne trouve pas que ça aide. Ça avait un peu le goût de lait maternel, si la comparaison ne te met pas mal à l'aise. C'est vrai quoi, qui donc les allaite, ces chardons ?

Désolée. Vieille blague de papa.

Bon, je vais jeter un coup d'œil sur lastminute.com. Si je dois réserver un truc, je te transmettrai tous les détails. Il ne faut pas que je te laisse t'imaginer que je fais encore une fugue !

Maman

## Souvenir récent

Nos bras font « wouch, wouch, wouch ». On a les oreilles qui picotent. Nos mitaines sont mouillées par la neige.

— Je suis un ange ! s'écrie Mina.

Je regarde le ciel, me figurant un instant que les choses sont à l'envers. Que le ciel est le sol et que je suis en l'air, en train de dessiner des motifs dans les nuages. C'est le premier Noël depuis la mort de papa. Je ne me demande pas s'il est là-haut, à veiller sur nous. En fait, il est juste ici. J'ai dispersé ses cendres sur le lopin de terre même sur lequel ma tête est posée maintenant, à l'endroit où il s'était déboîté l'épaule en courant après un canard dans tout le jardin. Je ne saurai jamais d'où venait ce canard, ni pourquoi papa le poursuivait. Je ne pourrai jamais lui poser la question désormais.

« Wouch, wouch, wouch. »

Je n'ai pas dispersé la seconde moitié de ses cendres ici à cause du canard. Je l'ai fait parce qu'on est pile au milieu du jardin. Lorsqu'on se tient ici en été, on voit le carré de légumes à gauche, les peupliers à droite et un parterre de bleuets juste sous nos yeux. Peut-être que le canard était seulement venu là pour admirer la vue.

— J'ai les doigts gelés, se plaint Mina.

L'euphorie de fabriquer des anges des neiges sur la tombe de papa commence à s'estomper.

— Faisons un dernier truc, proposé-je. Faisons en sorte que les anges se tiennent la main.

J'entends les jambes de Mina s'écarter un peu plus, tandis qu'elle répartit vigoureusement la neige à sa gauche et à sa droite, incapable de s'arrêter, de peur de briser le lien que nous venons d'établir avec notre défunt père.

— Les anges n'ont pas de mains, dit-elle en balayant la neige agglomérée au sol. Ils ont des ailes.

J'acquiesce, solennellement.

— Tu as raison. On fera se toucher le bout de leurs ailes.

Les jambes de Mina cessent de remuer.

— D'accord, chuchote-t-elle.

Je tends une main jusqu'à rencontrer sa moufle gauche et nous agitons nos bras d'avant en arrière, nous tenant par les mains dans la neige, jusqu'à ce que tout aille bien.

— Maintenant, lève-toi prudemment, lui dis-je en me demandant pourquoi je lui donne autant d'ordres. N'efface pas le modèle, si tu peux.

Nous nous redressons, les pieds bien plantés à l'intérieur du contour des tuniques des anges, puis nous avançons d'un bond le plus grand possible pour ne pas laisser d'empreintes de pas. Puis nous nous retournons et contemplons notre œuvre.

*Deux cavités boueuses en forme de sablier, avec de la neige fondue, de l'herbe et de la boue, et une gigantesque aile entre elles. Deux anges siamois des neiges.*

— C'est nous deux, ricane Mina, quand on sera mortes.

« Wouch. »

## SMS de Mina

**Samedi 15 nov 10 h 24**
Tilly !!!! Je te prépare un truc artisanal. C'est un singe en feutrine. J'espère que ça te plaira. :)

## *Le Petit Livre du bonheur*

*PLDB*,

Thalès n'a pas encore répondu à ma proposition. « Deux jours entiers » se sont écoulés et il ne m'en a pas parlé. A-t-il seulement trouvé le message ? Je l'ai scellé dans un blister à sandwich, puis je l'ai calé entre deux massifs. Est-ce que je l'aurais poussé trop loin ? Est-il allongé dans son lit de gravier, perdu pour l'éternité ? Pire encore, peut-être Thalès a-t-il lu ma demande et qu'il en est tellement gêné qu'il ne trouve pas les mots pour me le dire ? J'ai presque réussi à aborder le sujet au lit hier soir, mais je me suis dégonflée en proposant plutôt qu'on s'écoute un podcast. On est restés allongés, main dans la main, tandis qu'un homme prénommé Ira parlait de poussières d'étoiles.

Cela prend plus de temps que prévu à Thalès pour arrêter les cachetons. Je maintiens au frigo un stock de cornichons, de gâteau au chocolat et de fromage fumé pour qu'il pense à autre chose, mais il y a à peine touché. Il m'a dit qu'une fois que ses maux de tête auront disparu, il aimerait se lancer dans un régime alimentaire sain. Il pense qu'on devrait un peu plus réfléchir à ce qu'on donne à notre corps. Je suis carrément partante pour ça, dès que j'aurai terminé le stock de gâteau et de fromage.

Le jardin de rocaille est superbe. La plaque de Maude y trône fièrement, clouée au rocher le plus massif. Je pense qu'elle aurait été ravie de savoir son nom attaché à un bout de roche vieux de plus de trois cents millions d'années. André m'a laissée choisir quoi mettre sur la plaque, alors j'ai opté pour une photo de gecko. Je trouvais qu'il était important de ne pas prendre la chose trop au sérieux.

André s'est montré d'humeur généreuse tout au long du processus, en fait. Je t'ai mentionné il y a quelque temps mon intention de lire le *Manuel des monstres* de Thalès. Eh bien, *PLDB*, non seulement je l'ai lu, mais j'ai adoré ! Il s'agit d'un florilège de créatures imaginaires issues du jeu de rôle fantastique *Donjons & Dragons*. Avant de rencontrer Thalès, je pensais que *D & D* n'était qu'une lubie un peu craignos à laquelle les geeks s'adonnaient dans les sous-sols, mais je dois être geek moi-même, car je suis en train de devenir fan. L'idée m'est venue un soir où Thalès sortait avec Laurie. Et si je lançais un atelier « jeux de rôle » à la Maison de Maggie ? Les orcs, les elfes, les gnomes et les mages pourraient peut-être contribuer à la lutte contre le cancer ! Ce qui est épatant, c'est qu'André a dit « oui ». Je suis libre de quitter mon poste au marketing un après-midi par semaine pour animer un atelier *D & D* à la place. André n'a même pas fait de commentaire déplacé au sujet des « jeux de rôle », ce que je considère comme un pas dans la bonne direction.

J'ai effectué mes recherches et élaboré un environnement sous-marin sinistre, où notre jeu se déroulera. C'est un peu comme écrire une histoire. Je dois réfléchir au point de départ, puis créer des obstacles, normalement sous la forme de monstres terrifiants, comme l'Otyugh mangeur de déchets. Les joueurs doivent combattre ces créatures en utilisant une sorte de jeu de dés du même style que *Top Trumps*.

Ça te paraît compliqué et rébarbatif, cher *PLDB* ? Je te promets que c'est super amusant ! J'ai déjà quatre inscrits à mon atelier, et nous avons commencé à construire des personnages. Nous avons Lena (Moonwitch), Nettie (Norg), Charlie (Glook-Grognard) et Rajesh (Chiffe-Mol). Charlie est le plus timide, et Rajesh se remet d'une colectomie partielle, donc nous sommes indulgents avec lui, même si tous sont brillamment entrés dans le jeu. Même cette rabat-joie de Pru veut participer, et tu sais quoi ? J'ai hâte de l'accueillir. Je suis contente de n'avoir jamais obtenu de bourse pour cette pièce de théâtre merdique. Et je suis contente de ne pas avoir décroché d'entretien pour un autre boulot. Je ne serais pas allée au bout de ma démarche de toute façon. C'est comme dans la vraie vie, ici, avec ces gens, maintenant.

Il y a une fête dans l'appartement deux portes avant la nôtre. On entend AC/DC à fond à travers les murs. À la fin de la dernière chanson, Brian Johnson a hurlé *« Have a drink on me »* – Bois un coup à ma santé – neuf fois d'affilée. Et devine quoi ? Je ne l'envie pas une seule seconde.

Ottila

## SMS de Thalès

**Lun 17 nov 13 h 37**

J'attends d'avoir complètement arrêté les cachetons avant de faire ma tirade, mais ma réponse à ta grande question est imminente.

# Mail de maman

**De:** Alice McGregor
**À:** Ottila McGregor
**Date:** jeu 20 nov 2014 à 21 h 13
**Objet:** TR: TR: Ryanair Travel Itinerary

-------------- Message transmis --------------

**De:** AliceMcGregor <alice.mcgregor54@mcgregormail.com>
**À:** aart@aartjonckers.nl
**Date:** jeu 20 nov 2014 à 21 h 12
**Objet:** Ryanair Travel Itinerary

M. Jonckers,

J'ai pris ma décision, et je viens dans votre beau pays pour Noël! J'ai entendu dire que la période des fêtes à Amsterdam est plutôt sympa, et il y a un parcours sur l'histoire nazie que j'adorerais faire.

Je vous transmets les détails de mon vol au cas où vous souhaiteriez me voir à l'aéroport. Je n'y crois pas trop, mais je me dis que c'est un lieu public, donc je suis probablement plus en sécurité pour vous y rencontrer que dans ma chambre d'hôtel! Lol!

Je n'ai aucune idée de l'endroit où vous vivez aux Pays-Bas et j'ignore si l'aéroport de Schiphol se situe loin de votre domicile, mais si vous avez envie de faire connaissance et qu'on associe nos cerveaux respectifs sur le cas de Mina, alors je suis à votre disposition. En fait, il est urgent de discuter de Mina, car l'hôpital vient de la ramener dans les quartiers de sécurité moyenne. Les médecins disent qu'ils envisagent de la faire sortir au nouvel an. Mais comment est-ce qu'on va faire, monsieur Jonckers ? Comment vais-je la protéger ?

Joyeux Noël ! (Avec un peu d'avance.)

Alice

## SMS à maman

**Jeu 20 nov 21 h 42**
Ils envisagent de laisser sortir Mina ? C'est une bonne nouvelle. Tu es sûre pour Amsterdam ? Thalès dit que ça lui ferait plaisir que tu te joignes à nous. Il a prévu de cuisiner une oie entière.

## Message à l'intérieur d'un sandwich aux œufs sous blister

Aujourd'hui, c'est mon dernier jour à préparer des cafés au lait de compétition. Je n'ai pas trouvé le moyen d'attacher ce message à une boisson chaude décorée avec un filet de crème en forme de cœur, alors je te l'envoie à l'ancienne, dans un blister à sandwich. J'espère que je pourrai mettre Naomi dans le coup pour te le faire passer en douce pendant sa pause de l'après-midi.

Je n'ai pas beaucoup de temps pour écrire ceci : Kerrie est sur le point de me faire un petit pot de départ. Il y a un gâteau aux carottes avec mon nom inscrit dessus. Pour de vrai. Demain, je te rejoindrai à la Maison de Maggie en tant que jardinier officiel n° 2 (titre à confirmer). En attendant, je tenais à ce que tu saches que je te trouve cool. Je suis désolé d'avoir mis autant de temps à le dire. Une demande de « ne pas » être demandée en mariage mérite d'être prise au sérieux, et je voulais m'assurer de trouver les mots justes.

En ce qui concerne le mariage, ce que tu racontes au sujet de la probabilité élevée de divorce, et ainsi de suite, me paraît tout à fait sensé. Non seulement il ne sert à rien de se marier, mais cela se révèle dommageable pour certaines personnes. Je trouve le sentiment implicite d'appartenance à l'autre au sein d'un mariage profondément inquiétant. Je ne suis pas surpris que tant de gens préfèrent cohabiter.

Ce que je me demandais, en revanche, c'était… malgré tout cela, malgré nos convictions bien ancrées, t'opposerais-tu à ce que nous tentions notre chance ? Existe-t-il un monde dans lequel tu serais susceptible d'envisager de m'avoir moi, misérable pleurnichard, comme mari ? Ce que je veux dire, à l'intérieur de ce blister à sandwich aux œufs, c'est : Ottila, veux-tu m'épouser ? Je sais que c'est désuet, idiot, plus qu'un peu douteux sur le plan éthique, et carrément trop précipité pour être raisonnable, mais la vérité, c'est que, cette fois-ci, je veux vraiment franchir le pas. Personne ne m'y force. Tu es une femme extraordinaire, Ottila, et je veux signer un document antédiluvien qui prouve que je le pense.

Je suis conscient qu'en te posant cette question, je rejoins la longue liste des misérables pleurnichards qui ont désespérément voulu t'épouser (ma sœur y comprise) mais, dis-moi, est-ce que l'un d'entre eux t'a jamais posé la question avec autant de panache ? Le fait d'avoir utilisé l'expression « probabilité élevée de divorce » a certainement suffi à faire battre ton cœur de désir.

Qu'est-ce que tu en penses ? Si la réponse est « oui », alors place un trombone dans ce blister (en ayant ou pas mangé le sandwich d'abord, à toi de voir) et demande à Delyth de me le rapporter. Si la réponse est « non », nous resterons bien sûr sur l'autre option : le couple durable, non violent, socialement égal, sexuellement progressiste et féministe. Mais si tu m'envoies un trombone, je viendrai faire la roue devant la fenêtre de ton bureau.

Avec tout mon amour,

Thalès

P.-S. : désolé, toujours en surpoids.

## SMS à Delyth

**Ven 21 nov 14 h 42**

Hé, copine, tu veux bien venir me rendre un petit service ?

## Ticket de caisse

**L'HELLÈNE,**
**ÉPICERIE-TRAITEUR**

Market Place

Stockport

SK1 1ES

0161 429311

| | |
|---|---|
| FEUILLES DE VIGNE EN CONSERVE | 4,25 |
| RIZ LONG GRAIN | 0,99 |
| OIGNONS VRAC | 0,16 |
| CITRONS VRAC | 0,86 |
| PIGNONS DE PIN | 3,99 |
| ANETH RAYON FRAIS | 0,75 |
| PERSIL RAYON FRAIS | 0,75 |

Articles : **7**

| | |
|---|---|
| MONTANT TOTAL | 11,75 |
| DÉBIT CARTE VISA | 11,75 |
| RENDU | 00,00 |

-----------------------------------

06/12/14

13 h 37

Merci d'avoir choisi **l'Hellène, Épicerie-Traiteur.**

Veuillez conserver votre reçu.

N° de TVA : GB 4923857

## Histoires de cailloux

Sa main sur mon dos, ma main sur son bras, son souffle sur ma joue, mon souffle sur la vitre. On est en pleine contemplation d'une vitrine chez *H. Samuel.* Il s'agit d'une bague en or neuf carats, avec un zirconium en forme de cube. Cette pierre nous durera éternellement. Pour la modique somme de 39,99 livres.

— 40 livres, dit Thalès. Je te l'offrirais volontiers, ô, mon océan déchaîné.

— 39,99 livres, corrigé-je.

J'essaie un solitaire en or blanc avec diamant, à 200 livres.

La vendeuse du magasin est la première à être au courant de nos fiançailles. J'ai laissé quelques indices à Delyth, mais cette femme face à nous est la première à savoir qu'entre Thalès et moi, c'est sérieux. Nous contemplons son badge : « Rhona ».

*Rhona est au courant.*

— Qu'en pensez-vous ? demande-t-elle.

*C'est génial !* ai-je envie de lui dire. *On est amoureux !*

— C'est pas mal.

J'ai les doigts trop boudinés pour un caillou aussi tape-à-l'œil.

Au-dehors, dans la galerie marchande, un garçon blond court vers la devanture de *H.Samuel* et colle son nez contre la vitrine. Il adresse une grimace de cochon au diamant éternel.

— Ouais, ça va, poursuis-je en me demandant comment une personne est censée porter une bague pour le reste de sa vie.

Je pense à ma vieille copine Sadia, celle avec qui j'ai suivi des cours de didactique à une époque, et à l'histoire qu'elle m'avait racontée : elle marchait dans la rue quand son alliance s'était accrochée à un lampadaire, lui sectionnant l'annulaire tout entier. Elle avait dû se le faire recoudre aux urgences. Cette histoire était-elle vraie ? Le blondinet tire la langue et lèche la vitrine.

Je rends la bague à Rhona, impatiente de lui raconter nos projets de mariage. Nous allons nous marier à Gretna Green pour la nuit du haggis, et nous nous adresserons à la panse de brebis en tant que mari et femme.

C'est Thalès que je contemple, et non les diamants. « Je t'aime », lui soufflent mes yeux.

« J'ai envie de toi », me répondent ses yeux.

Rhona attend poliment.

Je pointe du doigt la vitrine, puis j'essaie la bague à 39,99 livres. Je me représente tout mon avenir enveloppé dans un anneau autour de mon doigt, puis j'articule, lentement, tranquillement, fébrilement, désespérément :

— Celle-là me plaît.

— Je peux te l'acheter aujourd'hui si tu veux, déclare Thalès. J'en ai les moyens. Je faisais des économies pour qu'on fasse une sortie, ou pour qu'on fête l'événement, mais on peut rester dîner chez nous avec des toasts au fromage. Si tu as envie de quelque chose de plus cher, je te l'offrirai aussi avec plaisir. Je t'achèterai celle que tu voudras. Ça prendra juste plus de temps. On n'est pas pressés.

Je me demande si le « zirconium cubique » a quelque chose à voir avec le cubisme. Il ressemble à un tableau de Georges Braque si on le regarde de près. Qu'est-ce qui fait qu'un diamant vaut tellement plus cher que lui ? Leurs pierres sont pratiquement identiques.

— Est-ce que ce modèle-ci durera ? interrogé-je Rhona en me demandant si je dois ajouter les mots « éternellement » à la fin de ma phrase.

*Je suis amoureuse, Rhona, et je prévois d'aimer cet homme toute ma vie.* Mais je me tais. On ne dit pas ce genre de choses dans une boutique *H. Samuel.*

Rhona m'assure que la bague durera longtemps, mais m'explique qu'on peut prendre une extension de garantie de trois ans pour 7 livres si on le souhaite. Je dis à Thalès que je paierai le supplément. J'ai acheté à l'épicerie fine les ingrédients des *dolmades*, ceux avec lesquels je vais séduire ses parents, alors nous essayons de faire en sorte que les dépenses soient équitables. Il y a quelque chose dans le fait que Thalès m'offre cette bague qui m'excite. Peut-être que le patriarcat s'est infiltré en moi plus que je ne le pensais.

Thalès sort sa carte de paiement. On se regarde, tout euphoriques, et on comprend que ça y est. Je ne prendrai jamais son nom de famille, et je ne porterai pas de blanc, et on n'élaborera pas de plans de table, mais on va franchir le pas. Il compose son code sur la machine, puis je règle la garantie et c'est fait.

Rhona sourit machinalement, nous souhaitant une bonne journée, puis nous sortons de la boutique. *Encore un moment historique, à célébrer avec des* baked beans *: mon propre bout de caillou de l'univers pour 40 livres !*

## Carte de Noël pour Thalès

*[Au recto de la carte se trouve une esquisse rudimentaire représentant une étable, avec de la paille étalée au sol, mais sans animaux, ni enfant Jésus. Il y a une flèche pointant vers l'étable, et à côté de celle-ci, il est écrit : « moi ».]*

*καλά Χριστούγεννα !*

Je me sens stable. Je sais que c'est un projet en cours, mais merci de m'avoir aidé à arriver jusque-là.

Ce sera le premier Noël que je passerai sans ma mère ou ma sœur, mais c'est chouette d'être avec ma nouvelle famille : toi. J'ai hâte de manger des choux de Bruxelles en pyjama avec toi et tout le tralala.

Ottila

P.-S. : ne t'en fais pas de ne pas avoir pu nous réserver une cérémonie à Gretna Green. J'ai une meilleure idée.

## Mail de maman

**De:** **Alice McGregor**
**À:** **Ottila McGregor**
**Date:** **jeu 25 déc 2014 à 1 h 24**
**Objet:** **TR: 1 753 ponts**

---------- Message transféré ----------

**De:** **AliceMcGregor**
**<alice.mcgregor54@mcgregormail.com>**
**À:** **aart@aartjonckers.nl**
**Date:** **jeu 25 déc 2014 à 1 h 22**
**Objet:** **1 753 ponts**

Joncky Wonky, mon cher compère,

Voilà un moment que l'horloge a sonné minuit, et nous sommes bien au petit matin de Noël. Je suis assise dans le hall d'entrée de mon petit hôtel hollandais, devant le vieux dinosaure qui me sert d'ordinateur, et je vous écris ces lignes pendant qu'Anouk, une jolie fille aux cheveux asymétriques, ronfle derrière le comptoir de la réception.

L'hôtel n'est pas trop miteux, vu le prix. Mon seul souci, c'est que j'ai demandé une chambre double, mais on m'a attribué deux lits simples collés l'un à l'autre, avec un drap-housse commun. Qui peut s'accommoder d'un truc pareil ? Non pas que je prévoie d'inviter qui que ce soit d'autre avec moi. Ceci n'est pas un plan cul festif, mon bon monsieur. (Coucou, Ottila ! Comme chaque fois, je transmettrai ce message à ma fille après avoir appuyé sur

« Envoyer ».) En fait, je ne vais pas tarder à m'écrouler, j'imagine, parce que je suis vraiment exténuée.

Je vais vous raconter un secret, monsieur Jonckers. Prêt ?

À une époque, je buvais beaucoup. Ottila l'ignore, mais avant d'être enceinte d'elle, j'étais sur une mauvaise pente. Bernie, mon mari, était un gros buveur lui aussi. C'est une des choses qui nous ont rapprochés. Petit à petit, Bernie a arrêté de boire tandis que moi, ma consommation augmentait. J'en ai vraiment bavé dans mes tentatives de raccrocher. Finalement, vers la quatorzième semaine de ma grossesse, les nausées matinales sont devenues tellement insupportables que je ne pouvais même plus sentir un verre de vin. Et j'ai tout arrêté. Après ça, j'ai eu le bonheur de rester abstinente pendant des années. Ce n'est que quelques mois après la mort de Bernie que j'ai replongé. (Ottila, tu te souviens de la semaine où j'ai fugué.) Je n'ai dit à personne où j'étais allée, mais je vais vous le révéler à présent, si vous y tenez. J'étais à Leicester, monsieur Jonckers. Pour la simple raison que je ne connaissais personne dans cette ville, il était donc peu probable qu'on m'y reconnaisse. J'ai pris une chambre dans un Travelodge et j'ai passé sept jours à me bourrer la gueule. Au début, c'était grandiose. Comme si Bernie ne m'avait jamais quittée. Mais au final, j'ai ressenti son absence comme jamais. Alors, je me suis ressaisie, j'ai décuvé, et je suis rentrée chez moi pour jouer la veuve stoïque et la mère que je savais que je me devais d'être.

Vous êtes un homme perspicace, monsieur J. Vous arrivez probablement à voir où se situe le problème. Le problème, c'est que je n'ai jamais trouvé le moyen de me libérer de ma peine. Certes, il y avait le chagrin rationnel, adulte, que j'étais en droit de ressentir. Le genre de chagrin qui me laissait poursuivre tranquillement le cours de mes journées. Qui me laissait dire « ne vous en faites pas » à mes enfants, qui me laissait verser des torrents acceptables de larmes pour les anniversaires, qui me laissait m'asseoir plongée dans mes pensées au milieu des jeunes plants dans mon jardin, en me remémorant les moments heureux avec un doux sourire. Mais il existe une autre peine, une « peine sauvage », dont la source jaillissait au fond de moi. Une peine aussi rugissante que mordante. Une peine qui veut se venger de l'humanité. Et ce n'est qu'au cours des derniers mois que j'ai commencé à la laisser s'évacuer, cette peine.

Vous devez me prendre pour une mauvaise mère, monsieur Jonckers. Mais savez-vous à quel point il est difficile de ne pas craquer quand votre mari meurt et que votre enfant tente régulièrement de se suicider ? Je tire mon chapeau à toute personne capable de tenir le coup. Je crois que j'aurais tout laissé tomber s'il n'y avait pas eu Ottila. Elle ignore à quel point elle m'a aidée, mais en toute honnêteté, c'est elle, mon point d'ancrage. Et quand je reviendrai du pays des cafés bruns (ceci n'est même pas une allusion à la marijuana… J'ai commis l'erreur hier, à mon grand embarras), je vais me ressaisir. Mais cette fois, je serai la vraie Alice. Avec tous mes défauts. Si je suis contrariée ou en colère, je le dirai à mes filles et je vais les laisser s'inquiéter autant qu'elles le voudront. Il n'y a rien de mal à s'inquiéter, vous savez. C'est le fait de retenir les choses qui vous tue.

J'entends des clochettes de traîneau dans la rue. Ou peut-être que c'est une sonnerie de téléphone. Quoi qu'il en soit, c'est désagréable. Moi qui trouvais cette période de l'année tellement magique. En partie parce que Bernie et moi, nous nous sommes rencontrés un jour de Noël. Nous nous étions rendus sur la même plage à Whitby, et nous courions dans la mer glaciale : une tradition du matin de Noël. Je rendais visite à ma mère, et Bernie était sur un chantier de fouilles à York. C'était un excellent archéologue à une époque, mon mari. Puis, il a décidé de tout plaquer pour jouer au Viking. Il était excellent dans ce rôle aussi, à la vérité. Au matin de notre rencontre, nous étions les deux seuls sur la plage déguisés en père Noël. C'est ce qui nous a fait engager la conversation. Il m'a dit que ma barbe était plus jolie que la sienne. C'était vrai, au demeurant. Comme il me manque, ce vieil idiot stupide et mal rasé…

Il y a un dépliant dans mon hôtel qui explique qu'il existe 1 753 ponts à Amsterdam. Ça fait beaucoup, n'est-ce pas ? Je devine que lorsqu'on a construit le premier, personne n'aurait pu se douter qu'on en érigerait 1 752 de plus. On en a juste bâti un, puis quelqu'un d'autre en a bâti un de plus, et, en deux temps trois mouvements, on a relié plusieurs points dans la ville, forgeant de nouveaux axes de communication jusqu'à atteindre le bon endroit. En y réfléchissant, je suis sûre que le processus n'est pas clos. Les ponts vont continuer à pousser comme des champignons, partout, tant qu'il y aura des hommes. Et tandis que les plus anciens tomberont en ruine.

Eh bien, je vous annonce ceci en vous prenant à témoin : je viens de boire mon dernier verre de 2014. Un gin aux baies de genièvre, le soir de Noël. Je sais que vous ne me croirez pas quand je vous le dirai, monsieur

J, mais en toute franchise, je ne suis pas alcoolique. Cela étant, je vais quand même arrêter de boire quelque temps. Personne n'a jamais construit un pont digne de ce nom sous l'emprise de l'alcool. Beaucoup de gens se sont jetés du haut de ponts dans cet état, mais ils ne les ont pas érigés. Ça ne fait pas l'ombre d'un doute.

(Je suis navrée que tu aies hérité de mon gène de l'alcoolisme, Ottila. Quand tu as arrêté de boire, j'étais un peu jalouse, parce que ça avait l'air tellement plus facile pour toi que pour moi. Mais je sais que c'est tout à fait ridicule, et je suis extrêmement fière de la façon dont tu as repris ta vie en main cette année. Je sais combien tu étais proche de ton père, et pour être honnête, j'en ai toujours été envieuse. Tu as toujours dit que c'est à lui que tu ressembles, mais au fond, j'ai toujours pensé que toi et moi avions beaucoup en commun. Je m'excuse si tu as l'impression d'avoir hérité de tous mes défauts. Moi, je te trouve admirable.)

À présent, monsieur Jonckers, il ne me reste plus qu'à vous faire mes adieux. Vous n'avez été d'aucune aide pour ma fille cadette, mais vous m'avez véritablement réconfortée. Si jamais il vous prenait l'envie de me donner des conseils au sujet de Mina, ma boîte de réception vous sera toujours ouverte. Mais si ce n'est pas le cas, considérez-vous comme complètement désinscrit de mon irrégulière petite newsletter familiale. Je m'en vais construire mes propres ponts.

Architecturalement vôtre,

Mme McGregor

# SMS à Mina

**Jeu 25 déc 10 h 13**

Bonjour, Mina, ici Thalès. J'ai beaucoup entendu parler de toi. En bien. Ta sœur dit que tu adores les oiseaux. Voici la photo d'un étourneau qui a atterri sur une de mes roches argileuses l'autre jour. J'espère avoir bientôt l'occasion de te rencontrer. Joyeux Noël.

# Rapport de l'infirmière en chef

*29 décembre 2014,*

La patiente, Mina McGregor, sera autorisée à quitter le centre Simiel dès demain matin. Sa mère, Alice (plus proche parente), viendra la chercher. La patiente séjournera avec sa mère à Trowbridge pour deux nuits, avant de regagner son domicile dans l'Oxfordshire.

En dépit de ses gestes répétés d'automutilation, la patiente affirme qu'elle dispose de meilleures chances de se rétablir chez elle plutôt qu'en milieu psychiatrique, et le docteur Okoro (responsable clinicien) est enclin à rejoindre son point de vue. Ses propensions suicidaires semblent s'être aggravées depuis son admission dans notre service, et il n'est pas à exclure que cette tendance diminue une fois qu'elle aura quitté l'environnement potentiellement déclencheur de l'hôpital.

Le docteur Okoro est convenu d'un plan de soins pour Mina, et étudie la possibilité de lui allouer dix-sept heures d'assistance via le Kingsand Trust, qui lui rendrait visite à domicile et l'assisterait dans ses tâches quotidiennes, ses courses, ses activités, etc. Nous transmettrons tous les renseignements adéquats à Mme McGregor.

L'état de Mina a été requalifié du statut 3 au statut 2, et il en sera ainsi pendant vingt-huit jours (jusqu'au 26 janvier), date à laquelle elle ne sera plus sous le coup du Mental Health Act, à condition qu'elle ne viole pas les conditions énumérées au verso.

Glenda Cross, infirmière en chef du centre Simiel

## Lettre de Mina

*31 décembre 2014,*
*4 h 17 du matin*

Chère Ottila,

Je parie que tu ne t'y attendais pas : une lettre de ta vieille petite Mina !!!! Celle-ci n'aura rien de bien passionnant. Mon cerveau n'arrive plus à se concentrer comme avant. Mais je vais essayer de faire un truc. Voici une photo de nous. *[Photo de deux hommes bâtons gribouillés à la main, aux traits du visage à peine alignés à leur tête. Ceux-ci ont clairement été dessinés sans un regard sur le papier, dans le style qu'Ottila et Mina avaient pour habitude d'appeler « chérubin ». Sous l'image, Mina a écrit : « Chérubins de nous-mêmes. »]*

Ça me plaît bien d'échanger des SMS avec Thalès. Tu le remercieras de se montrer aussi gentil avec moi. J'espère pouvoir le rencontrer un jour, quand je me sentirai à la hauteur. On pourrait peut-être jouer au Bananagrams ensemble. Merci de m'avoir envoyé mon propre plateau de jeu pour Noël.

Cette lettre est déjà beaucoup plus longue que je ne l'avais prévu. C'est déjà le matin, mais je ne parviens pas à dormir, alors je vais essayer de faire des travaux manuels maintenant. Je comptais me mettre au tricot, mais j'ai complètement oublié comment faire les premières mailles.

Je suis soulagée que ce soit le dernier jour de l'année, car 2014 a été une pure galère pour moi. Je suis vraiment déçue que mon cerveau électrocuté ne m'ait pas permis d'aller mieux. Une autre femme de mon unité avait eu une TEC, et après sa cinquième séance, elle s'est mise à rire pour la première fois en un an. Mais bon. L'esprit de notre vieille petite Minette est très récalcitrant à toute forme d'aide. Mais je vais essayer, Tilly. Je vais faire mon maximum pour aller mieux.

Je t'aimeuh!!!!!

De la part de Mina

## SMS à Thalès

**Jeu 01 janv 00h01**
bonne année. tu ronfles à côté de moi dans le lit. On s'en fout de tous ces chichis.

## Résolutions pour la nouvelle année

1. Poursuivre tout ce bon travail.
2. Passer plus de temps avec maman.
3. Manger du brocoli.

# Une carte de Thalès

*[Au recto de la carte, s'affiche l'image d'un loup gris, la tête inclinée vers le ciel, la gueule ouverte en train de hurler. Au-dessus de la tête de l'animal, brille la lune, toute ronde. Sous le loup est inscrite cette légende : « Qui a peur du grand méchant loup ? » Le verso de la carte est rédigé au stylo à bille vert.]*

*8 janvier 2015 !*

O,

Toi, tu n'as certainement pas peur du grand méchant loup. Tu as réussi ! Voici un an que tu as arrêté l'alcool !

Malgré tes protestations de ce matin, honnêtement, ça ne compte pas que tu aies fait un écart et que tu aies retouché à l'alcool une fois cette année. Ce qui compte, c'est que tu as tourné la page. Et que je suis tellement fier de toi.

De la part de ton ami aux dents longues

T

P.-S. : j'ai hâte qu'on se marie. J'espère que le gilet à carreaux pour le costume que j'ai choisi chez *Moss Bros* te plaît. Ne t'inquiète pas, on dit bien « à carreaux ». Il n'est pas transparent. Il est en polyester.

## Mail de maman

**De: Alice McGregor**
**À: Ottila McGregor**
**Date: mar 20 jan 2014 à 9 h 40**
**Objet: Joyeux « Ils se marièrent et eurent beaucoup d'enfants »**

Bonjour, mon cœur. J'espère que tout se passe bien à ton travail et que Thalès et toi n'êtes pas trop embourbés dans vos préparatifs. Je suis très impatiente, tu sais. Je trouve que c'est une merveilleuse idée, ce mariage sur le thème des lupercales ! Et je ne t'en veux pas d'avoir réservé pour un vendredi 13. Certes, cela m'a fait un petit choc d'apprendre que tu te mariais alors que tu ne connaissais pas Thalès depuis très longtemps, mais tu as toujours été une romantique, comme moi.

Évidemment, je n'avais aucune idée de ce que c'était que les lupercales, alors merci de m'avoir envoyé tous ces liens. Je me souviens d'avoir vu une production de *Jules César* de la Royal Shakespeare Company à Stratford. Quelqu'un suggère à Marc Antoine de frapper sa femme pour la rendre fertile. Je comprends enfin l'allusion à présent ! Je suis contente que Thalès ne te frappe pas pour votre mariage, chérie. Mais un gâteau en forme de chèvre sacrificielle, je trouve ça particulièrement sympa.

Je regrette vraiment de ne toujours pas avoir rencontré Thalès. Je ne sais pas comment je n'ai jamais pensé à vous inviter à la maison. Je vais essayer de faire plus d'efforts dorénavant. Je suis ta mère, et je suis là pour toi. J'ai hâte de rencontrer les parents de Thalès. J'ai même utilisé Google Translate pour apprendre à dire « Ravie de faire votre connaissance » en grec, même si je ne sais pas si cela se traduit littéralement. C'est super que sa sœur puisse venir au mariage. Elle et toi étiez amies à une époque, n'est-ce pas ? C'est dommage que ta sœur ne soit pas des vôtres pour le grand jour. C'est terriblement fatigant pour elle d'assister à des événements familiaux. Tu comprends, n'est-ce pas ?

Des suggestions sur ce que je devrais porter pour le jour J ? Je n'ai pas de peaux de bête, mais j'ai repéré une belle robe longue avec un imprimé léopard sur ASOS, ce matin. Tu m'as bien lue, Ottila : ASOS ! Ça fait des semaines que je n'ai pas été sur un site Web de semences ; je suis une ASOS-maniaque maintenant. J'ai aussi ouvert un compte eBay et j'ai vendu la vieille commode bancale de ton père pour 50 livres. J'ai obtenu cinq sur cinq pour le service à la clientèle ! Je pourrais vendre la table de la cuisine le prochain coup. Pour la remplacer par quelque chose de plus funky et plus moderne. Quand on a dix mille bonnes évaluations, on obtient une étoile filante. Est-ce qu'on peut récolter dix mille évaluations en une seule vie ? Si un vieil Italien est capable de peindre le plafond de la chapelle Sixtine, ma chère, alors je pense que tout est possible ! Peut-être que ce sera ça, ma – tardive – résolution du nouvel an. Enfin, ça et capturer le drapeau au paintball.

Je ferais mieux d'y aller. Mina prend le train pour venir déjeuner. C'est la première fois qu'elle utilisera les transports en commun depuis plus d'un an. La pauvre, elle a oublié tellement de choses depuis sa TEC. Elle dit qu'elle ne se rappelle même pas comment acheter un billet. Je lui ai envoyé un mail pour le lui expliquer. Elle m'a appelée trois fois hier pour annuler, mais je l'ai ramenée à la raison et je crois qu'elle a hâte de passer à l'action maintenant. Je m'inquiète un peu du fait qu'elle affirme ne rien avoir mangé depuis trois jours, alors je vais la tenter avec un pique-nique d'intérieur. J'ai acheté des fraises et de La vache qui rit. Souhaite-moi « bonne chance » !

Avec tout mon amour,

Maman

P.-S. : je ne sais plus où me mettre d'avoir oublié les cadeaux de Noël. Vous recevrez un petit quelque chose de ma part par le courrier d'un jour à l'autre.

## SMS à maman

**Jeu 22 jan 17h51**

Youpi ! J'adore ton idée de m'avoir acheté une montre avec Wonder Woman dessus. C'est une guerrière, une coriace, tout comme toi. Merci pour la montre et pour tout ce que tu m'as offert.

# Transcription séance de thérapie

**Thérapeute** : Nous allons donc pouvoir envisager de vous dispenser de ces séances bientôt.

**Patiente** : C'est vrai ? Je vais pouvoir me débrouiller toute seule ?

**Thérapeute** : Vous vous êtes débrouillée seule durant toute la durée de cette thérapie.

**Patiente** : Et si je recommence à perdre la maîtrise ?

**Thérapeute** : Cela se traduirait comment ?

**Patiente** : Recommencer les beuveries. Tromper Thalès. M'effondrer.

**Thérapeute** : Et ensuite ?

**Patiente** : *(Prise de panique.)* Je sais pas, je…

**Thérapeute** : Vous pourrez revenir ici si vous en éprouvez le besoin.

**Patiente** : J'ai le droit de revenir ?

**Thérapeute** : Nous sommes là pour ça.

**Patiente** : Je n'avais pas pris conscience que je pouvais revenir à tout moment.

**Thérapeute** : Quand vous le souhaitez. *(Rires.)* Via une recommandation de votre généraliste, bien sûr. N'oubliez pas que ce n'est pas grave de faire des erreurs.

**Patiente** : Je ne m'en servirai pas d'alibi pour boire. Ou redevenir volage.

**Thérapeute** : Bien. Bien. La perspective d'une nouvelle chance ne constitue pas une excuse pour tout gâcher. Mais plutôt une occasion de passer à autre chose quand la nécessité se fait sentir.

**Patiente** : Je n'arrête pas de penser à quel point cette gueule de bois a été atroce. Mentalement, plus encore que physiquement. *(Pause.)* J'ai failli arrêter la thérapie cette semaine-là.

**Thérapeute** : Je suis contente que vous ne l'ayez pas fait.

**Patiente** : *(Petite expiration, ressemblant à un rire.)* Je sais qu'épouser Thalès, ce n'est pas pour faire genre « happy end », vous voyez ? Il s'agit là d'un symptôme de mon bonheur, pas de sa cause.

**Thérapeute** : Cela peut être ce que vous décidez que ce soit.

**Patiente** : En tout cas, je suis soulagée de pouvoir de nouveau faire des projets. Et me faire assez confiance pour ne pas les bousiller.

**Thérapeute** : Mais si jamais cela arrive… ?

**Patiente** : Retour à la case départ. *(Rires.)* J'ai constitué un album au sujet de ma quête du bonheur.

**Thérapeute** : Ça m'a l'air d'être une bonne idée.

**Patiente** : Ça m'a fait du bien de consigner tous mes faits et gestes. Ça sert un peu de piqûre de rappel : même quand on est déterminé à être la personne la plus comblée et la plus satisfaite sur terre, la vie se met en travers de notre chemin. Mais ça n'en rend pas notre expérience moins spéciale.

**Thérapeute** : Parfois, le processus peut être tout aussi important que le résultat. Je pense que nous avons déjà exploré cette idée.

**Patiente** : Vous vous souvenez, au début de nos séances, quand je vous avais expliqué que je voulais être heureuse ? C'était comme un mantra pour moi. Je le chuchotais entre mes dents quand je faisais la vaisselle, quand je prenais le bus pour aller au travail. *Heureuse à en avoir mal. Heureuse à en avoir mal. Heureuse à en avoir mal.*

**Thérapeute** : Je crois me rappeler que vous…

**Patiente** : Je ne savais pas de quoi je parlais à ce moment-là.

**Thérapeute** : Ah, bon ?

**Patiente** : Je ne savais même pas ce que c'était, le bonheur. Ce que j'espérais, je pense, c'était de me retrouver dans un état d'euphorie maniaque, où je me serais sentie si bien, si forte, qu'en fait, physiquement cela en serait devenu douloureux. Vous savez, quand vous travaillez dans le commerce, et que vous attrapez mal à la mâchoire à force de sourire en permanence, tout au long de la journée ?

**Thérapeute** : Je…

**Patiente** : J'avais tout faux ! Le vrai bonheur, c'est quelque chose de totalement différent. C'est « accepter » la douleur. Faire des erreurs. Souffrir. Parfois, le bonheur, ça fait mal.

**Thérapeute** : Ce n'est pas tant cela qui…

**Patiente** : Tout est question d'équilibre. À présent, je suis capable de comprendre cela. C'est tout ce qui s'est passé au cours de cette année écoulée, et pas seulement les bons moments, qui m'a rendue heureuse.

**Thérapeute** : Il est sain d'embrasser toute la gamme des émotions que l'on ressent.

**Patiente** : Vous croyez que je pourrais avoir des copies de nos entretiens ? À partir de votre Dictaphone ?

**Thérapeute** : Vous pensez que cela vous aidera à trouver de nouvelles réponses ?

**Patiente** : À la vérité, c'est juste pour les ajouter à mon album. Si vous m'en donnez l'autorisation.

**Thérapeute** : Je vais voir ce que je peux faire.

**Patiente** : Ce serait génial. Merci. Est-ce que je peux juste vous demander une dernière chose ?

**Thérapeute** : Je vous en prie.

**Patiente** : Je n'ai jamais osé le mentionner, pardonnez-moi si c'est mal élevé, mais je n'arrête pas de regarder vos bras, et… ai-je le droit de vous parler des cicatrices sur vos poignets ? Vous avez déjà essayé de… ?

**Thérapeute** : Ça ne me dérange pas de vous raconter mon histoire, mais il faudra éteindre le Dictaphone pour ça.
**Patiente** : Seulement si ça ne vous met pas mal à l'…

*(Cliquetis, le Dictaphone s'éteint. Il s'agit là du dernier fichier audio de la clé USB.)*

# Bonjour, cher nouveau chapitre de ma vie

Ce cahier d'exercices touche à sa fin et nous vous en félicitons. Depuis que vous avez pris la décision de cesser de boire, vous avez entamé l'écriture d'un tout nouveau chapitre dans l'histoire de votre vie. Vous avez enrichi vos relations personnelles, vous consacrez votre temps et votre argent à des choses qui comptent, et vous prenez soin de votre santé physique et mentale. Vous serez surpris de constater à quel point ce chapitre est différent de tous ceux qui l'auront précédé.

Mais n'oubliez pas, si vous constatez que vous faites des erreurs, il n'est jamais trop tard pour les corriger. Cette histoire est la vôtre, et celle de personne d'autre. Et votre histoire est magnifique.

# Note

*[Ce qui suit est écrit au stylo plume sur le couvercle d'une boîte. Celle-ci contient un cube blanc en feutrine.]*

Thalès McSanna,

Tadaa ! Voici un cube mou pour toi le jour de notre mariage. Il s'agit bien de ta créature préférée dans le *Manuel des monstres* de *D & D*, n'est-ce pas ? J'ai chargé Mina de la fabriquer spécialement pour toi.

Je suis heureuse de ce qui nous arrive, et je suis encore plus heureuse que nous ayons décidé de fusionner nos noms de famille en un tout nouvel hybride monstrueux. Merci d'avoir refusé de ne pas m'épouser. Même si je maintiens tout à fait mon point de vue selon lequel le mariage constitue l'une des grandes tragédies de l'existence, c'est la meilleure chose que j'aie jamais faite. Et tu me fais du bien.

O

Cher Petit Livre,

J'ai bien peur que notre temps passé ensemble ne touche à sa fin. J'ai été ravie d'apprendre à te connaître, mais tu deviens très encombrant à présent et je suis prête pour l'étape suivante.

J'achèterai peut-être un vrai journal intime chez *Smiths*. J'en ai religieusement conservé un de quand j'étais petite. Je me souviens d'une de mes premières remarques, quand j'avais sept ans. « J'ai découvert qu'il n'y a aucune publicité sur BBC 1 et 2. » Pertinente, et tout ce qu'il y a de plus franc.

Mais je ne t'ai pas toujours tout révélé, je le crains, *PLDB*. Parfois, je t'ai raconté ce que j'avais envie que tu entendes. Ce que j'avais envie de m'entendre dire. J'ai fait tellement de choses dont je ne t'ai pas parlé.

Je n'ai pas trompé Thalès, si c'est la question que tu te poses. « Ce n'est pas grave si vous l'avez trompé, Ottila, m'a dit ma thérapeute un jour. Ça ne ferait pas de vous une mauvaise personne. Nos actions peuvent nous surprendre, parce qu'elles expriment nos sentiments sans qu'on s'en rende compte, et qu'il suffit de se reconnecter avec soi-même, de s'écouter soi-même. »

Bon, c'est vrai, il m'est arrivé de penser à la fidélité quelquefois. Par exemple, imaginons que je passe un merveilleux moment avec Thalès, puis je vais soudainement m'arrêter et le regarder, et je vais me focaliser sur un détail ridicule, genre, un de ses sourcils est légèrement plus arqué que l'autre, alors je vais me convaincre que j'ai besoin d'essayer d'être avec un autre homme, un homme avec des sourcils symétriques. Ou alors on va se disputer et je me dis que c'est cadeau, que je mérite une nuit de vacances : une aventure torride avec un moniteur de kickboxing aussi bouillonnant que sadique, par exemple. Mais quand j'y pense trop longtemps, ça me plonge dans la tristesse. Je manquerais tellement de choses. Alors je me trouve un nouveau cours de kickboxing.

Désolée de t'avoir caché ça, *PLDB*. Je tiens à ce qu'on reste proches. C'est pourquoi je vais conclure en te disant ceci.

Hier, j'ai épousé Thalès. On a passé une super journée. Ça t'en met plein la vue ? C'était vraiment génial. Le plus beau jour de ma vie ? Probablement pas. J'avais le trac et j'avais la gorge sèche devant la famille de Thalès. Si je devais classer n'importe quel jour de ma vie comme le meilleur, je préférerais choisir celui où Thalès et moi sommes allés au Manchester Museum pour apprendre la tectonique des plaques et l'ichtyocolle. C'est ce jour-là que Thalès m'a dit pour la première fois qu'il m'aimait. Ou alors je choisirais le jour où papa et maman m'ont annoncé qu'on avait le droit d'avoir un hamster. Ou encore la fois où nous avons tous sauté dans la voiture pour aller à la frontière galloise sur un coup de tête. J'avais pris une tasse de thé à Hay-on-Wye puis j'avais joué au jeu des plaques d'immatriculation pendant tout le trajet du retour.

J'ai apprécié le jour de mon mariage d'une manière différente par rapport à cette époque-là, je crois. C'était plus calme et plus réfléchi. J'ai senti un tel élan de sincérité quand j'ai prononcé mes vœux, comme si j'avais soudainement compris ce que l'expression « le reste de ma vie » signifiait vraiment.

Thalès portait des chaussettes bizarres, et je n'arrêtais pas de les regarder, en me répétant que j'avais de la chance d'avoir trouvé mon âme sœur.

Je suis contente qu'on ait décidé de faire une fête entièrement dépourvue d'alcool. J'aurais tué père et mère pour un verre de champagne, mais ainsi va la vie. Le gâteau en forme de chèvre sacrificielle était délicieux. À la moitié du repas, j'ai quitté la salle à manger des parents de Thalès pour aller aux toilettes. J'ai sorti mon téléphone de sa cachette dans mon bas droit (bleu que je me suis fait prêter), en dessous de ma robe jaune mal ajustée mais toujours très habillée, et j'ai écrit un SMS.

« Tu me manques. »

Puis je l'ai effacé. J'ai fermé les yeux et j'ai chuchoté sept petits mots entre mes dents : « Je décrète juste que ça va aller. » J'ai tiré la chasse d'eau, je me suis lavé les mains, puis je suis retournée dans la salle à manger, reprenant ma place à côté de Thalès. J'avais les joues qui rougissaient de bonnes intentions.

« Tu as l'air heureuse », a dit Thalès.

Et je l'étais.

Je le suis.

Hier n'est plus,
demain n'est
pas encore. Je
ne dispose que
d'une journée,
aujourd'hui, et
j'y serai heureux.

---

Groucho Marx

# Suivez votre félicité et n'ayez pas peur.

Joseph Campbell

# Remerciements

Kirsten, Socrate et Sue : ce livre est pour vous. Merci pour tout.

Également un grand merci à mon agent, Juliet Pickering, et à toute l'équipe de Blake Friedmann. Sans oublier Ana Fletcher, Alex Bowler, Kat Ailes, et tous ceux qui ont contribué à la mise en forme de ce roman. Mes remerciements aux équipes de Jonathan Cape et Vintage.

Merci à Athina, Ron, Spiros, Betty, Walter et mon Γιαγιά et Παππούς grec.

Je remercie le Maggie's Centre de Glasgow, qui m'a soutenue à la mort de mon papa, et dont le personnel est aussi professionnel que formidable.

Ce travail a vu le jour avec le soutien des subventions du National Lottery through Arts Council d'Angleterre.

Achevé d'imprimer en mai 2021
Par CPI Brodard & Taupin à La Flèche
N° d'impression : 3042527
Dépôt légal : juin 2021
Imprimé en France
38122016-1